Ri Rotfuchs

KERSTIN GULDEN

Hast du die Gabe, hast du die Macht

Rotfuchs

Das Projekt wurde gefördert durch ein Stipendium
des Ministeriums für Wissenschaft, Forschung und
Kunst Baden-Württemberg.

Originalausgabe
Veröffentlicht im Rowohlt Taschenbuch Verlag,
Hamburg, Oktober 2022
Copyright © 2022 by Rowohlt Verlag GmbH, Hamburg
Lektorat Christiane Steen
Satz aus der Newzald
Gesamtherstellung CPI books GmbH, Leck, Germany
ISBN 978-3-499-00844-3

Die Rowohlt Verlage haben sich zu einer nachhaltigen Buchproduktion verpflichtet. Gemeinsam mit unseren Partnern und Lieferanten setzen wir uns für eine klimaneutrale Buchproduktion ein, die den Erwerb von Klimazertifikaten zur Kompensation des CO_2-Ausstoßes einschließt.
www.klimaneutralerverlag.de

«ÜBER GESCHICHTEN»
AUS: DIE CHRONIK, VERFASSER UNBEKANNT,
AUFGESCHRIEBEN IN WEST-LUNDENBURGH IM
JAHRE DES 234. KONZILS DER SHAPER 1937,
S. 2167–2169.

Geschichten sind gefährlich. Erst vorigen Monat wurde ich
Zeuge dessen. Ein Non-Mädchen hatte sich mit seinem Vater nach Primrose Hill verirrt. Ihre Picknickdecke lag nicht
weit von der meinen entfernt, und so konnte ich hören,
wie der Vater dem Mädchen ein Märchen erzählte. Seltsame Fabelwesen mit großen Füßen kamen darin vor, die
sich Hobbits nannten. Ich wollte eben in mein Eiersand-
wich mit weißen Trüffeln beißen, da sagte das Mädchen zu
seinem Vater:
«Ich mag Hobbits! Am liebsten aber wäre ich eine Zwergin. Dann würde ich einen wunderschönen goldenen Anhänger für dich schmieden, Papa. Ich sehe ihn direkt vor
mir …»
Vor Schreck spuckte ich Eier, Trüffel und Brot auf meine vierfädige Kaschmirdecke. Solch unerhörte Worte aus
einem Non-Mund! Sofort war mir klar, dass ich handeln
musste, und so trug ich den Fall beim 234. Konzil der Shaper vor.
Ich mag Hobbits!, zitierte ich das Mädchen und sah rings-
um in entsetzte Gesichter. Denn wie ich erkannten meine

Kollegen sofort: Im geschützten Raum der Geschichte lernen jugendliche Nons sich selbst kennen. Sie fragen sich: *Mag* ich lieber Romanzen oder Abenteuer? Was *fühle* ich an welchem Punkt der Handlung? Ihre Reaktionen bleiben unbeobachtet – unbeobachtet durch uns! Und wir verlieren die Kontrolle über sie.

Doch es kommt noch schlimmer. Beim Lesen versetzen sie sich in die Figuren hinein. Sie leiden, rätseln, lieben, kämpfen, reisen, staunen, gewinnen, verlieren, entwickeln sich mit ihnen. Mitgefühl und Verständnis werden geübt, vor allem aber lernen sie, sich selbst als einen anderen zu sehen. *Am liebsten wäre ich eine Zwergin!* Sie werden zu dem, der *sie sein wollen.* Was nicht in unserem Sinne sein kann.

Von allen Geschichtenhorten sind Bücher die bedrohlichsten. Mit Sprache allein erschaffen sie Welten. Worte aber sind löchrig. Egal, wie detailliert sie Dinge beschreiben – zwischen ihnen ist immer Raum. Der goldene Anhänger kann rund oder eckig sein, mit Steinen besetzt oder nicht. Keine zwei Köpfe haben dasselbe Bild davon. Am hinterlistigsten sind jene Geschichten, die man fantastische nennt. Da stellen sich jugendliche Nons Unvorstellbares vor. Von dort ist es nur ein kleiner Schritt, und schon malen sie sich ihr eigenes Leben in schillernden Farben aus. Dies muss unter allen Umständen vermieden werden!

Deswegen wurde beim 234. Konzil einstimmig beschlossen, Geschichten auf die Dunkle Liste zu setzen. In jeglicher Form, ob als Buch oder Aufführung, sind sie mit sofortiger Wirkung aus den Leben jugendlicher Nons zu entfernen. Neben Musik, Mode, Malerei und sonstigem darstellerischem Ausdruck muss ihnen zu ihrem eigenen Besten auch die letzte der Künste genommen werden. Zusätzlich zu all den anderen Freiheiten natürlich. Denn so bleibt jugendlichen Nons nur eine Geschichte: die, die sie leben sollen. Es ist eine Geschichte von Auserwählten. Die eigene Individualität, ihr Mitgefühl, ihre Fantasie sind darin die Bösewichte, die sie bekämpfen. Solange sie formbar sind, konzentrieren sich Nons nun einzig auf ihren Wunsch, ein Shaper zu werden. Einer von uns.

PEAR

Die meisten Menschen hassen mein Zuhause. Wer im Westen wohnt, kommt nur in den Osten, wenn es sein muss. Und alle, die in Ost-Lundenburgh daheim sind, wollen hier weg. Alle außer mir.

«Guten Morgen, Henry! Guten Morgen, Faith!»

Wie jeden Tag nicke ich dem leeren Sockel zu, an dem ich auf dem Weg zur Schule vorbeigehe. Er wurde für einen goldenen Reiter gebaut. So sagt man jedenfalls. Die, die sich an die Statue erinnerten, sind tot. Deswegen grüße ich den Reiter und sein Pferd, obwohl sie gar nicht mehr da sind. Sie sollen nicht in Vergessenheit geraten.

Ich kann schon verstehen, dass Ost-Lundenburgh trostlos auf die Leute wirkt. Bei dem Gebäude, an dem ich jetzt vorbeigehe, wurde der Stuck weggehauen. Nichts durchbricht das Grau-Braun-Beige der Häuserzeilen. Nur manchmal sieht man Überbleibsel vergangener Zeiten. Farbsplitter an einer Haustür zeigen, dass sie einmal grün gewesen ist. Über einem Eingang hat jemand vergessen, die Pfote des Löwen zu entfernen, der ihn früher bewachte. Und dann ist da noch mein Sockel ohne Statue, einer von vielen im Osten. Die meisten finden das noch deprimierender, als wenn gar nichts geblieben wäre. Ich finde es interessant, an manchen Tagen sogar schön ... auf seine eigene Weise. Mir bleibt aber auch nichts anderes übrig. Weil ich weiß, dass ich hier niemals wegkommen werde. Denn ich bin eine Non und werde immer eine bleiben.

Der wahre Grund, warum niemand hier sein will, hat nämlich nichts mit fehlenden Statuen und Farben zu tun. Der wahre Grund ist ein anderer: Wer im Osten wohnt, ist ein Non. Wer im Westen wohnt, ist ein Shaper. Shaper haben im Gegensatz zu Nons Geld und – viel wichtiger – das zweite G: die Gabe. Deswegen ist im Westen alles besser. Nur Lundenburghs ewig beleidigte Wolkendecke hält sich nicht an diese Regel. Die macht dort genauso selten einem Strahlehimmel Platz wie hier. Jetzt fängt sie auch noch an zu regnen. Ich gehe schneller, habe mal wieder meinen Schirm vergessen. Unsere Nachbarin Mrs. Smithers kommt mir entgegen – mit Schirm und Regenhaube –, und ich nicke ihr zu. Sie grüßt nicht zurück, zeigt mir stattdessen ihre Handfläche. *Stopp!* Ein Zeichen, das ich wie alle jungen Nons nur allzu gut kenne.

«Nicht so schnell! Mäßige dich, Pear!», sagt Mrs. Smithers, um sicherzugehen, dass ich sie auch verstanden habe.

Sie zeigt in die Richtung, in die ich gehe. Ich kneife die Augen zusammen. Durch den Regen sehe ich, dass meine Klassenkameradin Cecily ein paar Meter vor mir läuft. Ich soll langsamer gehen, damit ich sie nicht einhole. Außerhalb des Unterrichts dürfen Nons unter achtzehn keine Zeit miteinander verbringen, nicht miteinander reden. Die Gabe ist ein flüchtiges Geschenk, zumindest für Nons. Shapern ist sie angeboren. Nons wie ich können die Gabe in Ausnahmefällen entwickeln – allerdings nur, solange wir jung sind. Wenn wir achtzehn werden – bei mir in nicht einmal einem Jahr –, erlöscht jede Chance, zum Shaper zu werden. Und die stand sowieso nie sonderlich gut. Der letzte Non, der die Gabe entwickelte und in den Westen zog, müsste jetzt über hundert sein. Seitdem hat sich hier im Osten nicht der Hauch einer Gabe gezeigt. Deswegen sind Shaper wie Nons ständig darum bemüht, uns den Zugang zur Gabe zu erleichtern. Unsere Schulen sind streng. Wir müssen uns der Gabe würdig erweisen. Und während Shaper in unserem Alter nach dem Unterricht tun und lassen können, was sie wollen, gelten die Regeln für uns auch außerhalb der Schule: keine Beziehungen, keine Gefühle, keine Meinung, keine Ablenkung. Wir sollen möglichst wenig an dem um uns herum teilnehmen, als könne jedes bisschen Welt, mit dem wir in Berührung kommen, die Gabe verschrecken. Am besten sind wir nichts als ein Gefäß, das ... vielleicht ... vielleicht ... wenn es unsere Bestimmung ist ... mit der Gabe gefüllt wird. Für mich hört sich das manchmal so an, als wollten wir die Gabe an der Nase herumführen. Wenn wir nicht wir sind, kann uns die Gabe mit einem Shaper verwechseln und lässt sich aus Versehen in einem von uns nieder.

Cecily machen die Regeln nichts aus. Sie beugt sich ihnen nicht, sie lebt sie. Ihre zwei Zöpfe wippen im Gleichklang, während sie vor mir geht. Nicht mit den anderen reden? Kein Problem für Cecily. Sie braucht sowieso keine Worte, um zu zeigen, dass sie auf die meisten herabsieht. Ein Blick, die Lippen dabei gekräuselt – das genügt. Oft streicht sie sich dabei über ihre Zöpfe. Es heißt, dass Cecilys Familie über zehn Ecken mit dem letzten Non, der die Gabe hatte, verwandt ist. Ich würde wetten, dass Cecily die nächste Auserwählte ist, die es eines Tages hier rausschafft ... wenn Wetten erlaubt wären. Damit wäre sie das erste Non-Mädchen, das die Gabe entwickelt. Bislang gelang das nur Jungen.

Dass ich gezwungen werde, langsam zu gehen, lässt dem Regen Zeit, meine weiße Schuluniform so richtig einzuweichen. Aber heute kann nicht einmal das meine gute Laune verhindern. Denn heute ist einer dieser wenigen besonderen Tage, an denen ich Farbreste an Türen nicht nur interessant, sondern schön finde! Den Weg zur Schule wäre ich am liebsten gehüpft, wenn nicht auch das verboten wäre. Obwohl ... verboten ist das falsche Wort. Wenn man es genau nimmt, ist nichts verboten. *Keine Strafe, keine Verbote, kein Zwang.* Allen Nons steht es frei, ihre Haustür zu streichen, die Straße entlangzuzappeln oder – in den seltenen Fällen, in denen sie es sich leisten können – gleich in den Westen zu ziehen. Doch niemand tut das. Denn damit würden sie ihren Kindern oder den Kindern ihrer Geschwister, Nachbarn, Freunde die Chance auf ein besseres Leben nehmen. Die Chance, ihre Bestimmung zu leben. Die Chance, die Gabe zu entwickeln und ein Shaper zu werden. Der soziale Druck ist effektiver, als es ein Strafsystem je sein könnte. Falls doch einer aus der Reihe tanzt, gibt es Häscher, die es sich zur Aufgabe machen, Abtrünnigen ins Gewissen zu reden. Und so schränken sich die Nons freiwillig ein. Sie tun es für die Generationen nach ihnen. Für Cecily. Vielleicht sogar für mich.

Als ich endlich in der Schule ankomme, kribbelt meine Wirbelsäule, rauf und runter, rauf und runter. Ich muss mich zusammennehmen, um nicht zu lächeln. Nicht dass ich die Schule mag. *Ich hasse sie.* Kaum denke ich den

Satz, erschrecke ich über mich selbst. Wir sollen nichts bewerten, erst recht nicht so stark. Das lernen wir von klein auf. Auch wenn ich ein Geheimnis in mir trage, das solchen Regeln die Schärfe nimmt ... manchmal holen sie mich ein. Farbreste an Türen kann ich interessant finden, sogar schön, ohne viel mehr als ein leichtes Bauchgrummeln zu empfinden. Aber die starken Gefühle ... Hass ... Liebe ... ich kann nicht anders, als mich dabei schlecht zu fühlen. *Die meisten Menschen hassen mein Zuhause.* Bei anderen kann ich solche Meinungen mittlerweile aushalten. Doch bei mir selbst... Ein paarmal atme ich tief ein und aus, um mich runterzubringen. Dann geht es wieder.

Wie gesagt, ich kann der Schule ... nicht viel abgewinnen. Aber: Heute steht die eine Stunde Kunst, die wir pro Woche haben, auf dem Stundenplan. An sich ist das kein Grund zur Freude. Die meiste Zeit leiert unsere Kunstlehrerin Mrs. Percel Entstehungsjahre und Stilrichtungen herunter. Nur Künstlerlebensläufe spart sie aus, als wären die Werke einfach da, ohne dass sich jemand die Mühe machen müsste, sie zu schaffen. Dass wir uns selbst ausprobieren und malen, singen oder basteln, steht außer Frage. Mrs. Percel hat jedoch angekündigt, dass wir heute Musik zu hören bekommen. Musik! Das ist

die Kunst, Töne in bestimmter (geschichtlich bedingter) Gesetzmäßigkeit hinsichtlich Rhythmus, Melodie, Harmonie zu einer Gruppe von Klängen und zu einer stilistisch eigenständigen Komposition zu ordnen.

So haben wir es in der ersten Kunststunde auswendig gelernt. Aber wie sich so ein Musikstück anhört, das weiß ich nicht. Wie alle jugendlichen Nons habe ich noch nie ein Lied gehört oder sogar gesungen. Überhaupt: singen! Was die Stimme dabei wohl macht? Jedenfalls habe ich aufgeschnappt, dass Musik etwas Angenehmes ist. Und darauf freue ich mich, denn angenehme Erlebnisse sind in der Schule selten. Bis letztes Jahr gab es keinen Kunstunterricht. Minister Rollo, der seit einem Jahr für Non-Entwicklung zuständig ist, hat sie erst vor drei Wochen eingeführt. Er scheint eine neue, gemäßigte Politik zu verfolgen. Für die Cecilys dieser Welt ist das weniger gut. Die müssen, die wollen getrieben werden. Aber für hoffnungslose Fälle wie mich macht es das Leben leichter. Wieder dieses Kribbeln, bei dem klar ist, dass es bald noch besser kommt. Vorfreude nennt man das, glaube ich. Sofort: schlechtes Gewissen, dass ich das weiß. *Es ist okay! Die Entscheidung habe ich vor langer Zeit getroffen ...*

Die erste Stunde ist Mathematik. Gleichungen zu lösen fällt mir leicht, und die Lehrerin lobt mich dafür. Trotzdem kann ich es kaum erwarten, bis die Stunde vorüber ist. Nach Mathe dann endlich: Oratorien des achtzehnten Jahrhunderts ...

... und Kostprobe Nummer eins ist schlimm. Der Gesang packt mich zwar, öffnet etwas in mir, und ich bin beeindruckt. Ich wusste nicht, dass Stimmen so etwas können. Aber etwas ist falsch an dem, was Mrs. Percel mit diesem Kassettenrekorder-Dings macht. Stopp – weiter – Stopp – weiter. Mit jedem Stopp wird das, was immer da in mir aufgestoßen wurde, gleich wieder zugehauen. Und das ist schmerzhafter, als wenn es verschlossen geblieben wäre.

Mrs. Percels knappe Auszüge zerhacken die Arie aus dem *Messias* so gnadenlos, dass es mir lieber gewesen wäre, wenn ich gar nichts davon gehört hätte. Es ist, als wüsste ich, welche Töne in die Lücken gehören, nein, ich weiß das nicht, ich *fühle* ihre Abwesenheit. Ich vermisse sie! Wie kann ich denn etwas vermissen, das ich nicht kenne? Ich sehe zu den anderen. Cecilys Augen schimmern, auch wenn ihr Gesicht wie üblich keine Regung zeigt. Sind das Tränen? Weil sie die Gesangssplitter genauso schlimm findet wie ich? Oder weil es ihr trotzdem gefällt?

Als Nächstes kommt der Chor «Halleluja» aus demselben Oratorium dran.

«Bei seiner Aufführung im Jahr 1743 war King George II. so ergriffen, dass er aufstand, um dem Meisterwerk seinen Respekt zu zollen», sagt Mrs. Percel, und dieses Mal lässt sie das Stück durchlaufen.

Als nach dem einleitenden Instrumentalpart mit aller Wucht die Stimmen einsetzen, ziehen sie mich sofort in ihren Bann. Die Musik legt sich um mich, und alles in mir wird still. Da ist mehr als die Freude, endlich zu spüren, was «Melodie» und «Harmonie» meinen, was sie wirklich sind. Da ist noch ein anderes Gefühl, eines, an das ich mich erinnere. Ich will die Augen schließen, weiß aber, dass mich das verraten würde. Also starre ich geradeaus, ohne was zu sehen. Ich folge den Tönen in die höchsten Höhen und tiefsten Tiefen und wäre ihnen überallhin nachgegangen – sogar bis ans Ende der Welt.

So komplett verliere ich mich in der Musik, dass ich irgendwann wirklich etwas anderes vor mir habe als die

Tafel in unserem Klassenzimmer. Farbschlieren sind da, leuchtende Muster, eine sanfte Berührung an der Wange und eine neue Stimme, die sich über den Chor erhebt und die ich kenne, die ich von irgendwoher kenne ... Doch dann drängt sich ein Störenfried ins Bild. Mrs. Percel fängt an, wild zu gestikulieren – direkt vor meinem Tisch. Zunächst verstehe ich nicht, was sie will. Am liebsten würde ich sie verscheuchen, damit ich den Chor in Ruhe zu Ende hören kann. Aber das ist natürlich keine Option, und Mrs. Percel geht nirgendwohin. Sie zeigt anklagend auf den Boden. Ich sehe nach unten. Mein Fuß wippt im ... Takt. Das ist

die Einteilung eines musikalischen, besonders eines rhythmischen Ablaufs in gleiche Einheiten mit jeweils einem Hauptakzent am Anfang und festliegender Untergliederung.

Aber was er mit einem macht, der Takt, das stand nicht in der Definition.

In der Mittagspause werde ich auf den Schulhof gezerrt. Seltsam, dass die öffentliche Rüge nicht wie üblich nach Schulschluss um fünf Uhr abends erfolgt. Vielleicht noch so eine Neuerung des Ministers. Alle sind versammelt, Lehrer, sämtliche Schüler, sogar der Hausmeister ist da. Ich stehe vorne beim Schulleiter, aber noch am Rand. Vor mir ist ein Junge dran. Zwölf ist er, vielleicht dreizehn. Er ist in der Kunststunde erwischt worden, die Mrs. Percel vor unserer gegeben hat. Anscheinend hat er seine Sitznachbarin gefragt, ob ihr das Bild mit den Sonnenblumen auch so gut gefällt. Das Mädchen hat ihn verraten:

15

«Eine verantwortungsvolle junge Frau, die nicht nur ihr eigenes Wohl, sondern auch das der anderen im Blick hat», verkündet der Schulleiter. «Es ist uns – und unserem geschätzten Minister Rollo – bewusst, dass der neu eingeführte Kunstunterricht es euch nicht leicht macht, aber genau deswegen ist er wichtig.» Der Schulleiter holt tief Atem, um das, was er jetzt sagt, damit aufzuladen. «Denn ihr wisst ja: Nur die Beherrschten werden auserwählt! Ihr seid die Hoffnung!»

«Nur die Beherrschten! Wir sind die Hoffnung!», kommt von seinem Publikum zurück.

Und plötzlich wird mir klar, warum wir jetzt Kunststunden haben. Es sind Tests. Die Regeln wurden nur kurz für einen Moment gelockert, um zu sehen, wer sie trotzdem einhält. Von wegen gemäßigte Politik! Ich bereite mich darauf vor, dass ich jetzt drankomme, aber der Schulleiter ist noch nicht mit dem Jungen fertig. Der Hausmeister gibt dem Schulleiter einen Handschuh und stellt einen Eimer neben ihn. Ich strecke mich, kann aber trotzdem nicht sehen, was drin ist.

«Unser verehrter Minister Rollo arbeitet unermüdlich an Methoden, die Aufstiegschancen von uns Nons zu verbessern. Sein Ziel ist es, die Quote derer, die die Gabe entwickeln und so in die Runde der Shaper aufgenommen werden, um das Zehnfache zu steigern.»

Zehnfache Steigerung? Das wären dann 0,0001 statt 0,00001 – so viel Prozent der Lundenburgher Bevölkerung haben in den letzten hundert Jahren die Gabe entwickelt, ohne als Shaper geboren zu sein. Und dabei berücksichtige ich noch nicht einmal, dass meine Chancen als Mädchen erfahrungsgemäß bei null liegen. Manchmal wünsche ich mir, ich wäre nicht so gut mit Zahlen. Dann würde ich vielleicht doch mitmachen. Dann hätte ich vielleicht noch Hoffnung.

«Neben dem Kunstunterricht darf ich euch heute eine weitere Maßnahme vorstellen, die euch helfen wird, besser zu werden und vielleicht eines Tages mit eurer Familie in den Westen zu ziehen.» Der Schulleiter zieht den Handschuh an und greift in den Eimer. Holt er etwas heraus? Von meinem Platz aus kann ich nur erkennen, dass er den Jungen mit der Handschuhhand berührt. Es sieht aus wie wohlwollendes Schulterklopfen. Der Abdruck, den er hinterlässt, spricht eine andere Sprache. In dem Eimer ist Farbe. Der Junge hat eine rote Hand auf der Schulter. Tränen schießen ihm in die Augen. Damit macht er alles nur noch schlimmer. Ich denke an Cecily. *Reiß dich zusammen!* Ich weiß nicht, ob ich das an den Jungen richte oder schon mal vorbeugend an mich selbst. Der Junge reibt sich die Augen und will sich zurückziehen. Aber der Schulleiter hält ihn mit der sauberen Hand fest und dreht den Rücken des Jungen dem Publikum zu.

«Die rote Hand – ab heute ein Zeichen, an dem wir diejenigen erkennen, die härter an sich arbeiten müssen. Keine Strafe! Motivation!», sagt er.

Dann lässt er den Jungen endlich gehen. Ich bin dran. Mein Herz klopft schneller, immer schneller, als mich der Schulleiter zu sich winkt. Ich muss mich wappnen, ziehe mich in mich selbst zurück. Vielleicht kann ich die rote Farbe so aussperren und zumindest ihre Bedeutung nicht an mich ranlassen.

Die rote Hand kann mir nichts! Sie ist nur ein sichtbares Zeichen für das, was ich schon längst für mich beschlossen habe. Ich werde nie eine Shaperin sein. Der Schulleiter riecht nach Tabak. Obwohl der Geruch eklig ist, atme ich ihn ein. Hoffentlich betäubt mich das ein wenig oder lenkt mich zumindest ab. Die rote Brühe – jetzt kann ich sie sehen – gluckert vor sich hin. Am liebsten würde ich den Eimer umstoßen. Dieses Tamtam wäre doch gar nicht nötig. Allein die Tatsache, dass ich vor die gesamte Schule treten muss, wäre Strafe genug.

«Pear hat heute im Kunstunterricht zum Chor ‹Halleluja› mit dem Fuß gewippt», sagt der Schulleiter und wartet kurz, bis sich das Raunen der Menge gelegt hatte.

Dann tunkt er seinen Handschuh wieder in den Eimer. Das Blubbern, als er ihn rauszieht, klingt schlimmer als die zerhackte Arie.

«Nur die Beherrschten ...», murmelt der Schulleiter in mein Ohr, als er mir die rote Hand verpasst.

Mir bleibt der Atem weg. Mit einem Mal weiß ich, warum der Junge geweint hat. Das ist keine einfache Farbe. Da muss noch was anderes drin sein, denn das Zeug juckt erst auf der Haut, dann fängt es an, höllisch zu brennen. Meine Uniform bietet keinen Schutz. In Sekundenschnelle ist die Farbe durch den Stoff gedrungen, noch schneller als vorhin der Regen. Ich muss mich zwingen, die Stelle nicht anzufassen. Was, wenn das Zeug giftig ist?

Der Gedanke lässt mich nicht mehr los. Es fühlt sich jetzt an, als ob die Farbe meine Haut auflöst. Mir wird schlecht, als der Schulleiter mich am Arm packt, um dem Publikum auch meinen Rücken zu präsentieren. Noch schlechter wird mir, als ich die Uhr an seinem Handgelenk sehe, die mir ins Ohr tickt. Jetzt verstehe ich, warum die roten Hände schon in der Mittagspause verteilt werden. So müssen wir sie bis zum Unterrichtsende ertragen. Das sind noch vier Stunden.

«Pause vorbei!», verkündet der Schulleiter und lächelt.

BALTHAZAAR

Ich liebe mein Zuhause. Neben mir röstet jemand Maroni, ihr leicht verbrannter Geruch mischt sich mit dem von Vanille, Nelken und Zimt. Die Gewürze kann ich nirgends sehen. Dass ihr Duft trotzdem die Halle füllt, macht ihn noch bezaubernder. Auf der anderen Seite sind Töpfe und Teller aufgereiht, einer edelsteinbunter als der andere. Und vor mir hängen bedruckte Tücher an einer Stange, die aussehen, als würden unbekannte Welten hinter ihnen warten, die entdeckt werden wollen. Kaum zu glauben, dass all diese Farben, Düfte, Bilder mitten in Ost-Lundenburgh existieren! Spitalfields ist mehr als eine Markthalle. Spitalfields ist ein Ereignis. Draußen gibt es keine Schaufenster, keine Plakate, keine Läden, wie ich sie von meinen Ausflügen in den Westen kenne. In Spitalfields konzentriert sich all das, was dem Rest des Ostens abgeht. Nur wenige solche Orte gibt es in Ost-Lundenburgh, und das macht sie besonders.

Jugendlichen ist der Eintritt verboten. Ich halte mich nicht daran, kenne die Händler, die mich in dunklen Nischen neben Seiteneingängen trotzdem bedienen. Doch gemacht ist Spitalfields für *erwachsene* Nons. Eigentlich befolgen die meistens die gleichen Regeln wie ihre Kinder. Zu groß die Gefahr, dass sie ihren Nachwuchs sonst vom richtigen Pfad abbringen und damit der ganzen Familie die Chance zum Aufstieg nehmen. Aber ab und an braucht auch der Standhafteste von ihnen Abwechslung, Ausgleich, ein wenig Raum zum Atemholen. Viele von ihnen haben eine sorgsam verschlossene Kammer in ihren Wohnungen, in die sie sich dann zurückziehen – den Bling-Schrein. Dort horten sie hinter zugeklebten Fenstern alles, was sie sich sonst versagen: Gemälde, Filmplakate und Fotografien, bunte Farben und reine Dekoration. Die Bling-Schreine sehen je nach Besitzer anders aus. Manche sind mit Blumentapeten und Plüsch ausgestattet, andere mit grafischen Mustern. Bei einem meiner «Besuche» in den Wohnungen Ost-Lundenburghs habe ich einen Schrein gesehen, der einem Dschungel nachempfunden wurde, komplett mit einem ausgestopften Tiger im Sprung. In manchen gibt es Sitzgelegenheiten – Plastikstühle in Quietschfarben oder barocke Sessel aus Brokat und Samt –, aber nie mehr als eine. Selbst Familienmitglieder teilen sich keinen Schrein, aus Angst, versehentlich vor den Kindern über seinen Inhalt zu reden. In seinem Schrein bleibt jeder unbeobachtet und in seltenen Fällen ungehört. Denn es gibt den Mythos, dass einige wenige schalldichte Kammern existieren, in denen ihre Besitzer so richtig ausscheren: Sie schauen Filme oder hören Musik. Die Sachen, mit denen erwachsene Nons ihre Bling-Schreine vollstopfen, kaufen sie jedenfalls in Spitalfields. Je opulenter, bunter, flauschiger, glitzernder, desto besser – und je unnützer. Das goldene Ei ist perfekt.

«Was ist nun?», fragt der schlaksige Typ, mit dem ich verhandle. Die Art, wie er das goldene Ei, das ich ihm verkaufen will, in der Hand wiegt, sagt mir, dass er es nicht mehr hergeben wird – auch wenn er das selbst noch nicht weiß. Es ist ideal für bessergestellte Nons, Lehrer etwa, die etwas Gold in ihrem Leben haben wollen. Nons tragen keinen Schmuck. Nur Eheringe sind üblich, so schmal und aus geschwärztem Metall, dass sie in den Hautfalten verschwinden. Ich sehe den Käufer mit seinem schwarzen Ring vor mir, wie er in seinem Bling-Schrein zwanzig Minuten das Ei anstarrt, weil er denkt, dass er sich danach besser fühlen wird. Der Händler auch. Ich kann hoch reingehen.

«Fünfhundert», sage ich.

«Dreihundertfünfzig. Das ist immerhin kein massives Goldei, sondern hohl.»

«Fünfhundert», sage ich noch einmal.

«So funktioniert das nicht, mein Herr. Sie müssen mir schon entgegenkommen.» Das «mein Herr» bringt mich kurz durcheinander, bis ich mich an den Anzug erinnere, den ich trage und der mir genauso aufgeklebt vorkommt wie mein falscher Schnauzer. Beide zusammen lassen mich als jungen Erwachsenen durchgehen.

«Muss ich das? Sie sind nicht der einzige Interessent hier auf dem Markt.» Ich nicke Trudy zu, der Händlerin am Nachbarstand. Trudy hat mich unter der Verkleidung längst erkannt. Sie spielt mit.

«Also ich wäre interessiert, falls ihr euch nicht einigen könnt», sagt sie und schenkt sich ein wenig von dem Rum ein, den sie verkauft. Sie trinkt ihr Glas in einem Zug leer.

«Vierhundert», versucht es der Händler weiter.

«Vierhundertfünfzig.» Mein Blick fällt auf die Ware hinter ihm. «Außerdem will ich die Ein-Liter-Flasche Badeöl dazuhaben, die mit Lavendel.»

«Badeöl? Ich hätte gewettet, dass Sie eher duschen. Ein Geschäftsmann wie Sie hat doch keine Zeit für Bäder.» Der Kommentar des Händlers trifft mich. Ich habe keine Dusche. Und dass ich eine Wanne nutzen kann, ist das reinste Wunder. Meine Fassade bröckelt. Und an der muss ich dringend festhalten, sonst durchschaut mich der Händler doch noch.

«Als kleine Aufmerksamkeit Ihrerseits», antworte ich und zwirble an meinem Schnurrbart, um in meine Rolle zurückzufinden. Der Bart löst sich leicht, und ich drücke ihn unauffällig wieder an.

«Fein!» Der Händler spuckt in seine Hand und streckt sie mir entgegen. Ich zögere ein paar Sekunden, einfach weil ich es kann. Erst dann schlage ich ein. Der Händler denkt, dass er einen großartigen Deal gemacht hat. Aber er weiß natürlich nicht, dass das Ei ein echtes ist, das ich ausgeblasen, mit Gips gefüllt und mit Goldfarbe bemalt habe. *Gar kein schlechtes Gewissen, Balthazaar?* Nope. Der Händler ist noch nicht lange hier, hat aber bereits gezeigt, dass er sich nicht an den Spitalfields-Ehrenkodex hält. Jeder, der hier seine Waren anbietet, bemüht sich, faire Preise zu machen. Denn Nons halten zusammen, sie wollen sich nicht gegenseitig ausnehmen. Ich gebe dem Typen nicht länger als eine Woche. Dann haben Trudy und die anderen ihn rausgeekelt.

«Wo wohnen Sie denn?», fragt der Händler, als er – das Ei immer noch in der Hand – mein Geld zählt.

«Oben», antworte ich.

«Im Norden also?», sagt er, um mich weiter abzulenken. Seine Tricks sind so basic, dass ich mich bereits langweile.

«Nein. Oben», antworte ich. «Und in dem Stapel sind fünfzig Pfund zu wenig. Zählen Sie noch mal nach!» Nach einem halbherzigen «Verzeihung – mein Fehler!» legt er das Ei auf seinen Tresen neben das Geld, das er nachzählen soll. Als er in den Scheinen blättert, kullert das Ei zum Rand des Ladentisches. Einen Moment bleibt es dort liegen. Dann fällt es wie in Zeitlupe herunter.

«Vorsicht!», rufe ich. Wir versuchen beide, das Ei aufzufangen, aber zu spät! Es knallt auf den Steinboden. Zunächst sieht es aus, als hätte es den Sturz unbeschadet überstanden, und ich gratuliere mir selbst zu meiner Arbeit. Doch dann hebt der Händler es auf. Über die Seite, die auf dem Boden aufkam, ziehen sich haarfeine Risse. Verwirrt streicht der Händler mit dem Daumen über das Netz. Ein winziges goldenes Schalenstück bleibt an seiner Haut hängen und gibt den Blick auf das Innenleben aus Gips frei.

Hastig greife ich mir das Geldbündel und laufe davon. Der Händler braucht ein paar Sekunden, bis er begreift, dass er übers Ohr gehauen wurde. Dann brüllt er «Fälscher!!!» und rennt mir hinterher.

Die anderen Händler mischen sich glücklicherweise nicht ein – entweder weil sie zu überrascht sind, oder weil sie meinen Verfolger nicht leiden können. Ich versuche, ihn auszubremsen, indem ich alles umwerfe, was mir in den Weg kommt. Jetzt schicken mir die Besitzer der Waren doch Flüche hinterher. Regale, Platten, Geschirr poltern meinem Verfolger zu Füßen. Er springt drüber oder drum herum. Das kostet Zeit. Aber seine Beine sind länger als meine, und er kommt mir trotzdem näher und näher. Verzweifelt sehe ich nach oben zu den imposanten Stahlträgern, die das Dach der Markthalle halten. Unerreichbar. Ich entscheide mich für das Nächstbeste, springe auf einen Tisch mit Plastikblumen und zertrample dabei einen Strauß Rosen. Stumm entschuldige ich mich, während ich von Tresen zu Tresen hüpfe. Ich bin froh, dass mich außer Trudy keiner aus der Nähe gesehen hat. Wenn die Händler wüssten, wer ihnen gerade Stände und Ware demoliert, würden sie mir monatelang nichts mehr abnehmen und verkaufen.

Ich muss zum Seiteneingang hinter dem Kleiderstand gelangen. Das ist meine beste Chance! Aber egal, was ich tue, mein Verfolger hat mich beinahe eingeholt. Mir bleibt nur noch eines …

«Schade drum!», sage ich und werfe die Flasche Badeöl nach dem Händler.

Sie kracht mehrere Meter vor ihm auf den Boden und zerbricht. Grinsend läuft der Typ durch das ausgelaufene Öl, weil er denkt, ich hätte ihn verfehlt. Die Scherben klirren unheilvoll unter seinen Sohlen. Schon sprintet der Händler auf mich zu … da verliert er das Gleichgewicht. Es ist, als wäre Spitalfields' Boden plötzlich mit Glatteis überzogen, so rutschig ist das Öl. Er kracht in einen Ständer mit Federboas und bleibt benommen liegen. Ich nutze die Verwirrung und entwische durch den Seitenausgang ins Freie.

«Hat es geklappt?», fragt Joanne, als ich außer Atem zu ihr stoße.

Sie hat einige Blocks weiter in einem Hinterhof auf mich gewartet. Joanne trägt den grauen Freizeitlook minderjähriger Nons. Auch eine Verkleidung, eine hässliche dazu, aber notwendig, damit uns die Häscher in Ruhe lassen. Ich bin froh, dass dank meiner Größe der Schnauzer mittlerweile genügt. Sogar ohne Bart gehe ich bei schlechtem Licht als Erwachsener durch – aber sicher ist sicher.

«Sag schon! Hat es geklappt», hakt Joanne nach.

Als Antwort halte ich ihr grinsend das Geldbündel unter die Nase. Sie versucht zurückzulächeln, aber es will ihr nicht gelingen. Die Schmerzen sind zu groß. Wir müssen uns beeilen.

Auf der Busfahrt nach Brixton beißt Joanne bei jeder Unebenheit der Straße die Zähne zusammen. Sie ist blass. Ihre rechte Hand hat sie unter dem Mantel verborgen, als würde sie eine unsichtbare Armschlinge tragen. Joanne hat protestiert, als ich sie in den Bus zog, aber ich will nicht, dass sie in ihrem Zustand den Weg zu Fuß zurücklegt. Das Geld wird trotzdem reichen. Hoffe ich. An der Haltestelle neben dem Kino steigen wir aus. Sehnsüchtig sehe ich mir die Filmplakate in den Schaukästen des Ritzy an und nehme mir selbst das Versprechen ab, nächste Woche zurückzukommen.

Der Osten ist kein guter Ort für Geschichten. Die meisten Erwachsenen halten sich von Kinos und Buchhandlungen fern. Je weniger sie damit in Berührung kommen, desto geringer die Gefahr, dass sie ihre Kinder dem aussetzen. Ein unachtsam dahingesagtes Filmzitat, ein herumliegender Roman, und die Chance, einen Shaper großzuziehen, schrumpft. Das Ritzy in Brixton hält als eines der wenigen

Kinos die Stellung. Der Filmvorführer dort lässt mich von seiner Kabine aus mitgucken. Zwar betont er jedes Mal sein schlechtes Gewissen, einem jungen Non jede Chance auf sozialen Aufstieg zu versauen. Der Bestechung, mit was immer ich gerade in Spitalfields auftreibe, kann er jedoch nie widerstehen.

Zuletzt habe ich mit Joanne im Ritzy die drei *Star Wars*-Originalfilme aus den Siebzigern gesehen. Aber heute sind wir wegen etwas anderem hier. In einer Seitenstraße hinter dem Kino gibt es einen Arzt, der bekannt dafür ist, keine Fragen zu stellen und bei anständigen Preisen gute Arbeit zu leisten.

«Ihre Schwester hat Glück, dass die Entzündung noch nicht den Knochen erreicht hat», sagt er, als wir nach eineinhalb Stunden Warten endlich drankommen.

Der Arzt schneidet Joannes Wunde auf und wäscht sie aus. Als er fertig ist, gibt er ihr Antibiotika und eine Salbe mit.

«Dreimal am Tag eine Tablette, alle zwei Tage den Verband wechseln und die Salbe auftragen. Und nächstes Mal kommen Sie bitte früher!» Er sieht mich über den Rand seiner Brille eindringlich an.

«Goldfarbe zu besorgen, ist nicht so leicht, vor allem täuschend echte. Das braucht seine Zeit», antworte ich, und Joanne schlägt mir die gesunde Hand in die Rippen.

«Wie bitte?» Der Arzt sieht verwirrt zwischen Joanne und mir hin und her. «Ich verstehe nicht ...»

«Natürlich, das nächste Mal kommen wir früher», sagt Joanne zum Arzt und zu mir, als wir die Praxis verlassen: «Das war leichtsinnig, Balthazaar!»

27

«Ach komm», antworte ich, «der hat eben für zwanzig Minuten Arbeit vierhundertdreißig Pfund bekommen. Der würde uns nicht verraten, selbst wenn er das mit der Goldfarbe kapiert hätte.»

Joanne schüttelt den Kopf, lacht aber dabei. Wir beschließen, den Weg zurück nach Spitalfields zu laufen, um das Geld für den Bus zu sparen und um die zwei Stunden totzuschlagen, bis die Halle schließt. Doch wir sind zu schnell. Als wir ankommen, ist das Markttreiben noch in vollem Gange.

«Und jetzt?», fragt Joanne.

«Wir haben noch acht Pfund übrig – das reicht für zweimal heiße Schokolade mit Rum.»

«Sollten wir das Geld nicht lieber sparen?»

«Ich habe heute halb Spitalfields demoliert, einen Händler betrogen und dann mit seinem eigenen Badeöl ausgeknockt und schließlich noch das Innere deiner Hand gesehen.»

«Wie, mit Öl ausgeknockt?»

«Erzähle ich dir später. Wichtig ist: Die heiße Schokolade mit Rum habe ich mir wirklich verdient! Und du auch. Hat es sehr wehgetan?»

«Ging so...» Bei Joanne heißt das, dass es sehr schmerzhaft war.

Bevor ich den Markt betrete, ziehe ich mein Jackett aus, reiße mir den Schnauzer ab – autsch! – und ziehe mir Joannes Mütze, die sie aus ihrer Manteltasche holt, tief ins Gesicht. Trudy ist wie immer großzügig mit dem Rum. Noch besser ist, dass der Händler, der mich vor wenigen Stunden durch den Markt gescheucht hat, mit einem Ver-

28

band am Kopf an mir vorbeigeht, ohne zu ahnen, wer ich bin. Ich fühle mich, als würde ich die Hauptrolle in meinem eigenen Film spielen und wäre gleichzeitig der Regisseur.

«Wollen wir noch eine Runde laufen?», fragt Joanne, nachdem ich ihr mit Trudys Unterstützung von der Verfolgungsjagd erzählt habe. «Es ist immer noch zu früh.» Joanne hat jetzt wieder Farbe im Gesicht – ob vom Rum, der Aufregung oder der Behandlung ist schwer zu sagen.

«Nein, lass uns schon hochgehen», sage ich. «Heute will *ich* den Knoten lösen.»

Mit dem Pappbecher in der Hand schieben wir uns durch eine Tür auf der Rückseite der Markthalle in das muffige Treppenhaus. Es führt zu einer leer stehenden Wohnung, die nur durch ihre Lage im Mantel der Markthalle dem Abriss entging. Zwei unserer Freunde sind schon da. Normalerweise darf der Erste, der am Abend die Wohnung betritt, den Knoten lösen, aber heute lassen sie mir den Vortritt. Meine Flucht durch die Marktstände hat sich bereits rumgesprochen. Nur um sicherzugehen, erzählt Joanne die Geschichte noch einmal, allerdings in ihrer Version:

«Zehn Händler waren hinter ihm her! Mit Messern! Aber er hat sie alle abgehängt!»

Dabei streichelt Joanne Harry, den Kater mit den schwarzen Fellkreisen um die Augen, dessen Krallen für ihre entzündete Hand verantwortlich sind. Ich schüttle missbilligend den Kopf.

«Du lernst einfach nicht dazu ...»

29

Ich mag Harry nicht besonders, aber er ist Joannes Ein und Alles. Sie zuckt zur Antwort nur mit den Schultern. Während sie ihrer Fantasie weiter freien Lauf lässt – «Ich habe meinen eigenen Knochen gesehen! Ehrlich!» – und sich mit unseren Freunden den Rest der heißen Schokolade mit Rum teilt, gehe ich zum anderen Ende der Wohnung. Die meisten Zimmer sind unbewohnbar. Nur das Bad nutzen wir, da irgendwer vergessen hat, das Wasser abzustellen – auch das warme. Der Duschkopf funktioniert nicht, aber wir können im «Dalmatiner» baden. So nennen wir die Wanne, deren weißes Email an so vielen Stellen ausgeschlagen ist, dass sie mit schwarzen Punkten übersät ist. Als ich am Badezimmer vorbeigehe, bereue ich, dass ich das Lavendelöl geopfert habe.

Ich gehe zu einem der Fenster, die auf die Markthalle blicken. Dort warte ich. Ich liebe die Minuten, in denen die letzten Händler ihre Ware zusammenpacken. Trudy raucht wie jeden Abend eine selbst gedrehte Zigarette mit dem Hausmeister, bevor er pünktlich um 17 Uhr die Tore zur Halle schließt. Die Erwachsenen haben den Markt verlassen. Jetzt gehört Spitalfields uns.

Meine Freunde – mittlerweile sind es schon an die zwanzig – haben sich hinter mir versammelt. Das Ritual will keiner verpassen. Ich schiebe die Fensterscheibe nach oben und greife nach dem Seil, von dessen Existenz nur wir wissen. Es ist an einen Haken in der Wand geknotet. Egal, wie oft ich es schon getan habe, ich bekomme immer Gänsehaut, wenn ich den Knoten löse. Das Seil schießt nach oben in die Dunkelheit. Eine Sekunde lang geschieht nichts. Dann haben die Gewichte am anderen Ende des Seils genügend Fahrt aufgenommen, und ein Geflecht aus Brettern, Seilen und Tuch entfaltet sich zwischen den Stahlbalken.

Im Zeitraffer wird ein Lager in der Luft geschaffen, Schlingen halten Stoffbahnen, halten Spanholz, Stricke werden zu Geländern, Trittbretter zurren sich zu Wegen fest. Alles zusammen macht das Dach der Markthalle zu einem Zuhause. Unserem Zuhause.

Wir nennen es den Bauch. Auch wenn die Träger, zwischen denen wir wohnen, aus Metall sind, erinnert die Konstruktion an einen umgekehrten Schiffsbauch. Uns selbst nennen wir die Treibenden. Denn nicht wenige von uns wären ohne den Schutz und Halt des Bauchs in der Welt da draußen tatsächlich untergegangen. Ein riesiges, schweres schwarzes Stück Stoff, die «finstere Decke», von der keiner mehr sagen kann, von wo sie wie hierhergekommen ist, hält die Konstruktion tagsüber vor allen Augen verborgen. Jetzt macht sie das Lager von unten und außen uneinsehbar, gaukelt Neugierigen vor, dass sie ins Nichts blicken.

Ich trete zur Seite, und einer nach dem anderen klettert durch das Fenster in den Bauch. Tagsüber, wenn die Händler mit ihren Essensständen und Tauschbörsen für allen möglichen und unmöglichen Kram den Markt füllen, schwärmen wir aus: in die Gassen Ost-, seltener West-Lundenburghs und die des «Kerns», an den beide grenzen. Dort gehen wir unseren «Geschäften» nach – Tauschhandel, Botengängen und kleineren Diebstählen. Doch sobald der Hausmeister die großen Tore abschließt, nehmen wir die Halle wieder in Besitz.

Ich sehe den Treibenden dabei zu, wie sie es sich im

Bauch gemütlich machen. Ich freue mich darauf, gleich den Anzug loszuwerden. Der Händler hatte nie eine Chance. Ost-Lundenburgh, Spitalfields – das ist meine Welt. Und in meiner Welt bin ich ganz, ganz ...

«... oben!», flüstere ich.

PEAR

So schnell ich kann, gehe ich über den Schulhof, ohne zu rennen. Denn das hätte noch mehr Aufmerksamkeit auf mich gezogen. Jetzt bin ich froh, dass es verboten ist, in Gruppen herumzustehen und miteinander zu reden. Obwohl ... so muss ich mich jeder stummen Reaktion einzeln stellen. Keine Frage: Was ich in den Augen der anderen lese, ist echt und nur an mich gerichtet. Cecilys Ausdruck kann ich eindeutig als Häme identifizieren, ihre übliche Reaktion. Bei den anderen fällt mir die Einordnung nicht so leicht, und die Ungewissheit lässt sich noch schwerer aushalten.

Ich verlasse den Hof, eile weiter, immer weiter durch die Straßen Ost-Lundenburghs. Die schmalen Absätze, die ich in der Schule tragen muss, bleiben hängen, und ich verfluche das Kopfsteinpflaster – sonst so ziemlich das Einzige hier, das alle hübsch finden. Aber gerade finde ich es überhaupt nicht hübsch. Und überhaupt: Sachen hübsch zu finden oder hässlich oder sonst wie hat mich erst in meine schlimme Situation gebracht. Keine Sekunde mehr will ich damit verschwenden, auf die Spalten zwischen den Steinen zu achten. Ich will nur noch nach Hause. Als ich den ersten Erwachsenen begegne, verstehe ich, wie gemein das rote Zeichen auf meiner Schulter wirklich ist. Die Rügen, mit denen wir bisher bestraft wurden, waren zwar unangenehm, blieben aber auf die Schule beschränkt. Die rote Hand dagegen nehmen wir mit nach draußen. Wahrscheinlich wurde sie in den Zeitungen angekündigt, die in den Pubs ausliegen. Jeder Erwachsene scheint zu wissen, was die rote Hand bedeutet. Sie sind zu zweit, zu dritt, zu viert unterwegs, denn sie dürfen das. Und sie deuten auf mich und flüstern miteinander.

Als ich unsere Straße erreiche, kommt mir wieder Mrs. Smithers entgegen. Sie ist schlimmer als die Häscher. Ich hoffe, dass sie das Schandmal nicht bemerkt. Aber rote Rinnsale sind über meinen Ärmel gelaufen, und Mrs. Smithers, sensationslüstern wie eh und je, bleibt stehen und sieht nach, woher die Farbe kommt.

«Pear, Pear, Pear!», sagt sie und schüttelt den Kopf. Schnell gehe ich weiter, aber ihr nächster Satz holt mich trotzdem ein.

«Wenn das deine Mutter wüsste!»

Der Satz brennt genauso wie die Farbe, nur nicht auf eine Hautstelle begrenzt, sondern überall, so als stünde mein ganzer Körper in Flammen. Plötzlich will ich nicht mehr nach Hause. Denn Mrs. Smithers hat mich daran erinnert, dass dort das Wichtigste fehlt: meine Mutter. Am liebsten will ich direkt nach Spitalfields, aber das Abendessen kann ich nicht ausfallen lassen. Nicht weil ich Hunger habe, ich bin selten hungrig. Aber wenn ich nicht am Tisch sitze, isst mein Vater nichts. Und der ist sowieso schon dünn wie die Schnüre aus Fruchtgummi, die er stets zu Zöpfen flicht, bevor er daran knabbert – seine einzige Nahrung neben Frühstück und Abendessen.

Ich gebe mir einen Ruck und gehe weiter. Sobald

Mrs. Smithers außer Sichtweite ist, nehme ich die Abkürzung über die Gärten, um den Blicken, Meinungen, Urteilen endlich zu entkommen. Die Pumps verstaue ich in meiner Tasche, bevor ich über die Ziegelmauern klettere, die die Leben der Nachbarn trennen. Als ich in unserem Garten ankomme, kratzen mir die Brombeeren des Vormieters zur Begrüßung über die Wade. Willkommen daheim! Ich gehe durch die Hintertür, die immer offen ist, damit mein Vater nach draußen kann. Die Haustür ist dagegen verschlossen, wenn ich nicht daheim bin.

«Da bist du ja, Liebes!», begrüßt mich mein Vater, als ich den Raum betrete, der gleichzeitig Küche, Wohnzimmer, Esszimmer, Garderobe, Speisekammer und Abstellraum in einem ist. Daneben gibt es nur noch zwei kleine Schlafzimmer, meins und das meines Vaters, und ein orange gefliestes Duschbad.

«Wie war die Schule?» Das Rot auf meiner weißen Uniform nimmt mein Vater nicht wahr.

«Ganz gut», antworte ich.

«Wie schön!» Er tätschelt meinen Arm. Auch die Farbbrösel, die an seinen Fingern kleben bleiben, sieht er nicht. Er holt zwei Schalen aus der Küche und stellt sie auf den Tisch. Sie sind bis zum Rand mit Erde aus dem Garten gefüllt.

«Danke, Papa.» Während mein Vater Besteck holt und dabei in eine Trance fällt, die ihn Löffel, Gabeln und Messer zählen lässt, schütte ich die Erde weg und ersetze sie durch den Eintopf, den ich gestern Abend vorbereitet habe.

Das Mittagessen zieht sich hin. Mein Vater plappert von vergangenen Zeiten und Menschen, die mir fremd sind.

Aber er hat seinen Fehler selbst bemerkt, als er mit zwei
Messern an den Tisch kam, und hat sie gegen Löffel aus-
getauscht. Das ist ein gutes Zeichen! Ich kann gleich los
und den Abwasch meinem Vater überlassen. Ein paarmal
hat er vergessen, den Wasserhahn zuzudrehen, aber das
ist nicht weiter schlimm. Wasser ist mit drin in der Miete,
und die ist sowieso viel zu hoch für die düstere Wohnung
im Kellergeschoss, das in Lundenburgh optimistisch *lower
ground floor* genannt wird: das «untere Erdgeschoss». Im
Westen ist das vielleicht passend, wo sich im *lower ground
floor* weite Flügeltüren in weiß bestuckten Residenzen zu
Parkanlagen öffnen, deren Statuen lebendiger aussehen
als manch Einwohner Ost-Lundenburghs. So wurde mir
das zumindest beschrieben. Hier im Osten sind die Fenster nach vorne vergittert, nach hinten im Schatten und
die Decken niedrig. Der einzige Vorteil, unter der Erde
zu wohnen, ist der, dass ihr Instinkt die Mäuse über den
Kamin Richtung Dach flüchten lässt, wenn der Kammer-
jäger durch das Restaurant geht, das das *echte* Erdgeschoss
in Beschlag nimmt. Nur ab und an hüpft ein Nager in der
funktionslosen Feuerstelle hier unten auf und ab, bis er im
Mörtel Halt findet und nach oben verschwindet, wo alles
besser ist, selbst wenn Gift den Weg benetzt.

Nein, ein bisschen verschwendetes Wasser wäre kein
Problem. Weitaus schlimmer wäre es, wenn das Plätschern
bei meinem Vater unsere schlimmste Erinnerung und damit einen Anfall triggern würde. Stundenlang steht er dann
vor dem Waschbecken und reibt seine wunden Hände, als
sei er genauso mit Farbe beschmiert wie ich heute. Ein paarmal habe ich ihn so vorgefunden. Aber das Risiko muss ich

eingehen. Mein Tag ist so mies bislang, ich brauche jetzt Spitalfields. Ich brauche Balthazaar. Dringend.

Mein Vater bemerkt nicht, dass ich immer unruhiger auf meinem Stuhl hin und her rutsche. In aller Ruhe löffelt er seinen Eintopf. Ich will mich nur noch waschen und umziehen. Sobald mein Vater den Rest seiner Brühe ausgetrunken hat, halte ich es nicht mehr aus. Die Schalen klappern, als ich sie ins Spülbecken werfe. Kaum ist meine Zimmertür hinter mir zugefallen, schäle ich mich aus meinen Kleidern. So gut es geht, wasche ich mein Schulterblatt mit zu heißem Wasser. Ich kicke meine Uniform und das rot verschmierte Handtuch in eine Zimmerecke, wende beidem den Rücken zu. Dann stelle ich mich vor meinen Schrank.

Eigentlich habe ich zwei Schränke, einen offiziellen und einen inoffiziellen. Im offiziellen Schrank hängen meine Uniformen und die grauen Oberteile aus Polyester, die ich wie alle Nons unter achtzehn Jahren außerhalb der Schule mit den knöchellangen Hosen aus dem gleichen Stoff tragen muss. Ich drücke die ungeliebten Kleidungsstücke mit mehr Schwung zur Seite als nötig und schiebe die Spanplatte dahinter nach oben, bis sie eine zweite Kammer freigibt, meine Schatzkammer. Bügel neben Bügel, Stapel über Stapel beherbergt sie meine Sammlung der aufregendsten, ungewöhnlichsten und definitiv nicht für mich bestimmten Mode, die ich in die Finger bekommen konnte – gefundene Stücke, getauschte und ja, manchmal auch geklaute. Balthazaar hat mir von den Bling-Schreinen erzählt. Das ist meine Version davon.

Ich wähle schwarze Leggins, ziehe ein übergroßes gestreiftes Männerhemd an, das ich mit einem Gürtel – Fundstück – zu einem Kleid tailliere. Darüber kommt dann mein größter Schatz: eine Jeansjacke, das einzige Stück, das ich je gekauft habe … bei einem jener Spitalfields-Händler, die heimlich Balthazaar und seine Freunde bedienen. Dann noch: Turnschuhe. TURNSCHUHE!!! Ein Geschenk von Balthazaar. Ich habe ihn nach der Farbe der Schnürsenkel gefragt. «Rosa» hat er sie genannt. Ich grinse, als ich mich im Spiegel anschaue – auch der nicht erlaubt, auch der im inoffiziellen Schrank versteckt –, und löse mein Haargummi. Meine Locken, die ich an der Schule geglättet tragen muss, springen zurück ins Leben, als wollten sie klarstellen, dass keine noch so große Menge Haaröl sie davon abhalten kann, ganz sie selbst zu sein.

Sorgfältig verschließe ich den inoffiziellen Schrank. Aus dem offiziellen Schrank nehme ich den grauen Mantel, dessen Kapuze später meine Haare verdecken wird. Er ist so unförmig und lang, dass sogar die Turnschuhe darunter verschwinden. Meine Tarnung. Hat man die Häscher einmal am Hals, wird man sie nicht mehr los, bis sie einem alle Geheimnisse entlockt haben. Und das sind in meinem Fall nicht gerade wenige.

Mit dem Mantel über dem Arm gehe ich zurück in die Küche. «Ich gehe dann, Papa!», rufe ich seinem Rücken zu, während ich ein Stück Brot mit Käse und Butter einpacke. Mit einer Antwort habe ich nicht gerechnet.

«Wo willst du hin?», fragt mein Vater, ohne von den Schalen aufzusehen, die er im Spülbecken schrubbt.

«Spitalfields», sage ich, in Gedanken bei dem tropfenden Eisfach, das ich eben entdeckt habe. Wir brauchen dringend einen neuen Kühlschrank. Nur wovon bezahlen?

«Der Markt schließt doch schon um sechs», entgegnet mein Vater.

«Hm?» Ich fixiere den Rücken, der sich mit jeder Bürstenbewegung hebt und senkt, als wäre es Schwerstarbeit. Seit wann hat mein Vater die Uhrzeit im Blick?

«Schon, aber ich gehe trotzdem hin», sage ich betont langsam. Mein Vater dreht sich zu mir um, eine triefende Schale in der Hand, und ich erstarre. Seine Augen sehen anders aus. Wach. Misstrauisch? Er mustert meinen Aufzug, das wilde Haar. Erinnert er sich daran, dass gute Töchter so nicht rumlaufen? Dass nur Erwachsene sich mit Freunden treffen dürfen? Dass nur Erwachsene Freunde *haben*? Dass ich meine und seine Zukunft verspiele? Und ist es ihm plötzlich nicht mehr egal? Ein Teil von mir sehnt sich danach, dass mein Vater zurückgefunden hat zu sich, zu mir, aber ein anderer macht sich bereit wegzulaufen, falls ich nicht mehr zu Balthazaar gehen darf. Ich starre auf die Pfütze, die sich zu Füßen meines Vaters bildet, Tropfen für Tropfen, sehe erst wieder auf, als ich mit ihnen bis zehn gezählt habe. Der Ausdruck meines Vaters ist dem gewohnten gewichen, und er sagt freundlich, dabei teilnahmslos: «Ach so, na gut.»

BALTHAZAAR

Wie immer stolpert mein Herz kurz, als ich sehe, wie Pear durch das Fenster in den Bauch klettert. Vor Freude. Vor Aufregung. Und ein bisschen auch vor Angst, weil die Freude und Aufregung so groß sind. Pear nimmt ihren üblichen längeren Weg zu meiner Nische, weil der direkte streckenweise kein Geländer hat. Egal, wie oft sie mich hier besucht, sie kann sich mit meinem luftigen Zuhause nicht anfreunden. Harry folgt Pear, wie immer. Als wolle er sich über sie lustig machen, geht der Kater leichtfüßig genau da, wo sich meine ängstliche Freundin zuvor schrittchenweise vorwärtsgeschoben hat. Das macht ihn mir nicht unbedingt sympathischer.

«Hey», sagt Pear, als sie endlich bei mir ist, und setzt sich auf das Brett gegenüber meiner Pritsche. Das habe ich dort montiert, weil ihr die Hängesessel nicht geheuer sind. Sie hält sich daran fest, als ob das was bringen würde, wenn das Brett plötzlich nachgeben sollte. Macht sie immer. Aber dieses Mal krallt sie sich so in das Holz, als könne sie sich nicht entscheiden, ob ihr das Brett Halt geben soll oder ob sie es am liebsten zerbrechen würde. Etwas muss passiert sein.

«Was ist los, Pear?», frage ich und versuche, Harry zu verscheuchen.

«Ich kann es nicht einordnen.»

Bei komplizierten Gefühlen weiß Pear manchmal nicht, welche es sind.

«Wie fühlt es sich an?»

«Da fehlt was in mir drin, das da sein sollte: Wut», antwortet sie. «Am liebsten will ich mich zu einer Kugel rollen und alles aussperren.»

«Ist Hilflosigkeit mit dabei?»

«Ja. Und ich schäme mich.»

«Dann fühlst du dich gedemütigt.»

«Ah ja? Ge-de-mütigt!» Pear probiert das Wort an, und ich kann sehen, dass es zu ihrem Gefühl passt. Das macht mir Sorgen.

«Was ist geschehen, Pear?», frage ich.

«In der Schule lief es heute nicht so gut.» Pear presst ihre Beine aneinander, als Harry sich an ihnen reibt. Sie vermeidet Berührungen jeglicher Art, aber ein Kater lässt sich nun einmal schwer kontrollieren.

«Wurdest du gerügt?», frage ich, obwohl ich mir nicht vorstellen kann, dass das für Pears Kummer verantwortlich ist. Das passiert ihr ständig.

«Schlimmer!», antwortet Pear. Und dann erzählt sie mir die Geschichte von der roten Hand, unterbrochen nur durch Harrys Miauen. Der Kater scheint genauso empört zu sein wie ich. Als Pear fertig ist, rufe ich: «Das können die doch nicht machen!» ... so laut, dass ein paar Treibende «Pssst!» zischen. Töne kann selbst die düstere Decke schwer dämpfen. Deswegen flüstern wir hier oben.

Pear zuckt nur hilflos mit den Schultern. Dann fragt sie leise: «Kann ich dich um einen Gefallen bitten?»

«Klar, was immer du willst!» Und das meine ich so.

«Könntest du ... könntest du nachsehen, ob ich die Farbe komplett abgewaschen habe? Ich konnte im Spiegel nicht alles erkennen.»

Pears Bitte überrascht mich. Normalerweise ist sie scheu, was Nähe angeht. Aber das Erlebnis an der Schule scheint alles andere auszuhebeln. Sie streckt mir ihre Schulter entgegen und löst die oberen zwei Knöpfe ihres Hemdkleids.

«Okay», sage ich, und das Wort will nur widerwillig aus meinem trockenen Mund.

Behutsam schiebe ich den Stoff zur Seite, ohne ihre Haut zu berühren. Der grenzenlose Hass auf den Schulleiter, der beim Anblick ihres Schulterblatts hochkommt, trifft mich noch unvorbereiteter als Pears Bitte. Auch wenn der Schulleiter ein Non ist, vermischt sich der Hass auf ihn mit dem auf die Shaper, der immer da ist. Wenn wir nicht so werden müssten wie die, dann gäbe es keine roten Hände. Ich muss einen Moment warten, bevor ich etwas sagen kann.

«Also, die rote Farbe ist weg ...» Ich schlucke hart. Pear merkt sofort, dass etwas nicht stimmt.

«Aber?», fragt sie.

«Deine Haut hat sich verändert.» Es hilft nichts. Ich muss ehrlich sein, alles andere würde Pear mir übel nehmen.

«Wie verändert?»

Auf Pears Schulterblatt sind blasse Krater in Form einer ausgefransten Hand zu sehen. Ich überlege, wie ich das am besten beschreibe, ohne Pear in Panik zu versetzen.

«Deine Haut ist vernarbt ... als würde sie sich selbst angreifen, anstatt dich vor dem zu schützen, was von außen kommt.»

Pear dreht den Kopf zu mir, Angst in den Augen. *Super gelöst, Balthazaar: Haut, die sich selbst zerstört! Etwas, das noch mehr nach Horrorfilm klingt, ist dir nicht eingefallen, oder?*

«Das heilt bestimmt wieder ab, Pear», sage ich.

Sicher bin ich mir da nicht. Ich inspiziere die unversehrte Haut neben den Narben, um mich zu beruhigen. Zwei winzige Muttermale wirken wie der Teil eines Sternbilds, das sie mit den anderen braunen Punkten auf Pears Rücken bilden. Ich bin froh, dass die Hand des Schulleiters die Zwillingssterne nicht erreicht hat.

«Vielleicht ist das Absicht», sagt Pear und zieht das Hemd wieder über die Schulter.

«Du meinst, die wollen, dass das Zeug eure Haut verletzt?»

«Ja, vielleicht ist eine ätzende Substanz in der Farbe. Oder unser Schulleiter rührt sie selbst unter. Dem würde ich zutrauen, dass er eine Spezialmischung anfertigt, um uns noch mehr zu quälen.»

«Das kann ich mir nicht vorstellen. Der hält sich doch an die Vorgaben von oben. Vielleicht hattest du eine allergische Reaktion auf einen der Inhaltsstoffe.»

«Hm», antwortet Pear, und ich weiß nicht recht, ob sie mir damit zustimmt oder einfach nur ratlos ist. Dann dreht sie sich zur Seite – eine untypisch schnelle Bewegung für sie im Bauch – und holt etwas aus ihrer Manteltasche. «Hier. Ich habe dir etwas mitgebracht.»

Pear reicht mir ein Käse-mit-Brot. So nennen wir die

Sandwiches, die sie für mich zubereitet. Die einzige Funktion der dünnen Toastbrotscheiben ist es, fette Mengen an Käse und Butter zusammenzuhalten. Wie immer, wenn Pear mir Essen mitbringt, weiß ich nicht, was ich davon halten soll. Einerseits freue ich mich darüber, weil das zeigt, dass ich ihr wichtig bin. Andererseits will ich keine Almosen. Aber ich habe nun mal keinen Kühlschrank und liebe Käse über Butter, je reifer, desto besser. Ich nehme das Sandwich. «Danke», sage ich.

Eine Weile sieht Pear mir still beim Essen zu. Ihr Griff um das Sitzbrett lockert sich ein wenig. Harry wittert seine Chance und buhlt erneut mit viel Miauen und Um-die-Beine-Streichen um Pears Aufmerksamkeit – ergebnislos, aber Pear kann über seine Störrigkeit lachen. Gut so.

«Was hast du eigentlich angestellt?», frage ich zwischen zwei Bissen. «Warum haben die dir die rote Hand verpasst?»

«Musik», antwortet Pear.

«Du hast heimlich Musik gehört?» Ich bin gleichzeitig geschockt, begeistert ... und beleidigt. Pear folgt ihrem eigenen komplizierten Regelwerk, das nur für sie Sinn macht. Im Gegensatz zu uns Treibenden lebt sie in beiden Welten, unserer und der der anderen Nons. Und um sich da irgendwie zurechtzufinden, setzt Pear sich selbst Grenzen beim Missachten der Verbote. Der größte Regelbruch sind die Treffen mit mir, für die sie sich auch nicht an die Kleidergebote hält. Doch ansonsten versucht sie sich einzuschränken, wo es geht. Wenn sie nur wenige Ausnahmen macht, solange wir uns sehen, fällt es ihr leichter, in den Alltag zurückzukehren, ohne sich zu verraten. Mit mir reden, ja – berühren, nein. Sich aus dem Haus schleichen, um mich zu treffen, ja, unseren Stadtteil verlassen oder gar nach West-Lundenburgh gehen, niemals. Neue Farben in ihr Leben lassen, die sie in ihrem Kleiderschrank aufbewahrt, ja. Aber nur in Ausnahmen fragt Pear, wie man Töne jenseits der Grundfarben nennt. So kann sie besser verdrängen, dass sie fehlen, wenn sie sie nicht trägt.

Bei Musik hat Pear auch immer eine Grenze gezogen, egal, wie oft ich ihr angeboten habe, es auszuprobieren. Laut Musik hören können wir im Bauch sowieso nicht. Aber die Treibenden teilen sich zwei Walkmans und einen Discman, der über ominöse Kanäle aus West-Lundenburgh hierher fand. So oft schon habe ich Pear angeboten, Ohrstöpsel mit mir zu teilen, aber bislang hat sie immer abgelehnt. Ich wollte ihr Gesicht sehen, wenn sie das erste Mal von Beats und Text mitgerissen wird, mit ihr fühlen, wie sie sie berühren. Wenn sie jetzt ohne mich zum ersten Mal Musik gehört hätte, würde mich das verletzen. Doch sie sagt: «Nein, ich habe nicht heimlich Musik gehört.»

«Ach so?»

«Unsere Lehrerin hat uns ein Musikstück vorgespielt.»

«Wirklich? Ihr dürft jetzt offiziell Musik hören? Krass.» Ich stecke mir einen Cheddar-Krümel, der in meinen Schoß gefallen ist, in den Mund. Immerhin hat Pear mich nicht absichtlich ausgeschlossen.

«Nein», antwortet sie, «es war eher eine Art Experiment. Und für mich ging es so richtig schief.»

«Welche Band war es denn? Radiohead? Blur?» Ich summe die Melodie von Country House, aber Pear sieht mich streng an, und ich breche ab.

45

«Nein», sagt sie. «Ein Oratorium. Der *Messias*?»

«Kenne ich nicht.» Sehr gut. Ich kann Pear immer noch die besten Bands der Welt zeigen, auch die beste von allen: Lambs Eating Lions. Sie sind die einzigen Nons, die den Sprung in den Westen geschafft haben, ohne die Gabe zu entwickeln. Ihre Musik ist einfach so gut, dass auch die Shaper nicht an Lambs Eating Lions vorbeikommen. Das Problem ist, dass unsere Kassetten und CDs uralt sind. Lambs Eating Lions sind nicht dabei. Nons sind keine Zielgruppe für Bücher, Filme, Musik. Kunst wird für Shaper produziert und ist entsprechend teuer, vor allem wenn sie neu rauskommt. Deswegen zeigt auch das Ritzy nie die aktuellen Streifen. Aber einen Ort, an dem die neueste Musik gespielt wird, gibt es hier ganz in der Nähe ...

«Okay, und was ist passiert, als du ein Stück aus diesem ‹Oratorium› gehört hast?», frage ich.

«Ich habe reagiert.»

«Was hast du gemacht?»

«Mit dem Fuß gewippt. Im ... Takt, glaube ich.»

Pear sieht so geknickt aus ... ich muss etwas dagegen tun. Ihr Scheitern ist gar keines – zumindest nicht in meiner Welt. Im Gegenteil!

«Das feiern wir!», verkünde ich gut gelaunt.

«Dass ich bestraft wurde? Nein danke!»

«Nicht dass du bestraft wurdest. Dass du das erste Mal in deinem Leben Musik gehört hast. Das muss gefeiert werden!»

«Und wie willst du das feiern?»

«Mit mehr Musik.» Ich zerknülle das Butterbrotpapier. «Manchmal muss man sich einfach fallen lassen, Pear.»

Ich werfe ihr die Papierkugel zu. Dann lehne ich mich nach hinten, bis die Schwerkraft an mir zieht und ich ins Leere kippe.

PEAR

Ich halte die Luft an. Obwohl ich weiß, dass Balthazaar den Bauch wie kein Zweiter kennt, mag ich es nicht, wenn er sich scheinbar ins Nichts fallen lässt. Immerhin sind wir fast fünfzehn Meter über dem Boden. Das zerknüllte Butterbrotpapier fliegt an mir vorbei, fällt dann nach unten, ohne dass ich es erwische. Dafür hätte ich ja auch das Brett loslassen müssen. Mit einem *Plopp!* kommt die Papierkugel auf. Balthazaar dagegen landet wie üblich in einem Tuch, das zwischen zwei Stahlbalken gespannt ist, und schaukelt schräg unter mir hin und her. Ich wünschte, ich würde mich auch so sicher fühlen, dass ich mich blind ins Nichts fallen lassen kann. Aber in meiner Welt gibt es keine rettenden Hängematten, stattdessen lauern überall Fallstricke.

«Kannst du nicht zurückkommen?», frage ich, nachdem ich mich von der Schrecksekunde erholt habe ... auch um das Thema zu wechseln. Balthazaars Vorschlag ist nichts für mich. Mir reicht es erst einmal mit der Musik.

«Zurückkommen? Wohin?» Balthazaar stößt sich an einem Balken ab, schaukelt aus meinem Blickfeld und wieder hinein, hinaus, hinein, bis ich eines der Hängemattenseile festhalte.

«Zu mir ...»

«Hoch? Gleich, lass mich noch ein bisschen schaukeln.»

«Nein, in die Schule meine ich.»

«Wieso das? Ich bin froh, da raus zu sein.»

Balthazaar erzählt nicht viel über die Zeit vor dem Bauch. Aber eine Weile ist er wohl in die Whitechapel Primary School gegangen.

«Ich brauche dich aber», sage ich.

«Ach komm, du willst nur, dass jemand öfter als du diese komische Hand verpasst kriegt.»

«Im Ernst, Balthazaar. Mit dir wäre das alles besser zu ertragen.»

«Und wie stellst du dir das vor? Wenn wir uns in der Schule auch nur anlächeln, gehen bei denen die Alarmglocken los.»

«Das könnte doch auch lustig sein», versuche ich es. «Ein Spiel. Wir tun so, als ob wir uns gar nicht kennen und erst recht nicht befreundet sind. Nach der Schule machen wir uns darüber lustig. Wir führen alle an der Nase herum.»

«Das halten wir doch niemals durch!»

«Tu's für mich! Bitte.»

«Ich werde nie wieder eine Schule betreten, Pear, nicht einmal für dich», sagt Balthazaar. «Bleib einfach auch weg!»

Er fängt wieder an zu schaukeln. Ich lasse ihn.

«Das geht nicht», antworte ich. «Dann könnten wir uns nicht mehr treffen, Balthazaar. Die Häscher würden sofort bei meinem Vater vor der Tür stehen – immerhin gibt es eine Schulpflicht. Und bei allem, was mit Jugendlichen und ihrem Aufstieg zu Shapern zu tun hat, übernehmen Häscher die Aufgaben von Behörden und Polizei. Wenn sie erst einmal vom Zustand meines Vaters erfahren ... keine Ahnung, was sie dann mit ihm machen. Einsperren? Zumindest aber werden sie mich ihm wegnehmen, und wer weiß, wo ich dann lande. Wenn es um uns Jugendliche geht, kennen die keinen Spaß. Du weißt doch: *Wir sind die Hoffnung*.»

«*Wir sind die Hoffnung*», murmelt Balthazaar. Ich bin überrascht, dass er den Satz nachspricht. Die kurze Zeit an der Schule scheint doch ihre Spuren hinterlassen zu haben.

«Manchmal wünschte ich, ich könnte mit dir tauschen», sage ich. «Die Treibenden hat keiner auf dem Schirm. Du bist frei, ich nicht.»

«Das kann nicht dein Ernst sein!» Balthazaar hört abrupt auf zu schaukeln. «Immerhin hast du einen Vater. Ich würde liebend gerne diese rote Hand kriegen, von mir aus zehnmal am Tag, wenn ich dafür Eltern hätte, ein Zuhause. Jemals gehabt hätte.»

«Entschuldige, das war blöd von mir.»

«Schon gut.» Die Seile ächzen, als Balthazaar wieder anfängt zu schaukeln.

«Ich hatte heute einen echt harten Tag. Vielleicht hätte ich einfach zu Hause bleiben sollen», sage ich, aber bei dem Gedanken, jetzt ohne Balthazaar in meinem Zimmer zu sitzen, bekomme ich kaum Luft. Ich konnte gar nicht anders, als hierherzukommen.

«Auf gar keinen Fall hättest du zu Hause bleiben sollen! Ich meinte das ernst vorhin. Dass wir noch einen draufsetzen. Du musst der Musik die Chance geben, sich zu rehabilitieren und was Gutes zu deinem Tag beizutragen.»

«Ich soll mit dir Walkman hören?»

«Viel besser! Wir gehen ins Truman!»

Mein Herz pocht, als ich den Namen höre – ob aus Aufregung oder Angst, kann ich nicht sagen. Wahrscheinlich beides. Wie Spitalfields ist das Truman einer der wenigen Orte in Ost-Lundenburgh, die nicht darauf ausgerichtet sind, Nons zu Shapern zu machen. Im Gegensatz zum Markt ist der Club in den Gewölben der alten Truman-Brauerei jedoch illegal – auch für erwachsene Gäste. Und genau aus dem Grund können selbst jugendliche Nons dort feiern. Die Treibenden gehen ständig hin. Keiner kann sie anschwärzen, ohne sich selbst zu verraten.

«Ich weiß nicht ... Noch mal erwischt zu werden, das könnte ich heute nicht ertragen.»

«Um diese Zeit sind keine Häscher unterwegs. Die sind alle im Ten Bells und feiern ins Wochenende rein.» Balthazaar klettert wieder zu mir nach oben. «Und ins Truman trauen die sich nicht. Da verkehren auch Shaper.»

Mit leuchtenden Augen erzählt Balthazaar von den neuesten Platten, die im Truman aufgelegt werden. Sogar solche von Lambs Eating Lions. Dabei gestikuliert er wild. Ich muss an Mrs. Percel denken und an die Farben, die auf einmal das Klassenzimmer ausgefüllt haben. Dann sehe ich auf meine eigenen Hände, die sich an dem Brett festkrallen, auf dem ich sitze. Es reicht. Finger für Finger löse ich meinen Griff und zwinge mich dazu, meine Hände in den Schoß zu legen.

Harry ermutigt das. Er belässt es nicht mehr beim Um-die-Beine-Streichen, sondern richtet sich auf und stützt sich mit den Pfoten an meinem Knie ab. Sein Kopf ist wenige Zentimeter von meinen Händen entfernt. Zwischen den Ohren hat Harry eine zackige Narbe, auf der kein Fell mehr wächst. Ich denke an meine Schulter, atme tief ein, tief aus.

Dann berühre ich blitzschnell den Katerkopf. Weich! Warm!
Und dann ist da noch etwas, das ich nicht benennen kann,
etwas, das auf mich überspringt und alles besser macht.

«Also gut», sage ich. «Truman!»

BALTHAZAAR

Wir gehen zum Rand der finsteren Decke. Ich steige in die Schlaufe eines Seils und lasse mich an dem Flaschenzug, der hinter einem Ausläufer der Decke verborgen ist, nach unten sinken. Pear macht es mir nach kurzem Zögern nach – auch wenn ich ihr ansehe, dass sie sich dabei elend fühlt. Wie wir nebeneinander zu Boden schweben, in die gleiche Richtung und doch jeder für sich, finde ich schön. Dann stelle ich mir vor, wie es wäre, wenn wir denselben Aufzug genommen hätten. Ich würde Pear an der Taille halten, und unsere Gesichter wären so nahe beieinander, dass nur noch die Erwartung von dem, was gleich passieren könnte, dazwischenpassen würde. Aber ich bin mir nicht sicher, ob ein Seil uns beide tragen würde. Und nichts wäre unromantischer, als im freien Fall auf den Betonboden zuzurasen.

Ich komme als Erster unten an. Pear sieht verloren aus, wie sie an ihrem Strick in der Weite hängt, als könne die sie jeden Moment verschlucken. Dass Pear einen schlechten Tag hatte, kann ich nicht mehr ändern. Ihren Wunsch, dass ich wieder zur Schule gehe, kann ich ihr nicht erfüllen. Aber ich werde verdammt noch mal dafür sorgen, dass ihr Abend fantastisch wird.

Sobald wir die Markthalle verlassen, gehen wir hintereinander. Doch die Straßen sind leer. Wer rausdarf, ist im

Pub, wer nicht rausdarf, daheim. Pear hat trotzdem Angst, dass uns jemand begegnet. Sie glaubt mir nicht, dass ich in der Dämmerung als Erwachsener durchgehe. Erst als wir die Gasse sehen, in der sich der Eingang zum Truman befindet, entspannt sich Pear und geht so dicht neben mir, dass sich unsere Hände fast berühren. Als fünf Leute aus der Gasse kommen, fällt sie jedoch sofort zurück.

«Die sind in unserem Alter und in der Gruppe unterwegs, keine Sorge», sage ich und hoffe, dass sie wieder neben mir geht und ihre Hand dieses Mal vielleicht sogar aus Versehen in meine pendelt. «Wahrscheinlich kommen die vom Truman. Wir sind nicht die Einzigen, die die häscherlose Zeit nutzen.»

«Okay.» Pear schließt zu mir auf, hält aber mehr Abstand als zuvor. Aus Gewohnheit sieht sie zu Boden, als die Gruppe näher kommt. Ich zunächst nicht. Doch sobald ich erkenne, wer da auf uns zugeht, senke ich schleunigst den Blick. Vielleicht übersehen sie mich. Ich fluche, dass ich ausgerechnet heute auf so ziemlich die letzten Menschen treffen muss, die ich treffen will. Sie werden nicht langsamer, sind ins Gespräch vertieft. Fast schon sind sie an uns vorbeigegangen. Glück gehabt! Aber ich freue mich zu früh. Der Größte in der Gruppe stoppt plötzlich.

«Sieh an! Balthazaar!», sagt er. «Hast du dich aus deinem Nest getraut? Und auch noch in Begleitung!»

«Theo!», entgegne ich. «Immer noch kein Zuhause gefunden? Euch will wirklich keiner haben, oder?» Pear sieht mich fragend an, und ich schüttle kaum merklich den Kopf – *später!* Wir müssen hier weg. Geradeaus endet unser Weg nach einigen Metern mit einer Mauer, das ist keine

Option. Am besten rennen wir zum Truman. Ich will Pear in die Gasse ziehen, die zum Club führt. Aber sie entreißt mir ihre Hand und sieht mich entsetzt an. Mist, ich habe total vergessen, wie sie auf Berührungen reagiert. Und schon haben wir unsere Chance verpasst. Die anderen versperren uns den Weg zur Brauerei.

«Pass auf, was du sagst!» Ein Mädchen löst sich aus der Gruppe. Nikki heißt sie, erinnere ich mich. Sie macht einen drohenden Schritt auf uns zu. «Wir sind jetzt die Horrible Harpies und haben unser eigenes Versteck!»

Wahrscheinlich hätten sie es dabei belassen und sich getrollt, aber in diesem Moment verliert Pear die Fassung. Sie hat sowieso manchmal Schwierigkeiten, Stimmungen und Gefühle zu deuten – ihre und die der anderen. Und nach ihrem harten Tag sind anscheinend jegliche Filter verloren gegangen, die ihr nahelegen, dass das jetzt keine lustige Situation ist, in der wir uns befinden. Pear prustet los.

«Also nach Harpyien würde ich meine Gang ja nicht unbedingt benennen», lacht sie.

Ich verstehe nicht, was sie meint. Immerhin raffen und rauben sich Harpyien durch die gesamte griechische Mythologie. Dann fällt mir ein, dass Pear Mythen genauso wenig kennt wie alle anderen Erzählungen.

«Spinnst du? Harpyien sind super-*badass*!», sagt Theo. Er weiß das, weil ich ihm früher stundenlang von ihnen vorgelesen habe. Wir waren einmal Teil derselben Familie. Es tut weh, daran erinnert zu werden.

«Ihr geht nicht zur Schule, oder?» So gern ich Pears seltenes Lachen höre, jetzt ist wirklich der falsche Zeitpunkt! Aber sie fährt unbeirrt fort:

«Harpyien sind Greifvögel. Die Art bewohnt die tropischen Wälder Mittel- und Südamerikas. Dort ernährt sie sich vor allem von Faultieren und Affen. Die Gattung Harpia ist monotypisch, die Harpyie also ihre einzige Art. Groß sind die Vögel schon, aber die sehen total albern aus. *Horrible* ist höchstens deren Kopfputz.»

Pears Oberlehrerinnenton reizt Theo noch mehr.

«Halt die Klappe!» Theo spuckt vor Pear auf den Boden. Dann beginnt er, uns mit seiner Gang einzukreisen.

Sie drängen Pear und mich gegen die Wand hinter uns. Angst mischt sich mit Wut, als ich meinen Rücken gegen die bröckelige Mauer presse. Ich weiß, zu was die Horrible Harpies fähig sind. Vor langer Zeit haben Theo, Nikki und die anderen zu uns gehört. Zu den Treibenden. Aber dann kam heraus, dass sie tagsüber nicht die üblichen kleinen Gaunereien begehen, sondern Raubüberfälle, bei denen Menschen verletzt werden. Wir haben sie rausgeworfen, ungefähr zu der Zeit, als Pear anfing, mich im Bauch zu besuchen. Zurück können sie nicht mehr. Immer wenn jemand die Treibenden verlässt, ändern wir das komplizierte Gefüge, das zwischen den Stahlbalken Spitalfields' gespannt ist.

Seinen Bewohnern bietet der Bauch Sicher- und Geborgenheit, für unwillkommene Gäste aber kann ihn jeder Treibende mit einem Handgriff zur tödlichen Falle werden lassen. Hier eine gelöste Schleife, da ein umgelegter Hebel, ein Hängesessel, dessen Halterung plötzlich nachgibt, eine Plattform, die wegkippt ... und der Eindringling fällt hilflos in die Tiefe. Auch deswegen ist das Vertrauen unter den Treibenden grenzenlos, muss es sein: Wir haben gegenseitig unsere Leben in der Hand. Nein, die Treibenden im Bauch anzugreifen, wagen die Horrible Harpies nicht. Aber hier draußen sind wir ihnen schutzlos ausgeliefert. Meine Hilflosigkeit macht mich wütend, und als Theo wieder auf den Boden spuckt und dabei Pears Turnschuhe trifft, sage ich: «Lass das, verdammt noch mal, Theo! Wir können nichts dafür, dass du bei den Treibenden rausgeflogen bist.»

«Spiel dich bloß nicht so auf», antwortet Theo. «Die Treibenden mögen dich nicht, weil du du bist, Balthazaar. Die brauchen nur jemanden, der ihnen sagt, wo's lang geht. Der alles für sie regelt.»

Theos Sätze bringen etwas ganz tief in mir drinnen zum Brodeln. Doch er beachtet mich gar nicht, sondern schubst Pear. Sie stößt mit dem Rücken an die Mauer und schreit auf, hält sich ihre Schulter. Theo grinst zufrieden, weil er wohl meint, dass Pears Schmerzen auf ihn und nicht auf die Vorarbeit des Schulleiters zurückzuführen sind. Instinktiv stelle ich mich vor Pear, bereit, auf Theo loszugehen, auch wenn meine Gegner mich zweifelsohne plattmachen werden. Doch bevor ich dazu komme, bebt der Boden, auf dem wir stehen, die Mauer hinter uns und unsere gesamte Welt. Plötzlich atmen wir Feuer.

PEAR

K awummmm! Ich kauere mich zusammen, als das
brennende Blechteil an mir vorbeicrasht. Benommen
starre ich die beiden demolierten Autos an, die am Ende der
Sackgasse zum Stillstand gekommen sind. Flammen schlagen aus ihnen heraus in die Nacht. Ich will hinrennen, will
nachsehen, ob ich jemandem helfen kann, aber Balthazaar
hält mich am Arm fest. Zum Glück, denn wenige Sekunden
später erreicht das Feuer einen der Tanks – und die ineinander verkeilten Reifen, Scheiben, Türen explodieren.
Die Horrible Harpies retten sich in die Gasse zur Truman-
Brauerei, die sie uns vorher versperrt haben. Trotzdem
trifft ein abgefetzter Außenspiegel den Arm eines der Mädchen, während sie das Weite suchen.

Ich halte mir die Hände gegen Hitze und Rauch vors
Gesicht und versuche zu begreifen, was gerade passiert
ist. Eben habe ich noch über den Namen dieser seltsamen
Gang gelacht, was zugegebenermaßen nicht besonders clever war, aber irgendwie unvermeidbar. Meine Anspannung
musste sich einfach lösen ...

Die Horrible Harpies aber fanden es nicht lustig. Der
eine hat mich gegen die Mauer gestoßen. Dann hat Balthazaar sich vor mich gestellt, und ich wollte ihm sagen, dass
er das lassen soll ... und dann ... und dann ... Kawummmm!

Und vor dem Unfall hat dieser Junge, den Balthazaar

Theo nennt, irgendwas gesagt. Ich reibe meine Schläfen, so angestrengt denke ich nach. Der Rauch macht es mir nicht gerade leichter, mich zu konzentrieren. Was war es? Als ich sehe, wie Balthazaar sich an der Mauer abstützt und ihm das Käse-mit-Brot wieder hochkommt, fällt es mir ein: «Die Treibenden mögen dich nicht, weil du du bist, Balthazaar», hat Theo gesagt.

Es klingt wie etwas, das ich kenne, nur verdreht, nicht so, wie es sein sollte. Theo liegt falsch, er darf das nicht sagen, dachte ich vorhin, denke ich jetzt. Und plötzlich habe ich unendliches Mitleid mit ihm und seinen Freunden, weil sie an solche Sätze glauben. Ich erinnere mich: Kurz bevor Theo meine Narben zum Brennen brachte, empfand ich genauso. Mitleid kann ich immer einordnen. Es ist das erste Gefühl, das Balthazaar mir erklärt hat, als ich ihn bedauerte, weil er keine Eltern hat.

«Pear!», sagt Balthazaar, und es klingt, als würde er sich wiederholen. «Die Polizei wird gleich hier sein, komm!» Das dringt zu mir durch.

Wir rennen einige Blocks, bis wir in einen verlassenen Hinterhof kommen. Dort holen wir Atem.

«Was war das denn eben?», sagt Balthazaar, und ich nicke, schüttle den Kopf, nicke wieder, weil das alles unglaublich ist.

Was dann kommt, kenne ich von den Treibenden: Balthazaar will mich umarmen. Das hat er sonst nie gemacht. Weil er weiß, dass ich das nicht will. Nicht kann. Ich darf niemanden in meinem Alter berühren, das ist das Verbot aller Verbote und so in mein ganzes Wesen eingraviert, dass ich es mich auch nicht traue, wenn keiner zusieht. Wahrscheinlich ist Balthazaar genauso durch den Wind wie ich. Ich weiche Balthazaars Armen aus, und er greift ins Leere. «Sorry!», sagen wir gleichzeitig. Schnell gehe ich weg von Balthazaar und umkreise eine Mülltonne. Er lässt mich, steht einfach nur da, in einer dunklen Ecke. Der Fäulnisgeruch aus der Tonne ist erdrückend. Trotzdem atme ich tief ein und aus, während ich meinen Kreis gehe. Nicht um wirklich Luft zu holen, sondern um mir zu beweisen, dass ich das noch kann. Dass mein Körper funktioniert. Ich bin hier und teile nicht das grausame Schicksal der Menschen in den Autos. In meiner Erinnerung höre ich Schreie, die gar nicht da waren. Oder doch? Ein, aus, ein, aus.

Endlich zeigen Atmen und Laufen ihre Wirkung, wenn auch nicht die erwartete. Ich gehe zu Balthazaar, nehme ihn in den Arm und weine.

BALTHAZAAR

D arf ich?»
Shaper sehen nicht anders aus als wir. Ich erkenne sie
trotzdem an ihrer Gestik, ihrer Mimik, ihrer ganzen verdammten Uns-gehört-die-Welt-Haltung. Das Mädchen,
das mich anspricht, ist keine Non. An sich nichts Unge-
wöhnliches. Einzelne Shaper kommen immer wieder in
den Osten, besonders ins Truman. Nach dem Schock der
Karambolage vorhin ist Pear nach Hause gegangen, aber
mich hat es doch noch in die alte Brauerei gezogen. Ich war
zu aufgeputscht, um zurück zum Bauch zu gehen.

«Darfst du was?», frage ich zurück. Gewollt unfreund-
lich.

Ich hasse den Tourismus in meinem Viertel, wo alles so
rustikal ist und so *roh* und – das ist das Lieblingswort dieser Shaper – *authentisch.*

«Vorbei!»

Erst verstehe ich nicht, was sie meint. Dann zeigt sie auf
meine Hand, die an den Blättern eines Gummibaums knub-
belt und ihr damit den Weg zum Ende der Bar blockiert. Billy, Barkeeper und Betreiber des Clubs in den abbruchreifen
Gewölben der Truman-Brauerei, hat ein Herz für Pflanzen.
Hunderte Kakteen, Blumen, Palmen, Büsche und Bäume
reihen sich an die nackten Ziegelwände. Sie schaffen die
Nischen und Lauben, für die das Truman berühmt ist, weil

sie inmitten der Menschenmenge zu dunklen Geschäften, verbotenen Liebschaften und anderen zwielichtigen Dingen einladen.

Cannabis ist auch darunter, aber Billy baut noch weit krassere Pflanzen an, Dschungelgewächse, deren falsche Zubereitung tödlich sein kann und deren Rausch lebensverändernd. Die Zeremonien, die Billy anbietet und bei denen Shaper den fünffachen Preis zahlen müssen, bringen ihm weitaus mehr Geld ein als Haschisch und Alkohol zusammen. Da die Pflanzen in den Räumen mit den verdunkelten Fenstern nicht überleben würden, trägt Billy sie jeden Morgen in den Hof, damit sie Sonne, Regen und Luft aufsaugen können, bevor sie ihr nächtliches Dasein als Deko und Raumteiler wieder aufnehmen.

Oft helfe ich Billy, die Pflanzen zu tragen. Dass ich eine davon so hart angehe, passt nicht zu mir. Die Stammgäste des Truman wissen das. Schlechte-Laune-Alarm. Deswegen haben sie von mir Abstand gehalten. Jeder hat mich in Ruhe gelassen, jeder außer das blonde Mädchen.

«Geht's dir gut?», fragt sie nun. «Das Blatt sieht aus, als hätte jemand versucht, es zu strangulieren. Nicht nett von dir. Die arme Pflanze! Wenn das Billy sieht ...»

Woher kennt ein Shaper-Mädchen den Namen des Truman-Chefs? Ich versuche, das Blatt glatt zu ziehen, worauf es ganz abfällt. Unauffällig stopfe ich es in den Übertopf.

«Ich hatte einen Scheißtag, wenn du's genau wissen willst», antworte ich.

Das Mädchen fährt sich durch die Haare. Sie sind shaperuntypisch kurz geschorenen und wasserstoffblond. Ihre Augen sind weder besonders groß, noch haben sie eine ungewöhnliche Form oder Farbe – irgendwas zwischen Braun und Grün. Trotzdem fallen sie auf. Belustigt schaut sie mich damit an.

«Die braucht man ab und an, die Scheißtage, damit der nächste gute im Vergleich zu einem sehr guten wird», sagt das Mädchen.

Sie ist anders als die Shaper, denen ich sonst begegnet bin, edgy und doch bodenständig. Ich will nach ihrem Namen fragen. Den zu wissen, ist mir auf einmal wichtig, aber bevor ich dazu komme, ist sie in der Menge verschwunden.

Jetzt holt mich die Erschöpfung doch ein. Ich gebe Billy ein Zeichen, dass er die Drinks auf meine Rechnung setzen soll. Er nickt mir gutmütig zu. Die Menschenmenge, durch die ich mich nach draußen dränge, sehe ich mir genau an, merke erst nach und nach, dass ich nach dem Shaper-Mädchen suche. Aber sie bleibt unauffindbar.

Auf dem Heimweg muss ich mich zusammenreißen, um nicht beim Gehen einzuschlafen, und zurück im Bauch falle ich, wie ich bin, auf meine Pritsche. Mit meinem Schlafsack und dem Kissen, das Pear mir zu Weihnachten geschenkt hat, ist sie mein Bett. Eigentlich schlafe ich gut auf dem harten Holz, aber heute werfe ich mich hin und her. Irgendwann beginnen Realität und Traum, sich zu verweben ... Ich drehe mich ... drehe mich ... drehe mich zu weit und stürze in die Tiefe. Mit klopfendem Herzen wache ich auf und blinzele in die Dunkelheit. Als sich meine Augen an die Lichtverhältnisse gewöhnt haben, sehe ich in ein fremdes Gesicht. Vor Schreck wäre ich beinahe wirklich von der Pritsche gerollt.

Zwei Erwachsene stehen vor mir. Dass sie es bis zu meinem Schlafplatz geschafft haben, ohne von den Treibenden aufgehalten zu werden, dass sie überhaupt in den Bauch eingedrungen sind, ist nicht das Seltsamste an der Situation. Es sind Shaper. Noch nie sind Shaper im Bauch aufgetaucht. Sofort greift meine Hand nach dem Hebel hinter meinem Rücken – ein kräftiger Zug, und ich bin die Eindringlinge los.

«Gefällt es denen im Westen nicht mehr oder was?», murmle ich.

Die Frau hat mich gehört und grinst. Sie ist groß und schmal, hat hohe Wangenknochen und ein ausgeprägtes Kinn. Der Mann neben ihr reicht ihr bis zu den Schultern.

«Hallo, Balthazaar. Mein Name ist Emme», sagt die Frau, und ich frage mich, woher sie weiß, wie ich heiße. «Das ist mein Kollege Sinclair. Und wir sind hier, um dich abzuholen.»

«Abholen?» Panik steigt in mir hoch. Wollen die jetzt doch noch die Schulpflicht bei mir durchsetzen? Aber wieso bei mir und nicht bei den anderen Treibenden, die im Bauch verteilt in ihren Betten liegen? Oder wollen die Shaper mir den Unfall mit den Autos anhängen? Haben die Horrible Harpies mich angeschwärzt? Nein, Shaper sind keine Häscher. Und sie arbeiten nicht für die Polizei. Das ist ein Non-Job, erst recht im Außendienst, erst recht in Ost-Lundenburgh. Was also haben Shaper hier zu suchen? Meine Hand schließt sich fester um den Hebel, doch etwas lässt mich zögern. Emme berührt mich an der Schulter und sagt:

«Keine Angst, wir bringen dich nirgends gegen deinen Willen hin.»

Ihre Hand beruhigt mich. Es fühlt sich an, als würde Wärme von ihr ausstrahlen, und die Stellen, die sie nicht berührt, frieren auf einmal in der nächtlichen Halle.

«Können wir hier irgendwo ungestört reden?», fragt Emme.

Ich beschließe, auf Zeit zu spielen, bis mir was Besseres einfällt.

«Oben!», sage ich.

«Es gibt ein Oben über dem Oben?»

«Immer!»

Ich ziehe etwas über und führe Emme und Sinclair am Rand des Bauchs zu der Leiter, die aufs Dach führt. Absichtlich nehme ich dabei die schmalsten Stege und wackligsten Seilpfade – die ohne Geländer. Emme folgt mir mühelos durch die Dunkelheit, und mein Respekt für sie wächst. Nur Sinclair hat Schwierigkeiten und bleibt immer weiter zurück. Als ich mit Emme aufs Dach klettere, gibt sie Sinclair ein Zeichen, dass er an der Luke warten soll. Ich gehe voraus zu der Plattform am Kamin, die inmitten der Schrägen Dacharbeiten erleichtern soll. Die Nachtluft zerrt an mir.

Viel zu lange war ich nicht mehr hier oben, das letzte Mal an Pears Geburtstag. Pear hatte ein Picknick mitgebracht, sogar Karottenkuchen war dabei und eine Flasche Cider. Ich hatte weder Essen noch Trinken noch ein Geschenk. Also legte ich ihr Ost-Lundenburgh zu Füßen. Ich habe vergessen, wie beeindruckend der Ausblick von hier oben ist. Der Vollmond schüttet sein Leuchten über die Bauwerke, lässt sie verschwimmen. Wie das verlassene Heim einer Meeresschnecke streckt sich der Kirchturm der Christ Church zu mir hoch, und die salzige Frische der Themse schafft es – ungestört durch die Gerüche des Tages – bis hierher. Emme ist plötzlich neben mir, und einen Moment lang stehen wir einfach da im Zauber der versunkenen Stadt. Dann nimmt sie meine Hand. Ich will sie wegziehen, aber da ist wieder diese Wärme, die meinen Arm hochklettert. Also lasse ich Emme meine Fingerspitzen. Sie lächelt.

«Wir haben Grund zur Annahme, dass du ein Shaper bist, Balthazaar», sagt sie.

Von all den seltsamen Dingen, die ich in den letzten vierundzwanzig Stunden gehört und erlebt habe, ist das das Absurdeste. Wenn Pear nicht wenige Stunden zuvor schlechte Erfahrungen mit unkontrollierten Anfällen von Heiterkeit gemacht hätte, hätte ich laut losgelacht.

«Ja sicher!», sage ich, und als Emme die Ironie dahinter nicht zu verstehen scheint: «Ähm, sorry, aber das muss ein Missverständnis sein. Ich bin ein Non, definitiv.»

«Ich denke nicht», antwortet Emme. Sie lässt meine Hand los. «Oder glaubst du, es war ein Zufall, dass genau dann, genau dort zwei brennende Autos durch die Straße krachten, wo es dir aus einer misslichen Lage half? Du wolltest deine Freundin schützen, hast dich vor sie gestellt. Und weil du ein Shaper bist, blieb es nicht dabei. Die Gabe zeigt sich oft unter emotionalem Druck zum ersten Mal.»

«Sie glauben im Ernst, ich war für diesen Unfall verantwortlich?» Die Frau ist ja verrückt! Wusste ich doch, dass die mir was unterschieben wollen. Ich ärgere mich, dass Emme meine Hand nicht mehr hält, sonst hätte ich sie doch noch wegziehen können.

«Ich glaube es nicht, ich weiß es», sagt Emme unbeirrt. «Wir wollen dich mit nach West-Lundenburgh nehmen, wo du deine Kräfte trainieren und ein vollwertiges Mitglied unserer Gemeinschaft werden kannst.»

«Woah, Moment mal! Ich will hier nicht weg. Spitalfields ist mein Zuhause.»

«Das ist nicht die Antwort, die wir normalerweise bekommen.» Emme lacht in sich hinein. «Die meisten Nons, denen wir mitteilen, dass sie die Gabe der Shaper besitzen, sind außer sich vor Glück.»

«Noch mal: Ich. Bin. Kein. Shaper.» Am liebsten hätte ich hinzugefügt, dass ich Shaper auch grundsätzlich nicht leiden kann, aber das scheint mir dann doch ein bisschen zu unhöflich. «Außerdem mag ich mein Leben. Der Bauch ist mein Zuhause, die Treibenden sind meine Familie, und», *Pear* will ich sagen, ergänze stattdessen, «ich habe Freunde hier.»

«Aber die kannst du doch weiterhin besuchen. Oder willst du dein Leben immer so leben? Wie alt bist du jetzt?»

«Siebzehn.»

«Denke fünf, zehn Jahre in die Zukunft. Willst du dann auch noch den ganzen Tag in der Stadt rumstreunen, nur um abends zwischen Balken herumzuturnen?»

Jetzt hat Emme mich doch erwischt. Darüber habe ich mir noch nie Gedanken gemacht. Alle Treibenden sind in meinem Alter oder jünger. Es gibt keinen Plan dafür, was passiert, wenn man für den Bauch zu alt wird. Ein erwachsener Treibender? Unvorstellbar!

«Außerdem ist es doch kein Abschied für immer», sagt Emme. «Nach deiner Ausbildung kannst du als Shaper deine Kräfte zum Wohle ganz Lundenburghs einsetzen. Du kannst sogar wieder in die Nähe von ... wie heißt die Markthalle hier noch mal?»

«Spitalfields», sage ich und ärgere mich, dass sie das nicht weiß.

«... wieder in die Nähe von Spitalfields ziehen.»

Bilder schieben sich vor meine Augen, ohne dass ich was dagegen tun kann. Ich bin ein paar Jahre älter, schüttle dem Makler die Hand, der mir das mintgrüne Haus verkauft, das ich so mag, weil es an die Lundenburgh Fields grenzt. Den Treibenden verhelfe ich zu neuen, besseren Leben. Ich gehe mit Pear über die Kopfsteinpflaster Ost-Lundenburghs, und als die Horrible Harpies mich, den mächtigen Shaper, von Weitem sehen, nehmen sie vorsorglich Reißaus. Wir kehren im Ten Bells ein. Seite an Seite mit den Häschern, vor denen wir sonst flüchteten, nippen wir an unseren Drinks – ich Pimms, sie ein Pint –, und ich bin nicht mehr der Waisenjunge, der auf Pears Almosen angewiesen ist, sondern jemand, der eine Zukunft hat, *mit dem* man eine Zukunft hat.

«Es tut mir leid, Balthazaar, du musst dich entscheiden!» Emme holt mich zurück in die Realität. Ich weiß, dass sie meine einzige Chance ist, die Träume, denen ich eben nachhing, Wirklichkeit werden zu lassen. Aber was ich nicht weiß, ist, ob ich das will. Zu viel Ungewissheit, zu viel, das außerhalb meiner Kontrolle liegt.

«Entscheiden? Jetzt gleich?», frage ich.

«Nun ja, wir haben die Erfahrung gemacht, dass sich die Neu-Shaper, die sich nicht sofort für die Sache begeistern, nur schwer einfügen. Wenn du nicht vollends hinter deiner Gabe stehst, den unbedingten Willen hast, sie weiterzuentwickeln und zu meistern, macht es keinen Sinn, mit uns zu kommen. Du bist sowieso relativ alt für ein erstes Aufflackern der Kräfte. Es wird nicht leicht für dich, in der Burgh zu lernen, sie zu kontrollieren.»

«In der Burgh?» Ich kenne das Gebäude, das meiner Stadt ihren Namen gab. In ihm ist das angesehenste der Internate untergebracht, das die jungen Shaper Lundenburghs lehrt, ihre Kräfte zu nutzen. Oft habe ich bei meinen Ausflügen nach West-Lundenburgh durch die Gitterstäbe nach den Drachen Ausschau gehalten, von denen man munkelt, dass sie sich frei im Park der Burgh bewegen. Nur durch die Macht der Shaper sind sie an das Gelände gebunden, die ungebrochen ist, solange sie dortbleiben. So oft habe ich in meinen Geschichten von Drachen gelesen. Und jetzt könnte ich einen zu sehen bekommen, wirklich, in echt, leibhaftig zu sehen bekommen ...

«Ja, die Burgh», sagt Emme. Ich hätte nicht gedacht, dass die Stimme dieser Frau ehrfürchtig klingen kann. «Es wurde beschlossen, dass du dort deine Ausbildung bekommen sollst.»

Und einfach so verschwindet meine Begeisterung wieder. *Ausbildung.* Schule! Drachen hin oder her – die Burgh ist trotz allem eine Schule. Nie wieder, das habe ich mir geschworen. Und überhaupt ... *wurde beschlossen* ... von wem? Ich denke zurück an die Zeit, in der mein Leben schon einmal von Shapern bestimmt wurde. Auch da: Nie wieder! Mein Hass auf die Shaper brandet hoch, und mir fallen plötzlich Kleinigkeiten an Emme auf, die ich abstoßend finde. Die Perlen am Kragen ihrer Jacke, die bestimmt echt sind und jahrelang eine Non-Familie ernähren könnten. Die langen Haare, so gesträhnt und gewellt, wie es nur Friseure hinkriegen. Die Schminke, die ihr die Wimpern verklebt.

«Sorry, aber ich kann die Burgh nicht besuchen», sage ich kühl. «Auf gar keinen Fall.»

«Das ist bedauernswert, Balthazaar. Denk noch einmal darüber nach. Es geht hier nicht nur um dich. Mit der Macht kommt die Verantwortung. Du hast ja selbst gesehen, welche Kraft hinter der Gabe steckt. Der Vorfall mit den brennenden Autos ging noch glimpflich aus ...»

«Niemand wurde verletzt?» Ich bin immer noch nicht davon überzeugt, dass ich den Unfall verursacht habe, aber das Wrack sah furchtbar aus, und ich will Pear sagen können, dass alle okay sind.

Doch Emme entgegnet: «Die Fahrer schon.»

«Sind sie ...?»

«Tot? Ja.»

Das hat nichts mit mir zu tun! Das ist nicht meine Schuld! Ich schiebe das Bild verkohlter Menschen zwischen zusammengedrücktem Blech von mir, aber mein Körper macht da nicht mit. Als wüsste er mehr als ich, fühlt er sich plötzlich schwer krank: Er schwitzt, gleichzeitig friert er, zittert in Wellen, Luft will einfach nicht den Weg in meine Lunge finden, Kopfweh und Übelkeit zanken sich darum, wer mich mehr quälen darf. Ich mache zwei Schritte zurück, kann nicht mehr stehen, schwanke gefährlich nah an den Schrägen, sacke in mich zusammen und setze mich schließlich hin. *Das war doch keine Absicht!*, dröhnt es in meinem Kopf, aber auch das kann das furchtbare Gefühl nicht vertreiben. Erst als Emme mir nach einigen Minuten die Hand auf die Schulter legt – «Es tut mir leid, Balthazaar. Du kannst nichts dafür. Wirklich!» –, komme ich langsam runter. Ich fühle mich etwas besser. Da sind andere wie ich, Leute wie Emme, die das Unverzeihliche, das ich getan habe, verzeihlich finden. Vielleicht haben sie so etwas sogar schon selbst getan.

«Kopf hoch!», sagt Emme. «Es hätte weit schlimmer kommen können. Glücklicherweise war niemand sonst in den Autos, und die anderen Verkehrsteilnehmer konnten sich rechtzeitig in Sicherheit bringen. Das ist nicht immer so bei spontanen Ausbrüchen der Gabe. Manchmal triggern sie furchtbare Unglücke. Ich mag dich, Balthazaar, du hast das Herz am rechten Fleck und stehst für deine Freunde ein. Ich hoffe sehr, dass wir uns nicht wiedersehen, weil du aus Versehen eine Katastrophe auslöst.»

Emme scheint aufrichtig besorgt. Ich fühle mich wieder schlechter, so, als hätte ich bereits halb Lundenburgh zum Einsturz gebracht.

«Wir wissen beide, dass du lieber hierbleiben möchtest», schließt Emme. «Vielleicht ist es besser so. Adieu! Und pass auf dich auf!»

Sie geht zurück zur Luke, wo Sinclair auf sie wartet. Die Aussicht, dass ich mit meiner neuen Identität alleingelassen werden könnte, gefällt mir gar nicht. Aber wenn ich ehrlich bin, gefällt mir auch nicht, dass die Chance auf

mein neues Leben so schnell verschwinden könnte, so un-
verhofft sie gekommen ist. Was, wenn das meine Bestimmung ist? Geht es so nicht allen Auserwählten? Sie zieren
sich, aber dann müssen sie eben doch ihrem Ruf folgen,
weil es ihr Schicksal ist. Vielleicht habe ich ein völlig falsches Bild von den Shapern. Schließlich kenne ich nur die
halbseidenen Leute, mit denen ich im Westen Geschäfte
mache, und die Thrill-Sucher und Investoren-Haie, die
sich in den Osten verirren. Nicht gerade repräsentativ! Da
sind anscheinend noch andere. Solche wie Emme. Oder
wie das Mädchen aus der Truman Brewery. Und wie ... ich?
Ich stehe auf.

«Ich komme mit!» Der Satz ist raus, bevor ich etwas dagegen tun kann.

Und einmal gesagt, weiß ich, dass es so richtig ist. Emme
bleibt stehen. Es dauert eine Ewigkeit, bis sie sich zu mir
umdreht, und noch einmal so lange, bis sie sich für ein Lächeln entscheidet. Ich atme aus und merkte erst jetzt, dass
ich die Luft angehalten habe.

«Wunderbar!», sagt Emme. «Dann lass uns gehen!» Sie
kehrt zur Luke zurück und klettert nach unten. Ich folge
ihr, überrascht, dass Sinclair mir den Vortritt lässt. Kurz
bevor wir den Ausgang erreichen, bleibe ich stehen.

«Hast du es dir doch anders überlegt?», fragt Emme.

«Nein. Nur einen Moment noch!», antworte ich und
renne zurück zu meinem Schlafplatz. Ich hole Pears Kissen
und drücke es an mich. Sanft streiche ich über die grauen
Wollfäden, mit denen Pear ein schiefes B auf den Stoff ge-
stickt hat. Ein letztes Mal blicke ich zu den Treibenden
zurück. Die meisten schlafen. Einige wenige haben sich zu

zweit oder dritt um gedimmtes Taschenlampenlicht versammelt, wie immer in Flüstern gehüllt.

«Ich werde zurückkommen», murmle ich genauso leise wie meine Freunde. Und dann drehe ich dem Bauch den Rücken zu.

PEAR

Der Tag nach dem Unfall ist der erste, an dem es mir nichts ausmacht, dass wir auch samstags zur Schule gehen müssen. Alles soll seinen geregelten Gang gehen. Nur keine Aufregung – davon hatte ich gestern mehr als genug. Doch auf dem Schulhof erwartet mich eine Bühne. Ihr Dach ist rot weiß gestreift, die Wimpel, die es dekorieren, sind bunt. Woanders würde das Dach vor der Sonne schützen, in Lundenburgh soll es die Bühne wasserfest machen. Der Wind treibt bereits Wolken über den Schulhof, zwei Wimpel verfangen sich ineinander. Meine Gedanken sind genauso verheddert. Farben und Fähnchen in Ost-Lundenburgh? Dann fällt mir ein: *Natürlich, Presentation Day!* Dass der heute ist, haben mich die roten Hände und brennenden Autos und vor allem die Umarmung von Balthazaar komplett vergessen lassen.

Wenigstens kann ich nicht viel falsch machen. Mehr als still zu sitzen und im richtigen Moment zu klatschen, wird heute nicht von mir erwartet. Ich setze mich ganz außen in die letzte der Stuhlreihen, die vor der Bühne aufgebaut wurden – ohne Überdachung. Im Gegensatz zu meinen Mitschülern. Viele sind früh gekommen, um sich die besten Plätze zu sichern. Die ersten fünfzehn Reihen sind bereits belegt. Der Rest füllt sich schnell. Ich sitze kaum zehn Minuten, schon geht es los.

Der Schulleiter kommt auf die Bühne, liest eine Ansprache ab, um dann – sein Zettel zittert dabei – den Ehrengast der Veranstaltung auf die Bühne zu bitten. Ich halte mich an meinem Stuhl fest, als ich den Mann sehe, der mein Schulleben noch miserabler gemacht hat, als es sowieso schon war: Minister Rollo, Erfinder der roten Hände, Kämpfer für die Kunst, in der Regierung zuständig für Non-Entwicklung, ist ein runder Mann. Ich dachte, er sieht anders aus. Das Foto von ihm im Foyer ist als einziges ständig in der Schule präsent. Und im Gegensatz zu den wenigen, die uns im Unterricht gezeigt werden, ist es nicht schwarz-weiß. Auf seinem Foto wirkt Minister Rollo hager. Aber jetzt schlurft er mit Pausbacken und einem roten Kopf auf die Bühne. In dem Moment, in dem er die Bühnenmitte erreicht, tritt die Sonne hinter den Wolken hervor und taucht ihn in ihr Licht. Nicht zum ersten Mal frage ich mich, wie weit die Macht der Shaper reicht. Können die etwa das Wetter steuern?

«Herzlich willkommen!», beginnt der Minister und scheint dabei vergessen zu haben, dass *er* an *unserer* Schule zu Gast ist. «Ich bin heute vor allem hier, um euch zu danken. Für euren unermüdlichen Einsatz, den Willen, euch weiterzuentwickeln. Ich weiß, dass das nicht immer einfach ist. Genau deshalb will ich euch nach Kräften dabei unterstützen, euer Potenzial auszuschöpfen. Und ich sage euch: Es lohnt sich! Wenn ihr euch an die Regeln haltet – und euer Schulleiter berichtet mir, dass er bislang nur ein paar rote Hände an hoffnungslose Fälle verteilen musste –, dann erwartet euch ein neues, besseres Leben. Eines voller Magie! Aber ihr sollt nicht nur von mir hören, welche Wunder euch als Shaper offenstehen, sondern sie mit eigenen Augen sehen. Deswegen habe ich heute Unterstützung mitgebracht.»

Zwei Jugendliche in meinem Alter kommen auf die Bühne, gefolgt von einem Mädchen, das ich auf elf schätze.

«Danny, bitte!», sagt Minister Rollo.

Der Junge trägt eine Tunika, die nicht eine Farbe hat, sondern viele, die sich mit seinen Bewegungen ändern. Er tritt vor und streckt die Arme zur Seite. Eine halbe Minute lang passiert nichts. Dann flattert der erste Vogel herbei und lässt sich auf Dannys Zeigefinger nieder. Der nächste, ein Rotkchlchen, setzt sich daneben. In immer kürzeren Abständen kommen immer mehr Vögel und hängen sich an Danny, sie werden lauter, exotischer. Bald ist der Junge nicht mehr zu sehen unter dem ganzen Gefieder. Jetzt heften sich die Vögel aneinander. Die meisten der Neuankömmlinge sind Wesen, die ich noch nie zuvor gesehen habe: ein Fasan mit zwei Köpfen, drei durchsichtige Tauben, ein übergroßer Habicht mit gebogenen Hörnern. Plötzlich – kollektives Einatmen der Menge – erheben sich die Tiere in die Luft. Sie formen einen riesigen Adler, in dem irgendwo Danny stecken muss. Der Vogel aus Vögeln dreht ein paar Runden über uns, macht einen Sturzflug, bei dem er fast unsere Köpfe streift, um nach einem Looping hoch in der Luft wieder nach unten zu schweben. Sanft setzen die Vögel den Menschen in ihrer Mitte auf der Bühne ab, bevor sie weiterziehen – zunächst noch im geschlossenen Schwarm, dann loser verbunden, je weiter sie sich von Danny entfernen. Nur eine Krähe bleibt am Rand der Bühne hocken, wohl erschöpft von der Vorführung. Selbst der begeisterte Applaus des Publikums schreckt sie nicht auf.

Ich kann nicht anders, als mitzuklatschen. Danny lächelt und streicht der Krähe über das zerrupfte Haupt. Dann verlässt er die Bühne Richtung Ausgang. Als Danny an mir vorbeigeht, fällt mir sein Armband auf: ein Anhänger in Wolkenform, auf den sein Name graviert ist. Über dem Armband ist Dannys Haut mit Wunden überzogen – wahrscheinlich von den Krallen eines der Raubvögel. Warum hat er den Zauber nicht sicherer gemacht? Ist etwas schiefgegangen bei der Magie? Minister Rollos Stimme lenkt meine Aufmerksamkeit wieder Richtung Bühne.

«Für unsere nächste Demonstration benötigen wir einen Freiwilligen», sagt er. Die Krähe scheint sich langsam zu erholen und untermalt seine Ausführung mit einem wohligen Schrei. Der Minister blickt irritiert in ihre Richtung.

Unbeirrt vom Mitteilungsbedürfnis des Vogels schnellen Dutzende Arme in die Höhe. Der Junge in meinem Alter, den Minister Rollo als Edwin vorstellt, wählt Cecily aus. War ja klar! Obwohl ich mich nicht gemeldet habe, will plötzlich *ich* statt Cecily auf der Bühne stehen. Jetzt bereue ich es, dass ich so weit hinten sitze. Aber mir bleibt nichts anderes übrig, als von meinem schlechten Platz aus zuzusehen, wie Cecily sich über die Zöpfe streicht.

Edwin lässt sich dreifach die Augen verbinden. Mit Faustschlägen, die knapp an Edwins Gesicht vorbeirauschen, testet Minister Rollo, dass dieser nichts sehen kann. Dann zieht der Minister ein Tuch aus seiner Hosentasche. Er hält es über den Säbel, will es wohl fallen und so zweiteilen lassen, um zu zeigen, dass die Klinge scharf ist. Aber als die

Krähe erneut in Minister Rollos Demonstration krächzt, entscheidet er sich anders. Mit einem glatten Schlag haut er dem Vogel den Kopf ab. Ich presse die Hände vor den Mund. Trotzdem kann ich ein Wimmern nicht unterdrücken. Der Junge neben mir sieht mich verächtlich an.

Minister Rollo wirft das heile Stück Stoff über den Vogel und kickt Tier samt Tuch von der Bühne. Dann reicht er Cecily den Säbel. An der Klinge kleben Federn.

«Schlag auf ihn ein!», sagt der Minister zu Cecily und zeigt auf Edwin.

«Was? Aber das kann ich doch nicht tun …»,

Minister Rollo beugt sich zu Cecily runter und nimmt ihr Kinn in die Hand. Cecily ist genauso wenig an Berührungen gewöhnt wie ich, hält aber still.

«Du möchtest doch zu den Shapern gehören, nicht wahr?», sagt Minister Rollo.

«Ja. Ich bin die Klassenbeste und habe noch nie eine rote Hand bekommen.»

«Bravo!», sagt Minister Rollo. Seine Hand wandert zu Cecilys Wange und tätschelt sie. «Dann hast du jetzt die Chance, uns zu beweisen, dass du das Zeug dazu hast, einer von uns zu werden. Wenn du bei so einer einfachen Aufgabe schon versagst, sehe ich schwarz für die Entwicklung der Gabe. Also: Stich zu!»

Cecily läuft rot an und versucht zaghaft, Edwin zu treffen, aber der Stoß geht ins Leere. Edwin weicht nicht aus, es sieht eher wie eine zufällige Bewegung aus. Cecily sticht erneut zu, wieder vergebens. Endlich erlebt auch Miss Perfect einmal, wie es ist, wenn man versagt. Edwin verfällt nun in eine Art Trance, wiegt sich hin und her, nicht hektisch, um Cecily ihre Arbeit zu erschweren, sondern in sich gekehrt. An irgendwas erinnert mich das ... an gestern ... an meinen wippenden Fuß! Es ist, als folge Edwin einer Musik, die nur er hören kann. So muss es aussehen, wenn jemand tanzt! Tanzen ist

die Umsetzung von Inspiration – meist aber nicht ausschließlich durch Musik – in Bewegung.

Irgendwann legt sich doch noch ein Rhythmus unter Edwins Tanz,

die zeitliche Gliederung des melodischen Flusses, die sich aus der Abstufung der Tonstärke, der Tondauer und des Tempos ergibt.

Hier klatscht seine Hand auf seinen Arm, da ein Fuß auf die Bühnenbretter. Ich weiß nicht, was ich faszinierender finde, die Anmut, mit der Edwin sich bewegt, oder die Tatsache, dass Cecily ihn nicht zu treffen vermag. Immer hastiger haut sie auf Edwin ein. Plötzlich habe ich dasselbe Gefühl wie gestern, als Theo sagte, dass die Treibenden Balthazaar nicht um seiner selbst willen mögen. Es verunsichert mich, dass Cecily das hervorrufen kann, aber ich glaube ... ich glaube ... ja ... doch ... sie *tut mir leid.*

Schließlich nimmt Edwin Cecily mit einer eleganten Bewegung den Säbel ab. In einer Drehung macht er zwei Schnitte dicht an ihrem Kopf. Ich halte den Atem an und denke an die Krähe – hat Edwin Cecily etwa verletzt? Ein schwarzer Strang, der jeweils rechts und links von Cecily zu Boden fällt, ist die Antwort. Edwin hat Cecilys Zöpfe abgehackt.

Das Publikum klatscht noch hingebungsvoller als bei Danny, aber es ist ein anderer Jubel, weniger ausgelassen, Respekt, in dem Unterwürfigkeit mitschwingt. Das war nicht nur eine Demonstration der Fähigkeiten der Shaper, sondern auch der Unterlegenheit der Nons. Cecily kämpft mit den Tränen, als Minister Rollo ihr die zwei abgeschnittenen Zöpfe gibt. Ich starre auf die wippenden Haarsträngen, die Cecily zu ihrem Platz trägt. Dieses Mal kann ich das Gefühl in meinem Bauch sofort einordnen: Angst. Aber wovor? Vor so großer Macht? Schon, aber auch davor, davon ausgeschlossen zu sein. Ich habe den Absprung verpasst. Dabei habe ich mich bewusst dafür entschieden – gemeinsam mit Balthazaar.

Ich habe Balthazaar, wie sollte es anders sein, das erste Mal in Spitalfields getroffen. Es waren die frühen Tage des Bauchs, als die Sicherheitsvorkehrungen der Treibenden lax und die Sommerabende lau waren. Meine Mutter liebte die Dämmerung und ging an diesen freundlichen Augusttagen mit mir auch spät noch im Viertel spazieren. Acht war ich damals und genauso neugierig wie heute. Irgendwohin muss man ja seine Aufmerksamkeit richten, wenn man die eigenen Gedanken und Gefühle nicht erkunden darf. Meine Reaktionen auf die Welt sind unerwünscht, und so sammele ich die Informationen, die von draußen kommen, ohne sie zu bewerten. Ich frage nach der Herkunft der Gullydeckel, nach dem Unterschied zwischen den schwarzen und roten Eichhörnchen, die in den Bethnal Green Gardens umhertollen, und wie es sein kann, dass der Mann, der uns entgegenkommt, leuchtende Haare hat – so laut, dass der es hört und sich meine Mutter vielmals für ihre vorlaute Tochter entschuldigt. Als wir auf dem Nachhauseweg an Spitalfields vorbeigehen, frage ich nach dem ...

«... Licht da oben in der Markthalle, Mama. Wohnt da jemand?»

«Da ist nichts, Pear», antwortet meine Mutter. «Die Wohnung steht seit Jahren leer. Wahrscheinlich hat sich eine Straßenlaterne in der Scheibe gespiegelt. Lass uns nach Hause gehen, es ist schon dunkel!»

Aber ich gebe nicht auf. Immer wenn ich Spitalfields passiere, spähe ich zu dem einen Fenster, das von innen mit Zeitungen zugeklebt ist. Nicht an allen Tagen, aber immer wieder blitzt dort etwas auf. Also schleiche ich mich eines Nachts aus meinem Zimmer, um dem Geheimnis auf den Grund zu gehen. Es dauert, bis ich den Eingang zum Spitalfields-Mantel finde. Er ist in einem Innenhof hinter einem Stück Pappe verborgen, auf das Worte geschmiert wurden, die ich noch nicht lesen kann. Ich schiebe den Karton zur Seite und gehe eine schmale Stiege nach oben, ganz am Rand, damit das Knarzen der Stufen mich nicht verrät. Jetzt ist mir doch ein wenig mulmig zumute, aber ich habe gelernt, solche Gefühle zu ignorieren. Und damals konnte ich sie nicht einmal benennen.

Schatten huschen an mir vorbei. Ich kenne das Geräusch tapsender Pfoten gut genug, um zu wissen, dass das Mäuse sind. In dem Stock ganz oben, zu dem das Fenster gehört, gibt es vier Eingangstüren. Welches ist die richtige Wohnung? Ich drehe an den Knäufen, die ächzen, als wären sie Jahre nicht benutzt worden. Nur eine Tür ist unverschlossen, und ich versuche mein Glück. Das Erste, was ich in der Wohnung wahrnehme, ist ein Luftzug. Er weht den Gang entlang von zerbrochener Fensterscheibe zu zerbrochener Fensterscheibe. Wenn meine Mutter recht hat, bin ich auf der richtigen Spur: Diese Wohnung steht mit Sicherheit leer. Licht sehe ich keines mehr, als ich dem Gang folge, von dem rechts und links Zimmer abgehen, eine Küche aus der es süßlich-kalt riecht, ein Wohnzimmer ohne Sitzmöbel, aber ich höre etwas: keine Mäuse, keine Stimmen ... Plätschern! Ich gehe dem Geräusch nach und gucke um die Biegung, die der Gang macht, in ein weiteres Zimmer.

«Wusste ich es doch!», rufe ich und springe in den Raum. Vor mir liegt ein Junge in einer Badewanne – vor Schreck und Scham erstarrt.

«Ha!» Ich gehe zu der Taschenlampe auf dem Hocker neben der Wanne. Während der Junge panisch Schaum über seiner Körpermitte anhäuft, nehme ich die Lampe und mache sie an, aus, an, aus. Der Junge sieht mich an, als wäre ich verrückt. Wieder sage ich: «Wusste ich es doch!»

«Was wusstest du?», fragt der Junge, als er sich gesammelt hat.

«Dass hier oben jemand ist! Wohnst du hier?» Ich stütze die Hände in die Hüfte und sehe auf den Jungen herab.

«Ich ... ähm ... irgendwie schon.»

«Gut zu wissen ... Also dann!» Ich drehe mich um und gehe zur Tür, habe ja alles rausgefunden, was es rauszufinden gab. Jedenfalls dachte ich das.

«Warte! Du kannst doch nicht einfach wieder gehen.»

«Wieso nicht?» Ich bleibe im Türrahmen stehen.

82

«Weil du jetzt unser Geheimnis kennst. *Mein* Geheimnis, meine ich», versucht der Junge, seinen Versprecher zu korrigieren, aber ich bin zu schnell für ihn.

«Es gibt noch andere hier?», frage ich. «Wo?»

«Versprichst du mir, dass du uns nicht verrätst?»

«Wem sollte ich es denn verraten? Wir Non-Kinder dürfen mit Gleichaltrigen nur in der Schule über die Schule reden. Und meine Eltern würden mir sowieso nicht glauben.» Mit einem Mal fühlt es sich seltsam an, hier zu sein. «Eigentlich sollte ich auch mit dir nicht sprechen. Schließlich will ich mal eine Shaperin werden. Ich muss jetzt wirklich gehen.»

«Na, dann musst du wohl wirklich gehen. *Ich* will jedenfalls kein Shaper werden.»

«Jeder will ein Shaper werden.»

«Ich nicht. Ich hasse die Shaper!»

Dass jemand so etwas sagt, macht mich sprachlos. Kurz nur.

«Aber die Shaper sind doch die Guten», sage ich. «Sie setzen ihre Kräfte zum Wohle aller ein!»

«Hast du das auswendig gelernt?»

Ich blicke zu Boden.

«Ich muss kein Shaper sein, um etwas zu bewirken», sagt der Junge. «Ich habe mir etwas anderes geschaffen, etwas Eigenes. Etwas, für das ich nicht auserwählt werden muss.»

«Was denn?» Immer diese verdammte Neugier! *Ich sollte einfach gehen.*

«Warte draußen, dann zeige ich es dir.»

Als der Junge im Gang auftaucht, trägt er Jeans, Turnschuhe und ein Sweatshirt. Es ist das erste Mal in meinem Leben, dass ich solche Stoffe sehe, solche Farben.

«Ich bin übrigens Balthazaar.»

Seine ausgestreckte Hand bleibt ungeschüttelt, ich antworte aber: «Pear.»

Ich werde nie vergessen, wie Balthazaar mich daraufhin in den Bauch geführt hat. Das Lager in schwindelnder Höhe ist atemberaubend, aber noch viel mehr beeindruckt mich die Gemeinschaft der Treibenden. Da sind unzählige Jungen und Mädchen, die miteinander flüstern, leise lachen, sich aneinanderlehnen, nebeneinander schlafen. Davon komme ich nicht mehr los. Ich werde eine Art Ehrentreibende, die zwar zur Schule geht und woanders wohnt, sonst aber eine von ihnen ist. Mit jeder Rüge durch den Schulleiter zieht es mich mehr in den Bauch, und je öfter ich in den Bauch gehe, desto mehr Probleme bekomme ich in der Schule.

An Balthazaars Beispiel lerne ich mich selbst kennen. Ständig sagt er, was er mag, was ihn ärgert, was ihn freut, was ihn langweilt, sogar, was er liebt und was er hasst. Zunächst ertappe ich mich dabei, wie ich immer öfter seine Sichtweise einnehme: Das fände Balthazaar nicht gut, denke ich, oder jenes würde ihm gefallen. Dann ersetze ich seine durch meine eigene Meinung. Immer seltener kann ich meine Gedanken und Gefühle unterdrücken, wenn mich etwas freut oder mich etwas ärgert, auch außerhalb des Bauchs. Irgendwann gebe ich die Idee auf, dass ich eine Shaperin werden kann. Jetzt frage ich mich, ob das richtig war.

Warum nur habe ich mich nicht mehr angestrengt? Und

nicht nur für mich, auch für meinen Vater. Wer weiß, zu welchen Heilmitteln ich Zugang hätte, wenn ich zu den Shapern gehören würde. Vielleicht wäre er längst wieder der Alte, hätte eine zweite Chance auf das normale Leben bekommen, das ihm der Tod seiner Frau genommen hat. Ich wünschte, die Präsentation auf der Bühne würde aufhören, damit ich nicht mehr daran erinnert werde, was ich nie haben kann. Gleichzeitig hoffe ich, dass sie ewig weitergeht, weil ich nie näher an der Gabe sein werde als jetzt. Als Zuschauerin der anderen. Den Abschluss macht das kleine Mädchen.

«Pearl», stellt Minister Rollo sie vor.

Sie tut nichts, steht nur da – selbst als sich die Sonne verzieht und es zu regnen anfängt. Ist der Zauber schiefgegangen? Hat niemand den Mut, das zuzugeben, weil Shaper keine Fehler machen? Minister Rollo, Edwin und der Schulleiter sind unter dem rot-weißen Dach, nur dem Mädchen bietet es keinen Schutz, so nah am Rand der Bühne befindet es sich. Vielleicht ist es die Beinah-Namensschwesternschaft und dass sie wie wir jugendlichen Nons im Regen steht, jedenfalls fühle ich mit Pearl mit. Ich weiß, wie schmerzhaft es ist zu scheitern, wenn jeder damit rechnet. Wie weitaus schlimmer muss es sein, wenn alle große Erwartungen an einen haben.

Der Regen fällt dichter und dichter, wird zu einer wässrigen Leinwand, hinter der Pearl verschwindet. So sanft und warm die Tropfen sind, ich frage mich, wie lange wir noch durchnässt dasitzen müssen, um auf etwas zu warten, das offensichtlich nicht passiert. Immer größere Pfützen bilden sich zwischen den Stuhlreihen. Ich weiß kaum noch, wo ich die Füße hinstellen soll. Dem Mädchen vor mir rinnt Wasser in den Kragen. Trotzdem rührt sich keiner der Nons im Publikum.

Dann zeigt sich wieder die Sonne ... und mit ihr die Magie. Das Licht malt ein Gemälde in die nasse Luft ... aus strahlenden Strichen und regenbogenfarbenen Punkten, aus Flimmern und Flirren, das sich zu bewegen scheint. Ich habe noch nie etwas so Schönes gesehen. Als ich meine Mutter im Regen erkenne und sie mir zuwinkt, weiß ich, dass die Bilder jedem etwas anderes zeigen. Manche weinen.

In diesem Moment vermisse ich das L am Ende meines Namens, die Tatsache, dass ich keine *Pearl* bin, dass mir der Glanz fehlt und ich nie, nie, nie so etwas Wunderbares schaffen werde. Als meine Mutter schwanger war, hatte sie Heißhunger auf Birnen, und mein Vater scheute keine Mühe, ihr jeden Tag welche zu bringen. So kam ich zu meinem Namen. Er ist süß, er ist einfach, er ist harmlos, er ist typisch Non. Shaper-Mädchen und solche, die es werden wollen, heißen Araminta oder Beatrice, Cressida oder Cecily. Oder Pearl.

Sobald der Schulleiter und Minister Rollo das Ende der Veranstaltung verkünden, renne ich vom Hof, Tränen im Gesicht. Dieses Mal denke ich nicht einmal daran, erst nach Hause zu gehen, ich will nur nach Spitalfields, zu Balthazaar. Ich muss mich vergewissern, dass meinem Leben ebenfalls ein Zauber innewohnt, auch wenn er meilenweit entfernt ist von Vogelmenschen und blinder Hellsichtigkeit und Kunstwerken aus Regen und Licht. Ich habe meine eigene Welt, meine eigene Zukunft, die auch etwas gilt. *Noch*

ein Jahr, nur noch ein Jahr! Dann sind Balthazaar und ich
volljährig, und wir lassen all die Regeln und falschen Hoffnungen, die ich einfach nicht abschütteln kann, endgültig
hinter uns.

Außer Atem komme ich in Spitalfields an. *Don't look
back in anger!*, steht auf dem Karton vor dem Eingang.
Mittlerweile weiß ich, dass die Treibenden ihn fast täglich
mit neuen Sprüchen überpinseln. Ich nenne ihn die prophetische Pappe, denn seltsamerweise passen die Worte
meistens zu meiner Lebenssituation. Aber heute nehme ich
sie kaum wahr. Ich mache nur eine kleine Pause, bevor ich
zum Bauch hochlaufe.

Am Wochenende bleibt die Markthalle geschlossen und
der Bauch bestehen. Samstag und Sonntag sind die einzigen beiden Tage, an denen die Treibenden auch tagsüber
ein Zuhause haben. Die meisten nutzen das aus, bevor sie
am Montagfrüh wieder gezwungen sind, durch die Stadt zu
streifen. Ich bin mir sicher, dass ich Balthazaar in seiner
Schlafnische finden werde, in die Armeedecke gekuschelt,
die er sich von Oxfam geholt hat, gegen das Kissen gelehnt,
das ich ihm geschenkt habe, und in eines der Bücher vertieft, die er so gern liest: irgendwas mit Helden und Aben-
teuern. Doch als ich bis zu Balthazaars Platz balanciert bin,
sind weder Decke noch Buch noch Balthazaar zu sehen. Der
Schlafsack liegt auf der Pritsche. Normalerweise verstaut
Balthazaar ihn jeden Morgen gewissenhaft in dem Sack,
der seine Habseligkeiten beherbergt, und ersetzt ihn durch
seine Decke.

«Joanne», rufe ich dem Mädchen auf der Nachbarsprit-
sche zu, «hast du Balthazaar gesehen?»

«Der ist weg!»

«Wie weg? Ausgegangen? Bei dem Regen?»

«Nein. Heute früh so gegen vier kamen zwei Erwachsene hierher und haben ihn mitgenommen.»

«Oh nein, Häscher? Polizisten?» Ich schlucke.

«Glaube ich nicht», antwortet Joanne. «Balthazaar sah aus, als ob er freiwillig mitging, sonst hätte er den Besuch fliegen lassen.» Joanne macht mit der Hand eine Abwärtsbewegung. Dazu pfeift sie, immer tiefer. Dann zuckt sie mit den Schultern und lässt mich allein.

Ich setze mich auf mein Brett. Etwas stört mich daran, wie Balthazaar sein Lager zurückgelassen hat. Ich brauche ein, zwei Minuten ... dann verstehe ich, was es ist. Ich halte mich an meinem Brett fest und schiebe mit dem Fuß Balthazaars Schlafsack zur Seite. Es gibt keinen Zweifel: Das Kissen, das ich ihm geschenkt habe, ist genauso verschwunden wie mein Freund.

BALTHAZAAR

Ich ziehe das Leintuch noch mal glatt. Wie alles in meinem – *meinem!* – Zimmer ist das Himmelbett aus Mahagoni für Prinzen gemacht. Trotzdem habe ich nicht darin geschlafen. Die Matratze scheint meine Bewegungen vorauszuahnen, hat schon nachgegeben, bevor ich mich drehe, aber mir ist das zu bequem. Also habe ich das Leintuch auf den Holzboden gelegt und mit Pears Kissen dort übernachtet. Doch das muss ja niemand wissen. Noch einmal streiche ich über das Bett, aus Nervosität, aber auch weil ich nicht weiß, was ich sonst tun soll. So aufregend mein Tag vor dem Zubettgehen war, so leer ist er seit dem Aufstehen.

Emme und Sinclair haben mich vom Bauch direkt in die Burgh gebracht. Dieses Mal musste ich nicht wie sonst durch die Eisenstäbe des Zauns spähen. An Emmes und Sinclairs Seite lässt mich das Tor mit dem Emblem der drei goldenen Funken auf blauem Grund anstandslos rein. Der Vollmond will auch mit der Burgh sein Spiel treiben, aber wo sich in Ost-Lundenburgh sein Licht in den Gebäuden verfangen hat, findet es hier keine Spiegelfläche. Stumpf ragt die Burgh in den Himmel, als wolle sie klarstellen, dass ihr niemand ihre Geheimnisse entlocken kann – auch nicht der Mond. Ich bleibe möglichst nah bei Emme, als ich auf das dunkle Gebäude zugehe, das alles schluckt, selbst die eigenen Schatten. Die Holztür am Eingang der Burgh öffnet sich für uns genauso wie von Zauberhand wie zuvor das Eisentor.

«Ich weiß, es ist spät», sagt Emme, als wir die Eingangshalle durchqueren. Ich bin enttäuscht, dass das Licht gedimmt bleibt und ich kaum erkennen kann, wie das Innere der Burgh aussieht. «Aber das Protokoll will es, dass wir trotzdem kurz die wichtigsten Daten notieren.» Emme führt mich in einen holzvertäfelten Raum im Erdgeschoss. Sie setzt sich an einen Schreibtisch in der Mitte des Zimmers und deutet auf den Stuhl davor. Ich nehme Platz. Auch hier bleibt das Licht gedämpft. Die Burgh hält sich anscheinend bedeckt, bis … ja, bis was eigentlich passiert? Bis die Formalitäten geklärt sind? Bis meine Zugehörigkeit zu den Shapern über jeden Zweifel erhaben ist? Ich werde das Gefühl nicht los, dass ich zwar in der Burgh bin, aber trotzdem nicht drin.

«Dann wollen wir mal», beginnt Emme das Interview. Ihre Fragen sind kurz, scharf, auf den Punkt. Name? Alter? Adresse? Beim Wohnort einigen wir uns nach kurzer Verwirrung auf «der Bauch in der Spitalfields-Markthalle, dort anzutreffen jeweils am Wochenende sowie von sechs Uhr abends bis fünf Uhr morgens an den Werktagen». Ich bin enttäuscht, dass die Shaper kaum etwas über mich wissen. Auch sonst geht der Situation jegliche Magie ab. Aus dem Füllfederhalter, mit dem Emme meine Antworten notiert, springen keine Funken, um den Moment zu feiern, in dem ich in die Runde der Shaper aufgenommen werde. Der Füller spuckt nur Tinte aus, kleckst ein bisschen dabei, so wie er das in Ost-Lundenburgh auch getan hätte.

«Das war's», sagt Emme nach nicht einmal zwei Minuten. «Sinclair bringt dich jetzt in dein Zimmer, dort holen wir dich morgen wieder ab. Möchtest du vorher noch etwas wissen, Balthazaar?»

«Ja», platzt es aus mir heraus, und ich bin mir nicht sicher, welche der tausend Fragen in meinem Kopf ich als erste stellen soll. Es wird die offensichtlichste: «Warum ich?» Ich lehne mich so weit nach vorne, wie es der Schreibtisch zulässt. Emme weicht keinen Zentimeter zurück. «Ich bin die letzten fünf Jahre nicht mehr zur Schule gegangen und habe mich – sorry – auch sonst nicht an die Regeln gehalten, die die Gabe triggern sollen. Ich habe sogar Filme geguckt. Geschichten gelesen.»

«Was für welche?», fragt Emme.

«Heldengeschichten. Wie ist es möglich, dass ausgerechnet ich die Gabe entwickelt habe?»

«Sind es nicht immer die unwahrscheinlichsten Helden, die vom Schicksal ausgewählt werden?» Emme zwinkert mir zu.

«Na ja, aber das hier ist ja keine Geschichte, sondern die Realität», sage ich, obwohl ich mir da nicht so sicher bin.

«Natürlich», antwortet Emme. «Du sagtest, du bist eine Waise. Weißt du denn, wer deine Eltern waren?»

«Nein. Ich bin im Whitechapel-Waisenhaus aufgewachsen. Als es geschlossen wurde, wollten die uns aufs Land verfrachten, in eine andere Einrichtung irgendwo in Devonshire. Aber ich wollte Lundenburgh nicht verlassen», lüge ich. Die Wahrheit schmerzt zu sehr. «Also bin ich mit ein paar anderen abgehauen, und wir haben uns seitdem so durchgeschlagen. Meine Eltern habe ich nicht gekannt.

Ich wurde als Baby an der Pforte der Christ Church ausgesetzt.»

«Die Gabe ist genetisch. Wenn bei dir eine Mutation unwahrscheinlich ist, weil du die Regeln, die dazu führen, missachtest, gibt es nur eine Möglichkeit: Du wurdest als Shaper geboren. Deine Eltern müssen zu uns gehört haben.»

Ich sehe Emme mit großen Augen an. Das ist besser als Sternenregen aus Füllfederhaltern, das ist Sternenregen direkt auf mich drauf von ganz, ganz oben. Sternenregen, der bleibt. Seit ich *Star Wars* gesehen habe, habe ich heimlich gehofft, dass auch meine Elternlosigkeit ein Zeichen hoher Geburt ist. Dass sie Teil einer tragischen Geschichte um Liebe, Verrat und Macht ist, so wie die Luke Skywalkers. Dass sie was bedeutet.

Emmes Vermutung lässt mich nicht mehr los, auch nicht, nachdem Sinclair mich in mein Zimmer im zweiten Stock gebracht hat. War ich nie ein Non? Habe ich nur unter ihnen gelebt? Bin ich ein Kuckuckskind? Die Vorstellung lässt mich vor Aufregung zittern – und vor Angst. War mein Leben bis jetzt eine Lüge? Und warum haben meine Eltern mich aufgegeben? Armen Nons kann ich das nachsehen, aber Shapern? Die hätten leicht eine Lösung finden können, um mich zu behalten. Stundenlang wälzt sich die Frage mit mir hin und her – erst im Bett, dann auf dem Boden. Trotzdem wache ich um fünf in der Früh auf, gewohnt, um diese Zeit den Bauch verschwinden zu lassen. Um sieben habe ich bereits geduscht. Und gebadet. Der mattschwarzen Wanne auf Raubkatzenfüßen konnte ich nicht widerstehen. Ich nenne sie den Panther. Nach dem Bad muss ich meine alten

Klamotten anziehen. Denn der Schrank in meinem Zimmer bleibt trotz mehrfacher Inspektion – man weiß ja nie, ob Dinge hier nicht einfach erscheinen – leer. Wahrscheinlich bekomme ich meine Schuluniform erst später. Als gegen acht jemand an die Tür klopft, öffne ich sie voll Elan. Aber da ist niemand, nur ein Silbertablett mit Tee, Milch, Toast, Butter, Marmelade und Orangensaft. Ich stelle das Tablett auf den kleinen Tisch in meinem Zimmer. Das Porzellan, fast durchsichtig, so fein, sieht besser aus als das Frühstück. Denke ich zunächst. Dann nehme ich den ersten Bissen, den ersten Schluck. Der Tee verwandelt sich in flüssiges Karamell, als ich Milch dazugebe, und der Toast ist so knusprig, die Marmelade so sämig und die Butter so cremig, dass ich Ministücke davon abbeiße, um alle drei Texturen möglichst oft gemeinsam auf der Zunge zu haben. Langsam verstehe ich, was die Burgh zur Burgh macht – das Essen, die Möbel, alles hier ist nicht so wahnsinnig anders als anderswo, nur besser.

Doch meine Freude über das exzellente Frühstück hält nicht lange. Mehrere Stunden verbringe ich damit, im Zimmer hin und her zu tigern, aus dem Fenster zu starren und – wider besseres Wissen – erneut den Schrank zu inspizieren, bis wieder jemand an die Tür klopft. Mittagessen! Das gleiche Tablett, das gleiche Geschirr, das Essen, Kartoffelbrei mit Erbsen und Würstchen, wieder so großartig, dass ich am liebsten eine zweite Portion verlangt hätte, wenn, ja wenn ich denn jemanden zu Gesicht bekommen würde. Irgendwann frage ich mich, ob die Shaper mich schlichtweg abgeschrieben haben und ich den Rest meines Daseins einsam in diesem durchdesignten Zimmer verbringen werde.

Oder wollen die, dass ich rausgehe? Habe ich im Trubel der letzten Nacht einen Termin vergessen, den Emme erwähnt hat? Irgendwas falsch verstanden? Ich bin drauf und dran, das Zimmer zu verlassen, als es noch mal klopft. Halb erwarte ich, dass wieder einfach etwas abgelegt wird, aber dieses Mal steht Sinclair vor der Tür.

«Bereit?», fragt er.

«Wofür?»

«Für die anderen! Du wirst jetzt deinen Mitschülern und -bewohnern vorgestellt.»

Ich warte darauf, dass ich mich freue. Endlich passiert etwas! Und Gruppen sind mein Ding! Immerhin habe ich jahrelang die Treibenden zusammengehalten. Trotzdem sträubt sich alles in mir dagegen, Sinclair zu meinen Mitschülern zu folgen. Nein, jetzt wo es so weit ist, bin ich nicht bereit, eine Horde gleichaltriger Shaper zu treffen, die ich nicht kenne, ganz und gar nicht bereit. Mein Leben im Bauch war darauf ausgelegt, dass sich nichts ändert, weil ich viel zu jung viel zu viele Änderungen mitgemacht habe. Die meisten davon waren nicht von der guten Sorte. Sosehr ich mir noch vor wenigen Minuten gewünscht habe, dass es endlich weitergeht in der Burgh, sosehr versetzt es mich jetzt in Panik, dass ich mich meinen Mitschülern stellen muss ... und dann auch noch in nicht mehr ganz frischen Sachen.

«Eine Frage noch, Sinclair...»

«Jederzeit», antwortet er, sieht aber aus, als denke er dabei «nur nicht gerade jetzt».

«Kann ich mich vielleicht irgendwo umziehen?»

«Umziehen? Bist du nicht zufrieden mit deiner Wahl?»,

94

fragt Sinclair, als hätte ich mit Absicht in meinen Klamotten geschlafen, weil ich der Meinung bin, dass sie dann besser aussehen.

«Ähm, welche Wahl? Ich hatte keine. Habt ihr nicht frische Sachen hier, die ich mir leihen kann?»

«Wir sollen dir vorgeben, wie du deinem Stil Ausdruck verleihst?» Sinclair sieht mich so entsetzt an, als hätte ich ihm vorgeschlagen, dass er mir seine eigenen Kleider geben und nackt durch die Burgh spazieren soll.

«Na ja, ich habe keine Kleider eingepackt im Bauch. Mein Fehler, sorry!» Das ist eine Lüge. Da gab es nichts einzupacken. Neben dem Anzug habe ich genau drei Outfits, und das einzig akzeptable davon trage ich gerade. Schon viel zu lange!

«Verstehe», sagt Sinclair. «Leider ist in der Kürze der Zeit nichts zu machen. Aber ich werde Emme mitteilen, dass du Bedarf an einer Shoppingtour hast. Sie findet sicher jemanden, der dir die besten Läden in der Gegend zeigt. Ist das für dich okay?»

«Klar», zwinge ich mich zu antworten, da Sinclair aussieht, als würde er sonst in Ohnmacht fallen. Dabei frage ich mich, woher ich das Geld für eine «Shoppingtour» nehmen soll und warum ein mächtiger Shaper an etwas so Einfachem wie einer Jeans und einem Pulli scheitert. Er hätte mir auch einfach schon einmal meine Schuluniform geben können. Die brauche ich doch sowieso. Und ein sichtbares Zeichen, dass ich zu den anderen gehöre, hätte mich beruhigt.

Ich folge Sinclair nach unten. Sobald ich die Eingangshalle sehe, durch die ich die Burgh betreten habe, sind mir meine Kleider egal. Bei Tageslicht kann ich endlich die dicken Mauern bewundern, die Gemälde an den Wänden. Meine Begeisterung verliert sich jedoch schnell. Alles ist still und glatt, nichts bröckelt. Der Mörtel zwischen den braunen Ziegeln ist makellos, die goldenen Rahmen sind bestimmt antik, glänzen aber dagegen an, und der Mix aus alter und moderner Kunst macht mich müde. Die Burgh wirkt wie eine Kulisse, die in möglichst vielen Filmen mitspielen will. Sinclair führt mich zu einer Flügeltür, die vom Foyer abgeht. Dort nimmt mich Emme in Empfang, und er verabschiedet sich mit einem Nicken.

«Minister Rollo lässt sich entschuldigen», sagt sie. «Normalerweise begrüßt er Neuankömmlinge in der Burgh, aber heute ist er im Osten der Stadt unterwegs. Deswegen vertrete ich ihn.»

Wirklich? Ich bin der erste Non seit Generationen, der in Lundenburgh die Gabe entwickelt hat, und Minister Rollo, dessen Daseinsberechtigung es ist, genau das zu fördern, hat keine Zeit?

«Balthazaar?» Emme berührt mich an der Schulter und lächelt. Dieses Mal sind da keine warmen Wellen. «Gut geschlafen? Und vor allem, gut geträumt?»

«Ich träume nie», antworte ich. Kaum habe ich das gesagt, fällt mir der Traum meiner letzten Nacht im Bauch ein.

«Schade», sagt Emme. «Der Traum der ersten Nacht im neuen Heim geht in Erfüllung. Sagen manche Nons.»

Ich hoffe, dass das nicht auch für den letzten Traum im alten Heim gilt.

«Aber vielleicht auch gut so», fährt Emme fort. «Dann

kannst du dein Schicksal hier in der Burgh selbst in die Hand nehmen.»

Emme öffnet die Tür und lässt mir den Vortritt in eine Halle, die der Restaurierungswut der Shaper entkommen ist: Sie ist unberührt mittelalterlich. Hier fühle ich mich leichter. Bilder, Waffen, Teppiche hängen an unverputztem Gemäuer. Und die Köpfe toter Tiere. Etwa sechzig menschliche – und sehr lebendige – Köpfe drehen sich zu uns um, als wir den Raum betreten. Um den Blicken meiner Mitschüler nicht begegnen zu müssen, starre ich auf Emmes Rücken, sobald sie mich überholt hat und zur hölzernen Bühne am anderen Ende der Halle vorausgeht. Dort angekommen, schreitet Emme zum Mikrofon und bittet um Aufmerksamkeit. Wieder diese unerfüllte Erwartung: Sollte ihre Stimme nicht auf magische Weise laut genug für die Halle sein? Während Emme mich vorstellt – zu meiner Enttäuschung als Non, der die Gabe entwickelt hat –, starre ich in die Menge, bemüht, Augenkontakt zu vermeiden und trotzdem nicht nervös zu wirken. Alle haben die gleiche gerade Haltung, aber in einem unterscheiden sie sich ganz gewaltig: in ihrer Aufmachung. Da sind grüne Haare, riesige Ohrringe, die wie goldene Skulpturen wirken, Teddyjacken und lila Pythonstiefel. Ein Mädchen trägt einen Pyjama mit Häschen-Print, dazu schwarzen Lippenstift. Warum haben die keine Uniformen an? Ich dachte, meine Mitschüler kommen direkt vom Unterricht. Ein dünner Junge mit langen hellbraunen Locken, der in der ersten Reihe steht, lenkt mich von den fehlenden Uniformen ab. Ohne die Hand zu heben, labert er in die Pause, in der Emme Atem holt.

«Ist der Non nicht ein bisschen zu alt für eine erste Manifestation der Gabe?», fragt er.

«Die Gabe hat ihren eigenen Zeitplan, und der ist immer richtig. Das solltest du eigentlich wissen, Topher. Möchtest du deine Mitschüler auch etwas fragen, Balthazaar?»

«Ja», sage ich, denn mir kommt plötzlich eine geniale Idee, wie *ich* mich ihnen vorstellen kann. Bei den Treibenden kommt meine Mischung aus Unverfrorenheit, Humor und Begeisterung immer gut an. «Ist ja alles ganz nett hier, das Essen, die Kunst, der achtäugige Schwertfischkopf da drüben an der Wand. Aber eigentlich interessiert mich nur eins: Wo sind die Drachen?»

Gelächter begräbt mich unter sich, so gemein, dass ich kaum noch Luft bekomme.

«Der hat nach Drachen gefragt», japst Topher.

Selbst Emme blickt amüsiert unter verklebten Wimpern hervor und tut nichts, um die Reaktion der Shaper zu stoppen. Erst als die sich von selbst in den Höhen der Halle verliert, sagt sie: «Hier gibt es keine Drachen. Beim Shapen geht um andere Dinge als Fabelwesen und Zaubertricks, aber das wirst du schon noch lernen, Balthazaar. Sonst noch etwas, das du wissen möchtest?»

Ich hätte auch dann nichts mehr gesagt, wenn die Zukunft Spitalfields', Lundenburghs, ja, der ganzen Welt, davon abhängen würde, und schüttle stumm den Kopf. Es folgen ein, zwei Fragen aus der Menge, die gestellt werden, um sich zu profilieren, nicht um mehr über mich zu erfahren. Die meisten scheinen wenig Interesse an mir zu haben, und als Emme sie entlässt, gehen sie aus der Halle, ohne sich noch einmal umzudrehen.

Nur eine Person kommt zur Bühne, sagt: «Ich bin Danny! Freut mich!», und streckt mir behutsam eine Hand mit blau lackierten Nägeln entgegen. Abwesend schüttle ich sie.

Nur halb nehme ich wahr, wie das Mädchen mit dem Hasenschlafanzug im Vorbeigehen Danny anrempelt und sagt: «Bisschen hart angegangen worden von deinen Piepmätzen heute, oder?»

Und wie Danny entsetzt antwortet: «Du warst das?!»

«Danny, magst du Balthazaar die Tage in der Burgh herumführen und ihm alles zeigen?», sagt Emme, und er antwortet gutmütig: «Klar, gerne!» Doch das dringt kaum zu mir durch.

Denn meine Aufmerksamkeit klebt an etwas anderem. An jemand anderem. Obwohl sie ganz hinten in der Halle gegen eine Säule lehnt, ist sie jetzt, wo die anderen sie nicht mehr verdecken, nicht zu übersehen. Es ist, als hätte man den Mittelpunkt, um den sich alle drehen, in ihre Ecke verschoben. Der Strom ihrer Mitschüler buchtet aus, wo sie steht, um ihr Raum zu geben. Gleichzeitig wenden sich ihr alle zu, manche unbewusst, manche mit einer Geste, einem Wort, bestimmt der Wertschätzung. Die markanten Haare stecken unter einer Mütze, doch sie ist es, ohne Zweifel: das Mädchen aus dem Truman.

PEAR

Spitze ist um meinen Hals drapiert. Ich trage Strick über Streifen, mein Arm steckt in einem Cordhosenbein, und in meinen Locken hat sich ein Ohrring verfangen. Mein Spiegelbild sieht wirr aus. Seit Stunden sitze ich im inoffiziellen Kleiderschrank und wühle mich durch meine Schätze in der Hoffnung, dass mich das aufheitert. Tut es nicht. Mit jedem Kleidungsstück, jedem Accessoire, das ich wiederentdecke, werde ich trauriger. Wo soll ich denn die Sachen überhaupt noch anziehen? Balthazaars Verschwinden hat ein Loch in meine Seele gerissen. So wichtig sind meine Ausflüge in den Bauch für mich, dass ich heute Vormittag wieder dorthin gelaufen bin. Aber Balthazaar bleibt unauffindbar. Und ich habe nicht die geringste Ahnung, wo er stecken könnte. Meine Nachforschungen sind ins Leere gelaufen. Keiner hat mehr gesehen als das, was Joanne mir bereits erzählt hat. Ich habe sogar all meinen Mut zusammengenommen, mich als Mrs. Smithers ausgegeben und sowohl bei den Häschern als auch in der Polizeistation angerufen. Doch auch dort: Keine Spur von Balthazaar!

Ich seufze und unternehme einen letzten Versuch, mich abzulenken. Behutsam setze ich die Schachtel mit dem schiefen goldenen Herzen auf meinen Schoß: der Bling-Schrein meiner Mutter. Für eine Kammer hat es in unserer Miniwohnung nicht gereicht. Nach ihrem Tod hat mein Vater in der Raserei, die vor der Umnachtung kam, sämtliche Besitztümer meiner Mutter verbrannt, ihre Kleider, sogar ihre Zahnbürste. Der Rauch des Scheiterhaufens zog vom Garten zur Markthalle zur Christ Church und legte einen Trauerschleier über das ganze Viertel. Als ich wenige Tage später beim Putzen die Schachtel mit dem goldenen Herzen auf dem leeren Kleiderschrank meiner Mutter fand, war es, als sei sie für mich bestimmt: ein Vermächtnis, das den Flammen entkommen war und das ich fortan hüten sollte. Seitdem wohnt das goldene Herz im inoffiziellen Schrank, und ich störe nur in außergewöhnlichen Situationen seine Ruhe. Denn ich weiß nie, was mich beim Öffnen der Schachtel erwartet. Manchmal trösten mich die Sachen meiner Mutter. Da sind zum Beispiel

- ein Konzertticket für *Lambs Eating Lions*,
- ihr Ehering, glatt geschmirgelt von Jahren zäher Hausarbeit, den ich aus der Asche gerettet und zu den anderen Erinnerungsstücken gelegt habe,
- ein Notizheft, das ich bis heute nicht gelesen habe, weil mir das schäbig vorgekommen wäre – schließlich sind die Gedanken und Erinnerungen privat, die sich bestimmt darin finden.

In anderen Momenten zieht mich die Gewissheit, dass meine Mutter den Ring nie mehr tragen wird, noch tiefer runter. Aber heute ist mir egal, welche Gefühle die Erinnerungsstücke hervorrufen, solange sie nur die verdrängen, die Balthazaars Verschwinden ausgelöst hat.

Ich lege den Deckel mit dem goldenen Herzen neben mich und betrachte den Inhalt der Schachtel. Als Erstes ziehe ich die Konzertkarte hervor: *Lambs Eating Lions – The 1992 Pygmalion–Tour – live at The Brixton Academy.* Ich kenne die Brixton Academy nicht. Normalerweise bleibt so ein Gedanke für sich. Feststellung. Punkt. Aber heute kommt ein anderer dazu. *Wie könnte die Brixton Academy aussehen?* Und dann tue ich etwas, das mir von klein auf abtrainiert wurde: Ich lasse meiner Fantasie freien Lauf. Schlimmer kann es sowieso nicht mehr kommen! Ich stelle mir die legendäre Konzerthalle als Spitalfields' kleine Schwester vor, einen Raum, dessen einziger Zweck es ist, gefüllt zu werden. In dem Fall mit Musik, in die meine Mutter hineintanzt. Zunächst geht es holprig voran mit meiner Vorstellungskraft. Meine Version der Brixton Academy sieht eins zu eins aus wie die Spitalfields-Halle. Aber dann übernimmt etwas in mir, von dem ich nicht wusste, dass es da ist, und die viktorianischen Stahlträger verschwinden. Stattdessen ziehen Treppen, Logen und Sitze ein, dann Menschen. Immer mehr passt sich die Academy einem Bild an, das nur in mir drin existiert. Die Band, die auf dem Ticket abgebildet ist, steht jetzt auf der Bühne, als wäre das Foto lebendig geworden. Gut, dass ich mittlerweile weiß, was das ist, Musik, Tanz. Ich kann kaum erwarten, mir auszumalen, wie die Haare meiner Mutter, dieselben kringeligen Locken wie meine, immer wilder um sie herumwirbeln, bis sie ganz unter ihnen verschwindet, sie nur noch pulsierende Unschärfe sind.

Halt! Muss ich nicht ganz von vorne anfangen, bei dem Part, an den ich mich erinnern kann, sodass sich meine Vorstellung übergangslos mit der Realität verflicht? So macht man das doch bestimmt. Also: Der Abend des Konzerts war ein bedeutsamer. Ich werde ihn nie vergessen, denn es war der erste, den ich alleine daheim verbrachte.

Mein Vater hatte eine lukrative Arbeit als Klempner bei der Renovierung eines Luxusrestaurants im Westen gefunden und arbeitete die Nächte durch, um den Betrieb dort nicht zu stören. Er nutzte das Arrangement, um tagsüber einem zweiten Job nachzugehen, und schlief ... keine Ahnung, wann er schlief. Vielleicht war das der Grund für seine schlechte Laune, jedenfalls war es wochenlang Thema im Haus, ob ich einen Abend lang alleine bleiben kann. Mein Vater war strikt dagegen, aber ich und meine Mutter setzten uns durch, und er ging noch grimmiger zur Nachtschicht als üblich.

Als auch meine Mutter aufbricht, sagt sie zum Abschied: «Falls irgendetwas passiert oder dir mulmig wird, Liebes, kannst du jederzeit bei Mrs. Smithers klingeln. Sie weiß Bescheid.»

Freiwillig Zeit mit Mrs. Smithers verbringen? Nie im Leben!

«Das schaffe ich auch alleine», antworte ich.

Dann nimmt jede von uns eine Haarsträhne in die Hand, und wir kreuzen sie kurz, unser Ersatz für die Umarmungen und Küsse, die wir vermeiden sollen. Die letzte Erinnerung an meine Mutter an jenem Abend ist ihr grüner Wildledermantel im Türrahmen. Obwohl das Grün gedeckt ist, ist es ein auffälliges Stück für eine Non, das einzige im Kleiderschrank meiner Mutter. Mrs. Smithers nahm den Mantel stets mit Kopfschütteln zur Kenntnis. Aber meine Mutter liebte ihn und klappt den Kragen hoch, als sie geht.

Jetzt kommt der Teil, den meine Fantasie übernehmen

muss. Ich schließe die Augen. Meine Mutter hat gesagt, sie wolle den Bus nach Brixton nehmen. Ich sehe einen der roten Doppeldecker vor mir, die manchmal die Commercial Street entlangfahren. Die Busse in Ost-Lundenburgh sind eigentlich einstöckig und grau, nur die wenigen Linien, die Richtung Westen fahren sind ein Farbtupfer, der alle daran erinnert, was sie verpassen. Brixton liegt im Südosten. Aber ich will mir vorstellen, wie der rote Doppeldecker den grünen Mantel leuchten lässt. Und wie meine Mutter jemandem den Platz ganz vorne in der oberen Etage abschwatzt, weil einen dort die Stadt umarmt, wenn man durch sie fährt. Mein Kopf, meine Bilder! In meiner Fantasie ist die Haltestelle in Brixton direkt neben der Academy, meine Mutter steigt aus, geht zum Eingang … Ich öffne kurz die Augen, sehe mir noch einmal das Ticket in meiner Hand an, damit die nächste Szene realistisch wird, schließe die Augen wieder … Das Ticket ist jetzt in einer anderen Hand, der meiner Mutter, die es – voll Vorfreude! – dem Türsteher gibt, der den perforierten Teil abreißt, um es zu entwerten … Moment!

Ich öffne die Augen und sehe das Ticket in meiner Hand an, misstrauisch, als würde es mit meinem Verstand spielen. Es ist unversehrt, nicht einmal leicht eingerissen. Der Abschnitt ist noch dran. Ich untersuche ihn genauer, schließlich kenne ich mich mit Tickets nicht aus. Er wiederholt, was auf dem größeren Teil der Eintrittskarte über dem Bild der Band geschrieben steht: Datum. Ticketnummer. Location. Veranstaltung. Keine Frage – der Teil muss am Eingang abgerissen werden, sonst kommt man nicht rein. Warum ist das Ticket nicht benutzt? Es gibt nur eine

Erklärung dafür: Meine Mutter war nie auf dem Konzert. Aber was hat sie dann an jenem Abend gemacht? Mir wird schlecht bei dem Gedanken, dass meine Mutter mich angelogen haben könnte. Ist sie überhaupt nach Brixton gefahren? Und warum hat sie das Ticket aufbewahrt, wenn es kein Souvenir für einen unvergesslichen Abend ist? Wenn es jeden darauf stößt, dass das Konzert ohne sie stattgefunden hat? Ich starre das Ticket an. Das macht doch keinen Sinn. Es sei denn, meine Mutter wollte, dass jemand die Eintrittskarte findet. Dass ich sie finde? Ist ihr Vermächtnis gar keines, das ich mir ausgedacht habe, sondern ein tatsächliches? Ist das kein Bling-Schrein, sondern eine Botschaft an mich? Nein, nein, nein. Ich verdränge den Gedanken und konzentriere mich auf die Fakten: Meine Mutter ist an plötzlichem Herztod gestorben. Und das konnte sie doch nicht ahnen. Warum also sollte sie für ihre Tochter eine Schachtel mit Hinweisen zusammenstellen? Und überhaupt: Hinweise auf was?

Ich vergrabe das Ticket unter den anderen Dingen in der Schachtel, ich will es nicht mehr sehen. Nichts will ich mehr sehen von dem Zeug, das mir heute meine Mutter nicht näherbringt, sondern wie eine Fremde erscheinen lässt. Nichts außer … Meine Finger stoßen an das Notizheft, und es schmiegt sich in meine Hand. Wann, wenn nicht jetzt, wäre der Zeitpunkt, um direkt von meiner Mutter zu hören? Vielleicht klärt sich sogar das Geheimnis des unbenutzten Tickets auf, und das Heftlein enthält eine Geschichte über den unachtsamen Türsteher der Brixton Academy. Meine Hand steckt immer noch in der Schachtel, regungslos, aber die Neugier gewinnt die Oberhand.

Ich ziehe das Heft aus der Box. Es ist leicht und wiegt doch schwer. Behutsam löse ich das Gummiband, das die Seiten zusammenhält. Ich atme tief ein und schlage die erste Seite auf, bin gewappnet für alles, was da stehen könnte ... bis auf das, was mich wirklich erwartet: nichts. Ich blicke auf ein weißes Blatt Papier. Jede neue Seite hält denselben Dämpfer bereit. Das Notizheft ist leer.

Von all den Enttäuschungen der letzten achtundvierzig Stunden ist das die größte. Ich habe mir das Lesen aufgespart, und wie so viele Sicherheiten für schlechte Zeiten hat sie mir als Möglichkeit mehr Trost gespendet als in dem Moment, in dem ich sie nutzen wollte. Ich bin am Ende des Hefts angelangt. Es schließt mit einem Kalender, und ich will es eben lustlos zuschlagen, als ich eine Idee habe. Ich blättere zum Datum des Konzerts, einem Sonntag. Tatsächlich: Der Tag ist rot eingekreist. Alles in mir kribbelt. Endlich ein Zeichen, dass meine Mutter das Notizheft überhaupt jemals in den Händen hielt. Die nächsten drei Wochen gibt es keine Einträge, doch dann ist wieder ein Sonntag rot eingekreist und jeder folgende auch.

Klar, ich erinnere mich. Meine Mutter hat einige Wochen nach dem Konzert mit Aerobic-Stunden angefangen – jeden Sonntag um sieben Uhr abends. Mein Vater arbeitete damals oft am Sonntag: Wochenendzuschlag! Nachdem ich die Feuertaufe mit Bravour bestanden hatte, beschloss meine Mutter jedoch, dass man mich zur Not auch einen Abend die Woche allein zu Hause lassen konnte. Aber warum hat sie etwas so Unbedeutendes wie Aerobic-Stunden rot eingekreist, zumal sie immer zur gleichen Zeit stattfanden? Ich lege das Notizheft weg und wühle wieder in der Box, bis ich finde, was ich suche: einen Flyer des Sportstudios, das die Aerobic-Kurse anbot. Oft schon hatte ich ihn wegwerfen wollen. Aus Sentimentalität habe ich ihn dann doch behalten. Der Stundenplan ist so klein aufgedruckt, dass ich ihn suchen muss, aber als ich ihn entdecke, steht da was Großes: Am Sonntag um sieben werden keine Kurse angeboten, das Studio ist am Wochenende geschlossen.

Ich lehne mich an die Wand und atme schwer. Die Andenken in der Schachtel sind plötzlich kein Sammelsurium mehr, deren einzige Verbindung meine Mutter ist. Sie haben einen Zweck darüber hinaus, geben einander Sinn. Hat meine Mutter die Schachtel auf dem Schrank versteckt, falls ihr etwas zustoßen sollte, wohl wissend, dass ich – und nur ich – sie finden würde? Und wohl wissend, dass mich ihr Geheimnis so lange nicht mehr loslassen würde, bis ich es deuten kann?

Entschlossen, meine Mutter nicht zu enttäuschen, rufe ich mir noch einmal die Eckdaten ins Gedächtnis: Jeden Sonntag um sieben Uhr abends hatte meine Mutter einen Termin. Was machte sie da? Traf sie jemanden? Aber wen? Und vor allem wo? Ich gehe noch mal durch die Sachen in der Schachtel, aber da ist kein Hinweis auf einen Ort,

- keine der Streichholzschachteln mit dem Namen eines Restaurants, wie sie oft im Bauch rumliegen,
- kein Papierschnipsel mit Koordinaten,
- kein Foto – nichts.

Anscheinend bin ich als Detektivin nicht so gut, wie ich Balthazaar gegenüber behauptete. Vor einigen Monaten versuchte Balthazaar wieder einmal, eine meiner selbst gesteckten Grenzen einzureißen. Wir sind im Bauch, teilen uns eine heiße Schokolade mit Rum, und er will mich zum Lesen eines Romans bringen.

«Krimis wären was für dich!», sagt er und reicht mir den Plastikbecher. Ich wärme meine Hände daran.

«Was ist das ... *Krimis*?»

«Kriminalgeschichten. Ein Ermittler klärt ein Verbrechen auf. Es gibt *Whodunnits*, in denen wir uns fragen, wer der Verbrecher ist, und *Howdunnits*, in denen wir uns fragen, wie er das Verbrechen beging. Und bei beiden kannst du mitraten!»

«Liest du so was auch gerne?»

«Nein, aber Joanne. Wenn ich Aufgaben lösen wollte, würde ich zur Schule gehen. Ich mag andere Geschichten, solche mit Helden.»

«Und wie wird man ein Held?»

«Na, der Held wird auserwählt. Er muss den Ruf erhalten, besondere Kräfte haben, von edler Geburt sein oder doch zumindest zufällig von irgendwas gebissen werden, von einer radioaktiven Spinne, von einem Vampir, von was auch immer.»

«Ich will aber nicht gebissen werden. Außerdem: Das ist mir ein bisschen zu nah an unserer Realität, dass man auserwählt sein muss.»

«Aber wenn alle Helden sein könnten, dann wären Helden ja nichts Besonderes mehr. Ich hoffe, dass ich das Zeug dazu hätte. Deswegen will ich mit einem Helden mitleiden, seine Prüfungen ertragen, Abenteuer mit ihm bestehen und seinen Mut und seine Beharrlichkeit bewundern, wenn er seinen Schwächen begegnet und sie überwindet. Ich will davon lernen. Inspiriert werden.»

«Vielleicht brauchst du deswegen Geschichten und ich nicht, vielleicht ist das der Unterschied zwischen uns.» Ich nehme einen Schluck von der heißen Schokolade, und der Rum feuert das, was ich jetzt sage, an. «Du denkst, du bist weniger heldenhaft als deine Helden, während ich wahrscheinlich schlauer bin als die meisten dieser erfundenen Ermittler.»

«Das kann schon sein. Aber oftmals bringt nicht ihre Intelligenz den Detektiven den Erfolg, sondern ihr Bauchgefühl, ihre Intuition, das Denken jenseits ausgetretener Pfade. *Thinking outside the box!*» Balthazaar grinst. «Und das lernt man beim Lesen.»

«Das kann ich auch so! Außerdem lese ich ja trotzdem: mathematische Gleichungen, biologische Definitionen, Atlanten. Vor Kurzem kam in der Schule eine sehr interessante Abhandlung über die Relativitätstheorie dran.»

«Du bist wahrscheinlich die einzige Person auf der Welt, die Bücher liebt, ohne jemals einen Roman gelesen zu haben», antwortet Balthazaar. «Irgendwie habe ich Angst davor, was passiert, wenn du in deine erste Geschichte eintauchst.»

Balthazaars Bemühungen zum Trotz habe ich nie einen Roman in die Hand genommen, ob Krimi oder nicht. Aber was er mir davon erzählt hat, kann ich trotzdem nutzen. *Ich will davon lernen. Inspiriert werden.* Das kann ich auch. Also: *Think outside the box, Pear!* Ich lächle, weil mir bewusst wird, dass ich gerade zufällig eine Box in den Händen halte. *The outside of the box!* Natürlich! Ich drehe und wende die Schachtel, inspiziere Boden und Deckel. Aber auch da sind keine Post-Codes, keine Straßen- oder Platznamen.

Frustriert setze ich die Schachtel wieder ab und zeichne gedankenverloren das goldene Herz mit dem Finger nach. Es passt gar nicht zu meiner Mutter ... wobei: Das kann ich ja gar nicht einschätzen. Außer der Bling-Schachtel gibt es nicht viel, mit dem meine Mutter sich ausdrücken konnte. Vielleicht war das ihr Ding: ein goldenes Herz und ein grüner Wildledermantel, der mit allem anderen zu Asche wurde. Das Gold hat auf meinen Zeigefinger abgefärbt. Meine Mutter muss den Karton selbst dekoriert haben. Ich puste den Farbstaub in die Weite des inoffiziellen Schranks. Glitter wirbelt im Lampenlicht umher, um sich schließlich neben, über, unter dem goldenen Herzen niederzulassen. Dass ich überhaupt weiß, wie ein Herzsymbol aussieht, ist Zufall. Schräg gegenüber von Spitalfields, in der Commercial Street, Ecke Hanbury Street, gibt es einen Pub mit einem ungewöhnlichen Namen: das Golden Heart. Eines Tages habe ich Balthazaar gefragt, wie denn ein Herz aus Gold sein kann und warum jemand seinen Pub nach einem blutigen Organ benennt? Das menschliche Herz ist

ein kräftiger kegelförmiger Hohlmuskel. Es liegt im Brustkorb hinter dem Brustbein und pumpt täglich etwa 8000 Liter Blut durch den Körper.

Daraufhin hat Balthazaar das Symbol für mich aufgemalt und mir erklärt, dass es für die Liebe steht. Ganz nachvollziehen konnte ich das nicht, also Logik ist was anderes.

Logik! Ich starre auf den Goldpuder. Was, wenn der Hinweis, den ich gesucht habe, die ganze Zeit vor mir gelegen hat, wenn er so offensichtlich ist, dass ich ihn bislang übersehen habe. Das goldene Herz ... The Golden Heart! Ich kann nicht glauben, dass mir das bislang entgangen ist. Ist der Pub der Ort, an dem meine Mutter ihre Sonntagabende verbrachte?

Das Golden Heart ist an sich nichts Besonderes, die Gäste schon, hat Balthazaar mir erklärt: «Das hervorstechendste Merkmal von uns Nons ist, dass wir nicht zur Elite gehören. Aber falls wir trotzdem so etwas wie eine Elite haben, dann versammelt sie sich im Golden Heart. In Ost-Lundenburgh heißt das, dass sich Künstler und Freidenker dort tummeln, Alternative und Freaks, alle nicht etabliert, alle bankrott, höchstens ab und an durch einen reichen Gönner aus dem Westen, den das Andersartige an ihren Ideen anzieht, gefördert. Der begleicht dann ihre Schulden im Golden Heart, verschwindet aber meist nach wenigen Wochen wieder, wenn er seine Sehnsucht nach Kaputtem gestillt hat, das er als Kontrast für seine glorreiche Existenz braucht.»

«Woher weißt du das alles?», frage ich.

«Ich habe mich wegen Lambs Eating Lions damit beschäftigt», antwortet Balthazaar. «Die Band hatte ihre ersten Gigs im Golden Heart. Und das nährt die Illusion, dass der Pub ein Sprungbrett zum Ruhm sein kann. Es ist der Glaube an die eigene Genialität, die die Truppe im Golden Heart an ihrem Lebensweg festhalten lässt. Sie sind sich ihr eigenes Publikum, auch wenn sie in Medien, Öffentlichkeit und Kritik nicht stattfinden. Mindestens so legendär wie das Etablissement selbst ist seine Besitzerin Xandra. Sie ist bekannt für ihre schnodderige Art, ihre scharfe Zunge – insbesondere gegenüber Leuten, die sie nicht in ihrem Pub haben will – und ihr Gespür für Selbstbewusstsein und Talent. Nicht selten stellt sich die Frage, ob der Gast im Golden Heart verkehrt, weil er ein Künstler ist, oder ob er ein Künstler ist, weil er im Golden Heart verkehrt.»

«Warst du schon mal drin, Balthazaar? In Verkleidung? Einen Türsteher habe ich dort noch nie gesehen...»

«Reinzukommen, wenn man niemanden kennt, und vor allem drin zu bleiben, ist trotzdem so gut wie unmöglich. Außenseiter, die sich in den Dunst aus Tabakrauch, Bierfahnen und Wir-wollen-unter-uns-bleiben-Dünkel wagen, werden genauestens beobachtet und – sofern sie nicht für gut befunden werden, was meistens der Fall ist – durch eine Mischung aus freundlicher Unhöflichkeit und zufälliger Absicht wieder hinausbefördert.»

Für eine Minderjährige wie mich, die selbst in normalen Pubs nichts zu suchen hat, stehen die Chancen also denkbar schlecht. Aber heute ist Sonntag. Und ich will verdammt sein, wenn ich es nicht wenigstens versuche.

BALTHAZAAR

Wo ist die Magie?» Ich muss die Frage einfach stellen. Zwei Stunden bin ich hinter Danny hergetrottet, in der Burgh, auf der Burgh, um die Burgh herum. Statt über jahrhundertealte Stufen, die einander Geheimnisse zuknarzen, ging es in einem Aufzug rauf und runter, dessen verspiegelte Wände mich auf mich selbst zurückwarfen. Danny plapperte nonstop, ohne etwas Interessantes zu sagen. Alles, was meine Neugier anzog, überging er. Wohin die schmale Stiege führt, die anfängt, wo der Fahrstuhlschacht aufhört, ist «nicht so wichtig». Ob der achtäugige Schwertfisch aus dem großen Saal in dem See gefangen wurde, den wir durch das Turmfenster sehen können, kommentiert Danny mit Achselzucken. «Alte Bücher halt!», tut er meine Nachfrage ab, was genau sich in dem Herrenhaus zwischen Burgh und Wald befindet, das das Archiv der Shaper beherbergt. Das Archiv lässt mich an Pear und ihren Wissensdurst denken. Beides schiebe ich sofort wieder von mir. Sonst muss ich mich auch damit beschäftigen, wie ich Pear wann wo sagen werde, dass ich jetzt ein anderer bin, und das packe ich gerade nicht. Am Wochenende kommt Pear selten in den Bauch, weil da manchmal alte Bekannte ihren Vater besuchen wollen, die sie abwimmeln muss. Bis morgen habe ich Zeit, mir was zu überlegen.

Ich konzentriere mich wieder auf Dannys Ausführungen. Dass der Rasen jeden zweiten Tag von einer Horde Gärtner maniкürt wird, ist Danny drei Minuten Monolog wert. Meine Frage nach dem wild verwachsenen Wald, der sich hinter dem Archiv abzeichnet und für Abenteuer wie geschaffen ist, lässt Danny unbeantwortet. Erst jetzt, auf der Burgh-Terrasse, die vom Speisesaal im ersten Stock abgeht, einen spektakulären Blick über das Anwesen bietet und zweifellos als krönender Abschluss der Tour gedacht ist, bleibt Danny stehen und nimmt meine Frage ernst.

«Wie meinst du das: Wo ist die Magie?» Danny legt den Kopf schief, und nicht zum ersten Mal seit meiner Ankunft in der Burgh sehne ich mich nach der Gemeinschaft der Treibenden, denen ich nicht jeden Satz erklären muss.

«Na ja, dass ihr hier keine Drachen haltet und es wahnsinnig lustig findet, wenn ich danach frage, habe ich verstanden. Aber es muss doch Aufregenderes geben als alte Gemäuer, modernes Design und gepflegten Rasen.»

«Gefällt dir das Dekor hier nicht?», fragt Danny leicht panisch und lässt mich an Sinclair denken. Dass ich mich in der Burgh unwohl fühlen könnte, scheint die größte Sorge der Shaper zu sein.

«Doch, schon!», beeile ich mich zu sagen. «Sieht alles edel aus, aber es hat halt nichts Geheimnisvolles an sich. Es ist irgendwie so einfallslos. Der schwebende Bauch, Billys Pflanzen und ihre nächtlichen Reisen unter die Erde, sogar Pears Schrank im Schrank sind magischer als das hier.» Meine weit ausholende Geste geht in hilfloses Schulterzucken über.

«Was ist ein ... schwebender Bauch? Wer ist Billy, und warum hat er reisende Pflanzen?» Dannys Augen leuchten.

Wie kann es sein, dass er so perfekt hier reinpasst und gleichzeitig gar nicht?

«Das erkläre ich dir ein andermal. Weißt du, ich bin seit Jahren nicht mehr in die Schule gegangen», sage ich und ignoriere Dannys entsetzten Blick, «aber ich kann mich an einen der Presentation Days erinnern, an denen ihr Shaper eure Gabe zur Schau stellt. Da gab es einen Typen, der in Flammen aufging und unversehrt war, als das Feuer erlosch, ein Mädchen, das unter Wasser atmen konnte.»

Danny reibt seinen Arm und entgegnet: «Show-Shapes! Trickserein!» Doch ohne Überzeugung. Wie eine auswendig gelernte Vokabel klingt es, deren Bedeutung er nicht versteht.

«Einmal habe ich einen Shaper gesehen, der ein fünfstöckiges Wohn- und Geschäftshaus im Kern um ein paar Inches verrückte. Die Regent Street musste wegen einer Reparatur im Abwassersystem aufgebrochen werden. Und so wurde das Haus nicht beschädigt», sage ich. «Das ist keine Trickserei, das ist pure Magie! Hohe Kunst!»

«Und du hast Interesse an solcher ... Kunst?» Danny scheint jetzt aufgeregt, fasst mich an der Hand.

«Ähm ... ja! Hat das nicht jeder? Deswegen wollen doch alle Shaper sein. Deswegen wollen doch auch die Shaper Shaper sein, oder etwa nicht?»

«Komm!», sagt Danny und zieht mich mit sich.

Er führt mich zurück zum Archiv, dann daran vorbei in den Wald dahinter. Bestimmt zwanzig Minuten gehen wir unter dem Blätterdach, bis ich mich frage, ob der Zauber, den Danny mir zeigen will, der eines nimmer enden wollenden Forsts ist.

«Wie heißt der Wald denn? Ist es der Düstere Wald? Der Wilde Wald? Oder vielleicht der Verwinkelte Wald?», frage ich.

«Nö, wir nennen ihn einfach Wald. Hier gibt es ja keinen anderen, mit dem man ihn verwechseln könnte.»

Endlich treten wir aus dem Wald, einfach Wald. Vor uns liegt eine Wiese, Spätsommeridylle, Blumen, Bienen, Schmetterlinge, ein paar Obstbäume. Danny geht zum nächsten Baum und bringt mir eine handtellergroße Frucht. Ihre Haut glänzt silbern und ist mit bronzenen Punkten verziert, aber noch ungewöhnlicher ist ihre Form. Denn sie hat keine. Die Frucht ist in ständiger Bewegung. Mal sieht sie aus wie eine zu groß geratene Erdbeere, dann wieder kugelrund mit pulsierenden Beulen unter den Bronzepunkten, nur um im nächsten Moment zu einem Viereck mit stacheligen Kanten anzuschwellen.

«Probier mal! Das ist eine Zitranana», sagt Danny und legt das unstete Ding in meine Hand.

«Ich weiß nicht ... das lebt doch ... irgendwie zumindest ... da kann ich nicht einfach so reinbeißen.»

«Das ist nur zur Unterhaltung.» Danny nimmt mir die Zitranana wieder ab. «Wenn man Musik abspielt, passen die sich dem Rhythmus an. Oh, entschuldige! Du weißt nicht, was Musik ist, oder?»

«Doch, doch! Ich ... kann es mir vorstellen.»

Danny lächelt und klopft zweimal an den Fruchtstängel, woraufhin die Zitranana zu einem schiefen Dreieck erstarrt. Er gibt sie mir zurück. Ich begutachte sie noch einmal von allen Seiten, um sicherzugehen, dass die Zitranana sich auch wirklich so regungslos verhält, wie es sich für ein

Stück Obst gehört. Dann beiße ich vorsichtig hinein. Die Frucht ist erfrischend, ohne sauer zu sein, süß, doch nicht übermäßig. Sie hat es geschafft, die besten Geschmacksrichtungen der besten Obstsorten, Orange, Banane, Ananas, zu einer neuen zu vereinen. Im Bauch gibt es meist nur Äpfel, manchmal Birnen. Aber die größte Überraschung hält das Innere der Zitranana bereit.

«Ist das...?»

Danny zwinkert mir zur Antwort zu, und ich trinke den Rum, der sich statt eines Kerns in der Zitranana versteckt.

«Kann ich noch eine haben?»

«Okay, aber nur eine. Wenn ich dich betrunken in der Burgh abliefere, killt Emme mich. Außerdem weiß das mit dem Alkohol keiner, und das soll auch so bleiben. Die anderen kommen nicht hierher.»

«Warum nicht?», frage ich, aber Danny reicht mir statt einer Antwort die zweite Zitranana.

Kaum habe ich reingebissen, vergesse ich alles andere. Auch die zweite Frucht, gold gestreift dieses Mal, schmeckt köstlich. Ich hoffe, dass das nicht alles gewesen ist. Bei den Standards, die die Zitranana gesetzt hat, habe ich hohe Erwartungen an das, was Danny mir noch zeigen wird. Als ich den letzten Tropfen Rum aus der Frucht sauge, berührt mich etwas an der Schulter.

«Woah!» Ich hüpfe zur Seite und drehe mich dabei. Zunächst weiß ich nicht, was ich sehe. Ich mache einige Schritte zurück, um zu verstehen, was sich da von hinten an mich rangeschlichen hat, noch ein paar, und falle schließlich vor Schreck auf den Po. Vor mir schwebt ein Schloss mit Unmengen an schrägen Erkern, Türmchen,

Balkonen, Loggien und was man sonst noch so von außen an ein Bauwerk pappen kann. Ein Gebäude aus Stein und Mörtel hätte das nie ausgehalten, aber dieses hier kümmern solche Gesetzmäßigkeiten nicht. Denn es ist aus ... Nichts ... gemacht.

«Gefällt dir mein Luftschloss?» Danny streicht über eine der farblosen Mauern.

«Du hast das geschaffen?», frage ich und rapple mich auf. Danny nickt.

«Das ist großartig!» Ich gehe wieder näher ran. Es ist, als würde die Luft mit dem Schloss zu fester Materie – sie zieht sich zu Mauern zusammen, biegt sich zu Fenstern und Türen, streckt sich zu Türmen. Man weiß nur, dass das Schloss da ist, weil sich die Perspektive auf das, was sich dahinter befindet, verschiebt. Das Luftschloss ist sichtbar unsichtbar. Zaghaft mache ich es wie Danny und streichle das durchsichtige Gebäude. Es fühlt sich wie Zuckerwatte an, die nicht klebt. Wo die Burgh gerade und kantig und grau ist, ist das Luftschloss schief und rundlich und seifenblasenschillernd. Es ist ...

«Tausendmal besser als Drachen!», sage ich. «Können wir reingehen?»

«Klar!»

Als hätte es zugehört, klappt das Luftschloss eine Treppe aus. Ich muss mich überwinden, die erste Stufe zu betreten. Hält das auch wirklich? Aber einmal von der Trittfestigkeit der Schlossböden überzeugt, hüpfe, tanze, springe ich mit Danny von Saal zu Saal. Ganz oben angekommen, lehnen wir uns aus einem Fenster, und ich bestaune die vielen Arten von Durchsichtigkeit, die es hier gibt: die Luftschlossmauer, die Luftschlossscheibe und – bei geöffnetem Fenster – einfach nur Luft.

«Das ist fast wie fliegen», denke ich noch, als das Luftschloss tatsächlich abhebt.

Zunächst freue ich mich über den Ausblick, der im Hintergrund Ost-Lundenburgh erahnen lässt und an meinem Herz zerrt, aber dann zerrt etwas anderes daran: Angst. Was wenn das Schloss immer weiter steigt? Wie landen wir wieder, so ganz ohne zusätzliches Gewicht? Danny scheint sich darüber keine Sorgen zu machen. Er hat sich auf eine luftige Chaiselongue gelegt und starrt, Arme hinter dem Kopf verschränkt, in den Himmel.

«Du, Danny!»

«Mmmmmh?!», antwortet Danny.

«Wir sind jetzt schon fast zehn Meter über dem Boden. Wie kommen wir wieder runter?» Ich will zum Fenster gehen, als mir einfällt, dass ich auch hier, wo ich stehe, nach unten sehen kann. Sofort lehne ich mich gegen einen Schrank und halte mich an dessen Türgriff fest. Es ist eine Sache, auf durchsichtigem Boden zu stehen, wenn man noch einzelne Grashalme durch ihn erkennen kann. Aber wenn aus Grashalmen Baumkronen werden …

«Keine Sorge!», ruft Danny mir zu. «Logan wird uns helfen.» Er zieht an einer Schnur neben sich. Ich entdecke die dazugehörige Glocke erst, als sie sich zu ihrem Läuten bewegt.

Kurz darauf sehe ich durch die Wände etwas auf uns zurennen. Während es näher kommt, lehne ich mich doch aus dem Fenster, um besser sehen zu können. Das ist das eigenartigste Wesen, das ich je zu Gesicht bekommen habe.

Über und über mit goldenen Löckchen bedeckt außer am rosa Bauch, die dicht bewimperten gelb-braunen Augen in voller Konzentration ans Luftschloss geheftet, hätte Logan niedlich gewirkt, wäre da nicht das furchterregende Maul mit den Reißzähnen gewesen. In dem hätte bequem so ein Königspudel Platz gehabt, an den das Fell erinnert. Gute sechs Meter groß, geht Logan aufrecht, muss aber trotzdem mehrfach in die Höhe springen, um das Luftschloss zu fassen zu kriegen. Die Krallen, die er in das fluffige Gemäuer haut, tragen den gleichen Nagellack wie Danny.

«Hey, Logan! Wie geht es dir heute?», fragt Danny, als das Wesen uns auf seine Höhe gezogen hat, und krault es unter dem stoppeligen Kinn. Logans Antwort, ein Brummen, scheint direkt aus seinem Bauch zu kommen. Definitiv besser als Drachen.

«Solange Logan auf dem Gelände der Burgh ist, bleibt die Macht der Shaper ungebrochen», sage ich mit getragener Stimme. Weder Danny noch Logan verstehen meinen Witz.

«Nun ja, er lebt hier, warum sollte er weggehen?», fragt Danny. Logan sieht irritiert zwischen Danny und mir hin und her, als würden wir uns einen unsichtbaren Tennisball zuspielen. Ich gebe auf.

«Wo wohnt Logan denn? In einer Höhle?»

«Natürlich nicht.»

Danny schnaubt verächtlich. Logan auch – und bläst mich dabei in die gegenüberliegende Ecke des Raumes. Als ich mich aufgerappelt habe und wieder bei Danny bin, zeigt er in die Ferne.

«Ich habe Logan einen Bungalow geshapt. Dort bei den Felsen.»

«Und was ist das dahinten, Danny?» Neben den Felsen schlängelt sich ein regenbogenbuntes Band durch die Landschaft. «Eine Art Fluss?»

«Ja. Den habe ich auch für Logan geschaffen. Trinkwasser.»

Was Logan isst, frage ich vorsichtshalber nicht.

«Lass mich raten, das ist nicht der Schillernde Fluss, auch nicht der Regenbogenfluss, sondern ...»

«... der Fluss ...»

«... einfach nur Fluss.» Ich lache.

«So einfach nun doch wieder nicht», sagt Danny. «Sein Wasser lässt Wunden in Sekundenschnelle heilen.»

«Wow! Danny, warum hast du mir das Luftschloss und Logan und den Fluss nicht gleich gezeigt?»

«Ich dachte nicht, dass dich das interessiert.»

«Ich verstehe nicht ...»

«Das wirst du schon noch», sagt Danny mit einem Seufzer, der die Sorgen seiner ganzen Welt enthält.

«Aber ein Fluss, der heilen kann – das interessiert doch jeden ... spätestens wenn man sich mal verletzt.»

«Kein Shaper ist so doof, sich Wunden zuzuziehen.»

«Klar! Nur die Nons sind so bescheuert, sich zu verletzen», sage ich, die Stimme so bitter wie der Gedanke an die handförmige Narbe auf Pears Schulter. Dann fällt mir ein, dass ich kein Non mehr bin, und ich weiß nicht, was ich fühlen soll.

«Ja, die Nons und ich.» Danny zuckt mit den Schultern und krempelt den Ärmel seiner Tunika hoch. Beim Anblick der blutigen Kratzer auf Dannys Arm verfällt Logan in Geheul.

«Logan, bist du so nett?», fragt Danny. Er gibt ihm ein Fläschchen, das er aus einer Kommode zieht. Zu meiner Überraschung ist es zwar durchsichtig, aber aus normalem Glas.

Logan trabt zum Fluss, und kurz habe ich Angst, dass das Luftschloss wieder abhebt. Aber es schwebt weiterhin ein paar Meter über dem Boden, als hätte es sich dazu entschieden, dort auf Logan zu warten. Nachdem Logan ihm das Fläschchen zurückgebracht hat, tupft Danny Flusswasser auf seine Wunden. Sie schließen sich sofort – zu Logans Freude, die sich erneut in Geheul ausdrückt, sanfterem dieses Mal, tieferem. Danny will das Fläschchen wieder in einer Kommode verstauen.

«Warte!», rufe ich. «Kann ich das haben?»

«Hm, eigentlich sollten meine Kreationen die Wiese hinter dem Wald nicht verlassen. Ansage von oben.»

«Na ja, der Fluss bleibt ja hier.» Ich zwinkere Danny zu. «Komm schon! Gib es mir mit! Als Einstandsgeschenk?»

«Von mir aus. Aber erzähl niemandem davon. Und wenn du es benutzt, dann diskret, okay? Was willst du damit machen?»

«Mal sehen», antworte ich, obwohl ich genau weiß, wofür ich das Wasser des Flusses benutzen will.

Danny zuckt mit den Schultern.

«Meinetwegen.» Zu Logan sagt er: «Danke, mein Lieber. Du kannst uns jetzt zu Boden ziehen. Wir müssen zurück zur Burgh.»

Logan tut, wie ihm geheißen. Das Luftschloss hopst ein wenig über den Rasen, als er es loslässt, bevor es in die Weite fliegt. Danny streicht Logan zum Abschied über den

Kopf. Ich winke ihm vorsichtshalber nur zu. Zwei Tränen, in denen kleine Vögel ertrinken könnten, laufen Logan über die Lefzen. Dann schlurft er davon. Ich würde am liebsten mitheulen, weil ich Dannys Wunderwelt wieder gegen die langweilige Burgh austauschen muss.

«Wieso hängt Logan so an dir?», frage ich Danny auf dem Rückweg durch den Wald.

«Er ist einsam. Und das ist meine Schuld. Ich wollte mit Logan ein einzigartiges Fabelwesen schaffen. Doch wenn du so besonders bist, dass es keinen wie dich gibt, bist du alleine auf dieser Welt. Das hatte ich nicht auf dem Schirm beim Shapen. Ich wollte ihm das Lesen beibringen, damit er sich die Zeit mit Geschichten vertreiben kann, aber er ist zu ungeduldig. Nur Bilderbücher mag er. Und Trickfilme.»

«Kannst du nicht einfach nachträglich einen Zweiten seiner Art schaffen?»

«So funktioniert das Shapen nicht.»

«Oh!»

«Ja. Oh!», sagt Danny. «Du weißt nicht viel darüber, oder?»

«Über das Shapen? Ich dachte, dass ich alles darüber weiß, was es zu wissen gibt. Aber langsam befürchte ich ... ich weiß gar nichts!»

PEAR

Das Golden Heart sieht einladend aus in der Dämmerung, seine Lichter so strahlend und warm, wie der Name es verspricht. Aber das ist eine Mogelpackung. Als ich mich der Menschentraube nähere, die sich vor dem Pub versammelt hat, weil es drinnen voll ist, schließen sich die Reihen immer gerade da, wo ich mich durchschlängeln will. Eine Non ohne erwachsene Begleitung ist um diese Zeit nirgends gern gesehen, erst recht nicht in Pubs. Als ich mich – das Gesicht meiner Mutter vor Augen – trotzdem durch die Menge drängeln will, bleibt es nicht bei Gesten.

«Verschwinde, Kleine!» Ein brummiger Bärtiger stellt sich mir in den Weg.

«Ich suche meine Mutter», sage ich, und das ist noch nicht einmal gelogen.

Aber die Masche zieht nicht.

«Dann gehe nach Hause!», ist die Antwort des Bärtigen. «Warte dort auf sie!»

Am liebsten würde ich dem Typen sagen, dass ich so lange warten kann, wie ich will, dass meine Mutter nie mehr zurückkommen wird. Aber das würde auch nichts bringen. Jetzt verstehe ich, warum das Golden Heart keinen Türsteher braucht – es hat Dutzende davon. Jeder Gast ist bemüht, den Kreis, zu dem er gehört, klein zu halten ... und das heißt Leute wie mich draußen.

Ich ziehe mich in einen Hofeingang auf der anderen Straßenseite zurück, um die Lage zu beobachten. Leute kommen und gehen, manche werden abgewiesen, andere freudig in Empfang genommen. Es gibt keinen Trick – entweder man gehört dazu oder nicht. Als ein Mädchen in meinem Alter auftaucht, erwarte ich, dass auch sie weggeschickt wird. Sie rückt die Strickmütze über ihren langen roten Haaren gerade, als sie auf den Pub zugeht. Zuerst denke ich, dass sie eine der Treibenden ist. Aber nein, ich kenne sie nicht. Die Rothaarige trägt nicht wie ich das graue Outfit, sondern Jeans und Lederjacke. Mutig! Ich wundere mich, dass sie unterwegs nicht von Häschern aufgegriffen wurde.

Der Bärtige sieht das Mädchen und hebt die Hand. Einen Moment lang fürchte ich, dass er sie schlagen wird. Ich will sie warnen, mache ein paar Schritte Richtung Straße, aber da hebt die Rothaarige selbst die Hand und schlägt mit einem Sprung in die des Bärtigen ein. Dann verschwindet sie im Pub. Schnell ziehe ich mich wieder in den Hof zurück. Wieso haben die das Mädchen einfach so reingelassen? Mein Alter ist es also anscheinend nicht, was mir den Zugang zum Golden Heart verwehrt. Es muss doch einen Weg geben reinzukommen. Gerade als ich es – Kapuze tief ins Gesicht gezogen – noch einmal versuche, schlägt die Uhr der Christ Church siebenmal. Plötzlich kommt Bewegung in die Gruppe vor dem Pub. Der Bärtige und seine Freunde gehen ins Haus. Zeitgleich verlassen ein paar Gäste den Pub. Dann erlöschen die Lichter des Golden Heart. Eins, zwei, drei, vier, dunkel. Nur das Bleiglas in der Tür lässt noch verschwommene Helligkeit nach draußen. Seltsam...

Pubs haben normalerweise keine Jalousien. Das Konzept eines *public house* ist es, wie der Name schon sagt, öffentlich zu sein. Auch wenn es vorübergehend zu ist, kann man zumindest reinschauen. Und doch hat das Golden Heart gerade alle ausgeschlossen, die nicht drin sind.

Enttäuscht trotte ich zu meinem Beobachtungsplatz zurück. Soll ich warten, bis die Gäste den Pub wieder verlassen? Aber was würde das bringen? Ich blicke am Golden Heart vorbei zu Spitalfields. Die Halle liegt genauso verlassen da wie der Pub, aber ich weiß, dass sich auch dort über der finsteren Decke Menschen um Lichtquellen scharen, um Geheimnisse zu tuscheln. Obwohl ich alles getan habe, ja überhaupt nur hier bin, um mich von ihm abzulenken, muss ich an Balthazaar denken. Wo ist er? Warum hat er sich nicht verabschiedet? Werde ich ihn jemals wiedersehen? Die Fragen kommen zurück, größer jetzt in all ihrer aufgestauten Macht, und vermischen sich mit einer neuen: Was würde Balthazaar jetzt tun? Nachdem mich mein üblicher Mix aus Beobachten, Recherche und Nachdenken nicht weiterbringt, muss ich einen neuen Weg nehmen. Seinen! Mich auf das Abenteuer einlassen, das vor mir liegt und nur darauf wartet, dass das jemand tut. Nein, nicht jemand: ich.

Was, wenn ich hierbleibe, bis die Veranstaltung im Golden Heart zu Ende ist, aber nicht um wieder einmal Informationen zu sammeln, sondern um etwas zu tun? Ich könnte das rothaarige Mädchen abpassen und herausfinden, was im Golden Heart vor sich geht, vielleicht sogar lernen, wie sie sich reingemogelt hat. Das Risiko ist nicht unerheblich. Die Rothaarige könnte mich bei den Häschern anschwärzen, und ich breche gerade so viele Regeln gleichzeitig und das auch noch außerhalb der Schule, dass meine Strafe nicht mit einer roten Hand abgegolten wäre. Aber ist es das nicht wert? Außerdem: Die Rothaarige kann mich nicht verraten. Denn sie verstößt gegen dieselben Regeln. Ich wickle meinen Mantel fester um mich, setze mich auf eine Holzpalette und warte.

Eine Motte, die das Lichtspiel der Straßenlampe auf meiner Wange mit seiner Quelle verwechselt und gegen mein Gesicht prallt, reißt mich aus dem Schlaf – und keine Sekunde zu früh. Die Fenster des Golden Heart sind hell erleuchtet, und der Aufbruch ist bereits in vollem Gange. Habe ich die Rothaarige verpasst? Fasziniert beobachte ich das Gewirr von geschüttelten Händen und geküssten Wangen und umarmten Körpern. Noch nie habe ich Erwachsene gesehen, die sich in aller Öffentlichkeit so benehmen ... so frei. Die scheren sich wirklich gar nicht um die Regeln. Das Mädchen kann ich nirgends entdecken. Panisch suche ich die Menge ab, als die Tür ein letztes Mal aufgeht und ihre Mütze sich unter die Köpfe mischt. Das rothaarige Mädchen gibt dem Bärtigen ein Abschieds-High-Five – das scheint deren Ding zu sein –, bevor sie den anderen zuwinkt und sich auf den Heimweg macht.

Die Rothaarige nimmt die Commercial Street. Ich folge ihr. Immer wieder sieht sie sich um. Aber ich gehe auf der anderen Straßenseite, wenn auch weniger aus Scharfsinn als aus Gewohnheit. Wehmütig gleitet meine Hand über das Gitter des Markteingangs, als ich Spitalfields passiere. Ich bin froh, dass die Rothaarige die Straßenseite wechselt und ich mich konzentrieren muss, um sie nicht zu verlieren. Als sie in die Brushfield Street abbiegt, warte ich kurz und tue so, als ob ich meine Schnürsenkel binde. Dann gehe ich ihr in Richtung Liverpool Street Station nach.

Dort angekommen, steuert die Rothaarige auf die Treppe zu, die in die Bahnhofshalle führt. Damit habe ich nicht gerechnet. Was, wenn sie irgendwo hinfährt? Ich bin davon ausgegangen, dass sie hier in der Gegend wohnt, und habe gehofft, dass mir unterwegs einfallen würde, wie ich mit ihr in Kontakt kommen kann. Schließlich ist mein Plan für heute Abend, nichts zu planen. Spontan sein! Ich überlege, ob es a) zu offensichtlich und b) zu gefährlich wäre, mich die Bahnhofstreppe runterzustürzen – dann *müsste* die Rothaarige sich um mich kümmern –, als ich eine altbekannte Stimme im Rücken habe.

«Dieses Mal ohne Beschützer unterwegs? Schlechte Entscheidung, ganz schlechte Entscheidung.»

Ich drehe mich um. Die Horrible Harpies – diesmal nur drei von ihnen. Theo ist nicht dabei. Wegrennen? Im Bruchteil einer Sekunde entscheide ich mich dagegen. Sport ist nicht meine Stärke. Und zur Tarnung trage ich die offiziellen grauen Schuhe mit den schmalen Absätzen. Die Horrible Harpies würden mich entweder einholen oder sich aufteilen und mir den Weg abschneiden. Die kennen sich in Ost-Lundenburgh genauso gut aus wie ich, wenn nicht besser. Rausreden also.

«Ihr schon wieder!», sage ich und versuche, gelangweilt zu klingen. «Sorry, aber ich habe gerade leider keine Zeit für euch.»

Ich will dem rothaarigen Mädchen nach, aber eine der Horrible Harpies hält mich an der Kapuze fest. Einen

Moment lang überlege ich, ob ich einfach aus den Ärmeln schlüpfen und ihr den Mantel überlassen soll. Aber ich habe nur den einen. Ich bleibe und muss mit ansehen, wie die Rothaarige im Bahnhof verschwindet.

«Wo ist Balthazaar?», fragt die Horrible Harpy, die mich festhält, jetzt am Arm. Sie zwingt mich, mich zu ihr umzudrehen. «Wir haben ihn seit Tagen nicht mehr gesehen. Er hat doch nicht etwa Angst davor, uns zu begegnen?»

Ich muss lachen, als mir die Horrible Harpy die Frage stellt, auf die ich selbst keine Antwort finde.

«Du weißt einfach nicht, wann du das Lachen besser sein lassen solltest.» Das Mädchen, das bei der Karambolage vom Außenspiegel getroffen wurde, fasst sich an die verbrannte Haut am Arm und blickt noch finsterer drein als zuvor. «Noch einmal: Wo ist Balthazaar?»

«Keine Ahnung. Und wenn, würde ich es euch sicher nicht verraten.»

«Da würde ich nicht drauf wetten. Wir haben Mittel und Wege, dich zum Sprechen zu bringen. Aber kürzen wir das Ganze doch einfach ab. Sag uns, wie wir in den Bauch kommen. Dann lassen wir dich gehen.»

«Ihr wisst doch, wie ihr in den Bauch kommt – schließlich habt ihr mal dort gewohnt.»

Nach der unbeholfensten Umarmung in der Geschichte der unbeholfenen Umarmungen hat mir Balthazaar erzählt, woher er die Horrible Harpies kennt.

«Du weißt so gut wie wir, dass die Treibenden die Fallen ständig ändern, und du wirst uns sagen, wie sie momentan funktionieren.» Das Mädchen packt mich noch fester am Arm.

«Ich bin keine Treibende. Das weiß ich nicht», lüge ich.

«Verarsche uns nicht! Wir kennen Balthazaar gut genug, um zu wissen, dass außerhalb der Treibenden nur gute Freunde, sehr gute, eine Rolle in seinem Leben spielen. Und sein Leben ist der Bauch. Du erinnerst dich vielleicht nicht an uns, aber wir uns an dich. Du hast Balthazaar im Bauch besucht. Also weißt du auch, welchen Weg wir nehmen müssen, damit uns keiner in die Tiefe stürzen lassen kann.»

«Und wenn ich mich weigere?» Ich sehe dem Mädchen, das mich festhält, mutiger in die Augen, als ich mich fühle. Einen Moment lang glaube ich, dass es funktioniert. Aber dann tritt die mit dem verbrannten Arm zu uns.

«Dann nehmen wir dich mit, und du wirst vorangehen.»

Die Feindseligkeit in den Augen des Mädchens schockt mich. Sie ist entschlossen, mehr als entschlossen. Und ich habe nicht die geringste Ahnung, wie ich hier wieder rauskomme. Wo sind die Häscher, wenn man sie mal braucht? Im Moment würde ich von jedem Hilfe annehmen, selbst ...

«Hey! Lasst sie in Ruhe. Verschwindet! Und zwar schnell.»

Ich drehe den Kopf, so gut es geht, um zu sehen, wo die Stimme herkommt. Hinter mir steht das rothaarige Mädchen, Hände in die Hüften gestützt. Ich bereite mich darauf vor, dass die Horrible Harpies gleich auf sie losgehen oder sie doch zumindest auslachen. Aber die machen nur große Augen, in denen sich nun nicht mehr Feindseligkeit spiegelt, sondern so was wie Entsetzen. Es ist, als sähen die Horrible Harpies etwas anderes als ein schmächtiges rothaariges Non-Mädchen. Etwas Gefährliches.

«Macht schon! Haut ab!», höre ich die Rothaarige sagen. Ihre Stimme ist klar und hell, da ist nichts Bedrohliches dran. Aber die Horrible Harpy lässt mich plötzlich los. Ich bin so überrascht, dass ich mich nicht vom Fleck bewege. Die Horrible Harpies nicken sich eingeschüchtert zu, weichen zurück. Dann, als hätte jemand einen stummen Startschuss abgefeuert, rennen sie davon. Wieder drehe ich mich um. Aber da steht immer noch das rothaarige Mädchen, niemand sonst. Sie lächelt.

«Alles okay bei dir?», fragt sie und legt ihre Hand auf meine Schulter. Dass das verboten ist, scheint sie nicht zu kümmern. Und ich wundere mich über mich selbst, denn ich zucke nicht zurück.

«Ähm, ja, danke», antworte ich. «Wie hast du das gemacht?»

«Ach, ich bin in Croydon aufgewachsen, da lernt man, sich von solchen aufgeblasenen Möchtegern-Gangstern nicht einschüchtern zu lassen.»

Überzeugt bin ich von der Erklärung nicht, aber das ist egal. Wichtig ist nur, das Gespräch am Laufen zu halten.

«Wow, kannst du mir das beibringen?», frage ich. «Die Horrible Harpies haben es auf mich abgesehen.»

«Horrible Harpies? Was für ein bescheuerter Name!» Das Mädchen fängt an zu lachen, und ich falle mit ein.

Und plötzlich geht es nicht mehr nur darum, das Mädchen auszuhorchen. Das erste Mal, seit Balthazaar verschwand, lache ich wieder mit jemandem, und ich merke, wie sehr ich das vermisst habe. Vielleicht kann mir meine neue Bekanntschaft nicht nur helfen, das Geheimnis meiner Mutter zu lüften. Vielleicht vertreibt sie auch meine Einsamkeit.

«Wie heißt du denn?», fragt sie.

«Pear.»

«Cooler Name!»

«Findest du? Manchmal denke ich, so ein L am Ende würde mehr hermachen.»

«Pearl? Nö, das ist doch viel zu langweilig. Und du willst nicht nach einem Schmuckstück benannt werden. Die sind nur dazu da, um andere gut aussehen zu lassen.»

«Wie heißt du denn?»

Die rote Strähne, die das Mädchen um den Finger wickelt, kringelt sich, als sie sie loslässt.

«Ich bin Nomi.»

BALTHAZAAR

Heute ist der wichtigste Tag meines Lebens. Am Abend werde ich Pear anrufen und ihr alles erzählen. Das habe ich mir fest vorgenommen. Sobald sie von der Schule zu Hause ist und bevor sie sich auf den Weg in den Bauch macht, klingle ich durch. Dann mache ich ein Treffen in ein paar Tagen mit ihr aus. Pear soll auch Joanne und den Treibenden Bescheid geben. Und wenn ich meine Freunde im Osten wiedersehe, kann ich ihnen sogar schon etwas Shaper-Magie zeigen – den Duft von frisch gebackenem Apfelkuchen durch den Bauch wehen oder das Badewasser im Dalmatiner leuchtende Blasen ausspucken lassen. Denn jetzt gleich habe ich meine erste Unterrichtsstunde in der Burgh, ganz oben unter dem Dach. Dort werde ich auch das Mädchen aus dem Truman wiedersehen. Die ist laut Danny in unserer Klasse.

«Du meinst Grace?» Danny grinst, als ich ihn auf dem Weg zum Unterrichtsraum nach dem Mädchen mit den kurzen wasserstoffblonden Haaren frage.

«Ja genau!», antworte ich.

«Mach dir keine Hoffnungen, die ist mit Topher zusammen.»

«Ich mache mir keine Hoffnungen, Danny, ich finde Grace nur interessant. Wir haben eine Art Vorgeschichte ...»

«Vorgeschichte? Das finde ich wiederum interessant. Wie? Wann? Wo? Was?»

«Topher ... das ist der schlaksige Typ da vorne mit den hellbraunen Locken, der bei meiner Einführung ständig Fragen gestellt hat, oder?», lenke ich Danny ab. Meine Verbindung zu Grace gehört nur uns beiden.

«Yep», antwortet Danny.

Mit seiner Hilfe habe ich mein Kleiderproblem gelöst – gut so. Denn Uniformen gibt es in Burgh nicht. Ich trage ein Hemd und eine Hose, maßgeschneidert, aus Dannys «Preppy-Phase», die er mittlerweile hinter sich gelassen hat. Beides ist mir etwas zu groß, aber das ist gut, weil die Kleider so lässiger wirken. In Dannys Schrank hingen auch Röcke, die einer Dreizehnjährigen gepasst hätten, aber als ich fragte, ob auch das eine Phase gewesen sei, antwortete er nur «Nein», und ich fragte nicht weiter nach.

«Komischer Name übrigens: Topher», sage ich jetzt zu Danny.

«Eigentlich heißt er Christopher. Topher ist die Abkürzung. Auch wenn ich ihn nicht mag – das finde ich eigentlich ganz cool.» Danny zuckt mit den Schultern, und ich muss mir eingestehen, dass er recht hat. Die nächste Info finde ich allerdings ganz und gar nicht cool.

«Topher ist übrigens Minister Rollos Sohn.»

Natürlich ist Topher mit Grace zusammen, und *natürlich* ist er der Sohn eines Ministers, auch noch des Ministers, der für Pears Narbe verantwortlich ist. Der wird mir immer unsympathischer. Wie er die Tür zum Klassenzimmer aufstößt und dann einfach wieder zufallen lässt, obwohl wir wenige Meter hinter ihm sind ...

«Idiot!», murmle ich. Ich öffne die Tür.

«Ja, aber ein Idiot mit fantastischen Haaren.» Danny sagt das so hingebungsvoll, dass ich lachen muss.

Unser Klassenzimmer gefällt mir. Der uralte Dielenboden quietscht unter meinen Füßen, die wenigen Fenster sind klein. Wo sie Licht in den Raum lassen, bündeln sie es. Sie wirken wie Lampen, nicht wie Öffnungen nach draußen. Die einzige wirkliche Lampe dagegen ist nicht eingeschaltet: ein riesiger Kristallkronleuchter mitten im Zimmer. Ich kann mir nichts vorstellen, was mehr fehl am Platz wäre. Es riecht staubig hier, Flusen flimmern im Licht. Aber das Regal, an dem ich vorbeigehe, ist genauso sauber wie die Gegenstände darauf. Neben einem Glas mit unterschiedlichen Federn steht eine goldene Uhr. Ein Prisma aus Glas, in dem ein elegantes Gänseblümchen schwebt, beschwert einen Packen Papier, von dem ich gern wüsste, was darauf geschrieben steht. Der Raum fühlt sich größer an, als er ist: Die Wände sind an die drei Meter hoch. Darüber ist noch einmal so viel Platz, denn eine Decke fehlt. Wir sehen bis hinauf in den Giebel, der kreuz und quer von Balken durchzogen ist. Das Dach erinnert mich an den Bauch, nur dass die Balken hier aus Holz sind und so *noch mehr* einem umgekehrten Schiff ähneln. Wie alles ist auch das im Westen besser.

«Willst du dich neben mich setzen?», fragt Danny.

«Ist das erlaubt?», frage ich. «Alle anderen haben ihren eigenen Tisch.»

«Wie erlaubt? Wer sollte uns das denn verbieten?»

Danny setzt sich an seinen Tisch, patscht auf den Stuhl neben sich, und ich setze mich dazu. Ein paar Mitschüler kommen zu uns und stellen sich vor. Grace ist nicht dabei. Stattdessen geht ein Junge auf mich zu, der eine Krawatte über einem T-Shirt trägt. In seinen schwarzen halblangen Haare verfängt sich das wenige Licht im Raum. «Edwin, angenehm.» Meine ausgestreckte Hand ignoriert er. «Sorry, ich mag's hygienisch. Ich schüttle nicht gern Hände.»

«Das kenne ich irgendwoher», murmle ich. «Im Osten kämst du damit ganz groß raus.»

«Wer sagt, dass ich dort nicht schon ganz groß rausgekommen bin?»

Damit geht Edwin zu seinem Tisch zurück und beginnt, mit einem Tuch daran rumzuwischen. Ich sehe in die Runde. Jeder tut, nach was ihm der Sinn steht. Meine Mitschüler stehen in der Gegend rum, schaukeln auf ihren Stühlen, albern rum, quatschen miteinander. Ich frage mich, wie diese exzentrischen Jungen und Mädchen auch nur eine einzige Unterrichtsstunde durchstehen wollen. Haben die einen Schalter, den die Lehrer umlegen können? Ich war nur kurz in der Schule, kenne aber Pears Alltag zur Genüge. Bilder schieben sich in meinen Kopf, die ich da nicht haben will: stumme, isolierte Nons in weißen Uniformen, die in einem Raum voll Gleichaltriger sitzen und sich trotzdem fühlen, als wäre außer ihnen keiner da. Mit den Bildern kommt die Furcht. Wie soll *ich* überhaupt einen Tag Schule überleben? Für die Mini-Chance, die Gabe zu entwickeln, konnte ich mich nicht zusammenreißen. Aber jetzt weiß ich, dass ich ein Shaper bin. Hoffentlich gibt mir das Kraft. Als eine Erwachsene – bestimmt die Lehrerin – den Raum betritt, setze ich mich kerzengerade hin, presse die Lippen zusammen und lege die Hände auf den Tisch. Bei meinen Mitschülern ändert sich gar nichts.

«Morgen!», sagt die Lehrerin in den Lärm hinein, der deswegen nicht leiser wird. «Den Anfang der heutigen Stunde werden wir ein wenig anders gestalten als sonst. Denn wir haben – mitten im Trimester – einen Neu-Shaper unter uns.» Sie tritt an Dannys und meinen Tisch. «Willkommen, Balthazaar! Mein Name ist Cressida.»

«Hallo!», sage ich. So viel Aufmerksamkeit von einer Shaper-Lehrerin zu bekommen, freut mich. Gleichzeitig ist es mir vor der Klasse peinlich.

Erst nach und nach stellen die anderen ihre Gespräche ein. Topher gähnt übertrieben in die Stille.

«Um Balthazaar den Einstieg zu erleichtern, werde ich eine kurze Einführung zur Kunst des Shapens geben. Wer von euch darauf keine Lust hat ... ihr wisst ja, kein Problem.» *Keine Strafe, keine Verbote, kein Zwang.* Was im Osten oft gesagte, aber leere Worte sind, wird hier gelebt. Ein paar meiner Mitschüler verlassen einfach den Raum. Ich sehe ihnen verblüfft hinterher. Danny, Grace und Edwin bleiben. Topher leider auch.

«Also, Balthazaar: Wenn man die Gabe besitzt, ist das Shapen nicht sonderlich schwer.» Cressida lächelt mich an. «Voraussetzung des Shapens sind die zwei Funken. Je ausgeprägter die zwei Funken in einem Shaper sind, desto mächtiger ist er. Ohne sie kann er die Gabe nicht nutzen. Wer mag Balthazaar den ersten Funken erklären?»

«Der erste Funke ist der Selbstwert», sagt Edwin, ohne sich zu melden. «Je größer die Überzeugung, dass die eigenen Shapes es wert sind, umgesetzt zu werden, desto mächtiger die Gabe in einem Shaper. Nur wer sich selbst, sein wahres Ich, kennt und danach handelt, kann shapen. Ein Shaper muss sich vollständig frei entfalten können – so wie es seiner jeweiligen Persönlichkeit entspricht.»

Plötzlich verstehe ich, warum Sinclair und Danny so ein Bohei darum machten, dass ich mich in der Burgh nicht wohlfühlen könnte. Wahrscheinlich haben sie Angst, dass mir das aufs Selbstwertgefühl schlagen könnte.

«Danke, Edwin. Wer sagt uns, was der zweite Funke ist?», fragt Cressida. Als keiner loslegt, springt Danny ein.

«Der zweite Funke ist die Vorstellungskraft», sagt er. «Nur wer ohne jeglichen Zweifel an seine Shapes glaubt, wer absolut sicher ist, dass sie umgesetzt werden können, schafft es, sie Wirklichkeit werden zu lassen.»

«Na, in Sachen Vorstellungskraft bist du ja der Spezialist mit deinen komischen Fabelwesen», sagt Edwin.

«Aber ist es nicht viel schwieriger, ein Fabelwesen zu schaffen, als etwas, das man schon tausendmal gesehen hat?», frage ich.

«Pfff», macht Edwin nur.

«Auf eine gewisse Art und Weise hast du recht, Balthazaar. Trotzdem schätzen wir unrealistische Shapes nicht so sehr. Das, was die Nons Magie nennen und wir ‹Show-Shapes›, ist uns zu auffällig. Zu vulgär.» Danny wird rot, als Cressida das sagt.

«Das hat mit unserer Kultur zu tun», fährt sie fort. «Wir wollen unsere Gabe nicht zur Schau stellen. Die besten Shaper sind so gut, dass man nicht merkt, dass sie shapen. Sie gehen einfach ohne Widerstand durchs Leben. Elegant. Bescheiden. Würdevoll.»

Obwohl der Raum wie alle in der Burgh nicht zu warm ist, nicht zu kalt, friere ich plötzlich. Langsam beginne ich zu verstehen, wie die Shaper so ticken – minus Danny, der aus irgendwelchen Gründen rausfällt. Aber da ist nicht nur meine Enttäuschung, dass das, was ich am Shapen immer *geliebt* habe, das Magische, hier nicht geschätzt wird. Schlimmer noch: Was ich an den Shapern immer *gehasst* habe, ihre unvorstellbare Macht, ist noch unvorstellbarer, als ich es je hätte ahnen können. Wenn man den Großteil der Shapes gar nicht erkennt ... was beeinflussen die Shaper dann alles, ohne dass die anderen es merken?

«Balthazaar?» Cressida lächelt mich freundlich an. Ich habe wohl ins Leere gestarrt. «Wenn du keine Lust auf das hier hast, kannst du jederzeit gehen.»

«Ja ... äh ... nein, ich bleibe und will mehr übers Shapen erfahren.»

«Gerne. Der Unterricht hier an der Burgh hat zum Ziel, die Funken in jedem von euch zu stärken. Ihr lernt, eure Individualität zu leben und euren Selbstwert zu steigern. Ihr lernt, eure Vorstellungskraft zu nutzen und an eure Visionen zu glauben. Wir sagen: Du musst es gesehen haben, um daran zu glauben, und daran glauben, um es zu shapen. Hast du Fragen, Balthazaar?»

«Ja, doch. Also der Unterricht hier ist das komplette Gegenteil des Unterrichts, den ich kenne. Ich dachte immer, die Schulen im Osten sind denen im Westen nachempfunden. Nicht dass ich mich beschwere ...»

Für den letzten Satz ernte ich sogar ein paar Lacher, aber ich kann mich nicht darüber freuen.

«Nun, Nons müssen die Gabe ja erst noch entwickeln.

Die Mutation, die ihnen den Zugang zur Gabe verschafft, muss getriggert werden. Deswegen brauchen sie andere Maßnahmen als junge Shaper, die die Gabe bereits besitzen. Beantwortet das deine Frage?»

«Ja. Das klingt logisch. Und die Sache mit den beiden Funken ist interessant. Aber wann lerne ich denn konkret, wie das Shapen geht? Gibt es Bücher mit Zaubersprüchen, oder mixen wir uns Elixiere? Oder ...»

«Woher hast du denn den Unsinn?», sagt Cressida und korrigiert sich sofort. «Deine Meinung ist natürlich wichtig. Sie ist schließlich *deine* Meinung. Aber um ebensolche Missverständnisse zu vermeiden, wurden diese ganzen Fantasy-Schmöker auf die Dunkle Liste gesetzt.»

«Die Dunkle Liste?»

«Eine Empfehlung an die Häscher, was junge Nons am besten meiden, um ihre Chance zu erhöhen, die Gabe zu triggern.»

«Ich ... ich weiß auch nicht mehr, wo ich das aufgeschnappt habe.» Ich fühle mich wie ein Verräter an den Büchern, die mich durch schlaflose Nächte im Bauch begleitet haben und durch Regenstunden unter Brücken, in denen Spitalfields den Händlern gehörte.

«Wie dem auch sei», sagt Cressida, «bei uns gibt es kein Abrakadabra, kein Simsalabim, keine Zaubersprüche, -tränke, -stäbe oder ähnliche Hilfsmittel. Die beiden Funken drücken sich nur im Push aus. Wenn du einen Shape machen möchtest, dann musst du die Gabe pushen, ihr sozusagen Bescheid geben, dass du was von ihr willst.»

«Ihr ... ich meine ... *wir* kommunizieren mit der Gabe?»

«Gewissermaßen. Aber Pushs sind keine Einbahnstraße.

Manchmal pusht auch die Gabe dich – dann nämlich, wenn du selbst nicht wissen kannst, was der beste Weg ist, um deinen Shape zu realisieren. Du musst dir die Realität wie einen gemusterten Stoff vorstellen, der aus verschiedenen Shapes gewebt ist. Bei der Gabe laufen die Fäden zusammen, und das heißt, dass sie mehr weiß als wir einzelnen Shaper. Die Gabe hat den Überblick. Und manchmal gibt sie uns einen Hinweis, wie wir uns verhalten sollen – in welcher Form sich unser erwünschter Shape am besten in das Stoffmuster einfügt. Über die Jahrhunderte haben die Menschen dem viele verschiedene Namen gegeben: Bauchgefühl, Intuition, Vorahnung, das Zweite Gesicht. Für uns ist es der Push, der von der Gabe kommt.»

«Vielleicht sollten wir Balthazaar eine kleine Demonstration geben.» Das Mädchen, das an meinem ersten Tag in der Burgh den Pyjama mit Häschenmuster trug, sagt das.

Auch heute hat sie einen Schlafanzug an. Bienen surren über Frotteestoff. Aber das unpassende Outfit hindert die anderen nicht daran, das Mädchen zu respektieren. Die Klasse beklatscht ihren Vorschlag.

«Wir nehmen den Klassiker, oder?», fragt das Mädchen Cressida. «Ich gehe einmal quer durch das Klassenzimmer. Du versuchst, mich daran zu hindern – dann bekommt vielleicht einer von uns einen Push von der Gabe, weil sie beide Shapes realisieren will.»

Ich erschrecke, als Danny plötzlich anfängt, unseren Tisch zu verrücken. Die anderen ziehen und schieben ebenfalls ihre Tische zur Seite, bis zwischen ihnen ein Gang von einer Ecke des Raumes zur anderen frei wird.

«Ist das nicht unfair?», flüstere ich in Dannys Ohr. «Cressida ist Mrs. Pyjama doch bestimmt überlegen. Immerhin lehrt sie hier …»

«Oh, das weißt du nicht? Die Gabe wird mit dem Alter immer schwächer. Man sagt, das Leben selbst lässt die zwei Funken in einem Shaper mit der Zeit schwinden.»

Die Jugend ist mächtiger als die Erwachsenen? Ich will nachhaken, aber Cressida macht schon weiter.

«Wollen wir, Tabitha?», fragt sie.

Tabitha steht wortlos auf und geht in die hinterste Ecke des Zimmers.

«Siehst du, Balthazaar: Für Tabitha ist es einfach», sagt Cressida. «In dem Moment, in dem sie voll Selbstbewusstsein den ersten Schritt tut, genügt das. Ich dagegen muss mir was einfallen lassen, um meinen Shape zu initiieren.»

Cressida nimmt ein Buch von ihrem Schreibtisch und wirft es Tabitha vor die Füße.

«Das war mein Push an die Gabe», sagt Cressida.

«Bisschen plump!» Tabitha muss dem Buch nicht einmal ausweichen. Es rutscht zwischen ihren Beinen hindurch. Sie geht einige Schritte weiter. Aber das Buch ist nicht liegen geblieben. Bis zum Regal ist es auf dem gebohnerten Boden weitergerutscht. Das wackelt sachte vor sich hin, als es angestoßen wird. Zunächst geht Tabitha ungerührt weiter, aber dann verlässt sie plötzlich ihren Weg. Sie biegt ab und umrundet Grace' Tisch. Grace duckt sich. *Warum das denn?*, denke ich noch, als Danny mich plötzlich zur Seite zieht. Er schiebt seine Tasche vor unsere Köpfe – und das keine Sekunde zu früh. Der Kronleuchter kracht auf die Stelle, an der eben noch Tabitha stand. Glassplitter prallen an Dannys Tasche ab.

Ich schnappe erschrocken nach Luft und gucke über den Rand der Tasche. Das Seil, das den Kronleuchter hielt, raucht noch ein bisschen an der Stelle, an der es gerissen ist. Der laserscharfe Lichtstrahl, der es durchtrennte, führt zum Regal. Ich kneife die Augen zusammen. Er kommt von dem Gänseblümchen-Prisma. Cressidas Buch muss seinen Winkel zur Sonne so verändert haben, dass es zu einem Brennglas wurde.

«Tabitha hat eben demonstriert, wie man mit der Gabe kommuniziert», erklärt Cressida, völlig unbeeindruckt davon, dass ihre Schülerin fast von einem Leuchter erschlagen wurde. «Sie hat den Push erhalten, einen Umweg zu nehmen. In dem Moment machte es keinen Sinn, da sie nicht damit rechnen konnte, dass sich der Kronleuchter löst. Trotzdem hat sie den Push ernst genommen.»

«Zum Glück hat sie das!», bricht es aus mir hervor. Ich weiß nicht, ob ich mir das einbilde, aber Grace dreht sich zu mir um, kurz, nur ganz kurz. Und ich glaube, sie hat dabei gelächelt.

Als Tabitha am anderen Ende des Raumes ankommt, stampft sie triumphierend mit beiden Beinen auf den Boden. Das Mädchen neben ihr erschrickt so sehr, dass sie mit ihrem Arm ihre Trinkflasche vom Tisch wischt. Die Flasche rauscht quer durch den Raum und knallt neben Cressidas Kopf an die Wand. Sie muss sich wegdrehen, um nicht getroffen zu werden.

«Ups», sagt Tabitha. «Da bin ich wohl übers Ziel hinausgeschossen.»

«Kein Problem», antwortet Cressida, aber sie beißt dabei die Zähne zusammen.

«Die beiden sind Schwestern», flüstert Danny mir zu, während er seine Tasche verstaut.

«Tabitha und Cressida?»

«Ja. Cressida war in ihrer Jugend eine wahnsinnig talentierte Shaperin. Und das ließ sie ihre kleine Schwester spüren. Sie wusste natürlich, dass das Kräfteverhältnis irgendwann kippen würde. Aber wie das so ist: Auf dem Höhepunkt ihrer Macht konnte Cressida sich nicht vorstellen, dass ihre Funken schwinden. Dann kam der Punkt, an dem Tabitha sie überholt hat.»

«Und die zahlt es ihr jetzt heim», murmle ich – aber anscheinend nicht leise genug.

«Balthazaar, eines musst du noch über mich wissen.» Cressida steht plötzlich vor Dannys und meinem Tisch. «Bei mir kommen grundsätzlich diejenigen dran, die abgelenkt sind. Ihr könnt jederzeit gehen. Aber wenn ihr hierbleibt, läuft es so – natürlich nicht meinetwegen, sondern aus Respekt gegenüber euren Mitschülern, die Unterricht haben wollen.»

«Oh, Entschuldigung», sage ich. Cressida sieht mich irritiert an, und Danny schüttelt kaum merklich den Kopf. Verstehe, Shaper entschuldigen sich nicht. Wieder einen Fehler gemacht.

«Möchtest du es auch versuchen?», fragt mich Cressida. «Nach allem, was ich höre, war dein Shape in Ost-Lundenburgh beeindruckend. Die Übung dürfte also kein Problem für dich sein.»

Möchte ich das? Nein! Kann ich das ehrlich sagen? Auch nein! Nicht weil mich irgendwer dazu zwingen würde, aber ich weiß nicht, wie die Klasse reagieren würde. Wenn alle machen können, was sie wollen, gilt das nicht nur für mich, sondern auch für die anderen. Cressida wird nicht einschreiten, wenn ich wieder ausgelacht werde. Also antworte ich: «Klar!»

Ich gehe in die Ecke, von der aus Tabitha vorhin losging. Aber die gleichen Voraussetzungen habe ich nicht: Bei mir versperrt ein zerschmetterter Kronleuchter den Weg. Ich weiß nicht, ob es das ist oder so ein «Push», von dem Cressida dauernd spricht ... aber mein erster Schritt ist keiner. Er ist ein Sprung ... direkt auf den Lehrertisch. Von dort schaffe ich es, den Balken darüber zu greifen, an dem ich mich nach oben ziehe. Ich werde hoch in der Luft zum anderen Ende des Zimmers gehen. Als ich mich aufrichte und auf die anderen herabsehe, habe ich endlich das Gefühl, dass ich in der Burgh angekommen bin, richtig angekommen.

Die ersten paar Meter klappt es ganz gut, wobei ich nicht sagen kann, ob das an meinen Shaper-Künsten liegt oder meiner Non-Vergangenheit, die mich jahrelang auf schmalen Balken balancieren ließ. Edwin nickt mir sogar anerkennend zu. Aber dann initiiert Cressida ihren Shape. Sie nimmt eine Feder aus dem Regal, legt sie auf ihre Hand und bläst sie in den Raum. Ich bleibe einen Moment stehen. Nichts. Ich balanciere weiter, bin nur noch wenige Meter von meinem Ziel entfernt, als sich eine Taube aus einer dunklen Ecke des Giebels löst. Wo hatte die sich denn versteckt? Sie fliegt auf mich zu, flattert mir aufgeregt um den Kopf. Ich muss ausweichen, schlage um mich, verliere dabei das Gleichgewicht und stürze auf den Boden – nur wenige Zentimeter vom Kronleuchter entfernt. Ein scharfer Schmerz pocht meinen Arm entlang. Als ich meinen Ärmel hochkremple, sehe ich, dass eine Kristallscherbe in meiner Haut steckt. *Nur Nons sind so blöd, sich zu verletzen.* Das Echo von Dannys Satz dröhnt in meinem Kopf, als ich die Scherbe aus meinem Arm ziehe. Niemand in der Klasse lacht. Aber es wäre mir lieber gewesen, wenn sie das getan hätten, so wie in der großen Halle, als ich nach den Drachen fragte. Damals haben sie mich wenigstens wahrgenommen. Jetzt ignorieren sie mich, manche starren aus dem Fenster, andere kritzeln vor sich hin. Ein paar stehen wortlos auf und verlassen den Raum. Topher gähnt wieder. Es ist, als wäre ich nicht da. Und das bin ich auch nicht, zumindest für sie – denn ich bin keiner von ihnen.

«Wie seltsam!» Cressida macht keine Anstalten, mir zu helfen. «Ich werde das mit den anderen Lehrkräften besprechen. Vielleicht kann mir jemand sagen, was mit dir los ist.»

Ich rapple mich auf. Seit zwei Tagen bin ich in der Burgh, und das ist meine erste Stunde. Da ist es doch normal, wenn ich nicht sofort alles hinkriege, will ich Cressida antworten. Aber ich schweige, während ich zu meinem Platz zurückgehe und mich hinsetze. Denn ich habe das dunkle Gefühl, dass das hier keinen interessiert. Shaper ist man oder nicht – egal wie lange schon.

«Wie auch immer ... lasst uns weitermachen», sagt Cressida. «Den Rest der Stunde machen wir die monatliche Bestandsaufnahme zu eurer ‹Essenz›, den drei Begriffen, die eure Persönlichkeit beschreiben. Ihr kennt das Prinzip: Bitte notiert, was euch in den letzten vier Wochen beschäftigt hat. Womit habt ihr am meisten Zeit verbracht? Was war in euren Gedanken? Wofür habt ihr Geld ausgegeben? Schreibt alles auf und brecht es auf drei Begriffe herunter. Die vergleicht ihr dann mit eurer bisherigen Essenz, um zu sehen, ob sich etwas verändert hat.»

Ich bin erleichtert, dass Cressida zu mir kommt, um mir gesondert Anweisungen zu geben. Ganz wurde ich noch nicht aufgegeben, wie es scheint – auch wenn Cressidas Stimme etwas kälter klingt als zuvor.

«Balthazaar», sagt sie, «nachdem du deine Essenz noch nicht herausgefiltert hast, musst du von vorne beginnen. Beantworte dieselben Fragen wie deine Mitschüler. Dann finde in den Antworten drei Begriffe, die dich beschreiben! Das ist deine Essenz. Also: Wer bist du?»

Ich nehme meinen Stift zur Hand, schlage meinen Spiralblock auf. Wer bin ich? Manche brauchen ihr ganzes Leben, um das herauszufinden, und andere wissen das nicht einmal auf ihrem Sterbebett. Aber in der Burgh braucht es anscheinend nicht mehr als Papier, Stift und eine halbe Stunde.

«Ein Shaper ist der Non auf jeden Fall nicht», sagt Topher gerade so laut, dass ich und Danny es hören können, aber gerade so leise, dass es sonst keiner mitkriegt.

Tophers Satz hallt in meinem Kopf, während ich niederschreibe, was mein Leben in den letzten Wochen bestimmt hat. Wer oder was war in meinen Gedanken, in meinem Alltag? Der Bauch. Spitalfields. Die Treibenden. Lambs Eating Lions. Pear. Und plötzlich vermisse ich das alles so schrecklich, dass ich am liebsten aus der Burgh direkt in mein altes Leben nach Ost-Lundenburgh rennen würde.

«Was ist denn deine Essenz, Danny?», frage ich.

«Kreativität – Güte – Glamour.»

«Glamour?»

«Ich habe eine Vorliebe für dramatische Auftritte. Was glaubst du, ist Tabithas Essenz?»

«Hochmut – Eitelkeit – lustige Tiere auf Frottee.»

Wir lachen. Es tut gut. Aber die Stunde vergeht, ohne dass ich zu einem Ergebnis komme. Ich bin erschöpft, will nur noch etwas essen und dann in mein Zimmer. Dieses gemusterte Stück Stoff, von dem Cressida dauernd redet, hält jedoch erst noch etwas anderes für mich bereit. Als ich mit Danny zum Ausgang gehe, steht Grace mit Topher an der Tür. Die beiden unterhalten sich. Ich kann nicht anders, als an Grace vorbeizugehen, und als ich an ihr vorbeigehe, kann ich nicht anders, als zu sagen: «Darf ich?»

«Darfst du was?», kommt zurück.

Ich habe gehofft, dass Grace «Vorbei?» antwortet und damit auf unsere erste Begegnung anspielt. Aber Grace und Topher versperren nicht wirklich den Weg. Und «Darfst du was?» ist auch okay – immerhin spiegelt das meine Antwort im Truman.

«Mich vorstellen: Ich bin Balthazaar», sage ich. Als Grace sich mit einer Reaktion Zeit lässt, füge ich hinzu: «Der Neue!» Sofort bereue ich es. Das weiß ja nun wirklich jeder.

«Grace, hi!», sagt sie, Tonfall und Mimik neutral, *zu* neutral. Wahrscheinlich erkennt sie mich nicht. In den bunten Lichtern und unruhigen Schatten des Clubs sieht man anders aus als bei Tageslicht.

«Wir kennen uns bereits.» Ich lege mein charmantestes Lächeln auf. «Aus dem Truman», sage ich. «In Ost-Lundenburgh.»

«Da musst du mich verwechseln», antwortet sie gelangweilt. «Ich gehe nicht in Ost-Lundenburgh aus. Korrektur: Ich gehe überhaupt nicht nach Ost-Lundenburgh.»

Topher lacht die Tonleiter einmal hoch und runter. Ich würde sie ihm am liebsten rausprügeln.

«Aber nein», sage ich, immer noch davon überzeugt, dass Grace gleich einlenken wird. «Ich bin mir ganz sicher. Erinnerst du dich nicht? Du hast dich um Billys Pflanze gesorgt.» Und um mich, würde ich am liebsten hinzufügen, tue es aber glücklicherweise nicht.

Denn Grace wirft mir nur hin: «Ich kenne keinen Billy.» Dann dreht sie mir betont den Rücken zu und sagt: «Wollen wir, Topher? Ich glaube, ich bestelle mir heute Sushi im Speisesaal. Was meinst du?»

Die beiden lassen uns stehen, und ich sehe ihnen verwirrt nach.

«Alles okay?» Danny zieht mich zur Seite. Wir warten neben der Tür, bis wir allein im Raum sind.

«Ich sagte dir doch, dass du an die nicht rankommst, Balthazaar. Auch nicht mit irgendwelchen erfundenen Geschichten. Sag mal, der Billy, von dem du eben sprachst, ist das der mit den reisenden Pflanzen? Also, ich würde den ja gerne mal kennenlernen. Und *ich* gehe auch nach Ost-Lundenburgh.»

«Klar, wir können mal gemeinsam in den Osten gehen und Billy besuchen», sage ich. «Aber erst einmal muss ich das alles hier verarbeiten. War ganz schön viel heute.»

«Das kann ich mir vorstellen. Falls dir nachträglich noch Fragen einfallen – jederzeit.»

«Eine Frage habe ich tatsächlich, Danny.»

«Ja?»

«Warum ist mein Shape schiefgegangen? Warum konnte mich Cressida so einfach davon abbringen, den Raum zu durchqueren?»

«Hm, das ist nicht so leicht zu beantworten. Warum hast du dich denn dazu entschieden, über die Balken zu gehen? Hast du keine Höhenangst?»

«Nein, ich fühle mich wohl da oben. Im Osten bin ich ständig geklettert.»

«Es entspricht also deiner Persönlichkeit. Das ist gut. Wenn du es getan hättest, um die Klasse zu beeindrucken, wäre das die Schwäche deines Shapes gewesen. Wahrer Selbstwert ist nicht auf Applaus aus. Hast du denn einen Push bekommen?»

«Das weiß ich nicht. Es schien mir einfach logisch, den Weg über die Balken zu nehmen, weil unten ja noch der Kronleuchter lag.»

«Ein Push ist aber nicht logisch. Man denkt nicht darüber nach. Im Gegenteil. Du tust etwas, das auf den ersten Blick deinem Shape widerspricht, weil du der Gabe vertraust. Es tut mir leid, aber ich glaube, du warst gar nicht in Kontakt mit der Gabe, Balthazaar.»

Mein Herz sinkt. Danny begutachtet den Schnitt an meinem Arm. «Tut es sehr weh?»

Güte. Das mag Dannys Persönlichkeit entsprechen. Aber ich will nicht glauben, dass es meiner entspricht, darauf angewiesen zu sein.

«Nein, gar nicht», antworte ich und ziehe meinen Ärmel über die Wunde. Ein kleiner hellroter Fleck erscheint auf Dannys altem Hemd.

Einen Moment lang schweigen wir uns an. Dann fragt Danny: «Darf ich mal sehen?» Er zeigt auf das Blatt Papier in meiner Hand. Ich weiß nicht, ob ich ihm meine Essenz-Liste zeigen will. Aber ich brauche Hilfe. Und Danny ist der Einzige hier, der sie mir gewähren will. Zögerlich händige ich Danny das Blatt aus.

«Alles mit Ost-Bezug», sagt Danny, nachdem er die Liste durchgelesen hat. «Vielleicht musst du deine Essenz als Shaper erst noch finden.»

Er gibt mir die Seite zurück. Ich zögere einen Moment, bevor ich sie nehme. Und plötzlich ist mir klar, dass ich Pear heute nicht anrufen werde. Ich muss erst mal das hier hinkriegen, meinen Weg in der Burgh finden, meinen Platz. Wenn ich jetzt nach Ost-Lundenburgh zurückgehe, weiß ich nicht, ob ich jemals den Mut finden werde, ein Shaper zu sein.

PEAR

Ich habe nach Spuren meiner Mutter gesucht und eine neue Freundin gefunden. Neben Balthazaar und den Treibenden ist Nomi wahrscheinlich die einzige Non in meinem Alter, die die Regeln bricht und mit mir Zeit verbringen möchte. Und wir sind uns aller Unwahrscheinlichkeit zum Trotz über tausend Ecken und Irrungen und Wirrungen begegnet. Der Bauch, immer sicher, immer trocken, immer warm, fehlt zwar als Treffpunkt, aber Nomi hat ein Talent dafür, Orte zu finden, an denen uns keiner stört. Mal sehen wir uns in verlassenen Fabrikgebäuden, mal auf den Dachböden der Shoreditch Church oder der Christ Church. Kirchen, Moscheen und Tempel sind in Ost-Lundenburgh meistens verlassen. Immer weniger Nons kommen zum Beten dorthin – auch das Ausdruck eines Lebensstils, auch das gefährlich für die Jugend. Für uns.

Heute ist einer jener sonnigen Oktobertage, von denen es in Lundenburgh nicht mehr als drei im Jahr gibt. Nomi hat mich zu einem kleinen Rosengarten bestellt. Hinter einem Busch in später voller Blüte reicht sie mir eine Pappschachtel. Schachtel wie Inhalt sind in Farben gehalten, die aussehen, als würden sie sich vor ihrer eigenen Pracht verstecken. «Pastell», sagt Nomi dazu.

«Wie heißen die Dinger noch mal?», frage ich und nehme mir ein rosa Gebäckstück mit einer Cremefüllung in der gleichen Farbe. Es ist leichter in meiner Hand als die Kekse, die ich kenne.

«Macarons.»

«Ah!» Ich beiße hinein. Es schmeckt, wie eine Rose riecht.

«Wie bist du da rangekommen?», frage ich. «Und kannst du die bitte ab jetzt jedes Mal mitbringen?»

«Nein, sorry», lacht Nomi. «Absolute Ausnahme. Mein Vater arbeitet gerade als Plattenleger in einem West-Lundenburgher Hotel.»

«Er arbeitet da tagsüber?»

«Ähm, ja. Wann denn sonst?» Nomi sieht mich so ungehalten an, dass ich sofort denke, ich hätte irgendetwas falsch gemacht.

«Normalerweise verrichten Nons solche Arbeiten im Westen doch nachts, oder?», frage ich unsicher. «Damit die Shaper tagsüber nicht gestört werden?»

«Das gesamte Hotel wird renoviert», antwortet Nomi. «Der Betrieb ist solange komplett eingestellt.»

«Ach so.» Erleichtert, dass es nur ein Missverständnis war, beiße ich noch mal von meinem Macaron ab.

«Himmlisch!», seufze ich. Nomi lächelt.

«Ich bin so froh, dass ich dich getroffen habe, Pear.»

«Und ich erst! Nicht nur wegen der Macarons!»

«Erzähl mir ein bisschen von deinem Leben, deinem Alltag.»

Manchmal stellt Nomi wirklich komische Fragen.

«Nun ja, mein Alltag wird sich nicht so wahnsinnig von deinem unterscheiden. Wir müssen uns doch alle an dieselben Regeln halten – also rein theoretisch zumindest.»

«Was wir aber nicht tun.» Nomi zwinkert mir zu.

«Das stimmt ... Willst du kein Macaron?»

«Nein, gerade nicht. Warum hältst du dich nicht an die Regeln? Wie kam es dazu?»

Ich bin versucht, Nomi alles zu erzählen. Alles. Die Geschichte von Balthazaar und den Treibenden und dem Bauch, von der handförmigen Narbe auf meiner Schulter, die immer noch nicht abgeheilt ist, von meinem Vater und von meiner Mutter, schließlich von der Schachtel mit dem Herzen, die mich zu Nomi führte. Und dann werde ich ihr die Frage stellen, die mich immer noch nicht loslässt: Was passiert sonntagabends im Golden Heart?

«Na ja, es ist nicht so, dass ich mich an gar keine Regeln halte», beginne ich. «Ich gehe zur Schule, und dort benehme ich mich auch – meistens.»

«Du gehst zur Schule?», fragt Nomi, bevor ich zu meinen Ausflügen in den Bauch kommen kann.

«Ja natürlich», antworte ich. «Du etwa nicht?»

«Nein.»

«Aber hast du gar keine Angst, dass die Häscher dich erwischen? Dass jemand bei dir zu Hause auftaucht? Und was sagen deine Eltern dazu? Wissen die das?»

«Also, bei uns kam noch nie jemand vorbei und hat gefragt, warum ich nicht in der Schule bin. Ich habe einfach irgendwann aufgehört hinzugehen. Du weißt doch: keine Strafe, keine Verbote, kein Zwang. Denen ist es lieber, dass Leute wie wir fernbleiben – dann haben wir auch keinen schlechten Einfluss auf die braven Schüler.»

In dem Moment wird mir wieder bewusst, dass ich Nomi nicht kenne. Was weiß ich schon groß über sie? Sie wohnt in Croydon, okay. Ihr Vater ist Plattenleger. Aber warum ist er bei den Shapern so beliebt? Mein Vater hat nie Macarons mitgebracht, wenn er im Westen gearbeitet hat. Und hat Nomi Geschwister? Gehen die auch alle nicht zur Schule? Ich kann meine Freundschaft mit Balthazaar nicht eins zu eins auf Nomi übertragen, nur weil er nicht mehr da ist. Das braucht Zeit. Vertrauen. Nein, ich kann nicht mit Nomi über alles reden. Aber ohne mit ihr darüber zu reden, wird sie mir nicht sagen, was im Golden Heart vor sich geht. Was ist wichtiger? Tief in Gedanken schiebe ich das letzte Stückchen Macaron in meinen Mund. Sofort hält mir Nomi die Pastellschachtel unter die Nase.

«Probiere mal die Braunen mit dem Goldpuder. Du magst doch Karamell, oder?»

Ich nehme ein braunes Macaron und schiebe es ganz in den Mund. Der Goldpuder, der an meinen Fingern hängen bleibt, erinnert mich an das Herz auf der Schachtel meiner Mutter. Ich schnippe mit den Fingern, und er wirbelt durch die Luft. Egal, wie viele Macarons mir Nomi anbietet ... das Süße, das Fluffige, das Cremige kann nicht darüber hinwegtäuschen, dass ich eigentlich etwas anderes will. Nomi ist nicht Balthazaar. Und so einfach ist er nicht zu ersetzen.

BALTHAZAAR

Stille im Klassenzimmer. Nur das Ticken der Uhr auf dem Regal bricht sie. Cressida war keine Ausnahme. Normalerweise müssen sich die Erwachsenen da vorne neben der Tafel für Ruhe in der Klasse ganz schön ins Zeug legen – wie das eben so ist, wenn die Schüler weitaus mehr Macht haben als ihre Lehrer. Jeden Moment können sie das unter Beweis stellen, wenn sie wollen. Haben sie schon oft, sagt Danny. Zum Beispiel mit plötzlich einsetzendem Durchfall, der Sinclair während seines langweiligen Vortrags über die Geschichte des West-Lundenburgher Stadtteils Kensington auf die Toilette trieb.

Doch heute steht jemand Besonderes vor der Klasse. Emme. Sie muss nicht um Aufmerksamkeit betteln. Nur wenige Stunden im Jahr unterrichtet sie und ausschließlich zu zwei Themen: «Nons» und «Sparkles». Jetzt geht es um «Sparkles», und da ich den Ausdruck mal wieder nicht kenne, frage ich Danny einigermaßen erschöpft: «Ist das noch mal so ein komisches Prinzip, nach dem ich mich richten muss, wenn ich einen Shape zustande bringen will?»

«Nein, Sparkles sind Personen.»

«Personen? Wer denn?»

«In unserer Generation nur eine: Grace», sagt Danny, und mir nichts, dir nichts ist meine Neugier geweckt. Und nicht nur meine. Emme – unkonventionell wie immer – er-

156

öffnet die Stunde mit einer Fragerunde, anstatt sie damit zu schließen.

Topher ist zurückhaltend im Unterricht, wenn er nicht gerade seine überlegenen Fähigkeiten demonstrieren kann. Aber jetzt spricht er als Erster: «Seit wann gibt es die Sparkles? Schon immer?»

Ich ärgere mich, dass er nicht die naheliegendere Info einholt: Was zum Teufel sind diese Sparkles überhaupt? Aber außer mir weiß das wahrscheinlich jeder …

Emme antwortet Topher mit einem Lächeln: «Wie die Sparkles entstanden sind oder vielmehr wie sie von ihrer eigenen Existenz erfuhren, erzählt die Legende von Ambrose und Ligeia.» Mit einem Blick zu mir ergänzt Emme: «Und die Legende wird dir auch erklären, *was* die Sparkles überhaupt sind.»

Ich sehe zu Grace, die mit verschränkten Armen auf ihrem Stuhl wippt – unlesbar. Typisch!

«Ambrose und Ligeia lebten vor Hunderten von Jahren hier in West-Lundenburgh», beginnt Emme. «Ligeia war die Tochter mächtiger Shaper. Deswegen war es ein Schock für ihre Familie, als sie herausfand, dass Ligeia die Gabe nicht besaß.»

«Aber … aber wie kann das sein?», ruft Edwin entsetzt dazwischen. Man könnte meinen, es gäbe nichts Schlimmeres auf der Welt, als ohne Gabe zu sein.

«So wie heute manche Nons die Gabe entwickeln, ging man damals davon aus, dass es Shaper gibt, denen die Fähigkeiten nicht weitervererbt werden. Das war mit einem gesellschaftlichen Abstieg für die ganze Familie verbunden.»

«Es gab Shaper-Geborene, die Nons waren?», fragt Tabitha, heute in hellblauem Seidensatin mit Ameisendruck. Die Abscheu in ihrer Stimme lässt mich an Pear und Joanne, an Billy und die Treibenden denken. Sofort formt sich ein Ball aus Wut in meinem Bauch, den ich mit aller Macht unten halten muss, weil ich sonst meiner Klassenkameradin gleich an den Hals springe.

«So dachte man», antwortet Emme. «Ligeia und ihre Eltern wurden fortan von den anderen Shapern gemieden, selbst von ihren Verwandten. Sie zogen um, wohnten nun im östlichsten Teil des Westens, der an den Kern grenzt.»

«Furchtbar, in der Nähe des Kerns!», sagt ein Mädchen in der ersten Reihe, an deren Namen ich mich nicht erinnere. Ost- und West-Lundenburgh grenzen nicht direkt aneinander, sondern beide an den Kern. Er trennt den Osten vom Westen, gleichzeitig vereint er sie. Denn dort liegen die Behörden und Büros, in denen beide arbeiten: Shaper und Nons. Shaper verbringen ihre Tage in den Chefetagen und Nons in allen anderen Abteilungen, bevor sie am Abend in ihre Wohnviertel zurückkehren. Die Existenz des Kerns scheint viele Shaper noch mehr zu nerven als Ost-Lundenburgh – vielleicht weil sich im Kern die Non- und Shaper-Leben berühren. Vielleicht auch, weil der Kern sie daran erinnert, dass die Aufteilung in den Shaper-Westen und den Non-Osten eine künstliche ist. Die Gegenden, die West-Lundenburgh und Ost-Lundenburgh genannt werden, sind repräsentativ für die Shaper- beziehungsweise Non-Kultur. Aber es gibt auch Viertel, die relativ weit östlich liegen, Islington etwa, und trotzdem Shaper-Terrain sind. Wenn man es genau nimmt, ist Lundenburgh keine geteilte Stadt. Sie ist ein Flickenteppich. Aber der lässt sich weniger einfach begreifen.

«Ligeia fand eine Anstellung im Kern», fährt Emme fort. «Doch der Schicksalsschlag ließ auch die Kräfte der Eltern schwinden. Sie verloren ihr Selbstbewusstsein, fühlten sich wertlos. Wie ihr wisst, ist die Gabe an die Jugend geknüpft, und Ligeia hatte keine Geschwister. Durch ihre Unfähigkeit zu shapen hatte die kleine Familie keine Zukunft mehr. Keine Hoffnung.»

«Wie traurig», sagt Danny.

«Wieso traurig?», fragt Tabitha. «Die sind doch selbst schuld, wenn die Gabe bei ihren Nachkommen nicht erhalten bleibt. Guten Shapern wäre das nicht passiert! Die hätten die Gabe in ihr Kind geshapt.»

«Du weißt schon, dass da noch ein *plot twist* kommt, Tabitha, oder?» Grace hört auf zu wippen. Ihr Stuhl bleibt auf einem Bein stehen – in perfekter Balance. «Kleiner Hinweis: Wir reden hier über die Ursprungsgeschichte der Sparkles. Ich würde mich an deiner Stelle nicht so weit aus dem Fenster lehnen, sonst ...» Grace verlagert ihr Gewicht, und die drei schwebenden Beine des Stuhls krachen auf den Boden. Die Klasse lacht, und Tabitha wird rot im Gesicht.

Emme zwinkert Grace kaum merklich zu, bevor sie sagt: «Ja, es war ein trauriges Leben. Da hast du recht, Danny. Aber das änderte sich an dem Tag, als Ligeia Ambrose traf. Ambrose war der jüngste von sieben Söhnen einer Shaper-Familie. Er hatte die Gabe, doch seine Shapes waren schwach. Unter den Geschwistern ging es rau zu, und Ambroses Shapes setzten sich so gut wie nie gegen die seiner Brüder durch.»

«Wie durchsetzen?», rufe ich dazwischen. Mich nicht zu melden, fällt mir leicht. An den Teil, ein Shaper zu sein, habe ich mich schnell gewöhnt.

«Du hast doch bestimmt schon davon gehört, dass wir uns die Welt wie ein gemustertes Stück Stoff vorstellen, Balthazaar. Einzelne Shapes verweben sich zum großen Ganzen der Realität. Welche Shapes dabei den größten Raum einnehmen und vielleicht sogar andere am Entstehen hindern, hängt davon ab, wie viele Shaper sie stützen und wie stark ihre Urheber an sich und ihre Vision glauben.»

Ich denke an Tabitha und Cressida. Natürlich! Das war kein friedliches «Wir verweben-unsere-Shapes-Miteinander». Das war ein Duell! Es ging darum, wessen Shape den der anderen dominiert.

«Als Ligeia auf Ambrose traf, verliebten sie sich. Sie heirateten und führten ein bescheidenes, zurückgezogenes Leben. Doch eines Tages traf Ambrose auf seine Familie. Sein Vater war verstorben, und es ging um das Erbe. Ambrose war mehr darauf angewiesen als seine sechs Brüder, die allesamt mächtige Shaper waren. Wie in den alten Tagen wollten seine Brüder Ambrose unterbuttern, einfach aus Gehässigkeit. Und es gelang ihnen. Sie ließen ihn nicht einmal ins Haus. Ambrose lag vor den Brüdern im Staub, als Ligeia – besorgt, weil ihr Ehemann so lange wegblieb – zu ihnen stieß. Er wehrte sich mit kleineren Luftstößen, die den Brüdern höchstens ein wenig die Frisuren verwehten. Aber sobald Ligeia dazukam, wurde aus dem Wind plötzlich ein Tornado, der die Brüder samt Haus verschluckte. Ligeia konnte zwar selbst nicht shapen, aber sie konnte Ambroses Shapes verstärken.»

«Wenn zwei entgegengesetzte Shapes darum ringen, Wirklichkeit zu werden, können Sparkles den entscheidenden Vorteil bringen. Das erklärt ihr hohes Ansehen», sagt Danny in die Klasse, aber ich weiß, dass es an mich gerichtet ist.

Emme nickt Danny zu.

«Gemeinsam waren Ligeia und Ambrose mächtiger als die sechs Brüder zusammen. Mächtiger als alle anderen.»

«Es gibt also doch keine shapergeborenen Nons», sagt Tabitha zufrieden.

«Richtig, Tabitha! Ligeia machte es sich zur Aufgabe, andere Shaper-Geborene ohne Gabe zu finden, und es kam heraus, dass alle ohne Ausnahme die gleiche Fähigkeit hatten wie sie. Fortan gaben sie sich den Namen Sparkles, weil sie die Funken in anderen Shapern verstärken können. Die großen Shaper-Dynastien schämten sich dafür, wie sie Ligeia und ihre Eltern behandelt hatten. Und die Sparkles haben ihre Ausgrenzung nie vergessen.» Emmes Stimme klingt auf einmal schneidend, und Tabitha zupft unruhig an einer der Ameisen auf ihrem Schlafanzug. «Nicht zuletzt deswegen sind sie wählerisch, wem sie ihre Kraft schenken. Und treu. Sie ordnen sich einem Partner zu und wechseln ihn nur in absoluten Ausnahmefällen, etwa wenn der andere stirbt.»

«Ich will nur einmal klarstellen, dass nicht jeder Partner eines Sparkles alleine schwache Shapes liefert. Lebendes Beispiel», wirft Topher ein und zeigt auf sich selbst. Die Klasse lacht.

«Lass mich raten, Grace' Partner ist ...»

«... Topher!», vollendet Danny meinen Satz. Wir rollen beide mit den Augen.

161

«Danke übrigens für vorhin, Topher!», sagt Grace und wirft ihm eine Kusshand zu.

«Immer gerne, Gracie! Wir sind schon so aufeinander eingestellt, dass ich es gar nicht mehr merke, wenn ich für dich shape.»

Ich brauche einen Moment, um zu verstehen: Wenn Grace nicht selbst shapen kann, war der Balanceakt vorhin Teamarbeit mit Topher. Plötzlich sehne ich mich danach, dass Grace Topher durch mich ersetzt, bin überzeugt davon, dass ich mit ihr zum größten aller Shaper werden könnte. Hat Grace mich deshalb von unserer ersten Begegnung an fasziniert? Sind wir füreinander bestimmt?

«Weil die Vorfahren der Sparkles am eigenen Leib erfahren mussten, wie grausam es sein kann, ohne die Gabe zu leben, setzen sie sich traditionell für die Belange der weniger Privilegierten ein», fährt Emme fort. «Insbesondere für die der Nons. Ich selbst stehe verschiedenen Stiftungen vor, die sich um Bedürftige in Ost-Lundenburgh kümmern.»

«Emme ist auch ein Sparkle?», frage ich Danny.

«Ja, sie ist das Oberhaupt der Sparkles. Sinclair ist ihr Partner.»

Ich sehe zwischen Danny, Emme und – unauffällig – Grace hin und her. Sie sind die drei Shaper, die ich respektiere. Auch wenn Grace sich mir gegenüber bislang uninteressiert bis unhöflich gezeigt hat, gehört sie dazu. Keine Ahnung, warum sie vorgibt, nie im Osten gewesen zu sein. Aber jetzt, wo ich weiß, dass sie ein Sparkle ist, jemand, der sich traditionell für Nons engagiert, bin ich mir wieder sicher: Ich habe mir das nicht eingebildet. Danny drängt mich in jeder freien Minute, dass wir endlich zusammen

Ost-Lundenburgh unsicher machen. Und Emme setzt sich für Nons ein. Sie alle haben etwas gemeinsam: Interesse an Leuten, die die Gabe *nicht* besitzen. Und so ein Shaper will ich auch sein. Vielleicht ist das das Puzzlestück, nach dem ich gesucht habe. Emme hat mich auf dem Dach von Spitalfields damit überzeugt, dass ich zurückkehren und mich als Shaper noch besser für meine Freunde einsetzen kann als zuvor. Ich will ... ich *muss* ein Shaper werden, um Nons künftig vor den Shapern schützen zu können, die nicht wie Danny, Emme und Grace sind. Nicht wie ich. Ich will meine Herkunft nicht verleugnen. Es geht nicht darum, den Kontakt zu vermeiden, um ein anderer sein zu können. Das ist feige. Das ist wie wegrennen. Es geht darum, der zu sein, der ich jetzt bin – egal wo, egal vor wem. Ich glaube, das ist der Selbstwert, von dem alle die ganze Zeit reden. Und deswegen werde ich mich endlich bei Pear melden. Eine Last fällt von mir ab, als ich das beschließe. Der Gong, der die Unterrichtsstunde beendet, läutet für mich einen Neubeginn ein.

«Eins noch!», ruft Emme. «Bevor ihr geht, soll ich euch was von Cressida ausrichten. Nächsten Samstag findet am See die jährliche Show-Shape-Präsentation statt. Damit ihr euch schon einmal darauf einstellen könnt.»

«Was ist die jährliche Show-Shape-Präsentation?», frage ich Danny, als wir die Treppen zum Speisesaal hinuntergehen. «Heißt das, wir bekommen so richtige, spektakuläre Shapes zu sehen? Wie bei den Presentation Days in Ost-Lundenburgh?» Endlich mal was Aufregendes! Endlich Magie!

«So ähnlich», antwortet Danny.

«Cool. Und wer zeigt uns die Shapes? Cressida? Sinclair?»

«Nein, natürlich nicht.» Danny bleibt stehen und sieht mich mit blitzenden Augen an.

«Wer dann?», frage ich.

«Na die, die viel besser shapen können. Wir!»

PEAR

Wochen nachdem Balthazaar verschwand, flattert endlich ein Lebenszeichen von ihm ins Haus: eine Postkarte. Ich musste meinen Vater in einem seiner wachen Momente fragen, wie man das bunte Papierrechteck nennt. Nie zuvor habe ich eine Postkarte in den Händen gehalten. Trotzdem: Am liebsten hätte ich sie ungelesen zerrissen und im Müll unter der Erde begraben, die mein Vater gestern servieren wollte. Doch meine Neugier siegt. Denn Balthazaar weiß genau, wie er sie triggern kann. Die Vorderseite der Postkarte zeigt eine West-Lundenburgh-Collage. Eine Burg – die Burgh? – ist zu sehen, bonbonfarbene Häuserzeilen in einem Viertel namens Notting Hill, marmorne Statuen vor Grün, teilvergoldet, die verraten, wie Henry und Faith einmal ausgesehen haben könnten. Ist Balthazaar in West-Lundenburgh? Und wenn ja: Was hat er dort zu suchen? *Kann alles erklären!* hat Balthazaar quer über die Bilder geschrieben und bringt mich so dazu, die Rückseite der Karte zu lesen. Da steht:

Sorry, dass ich untergetaucht bin. Bitte komme an den Ort, an dem wir deinen letzten Geburtstag gefeiert haben, Dienstag um Mitternacht. Du wirst nicht glauben, was mir passiert ist ... Bx

Natürlich weiß Balthazaar, dass er mich mit der Verlängerung des Rätsels ärgert, aber auch lockt, und er weiß auch, dass ich weiß, dass er das weiß. Aber das ändert nichts daran, dass ich am Dienstag kurz vor Mitternacht gar nicht anders kann, als mich nach Spitalfields zu schleichen.

Im Bauch ist meine Höhenangst schlimmer als sonst. Ich war so lange nicht mehr dort, dass die blinde Courage, die normalerweise übernimmt, sobald ich das Lager betrete, aus der Übung ist. Trotzdem kämpfe ich mich Schritt für Schritt zur Dachluke vor, immer bedacht, dass sich zumindest eine meiner Hände an etwas festhält.

Sobald ich auf die erste Sprosse der Leiter zum Dach trete, ist meine größte Angst nicht mehr, in die Tiefe zu fallen, sondern dass Balthazaar nicht da ist. Einfach nicht da, so wie die letzten Male, als ich in Spitalfields nach ihm suchte. Ich zögere einen Moment, bevor ich die Klappe zum Dach nach oben drücke. Doch meine Angst ist unbegründet. Stück für Stück gibt die Klappe die Sicht auf meinen Freund frei. Erst bin ich mir nicht sicher, ob er es auch wirklich ist. Balthazaar trägt Kleider, die ich nicht kenne: die Turnschuhe mit dem Swoosh, die er immer haben wollte, aber die für Nons nicht einmal in Spitalfields zu kriegen sind, eine Hose, die an seinen Hüften hängt und aussieht, als könne sie jeden Moment herunterrutschen, und ein helles Hemd, dessen Farbe das Mondlicht nicht verrät. Dann kann ich Balthazaars Gesicht sehen. Die Haare sind länger, aber die Augen unter den buschigen Brauen die gleichen wie immer. Balthazaar lächelt. Er muss die Luke beobachtet haben, unsicher, ob *ich* kommen werde oder nicht. Das beruhigt mich.

«Hey!», sagt er und reicht mir die Hand. Ich freue mich, dass er meine Nervosität teilt, aber um meine zu verbergen, schlage ich die Hand trotzdem aus. Auf dem Dach fühle ich mich wohler als im Bauch. Die Plattform neben dem Kamin und der Weg dorthin sind mit einem metallenen Geländer gesichert. Wortlos gehe ich an Balthazaar vorbei. Er hat auf der Plattform ein Picknick bereitet, das mein Geburtstagsessen vor einem Jahr spiegelt und es gleichzeitig übertrifft. Statt Cider gibt es Champagner. Ich muss das Etikett im Licht der Kerzen, die Balthazaar aufgestellt hat, zweimal lesen, weil ich es nicht glauben kann. Die Treibenden haben immer von Champagner geschwärmt, nein, geträumt. Getrunken hat ihn noch keiner von ihnen. Und statt Karottenkuchen stehen da Minitörtchen, Erdbeeren mit Schokoladenglasur, Gurken-Sandwiches ohne Kruste und ... Macarons. Ich setze mich.

«Woher hast du all die Sachen?», frage ich und streichle die Karodecke, die Balthazaar auf den Boden gelegt hat. Welches Tier hat wohl seine Wolle dafür hergegeben? Oder haben West-Schafe einfach weicheres Fell? Balthazaar setzt sich neben mich, seine Hand wenige Zentimeter von meiner auf der Decke.

«Ein Freund hat mir die Sachen gegeben», sagt er.

«Ein Freund?» Etwas schwappt über mich, so plötzlich, dass ich mich daran verschlucke. Ich glaube, das nennt man Eifersucht.

«Ein Shaper. Ihr würdet euch gut verstehen.»

«Klar», sage ich und nehme mir eine Schoko-Erdbeere.

«Solange dein Shaper-Freund nicht die Angewohnheit hat, plötzlich nachts und ohne Vorwarnung aus meinem Leben zu verschwinden und sich dann wochenlang nicht zu melden, kommen wir bestimmt blendend miteinander aus.» Ich beiße von der Erdbeere ab und ärgere mich darüber, wie gut sie schmeckt.

«Es tut mir leid, Pear, wirklich. Aber ...»

«Ich dachte, du bist verhaftet worden, Balthazaar! Oder tot! Oder noch was Schlimmeres!», bricht es aus mir heraus. Ich werfe die halbe Erdbeere nach ihm, und sie hinterlässt einen Fleck auf seinem Hemd. Trotzdem sieht es immer noch edler aus als meine Kleider. Ich komme mir schäbig vor in meiner abgewetzten Jeansjacke, in meinen No-Name-Turnschuhen. Balthazaar hebt die Erdbeere auf und schiebt sie in den Mund.

«Lass es mich erklären ...»

«Wurdest du gekidnappt? Wurdest du in einem West-Lundenburgher Kellerverlies festgehalten und nur von Knebeln und Fesseln befreit, um krustenlose Sandwiches zu essen?» Nach der Sache mit der Bling-Box meiner Mutter habe ich Übung darin, mir Szenen auszumalen.

«Ähm ... nein ...»

«Hat dich jemand betäubt, und du hast die Zeit, die du fort warst, einfach verschlafen?»

«Nein, hör mir doch mal zu, Pear ...»

«Bist du gar nicht der echte Balthazaar? Ist er tot, und du hast durch einen Shaper-Zauber seine Gestalt angenommen?»

«Natürlich nicht ...» Balthazaar schüttelt zunehmend verzweifelt den Kopf. Aber ich bin nicht mehr zu stoppen. Es ist das erste Mal, dass so ein großes Gefühl aus mir rauswill, und es fühlt sich gut an, als es so weit ist.

168

«Dann, Balthazaar, gibt es nichts, was du sagen könntest, das auch nur in die Nähe einer akzeptablen Entschuldigung kommt!» Ich verschränke die Arme vor der Brust.

«Ich bin ein Shaper, Pear.»

«Was ...???» Ich halte mich am Geländer fest.

«Nach der Sache mit den brennenden Autos kamen Shaper in den Bauch, um mich abzuholen. Ich war dafür verantwortlich, verstehst du Pear, das war ich!»

Balthazaars Behauptung ist so ungeheuerlich, dass ich erst mal gar nichts fühle.

«Aber wir hätten doch gemerkt, wenn du ein Shaper wärst», sage ich und drücke das Metallrohr in meiner Hand so fest, dass es wehtut.

«Nun ja, das mit den Autos war mein erster Shape – der erste offensichtliche zumindest. Ungewöhnlich, dass es so spät passiert, aber nicht ausgeschlossen.» Balthazaar lächelt mich an, und etwas an der Art, wie er das macht, regt mich auf.

«Aber das ist doch nicht möglich! Du hast das Programm nicht durchlaufen, bist nicht zur Schule gegangen ...» Wieder schwappt Eifersucht in alle Poren meines Körpers, und es ist schlimmer dieses Mal, weil ich nicht wegen, sondern *auf* Balthazaar eifersüchtig bin.

«Ich weiß», sagt er. «Die glauben, dass es etwas mit meinen Eltern zu tun hat. Jedenfalls lebe ich jetzt in der Burgh, Pear. Die bringen mir dort bei, meine Kräfte zu nutzen.»

«Du gehst zur *Schule*?»

«Das muss ich ja, wenn ich lernen will, meine Gabe zu nutzen.»

«Okay, lass mich das noch einmal zusammenfassen:

Als wir das erste Mal aufeinandertreffen, verkündest du, dass Shaper das Letzte sind und du auf gar keinen Fall einer werden willst. Daraufhin machen wir einen Pakt: Wir geben die Chance, ein Shaper zu werden, auf, weil wir uns nur so sehen können. Für mich ist es sehr viel schwerer, das durchzuhalten, als für dich. Denn ich muss mich in beiden Welten zurechtfinden: der da draußen und deiner, die ich regelmäßig besuche. Du dagegen weigerst dich, auch mir entgegenzukommen und in die Schule zu gehen, obwohl mir das das Leben sehr erleichtert hätte. Und jetzt eröffnest du mir, so ganz nebenbei und nachdem du wochenlang ohne ein Wort verschwunden warst, dass du in West-Lundenburgh ein Shaper wirst und dazu dort IN DIE FUCKING SCHULE GEHST??? Nach allem, was ich für unsere Freundschaft aufgegeben habe?»

Balthazaar ist geschockt, das ist leicht zu sehen, sogar für mich. Solche Ausbrüche kennt er nicht von mir. Ich auch nicht. Habe ich wirklich eben «fucking» gesagt?

«Meine Güte, Pear, das konnte doch niemand ahnen, dass es so kommt», sagt Balthazaar schließlich.

«Und warum hast du mir das nicht einfach gesagt? Warum hast du die Scheißpostkarte erst jetzt geschrieben?»

«Ich ... ich wusste einfach nicht, wie ich es dir erklären sollte. Wusste selbst nicht, was ich davon halten sollte. Es war so viel auf einmal. Und in der Burgh ... da war alles neu, neue Leute, neue Umgebung, neues Leben. Damit musste ich erst einmal zurechtkommen. Es tut mir leid, Pear, ehrlich! Ich hätte mich früher melden sollen.» Balthazaar greift nach meiner freien Hand, besinnt sich aber, kurz bevor er sie berührt. Das Problem hat er mit seinen neuen Freunden nicht. Die kann er an der Hand nehmen, solange und sooft er will. Der Gedanke ist bitter. Und auf einmal bin ich unendlich müde. Dann ist es eben so. Ich lasse das Geländer los und will noch eine Erdbeere nehmen, einfach weil ich nichts sagen muss, solange ich daran sauge. Aber ich entscheide mich stattdessen für ein Macaron.

«Oh ja, probiere mal, diese Kekse sind der Hammer. Grün ist Pistazie, glaube ich.»

«Das sind keine Kekse, das sind Macarons.» Pistazie schmeckt genauso gut, aber ich sage: «Die rosafarbenen sind besser.»

Balthazaar zieht eine Augenbraue hoch, schweigt jedoch. Er nimmt sich ein rosa Macaron und schiebt es in den Mund. Eine Weile essen wir stumm die Köstlichkeiten, die Balthazaar aus dem Westen mitgebracht hat.

«Ich brauchte einfach Zeit, weißt du?», sagt Balthazaar schließlich. «Auch um diese ganze Sache mit dem Waisenhaus und so auf die Reihe zu kriegen. Stell dir vor, meine Eltern waren wahrscheinlich Shaper! Deswegen habe ich die Gabe, obwohl ich mich nicht an die Regeln gehalten habe. Krass, oder?»

Dass Balthazaar nie ein Non war, versöhnt mich ein wenig mit seiner Hundertachtzig-Grad-Drehung. Er kann nichts dafür. Er hat mich ... *uns* ... nicht mit Absicht verraten. Er ist immer noch Balthazaar, mein bester Freund. Und das heißt, dass ich endlich, endlich jemandem *mein* Geheimnis anvertrauen kann.

«Ja, total krass», sage ich. «Apropos Eltern – ich habe auch etwas rausgefunden. Über meine Mutter.» Ich weiß nicht, ob ich mit meiner Geschichte mit Balthazaars mithalten will oder dagegen. Ein bisschen von beidem wahrscheinlich.

«Ah ja?», fragt Balthazaar abwesend. Ich sehe ihm an, dass er sich eine begeistertere und vor allem ausgiebigere Reaktion von mir gewünscht hätte. Aber Freunde, die einfach so verschwinden, können keine Ansprüche stellen.

«Meine Mutter war Teil einer mysteriösen Gruppe, die sich sonntags immer im Golden Heart trifft.» In dem Moment, in dem ich das sage, frage ich mich, ob es ein Fehler war. Bilder, wie die Häscher das Golden Heart stürmen, drängen sich in meinen Kopf. Sind Balthazaar und ich wirklich noch auf der gleichen Seite?

«Und?» Mir gefällt Balthazaars abfälliger Ton nicht.

«Sie hat keinem davon erzählt», antworte ich. «Meine Mutter hat vorgegeben, Aerobic-Stunden zu nehmen. Dabei war sie gar nicht im Fitnessstudio, sondern im Golden Heart. Das muss doch was bedeuten! Warum lügen, wenn es nicht wichtig ist?»

«Vielleicht wollte sie dort in Ruhe was trinken. Vielleicht hatte sie eine Affäre. Wer weiß?»

«Eine Affäre? So ein Quatsch! Meine Mutter hat meinen Vater geliebt!» Am liebsten würde ich noch eine Erdbeere nach Balthazaar werfen.

«Ich habe die manchmal gesehen, wie sie am Sonntagabend vor dem Golden Heart rumstehen. Seltsame Truppe. Ich würde mir nicht allzu viele Gedanken darüber machen. Was immer deine Mutter mit denen zu tun hatte, liegt in der Vergangenheit, Pear. Es ist irrelevant für dein Jetzt, dein Hier. Lass es ruhen!»

«Ich kann doch nicht einfach ignorieren, dass meine

Mutter ein zweites Leben hatte, von dem weder ich noch mein Vater etwas ahnten.» Mich ärgert, dass Balthazaar nicht einmal gefragt hat, woher ich das weiß. Die Detektivarbeit ist doch der beste Part! Außerdem wäre es eine gute Überleitung zu Nomi gewesen. Er ist schließlich nicht der Einzige mit neuen Freunden.

«Aber es bringt nichts, sich damit zu beschäftigen, Pear! Immer wenn du zu sehr über deine Mutter nachdenkst, geht es dir schlecht. Die Spurensuche in der Vergangenheit hält dich nur zurück. Konzentriere dich auf die Zukunft! Ich bin jetzt ein Shaper. *Das* ist der Ausweg aus dem Ganzen hier. Außerdem habe ich einen Plan, der weit darüber hinausgeht ...»

«Was immer du dir ausmalst, liegt in der Zukunft, Balthazaar. Es ist irrelevant für dein Jetzt, dein Hier. Lass es ruhen!», ahme ich ihn nach.

«Aber, Pear, stell dir nur vor, was für ein Leben uns erwartet!»

«Dich, nicht uns, Balthazaar.»

«Zaar!»

«Wie bitte?»

«Zaar! Das wollte ich dir noch sagen. Ich nenne mich jetzt Zaar.»

ZAAR

Sobald ich ihn ausgesprochen habe, weiß ich, dass das mein neuer Name ist.

«Im Ernst jetzt?», fragt Pear. «Balthazaar ist doch ein schöner Name.»

«Schon, aber er passt einfach nicht mehr zu mir. Vielleicht passte er nie zu mir. Zaar ist besser. Kürzer. Das macht man so.»

«Du meinst, das macht man so *im Westen*», antwortet Pear. Es lässt etwas in mir hochklappen, was Undurchdringliches, Abwehrendes, obwohl ich weiß, dass sie recht hat.

«Und wenn schon. Ich wohne jetzt nun mal im Westen. Ich verstehe nicht, warum du ein Problem mit meinem neuen Namen hast.»

«Und ich verstehe nicht, warum alles, was nicht zu deinem neuen Leben gehört, auf einmal nicht mehr gut genug für dich ist.»

«Das stimmt doch gar nicht! Bin ich nicht hier bei dir und will mein neues Leben mit dir teilen?»

Ich nehme mir demonstrativ ein Gurkensandwich und beiße hinein. Es schmeckt toll, aber ich kann nur daran denken, dass es kein Käse-mit-Brot ist. *Warum ist alles, was nicht zu deinem neuen Leben gehört, auf einmal nicht mehr gut genug für dich?* Ja, warum eigentlich? Ich kenne die Antwort, brauche aber einen Moment, um sie zuzulassen. Die beiden Leben sind unvereinbar. Es gibt einen Grund, warum Shaper und Nons getrennt sind, räumlich, kulturell, sozial – und das, obwohl es keine Gesetze dafür gibt. Erwachsenen Nons und Shapern ist es erlaubt, sich zu treffen, miteinander befreundet zu sein, sogar zu heiraten. Trotzdem bleiben das Ausnahmen. Mein Plan, ein Shaper unter Nons zu sein, der seine Macht in ihren Dienst stellt, setzt voraus, dass die das auch wollen. Ich bin froh, dass ich nicht dazu kam, Pear davon zu erzählen. Denn ich weiß nicht mehr, ob mein Plan realistisch ist. Hast du die Gabe, hast du die Macht. Das ist der eine Unterschied zwischen Shapern und Nons, auf den alle anderen zurückzuführen sind, der, auf den es ankommt. Er ist unumstößlich, unfair und unfassbar. Ständig daran erinnert zu werden, ist schwer auszuhalten. Für beide Seiten.

Pear nimmt den letzten Schluck aus ihrem Champagnerglas. Ich schenke ihr nach, dann mir. Ein Tropfen klammert sich an den Flaschenrand, schillert im Kerzenlicht, bevor er den anderen nachstürzt und Kreise in meinem Glas zieht. Er erinnert mich an das Fläschchen mit Logans Flusswasser in meiner Hosentasche. Ich spiele damit, spüre den rauen Korken, dann das kühle, glatte Glas. Es ist eine Vorschau darauf, zu was das Wasser fähig wäre. Pears Narbe würden verschwinden. Es wäre, als hätte sie die rote Hand nie bekommen. Ich könnte Pears Leben besser machen, und das wäre erst der Anfang. Meine Hand schließt sich fester um das Fläschchen. Selbst durch das Glas lässt Logans Wasser meine Zweifel genauso verschwinden wie Kratzer auf der Haut. So einfach gebe ich nicht auf! Ich kann, ich *werde* die

Shaper als einer von ihnen bekämpfen. Aber vorher muss ich sicher sein, dass Pear mich dabei unterstützt, nicht daran hindert, der zu werden, der zu sein ich geboren bin. Sie ist die Erste aus meinem alten Leben, der ich von der Burgh erzähle. Mit ihr steht und fällt alles. Die Treibenden denken, ich bin einem besonders lukrativen Geschäft in West-Lundenburgh nachgegangen. Viele von ihnen verschwinden für eine Weile. Joanne hat mir nur kurz zugewinkt auf meinem Weg zum Dach. Die Fallen im Bauch haben die Treibenden unverändert gelassen, aber bei Pear habe ich das Gefühl, dass jedes meiner Worte über Hindernisse stolpert, die vorher nicht da waren. *Sag etwas, Pear, irgendetwas, das mir zeigt, dass du mit mir meinen Weg gehst!*

«Weißt du, Cider hätte es auch getan.» Pear schwenkt den Champagner in ihrem Glas hin und her. Abschätzig sieht sie zu, wie ein Teil davon auf die Kaschmirdecke schwappt, die Danny mir mitgegeben hat.

«Ich wollte dir was Besonderes bieten», sage ich schlicht.

«Aber vielleicht will ich nichts Besonderes, vielleicht will ich gar nicht, dass sich alles ändert, vielleicht will ich einfach das behalten, was wir schon immer hatten.»

Ich schweige und trinke meinen Champagner. Mit jedem Schluck wird er schaler, und schließlich stelle ich das Glas ab. Als ich aufstehe, stoße ich es beinahe um.

«Es tut mir leid, aber ich muss jetzt gehen», sage ich. «Du kannst den Rest mitnehmen oder für die Treibenden hierlassen, wie du willst.»

«Wirst du dich jetzt wieder ewig nicht melden?», fragt Pear. Alles in mir zieht sich zusammen, so als wäre das Bittere in Pears Stimme in meinen Körper gekrochen.

«Du weißt, wo du mich findest, Pear. In der Burgh.» Ich fliehe zur Dachluke, als läge der Eingang zu meinem neuen Zuhause direkt dahinter.

PEAR

Am Tag nach dem Wiedersehen mit Balthazaar bekomme ich immer noch schlechte Laune, wenn ich daran denke. Ich bin froh, dass ich Nomi habe. Heute treffen wir uns auf dem Dachboden der Christ Church. Nomi hat Decken dabei und zum Glück keine Macarons. Deren Anblick hätte mich nur weiter runtergezogen. Dafür gibt es schwarzen Tee mit Milch und Zucker. Ich habe Käse-mit-Brot mitgebracht. Das einfache Essen passt zu meiner Stimmung, genauso wie der Regen draußen und unser muffiges Quartier.

«Interessant», sagt Nomi, nachdem sie einmal vom Käse-mit-Brot abgebissen hat. Dann legt sie es zur Seite. «Wie war es heute in der Schule?»

«Wie immer: langweilig, ätzend und alles in allem unerträglich.» Ich verstehe nicht, warum Nomi so viel von meinem Schulalltag wissen will. Wenn sie die Schule so spannend findet, kann sie ja selbst wieder hingehen.

«Rote Hände?», fragt Nomi, und ich denke daran, dass ich ihr nie von der Narbe auf meiner Schulter erzählt habe. Woher sie wohl von den Händen weiß? Musste eine Bekannte in Croydon das rote Zeichen tragen?

«Keine roten Hände heute, aber selbst wenn ... müssen wir die noch mal durchkauen? Dass sie vergeben werden, ist schlimm genug.» Ich nehme einen Schluck von dem Tee, den Nomi in einer verbeulten Thermoskanne mitgebracht hat. Schmeckt der gut! Wie flüssiges Karamell!

«Entschuldige. War nicht böse gemeint.»

«Nicht deine Schuld, Nomi. Sorry, ich bin heute einfach nicht so gut drauf.»

«Was ist los?», fragt Nomi.

«Ach nichts ...»

«Sag schon, was stimmt nicht mit dir? Vielleicht kann ich dir helfen.»

Nomis Beharrlichkeit erinnert mich an Balthazaar. Er hat auch nie lockergelassen, wenn ich meine Gefühle wieder einmal vergraben wollte. Früher. Dass er das jetzt noch tun würde, glaube ich nicht. Bei unserem Wiedersehen hatte er nur an seinem neuen Shaper-Leben Interesse – bestimmt nicht an mir und erst recht nicht an meinen Gefühlen. Daran zu denken, versetzt mir einen Stich. Ich frage mich, ob ich Nomi von Balthazaar erzählen kann. Aber dann merke ich, dass ich die Entscheidung schon getroffen habe. Es geht einfach nicht mehr. Ich muss mit jemandem darüber reden, sonst halte ich das nicht mehr aus.

«Ich habe einen Freund», beginne ich. «Meinen besten Freund. Das war er zumindest hier in Ost-Lundenburgh. Er ist der Grund, dass ich die Regeln – zumindest teilweise – nicht einhalte. Jetzt ist er in der Burgh.»

«Dann stimmt es also doch! Ein Non hat die Gabe entwickelt.»

«Du hast von Balthazaar gehört?»

«Mein Vater hat da was aufgeschnappt, aber nichts Konkretes. Ich dachte, das sind nur Gerüchte. Wow! Du kennst den Non, der die Gabe hat!» Nomi prostet mir mit ihrem Teebecher zu. «Berühmte Freunde hast du da!»

Ich trinke von Nomis Tee und weiß nicht, was sich besser anfühlt: das wärmende, zuckrige Getränk in meinem Mund oder dass ich mich endlich jemandem anvertrauen kann. Mit beidem kann und will ich nicht aufhören. Zwischen gierigen Schlucken berichte ich Nomi von Balthazaar, unserer Freundschaft und wie sie momentan auf die Probe gestellt wird. Aber danach höre ich nicht auf. Alles will raus. Also erzähle ich Nomi das, was ich Balthazaar erzählen und Zaar nicht hören wollte. Wie ich die Bling-Box meiner Mutter durchforstete. Wie ich die Hinweise auf ihre Abende im Golden Heart fand. Und – nach einer harten Pause, in der ich abwäge, ob unsere Freundschaft das aushält – dass ich ihr deshalb von dort zur Liverpool Street Station gefolgt bin.

«Du Stalker, du!», sagt Nomi. Mit ihrem Lachen fällt etwas Großes, Schweres von mir ab.

«Sorry. Ich musste einfach wissen, warum meine Mutter immer ins Golden Heart ging. *Muss.* Ich *muss* das wissen ...»

Nomi pult Wollknötchen von ihrer Decke, als hinge ihr Leben davon ab. Sie legt sie auf dem Boden zu einem Muster: ein Pfeil, der zur Tür zeigt.

«Im Ernst, Nomi!», sage ich. Jetzt, wo ich schon so weit gekommen bin, kann ich nicht aufgeben. «Ich will wissen, warum meine Mutter einen Teil ihres Lebens vor mir geheim gehalten hat.»

Und dann tue ich etwas, das ich bis vor wenigen Tagen nicht getan hätte. Ich lege meine Hand auf Nomis Schulter.

Balthazaar habe ich in einer Ausnahmesituation umarmt: die rote Hand am Mittag, der Unfall, seine Umarmung vor meiner. Meine Welt war zerrüttet. Ich war nicht ich. Aber als ich jetzt Nomis Schulter berühre, tue ich das bewusst. Nomi zuckt weder zusammen noch zurück. Seltsam, jemanden mit Absicht anzufassen. Ich bin mir nicht sicher, ob es sich gut oder schlecht anfühlt.

«Was passiert im Golden Heart?», frage ich Nomi.

«Das kann ich dir nicht sagen. Tut mir leid, Pear.»

«Warum nicht?»

«Wir alle haben geschworen, mit niemanden darüber zu reden. Und ich breche mein Wort nicht.»

«Oh, okay.» Ich nehme die Hand von Nomis Schulter. In ihrem Gesicht versuche ich zu lesen, ob ich mit dieser letzten Forderung doch zu weit gegangen bin. Denkt sie, ich will sie nur ausnutzen? Wenn ich Nomi auch noch verliere, vor allem jetzt, wo ich sie ins Vertrauen gezogen habe ... das würde ich nicht überleben. Anderer Leute Gefühle einzuschätzen, ist nicht gerade meine Stärke. Auch jetzt weiß ich nicht, was passiert. Nomi starrt auf den Wollpfeil, den sie gelegt hat. Eine Ewigkeit. Dann bläst sie plötzlich auf die Wollknötchen. Sie verteilen sich in alle Himmelsrichtungen. Nomi grinst und sieht mir in die Augen.

«Jemanden ins Golden Heart *mitzubringen*, hat mir aber niemand verboten.»

ZAAR

Das Geheimnis der staubigen Stiege am Ende des Fahrstuhlschachts ist dermaßen ungeheimnisvoll, dass sie jeglichen Reiz verliert, als ich endlich erfahre, wo sie hinführt. Nicht meine einzige Enttäuschung heute.

«Ich soll jemanden bedienen?», frage ich Danny und ernte nur hilfloses Schulterzucken.

Es ist eine Demütigung, ein weiteres Zeichen, dass ich nicht dazugehöre. Shaper verletzen sich nicht, und mir passieren immer wieder Missgeschicke. Ich verdächtige Cressida. Sie hetzt scharfe Klingen, spitze Scherben und Stolpersteine auf mich, um zu sehen, ob ich dagegenhalten kann. Wenigstens habe ich Logans Flusswasser nicht an Pear weitergegeben. Ich brauche es selbst. So entdeckt keiner, wenn ich mir wieder einmal mit einem Blatt Papier in den Finger schneide. Meine kleinen Verletzungen kann ich vertuschen, aber ich bin mir nicht sicher, ob ich der Gabe seit meiner ersten – katastrophalen – Unterrichtsstunde schon nähergekommen bin. Jeder Laune gebe ich nach, falls es ein Push sein sollte. Ich meditiere, visualisiere, kreiere mich stundenlang durch Cressidas Übungen, um mein Selbstwertgefühl und meine Vorstellungskraft zu stärken. Selbst eine Essenz habe ich mittlerweile gefunden: Mut – Stärke – Loyalität.

Aber ist es *meine* Essenz? Alles fühlt sich weit weg an, als wäre es durch eine Luftschlosswand von mir getrennt – unsichtbar, aber undurchdringbar. Zum Glück wurde ich bislang nicht wieder zu einer Demonstration meines Könnens aufgefordert. Manchmal denke ich, die Shaper haben mehr Angst davor, dass ich noch einmal versage, als ich selbst. Denn was sollen sie dann mit mir machen? Nach Ost-Lundenburgh zurückschicken mit all dem Wissen über sie und wie sie wirklich leben? Keine Option. Die Shaper lügen die Nons nicht direkt an. Falsche Bilder, die Shaper in ein positives Licht rücken, korrigieren sie aber auch nicht. Und so bin ich an die Burgh gebunden.

Trotzdem weiß ich, dass mich viele hier für einen Hochstapler halten. Oder für was Schlimmeres. In der Presse bin ich nicht präsent, obwohl ich der erste Non seit Generationen bin, der die Gabe hat. Minister Rollo habe ich nie gesehen. Und nun wird also nicht mehr jede meiner Minuten in der Burgh darauf verwendet, ein Potenzial zu verwirklichen, von dem sich keiner sicher ist, ob es überhaupt existiert. Meine Zeit geht ab jetzt für Dienstbotenaufgaben drauf.

«Aloisius hat dich angefragt», sagt Danny. «Deswegen sollst *du* ihm ab jetzt zur Hand gehen. Bislang habe ich das gemacht.»

«Aber dieser Aloisius kennt mich doch gar nicht.»

«Wahrscheinlich hat er von deiner Ankunft hier gehört.» Danny macht sich nicht die Mühe, seine Freude darüber zu verbergen, dass ich seine ungeliebte Aufgabe übernehmen muss. «Ist aber nicht weiter schlimm. Du musst nur aufpassen, dass du zügig wieder gehst, sonst wird aus den zehn Minuten Essen servieren eine Stunde, in der du dir Aloi-

sius' Geplapper anhören kannst. Und sprich immer laut
und deutlich. Er hört nicht mehr so gut.»

«Wie alt ist er denn?»

«Hundertacht.»

Na, toll! Ich bin hierhergekommen, um ein Shaper zu
werden, und nun werde ich zum Altenpfleger.

«Und wieso wohnt er am Ende der Stiege ganz alleine?
Wäre es nicht besser, wenn er Gesellschaft hätte?» Im Kopf
ergänze ich: «... und ohne Extrabedienung wie alle anderen
im Speisesaal essen würde?»

«So genau weiß ich das auch nicht. Aloisius hat sich wohl
schon als Kind in seinen Unterschlupf zurückgezogen. Aber
die meisten, die damals dabei waren, sind verstorben. Man
sagt, er würde sein ganzes Leben auf einen einzigen Shape
verwenden.»

«Wirklich? Auf welchen denn?»

«Das weiß niemand. Böse Zungen behaupten, er könne
gar nicht shapen und hätte sich abgesondert, damit es niemand merkt.»

Meine Laune sinkt weiter. Kein Wunder, dass ich diesem
Aloisius das Essen bringen muss: Versager werden zu Ver-
sagern gesteckt.

«Aber ich glaube, dass Aloisius ein großer Shaper ist»,
sagt Danny weiter.

«Warum?»

«Es ist Tradition, dass ihm ein Schüler der Burgh das
Abendessen bringt. Auch wenn wir vergessen haben, warum das eingeführt wurde – es zeugt von großem Respekt.
Außerdem kann nur ein großer Shaper das da oben geschaffen haben. Du wirst schon sehen ...»

Ein bisschen neugierig macht mich Dannys letzter Satz schon auf «das da oben». Trotzdem hätte ich den Gemüseeintopf, den ich Punkt sieben Uhr abends in der Küche in Empfang nehme, im Aufzug am liebsten gegen den Spiegel gepfeffert. Erst als ich den Lift verlasse und meinen Fuß auf die erste Stufe der Stiege setze, kommt wieder mäßige Spannung auf das auf, was mich erwartet. Zunächst bleibt alles gewöhnlich. Alle paar Meter weisen Lichter den Weg nach oben, die aussehen, als wären sie in den Dreißigerjahren hier installiert und seither nicht ersetzt worden. Ich klopfe an die abgerundete Holztür am Ende der Treppe. Nichts. Soll ich das Tablett auf den Fußboden stellen, so wie die Shaper es an meinem ersten Tag in der Burgh gemacht haben? Aber die letzte Stufe ist zu schmal dafür, und Danny hat gesagt, dass ich Aloisius die Serviette umbinden soll. Also klopfe ich noch einmal, warte, klopfe erneut, dieses Mal fester. Endlich öffnet sich die Tür einen Spalt.

Jetzt legt mein Herz wieder etwas zu. Dafür bin ich hergekommen: um Neues hinter knarzenden Türen zu entdecken. Ich stoße die Tür mit dem Fuß auf und betrete einen hölzernen Raum, einen von vielen. Denn vor mir liegen Dutzende ineinander verschachtelte Kammern, die sich in Weite und Höhe schieben wie Fernrohre. Sie sind mit kleinen Leitern oder Treppen verbunden. Das Ganze hat etwas von einem Baumhaus: viele Zimmer auf vielen Ebenen, die sich nach der Höhe der Äste richten, auf denen sie ruhen ... nur dass die Burgh keine Zweige ausgetrieben hat und ich keine Ahnung habe, warum das Konstrukt nicht jeden Moment in sich zusammenbricht. Wie Waben kleben die Räume aneinander und an der Burgh. Von außen ist das nicht zu sehen, wahrscheinlich durch einen der Türme verdeckt. Ich muss an den Bauch denken, ein Haus *im* Haus, genauso versteckt wie dieses Haus *am* Haus. Wer hier lebt, ist ein Außenseiter wie die Treibenden, wie ich. Das Vertraute daran fühlt sich gut an, das Festgefahrene weniger.

«Hallo?», rufe ich.

Es dauert einige Sekunden, bis ich ein Schlurfen höre, gefolgt von Pochen, Schlurfen, Pochen, Schlurfen, Pochen. Der Mann, der schwer auf seinen Stock gestützt hinter einer Ecke hervortritt, sieht aus wie Tausende alte Männer in ganz Lundenburgh. Braun gebrannte Falten, lichte weiße Haare. Das einzig Auffällige an ihm ist die enorme Orchidee in seinem Knopfloch. Deren pink gesprenkelte Schönheit hätte Billy in Entzückung versetzt, ihre angewelkten Blätter in Bestürzung. Ich hatte auf ein bisschen mehr Gandalf oder Yoda hinter der Tür gehofft, vielleicht nicht grün, aber doch zumindest mit Rauschebart. Aber da ist nur dieses Männlein, das sich jetzt wenige Zentimeter vor mir hinstellt, sich mit beiden Händen auf seinen Stock lehnt und mich von oben bis unten mit offener Neugierde mustert.

«Da bist du ja, mein Sohn.»

Niemand hat jemals «Sohn» zu mir gesagt. Mein Herz ist sich nicht sicher, was es damit anfangen soll, schwankt zwischen Freude und Ablehnung, landet schließlich bei So-tun-als-ob-es-nicht-passiert-wäre und Nicht-weiter-dran-denken. Ich muss hier raus, schnellstens!

«Wo soll ich das Essen hinstellen?»

Aloisius ignoriert meine Frage.

«Weißt du, warum du hier bist?», sagt er.

«Weil ich neu in der Burgh bin und deswegen die niedrigen Arbeiten verrichten muss.» Als ich merke, dass das nicht gerade höflich war, schiebe ich schnell «Nichts für ungut!» hinterher.

Aber Aloisius ist nicht beleidigt. Er kichert sich von kratzig über heiser in einen Hustenanfall.

«Nein», sagt er, nachdem sich seine Stimme erholt hat, und lehnt sich gefährlich weit auf die zittrige Spitze seines Stocks. «Nein. Du bist hier, weil du nicht shapen kannst, mein Junge.»

«Mein Junge» ist nicht ganz so krass wie «mein Sohn», aber wieder wirft es mich aus der Bahn, weil es dieser alte Mann sagt, den ich gerade erst kennengelernt habe, und mir bewusst wird, dass es sonst niemanden in meinem Leben gibt, der mich so nennt. Ich weiß nicht, ob es das ist oder Aloisius' nüchterne – und korrekte – Feststellung, dass ich nicht shapen kann. *Woher weiß der das?* Jedenfalls gleitet mir das Tablett aus den Händen. Es fällt auf einen Hocker, der einen halben Meter von mir entfernt steht, und kommt nach ein bisschen Hin-und-her-Schlingern zum Stillstand. Nur etwas Brühe schwappt aus der Eintopfschüssel. Ich nehme das Tablett und setze es vorsichtig auf dem Esstisch neben dem Hocker ab. Aloisius' Möbel wirken, als hätten die Zimmer Lust gehabt, Tisch, Stuhl oder Regal zu spielen. Sie stülpen sich aus Boden und Wänden, sind aus dem gleichen Holz. Aloisius geht zum Tisch – Pochen, Schlurfen, Pochen, Schlurfen – und setzt sich vor seinen Eintopf. Erleichtert will ich zum Ausgang laufen, als mir einfällt, dass ich ihm die Serviette umbinden soll. Ich schiebe das Besteck zur Seite und will das weiße Stofftuch vom Tablett nehmen, aber Aloisius legt die faltige Hand auf meine.

«Soll ich Ihnen nicht mit der Serviette helfen?», frage ich.

«Das war nur für Danny», antwortet er. Zuerst kapiere ich nicht, was er damit meint. Aber als er das Tuch auf seinen Schoß legt und nicht einen Tropfen verschüttet, während er den Löffel zum Mund führt, verstehe ich. Aloisius braucht keine Hilfe beim Essen, Danny kümmert sich nur gern. Güte ist Teil seiner Essenz. Wahrscheinlich hat Danny irgendwann damit angefangen, Aloisius die Serviette umzubinden. Und der ließ ihn einfach machen, weil er wusste, dass Danny die Gesellschaft genauso braucht wie er.

«Verstehe», sage ich. «Danny hat nicht viel Anschluss bei den anderen Shapern.»

«Ich habe ein Gespür dafür, was andere brauchen», antwortet Aloisius. Dann hört er auf zu essen und sieht mir direkt in die Augen. «Dir könnte ich auch helfen.»

«Nein danke, nicht nötig», sage ich kalt. Sein Blick ist mir unangenehm. Ich will nicht, dass jemand mich so klar sieht, egal wer. «Ich muss jetzt ...»

Ich drehe mich um, gehe zurück zur Tür. Sobald sie hinter mir ins Schloss gefallen ist, stürme ich die Treppe hinunter. Meine Stimmung hellt sich mit jeder der Lampen auf, die mir den Weg weisen – weg von Aloisius, weg von meiner verdammten Unzulänglichkeit.

PEAR

Guten Morgen, Henry! Guten Morgen, Faith!»
Ich bin mir sicher: Wenn sie da wären, könnten Henry
und Faith meine gute Laune spüren. Endlich werde ich ins
Golden Heart gehen, endlich werde ich das Geheimnis meiner Mutter lüften!

Meine heitere Stimmung hält sich den ganzen Vormittag. Sie überlebt eine Stunde Altenglisch und eine Stunde
Geschichte, die sich ausschließlich um Lundenburghs
Brücken dreht. Und das ist ein Problem. Denn im Erdkun-
deunterricht danach redet der Lehrer über Brasilien. Und
das erste Bild, das er an die Wand wirft, als er vom dortigen
Regenwald spricht, erwischt mich kalt.

Eine Harpyie starrt mich an, Schnabel offen, Knopf-
augen wach, Kopfputz aufgestellt. Es ist nicht einmal ein
richtiges Lachen, das aus mir rauskommt. Mehr ein halb
verschlucktes Grunzen. Aber unser Lehrer, Mr. Felees, hat
es gehört, gesehen, wahrscheinlich irgendwie auf seinem
Radar für aufsässige Nons gespürt.

«Pear! Wie kannst du nur! Ich denke, es ist angebracht,
dass dir der Schulleiter in der Mittagspause jetzt gleich die
rote Hand gibt. Warte bitte neben der Bühne auf uns.»

Alles in mir sinkt nach unten. Nach dem Presentation
Day haben sie das rot gestreifte Dach abgebaut. Die Wimpel
sind auch nicht mehr da. Nur die Bühne haben sie stehen

189

lassen, um dort fortan die roten Hände zu verteilen. Ob der Schulleiter den Handschuh wieder auf dieselbe Stelle wie beim letzten Mal pressen wird? Oder auf das andere Schulterblatt? Ich weiß nicht, was ich schlimmer fände. Manchmal streiche ich über den Rand des Narbenflecks auf meinem Rücken. Nur den kann ich mit der Hand erreichen. Die Haut fühlt sich dort fremd an, als wäre sie nicht mehr Teil von mir. Ich will nicht noch mehr von mir hergeben. Aber ich habe auch Angst davor, was passiert, wenn die Farbe auf die Narben trifft. Verkrustet die Haut mit jeder roten Hand mehr? Fällt sie irgendwann ganz ab? Den Rest der Stunde bekomme ich kaum mehr mit. Die zwanzig Minuten bis zur Mittagspause vergehen viel zu schnell.

Trotzdem bin ich eine der Ersten auf dem Schulhof. Niemand soll wissen, wie schlecht es mir geht. Ich halte mich möglichst gerade, während ich neben der Bühne warte. Mit erhobenem Kopf starre ich geradeaus, aber als sich der Schulhof füllt, kann ich nicht anders: Immer wieder sehe ich zu Boden. Ich brauche Pausen von den Blicken der anderen. Cecily, die seit dem Presentation Day nur noch einen Zopf hat, der ihr die Haare – jetzt kinnlang – aus dem Gesicht hält, streicht darüber. Ihr Blick ist neutral, und das ist schwerer auszuhalten als die übliche Häme. Ich will mich eben der Menge wieder stellen und geradeaus schauen – *genug Kraft gesammelt, Pear, Auszeit vorbei* –, als ich kleine weiße Steine entdecke, die das Grau des Pflasters unterbrechen. Kiesel? Wie kommen die hierher? Nein, keine Steine, Knochen, das sind Knochen. Ein paar winzige schwarze Federn kleben daran – Überbleibsel der Krähe, die Minister Rollo enthauptet hat. Obwohl sie doch fliegen konnte, saß sie still da, ihrem Schicksal ergeben. Genau wie ich jetzt.

Dabei muss ich nicht hier sein. Die Treibenden gehen nicht zur Schule. Nomi genauso wenig. *Also, bei uns kam noch nie jemand vorbei und hat gefragt, warum ich nicht in der Schule bin.* Das hat sie gesagt. Mein Vater wird okay sein. Niemand wird ihn belangen, niemand wird mich belangen. *Keine Strafe, keine Verbote, kein Zwang.* Andererseits: In etwas über einem halben Jahr ist meine Schulzeit vorbei! Ich sollte das einfach durchziehen. Die paar Monate ...

Als der Hausmeister den Eimer neben mich stellt, spritzt etwas Farbe auf die Bühne. Vom Holz perlt sie ab, aber wo sie auf die Vogelknochen tropft, brennt sie zischend kleine Löcher hinein. In dem Moment treffe ich meine Entscheidung: Ich werde nicht pflichtbewusst auf dem Schulhof stehen bleiben und darauf warten, die Hand zu bekommen. Ich werde gehen und nicht mehr hierher zurückkommen. Nie mehr. Als ich den ersten Schritt weg von der Bühne wage, ist es, als wäre mein Fuß jahrelang zwischen meinen beiden Leben in der Luft geschwebt und meine schmerzenden Muskeln könnten ihn jetzt endlich, endlich auf die Erde setzen.

Zwei Lehrer, ein paar Schüler und der Hausmeister sind schon auf dem Hof. Ich laufe an ihnen vorbei. *Keine Strafe, keine Verbote, kein Zwang.* Sie sehen mir nach. Niemand hält mich auf. Denn niemand ist darauf vorbereitet, dass jemand nicht mehr mitmacht. Dass ich nicht mehr mitmache.

ZAAR

Der Tag der Tage kommt schneller, als mir lieb ist. Ich habe darüber nachgegrübelt, welchen Shape ich wohl am See hervorbringe. Vielleicht etwas mit Feuer? Könnte mein Markenzeichen sein, die Autos haben gebrannt. Dass ich wieder versagen könnte ... daran denke ich gar nicht. Ich habe in meinem ganzen Leben noch nie so hart auf etwas hingearbeitet. Cressidas Ausführungen zur Theorie des Shapens kann ich mittlerweile genauso gut herunterbeten wie sie. Nächtelang habe ich Beispiele dafür studiert, welche Shapes bereits mit welchen Pushs realisiert wurden. Und die kleinen Verletzungen haben auch aufgehört. Das kann nur zwei Gründe haben: Cressida shapt sie nicht mehr, oder die Funken in mir werden stärker. Und warum sollte Cressida mich schonen? Für sie wäre es genauso peinlich, wenn ich heute wieder nicht liefere. Sie nickt mir aufmunternd zu, als ich mit meiner Klasse am Seeufer ankomme und der Wind an meinen Kleidern reißt. Links und rechts von uns sind entlang des Ufers Tribünen aufgebaut. In der Ehrenloge sitzt Emme neben einem Mann mit Fernglas und Hut.

«Minister Rollo», flüstert Danny in mein Ohr.

Ich hätte Tophers Vater auch ohne Dannys Hilfe erkannt. Obwohl der eine rundlich und der andere schlaksig ist, könnten sie Zwillinge sein. Sie haben exakt das gleiche

192

Gesicht. Aber ich erinnere mich an Cressidas Vorliebe, Dazwischenquatscher aufzurufen, und antworte Danny vorsichtshalber nicht. Als Erster dranzukommen, muss nicht sein. Cressida heißt alle willkommen, und ich stelle zufrieden fest, dass ihre Stimme über den ganzen See hallt – ohne Hilfsmittel. An einem Tag, der sowieso im Zeichen der Show-Shapes steht, halten sich die Shaper wohl nicht zurück mit ihrem Können. Endlich uneingeschränkte Magie! Heute ist mein Tag!

«Edwin, willst du den Anfang machen?», fragt Cressida. «Du hast durch deine Mitwirkung bei den Presentation Days am meisten Erfahrung mit Show-Shapes.»

Edwin nickt, tritt an den See, nimmt einen Stein und wirft ihn ins Wasser. Sofort formt sich etwa fünfzehn Meter vom Ufer entfernt eine kleine Insel, so als hätte der Stein seine Schwestern und Brüder vom Seegrund mobilisiert und sie davon überzeugt, sich übereinanderzutürmen. Ich applaudiere, aber es bleibt bei meinen zwei einsamen Klatschern. Die anderen ahnen wohl, dass Edwin noch nicht fertig ist. Er nimmt Anlauf und macht einen Riesensatz in den See hinein. Ich halte die Hände vors Gesicht, um mich vor den erwarteten Spritzern zu schützen, doch kurz bevor Edwin im Wasser landet, wächst ein kleiner Hügel aus Steinen in die Höhe, von dem er sich zum nächsten Sprung abdrücken kann. Das Spiel setzt sich fort. Wo immer Edwin den Fuß aufsetzt, entsteht just in dem Moment ein Tritt-Steinhaufen, bis Edwin sicher und trocken auf seiner Insel im See landet. Er winkt den Leuten auf den Tribünen, dann uns, von dort aus zu. Dieses Mal klatschen alle ausgelassen.

«Wunderbar», sagt Cressida. «Danke, Edwin, du kannst jetzt zurückkommen. Wer möchte als Nächstes?» Während Edwin über die Steinhaufen, die sich auflösen, sobald er sie verlässt, zum Ufer zurückspringt, hebt zu meiner Überraschung Danny die Hand. Ich hätte nicht gedacht, dass er sich vor allen hier beweisen will. Aber dann fällt mir ein, dass der große Auftritt Teil seiner Essenz ist.

«Danny? Sehr gerne!», sagt Cressida.

Danny tritt nach vorne, geht dort in die Hocke und bläst auf den See. Sein Atem kräuselt das Wasser, lässt es zu kleinen Wellen werden. Auf ihrem Weg zum Zentrum des Sees werden sie größer und größer. Danny macht einige Schritte zurück, und die anderen Shaper tun das Gleiche, selbst Topher, denn die Wellen klatschen nun von allen Seiten in die Seemitte. Wo sie sich treffen, türmen sie sich zu einer Wassersäule, die immer weiter wächst. Als sie hochhaushoch ist, beginnt sie, sich zu bewegen. Wie im Tanz windet sich das Wasser, verändert dabei seine Silhouette. Fasziniert beobachte ich, wie links und rechts der Säule Beulen hervortreten, die sich zu enormen Flossen formen. Eine Schnauze schießt am höchsten Punkt hervor, und das Wasser, das von den Fangzähnen tropft, als sie Gestalt annehmen, wird zum Speichel. Dem Schädel entspringt ein scharfkantiger Kamm, der sich von dort über den ganzen Rücken zieht und mich daran zweifeln lässt, dass man sich an Flüssigem keine Schnitte zuziehen kann. Nach und nach verwandelt sich das Wasser unter unseren staunenden Augen zu einer riesigen Chimäre, halb Schlange, halb Raubfisch. Sie schwimmt zu der Tribüne, auf der Minister Rollo sitzt, richtet sich auf und wirft ihren Schatten über ihn. Die

Zuschauer tuscheln, bleiben aber sitzen. Dann überlegt es sich die Chimäre anders und kommt auf uns zu. Wieder richtet sie sich auf und wedelt mit ihren Flossen.

Je länger die Chimäre vor mir emporragt, desto unwohler fühle ich mich. Auch wenn ich weiß, dass das Ungeheuer eine Illusion ist ... die Wassermassen sind real und so gewaltig, dass sie mich und die Shaper zerschmettern würden, wenn sie auf uns niederprasseln. Ich bin nicht der Einzige, dem das Wassermonster Angst macht. Edwin tritt unruhig von einem Bein aufs andere, und dass Topher endlich mal die Klappe hält, spricht Bände. Selbst Grace ballt ihre Hände so fest, dass die Haut über den Knöcheln glänzt. Danny ist Ungeheuerliches gelungen – im wahrsten Sinne des Wortes. Dass die Einzigen, die seinem Shape entgegenwirken könnten, genauso davon überwältigt sind wie ich, macht mich noch nervöser. Gerät hier gerade etwas außer Kontrolle?

Um mich zu beruhigen, sehe ich zu Danny, der Sanftheit in Person. Doch ich erkenne ihn kaum wieder. Dannys Gesicht ist bleich, sein Mund ein Strich, die Augen hohl. Und Danny macht keine Anstalten zurückzukommen von dort, wo er gerade ist, das Steinerne aus dem Gesicht zu wischen, und erst recht keine Anstalten, die Chimäre verschwinden zu lassen. Güte! Das gehört doch auch zu seiner Essenz. Aber ein Teil seines Wesens scheint alles andere ausgelöscht zu haben. Cressida hat uns davor gewarnt: So sieht es also aus, wenn die Essenz von jemandem aus der Balance gerät. Ich frage mich, warum Cressida nicht eingreift, als mir wieder einfällt, dass hier die Schüler die mit der Macht sind. Könnte sie überhaupt etwas ausrichten?

Mehrere Minuten vergehen, bis Cressida Dannys Schulter berührt und sagt: «Es reicht jetzt, Danny, meinst du nicht?»

Danny sieht Cressida an, zunächst verwirrt, aber dann kehrt Ruhe in seine Augen zurück. Umständlich zieht er den Ärmel über die Hand und wischt das Wasser, das er abbekommen hat, von den Wangen. Gleichzeitig gleitet die Chimäre zurück zur Seemitte, wo sie untertaucht.

«Cooles Wassermonster», sage ich, als Danny sich neben mich stellt. Die anderen haben den Weg für Danny frei gemacht.

«Du meinst Annabelle?», antwortet Danny.

«Ähm, ja, sicher, Annabelle.»

«Balthazaar!» Wie Cressida meinen alten Namen schmettert, ist fast so furchterregend wie das Seemonster. Ich habe mir vorgenommen, nach meinem Show-Shape allen meinen neuen Namen mitzuteilen. Dann, wenn ich bewiesen habe, dass ich ihn verdiene.

«Möchtest du uns zeigen, was du kannst?» Cressida lächelt mir aufmunternd zu, und ich ärgere mich, dass ich ihren Tick vergessen habe, immer die aufzurufen, die gerade sprechen.

Obwohl ich wusste, was heute auf mich zukommen würde und ich mich darauf vorbereitet habe, würde ich am liebsten davonrennen. So gern ich Danny habe, es ist der beschissenste Platz aller Zeiten, ausgerechnet dem Schöpfer von Annabelle nachzufolgen. *Konzentriere dich, Zaar! Das schaffst du!* Mit Minischritten tapse ich zum See, um der Gabe die Chance zu geben, sich zu melden. Sie schweigt. Kein Push. Verdammt! Also folge ich der Strategie, die ich mir zurechtgelegt habe. Ich reiße etwas Gras aus, entschuldige mich in Gedanken bei Billy, und streue es in den See. *Der wichtigste Schritt: Mein Push!* Dann warte ich. Die Halme treiben mal nach draußen, mal zurück ans Ufer, als könne der See sich nicht entscheiden, was er mit ihnen anfangen soll. Fünf Minuten geht das so. Meine Klassenkameraden beginnen zu tuscheln und – das finde ich fast schlimmer – die Leute auf den Tribünen auch. Ein Klumpen wächst in meinem Magen, drückt auf alles andere in mir, auf mein Herz. Nach weiteren zwei Minuten, die mir wie zwei Stunden vorkommen, bricht Cressida ab.

«Guter Versuch, Balthazaar, du hast gezeigt, dass du die Prinzipien des Shapens verstanden hast. Mit ein bisschen Übung wird das.»

Ich zwinge mich, nicht auf den Boden zu blicken, als ich zurück zu den anderen gehe. Erste Regel, wenn du in einer Gruppe überleben willst: Nie Verletzlichkeit zeigen!

«Kleines Theorie-Praxis-Defizit, Non?», begrüßt mich Topher.

«Ich bin kein Non!» Verdammt, warum ist mir das rausgerutscht? Jetzt habe ich verraten, dass mir Tophers Sticheleien doch etwas ausmachen. Der grinst.

Danny, durch Annabelles Auftritt mutiger als sonst, kommt mir zu Hilfe: «Balthazaar hat immerhin brennende Autos durch Ost-Lundenburgh krachen lassen. Das ist ein mächtiger Shape, Topher!»

«Solange ich nicht mit eigenen Augen gesehen habe, wie er einen Shape hinkriegt, ist und bleibt er für mich ein Non», entgegnet Topher.

«Topher!», unterbricht Cressida ihn, und dieses Mal bin

ich dankbar für ihre Auswahltaktik. «Wie wäre es, wenn du und Grace den nächsten Shape macht?»

«Immer gerne!», sagt Topher und dann leise zu mir: «Sieh zu und lerne, Non!»

Topher verbeugt sich leicht vor seinem Vater. Der nickt ihm kaum merklich von der Tribüne aus zu. Dann geht Topher zum See, wo Grace zu ihm stößt. Er schöpft etwas Wasser mit der Hand und tröpfelt es in Grace', die es zurück in den See fließen lässt. Ein letzter Tropfen läuft an Grace' Ringfinger entlang und baumelt kurz an dessen Spitze, bevor auch er herabfällt und sich im Seewasser auflöst. Als er aufkommt, steigen zwei Tropfen in der gleichen Größe aus dem See. Als die Schwerkraft sie einholt und wiederum ins Wasser platschen lässt, werden sie durch vier ersetzt. Die Perlen verdoppeln sich mit jedem Auf und Ab, bis Hunderte von ihnen über der Wasseroberfläche schwirren. Manche fangen an, höher zu hüpfen, andere bleiben nah am See. Sie vereinen sich in der Luft zu größeren Tropfen, trennen sich wieder und bilden immer neue Muster. Tausende Diamanten tanzen im Sonnenlicht zum Rhythmus ihres eigenen Plätscherns.

Die Shaper johlen begeistert. Selbst Cressida fällt mit ein: «Großartig, Grace! Topher, ganz toll!»

Nur ich stelle mir vor, wie das Schilf zu brennen anfängt und die Hitze so groß wird, dass Tophers und Grace' Wasserspiel, der See, einfach alle und alles um mich herum verdampfen. Nichts bleibt übrig außer toter Erde.

PEAR

A map without countries,
Where shall I go?
Getting lost is no sin,
Says the compass within,
And it pulls me and drags me,
Shoves, pushes and nags me,
To go into wild fate,
Where white lines mark white states,
Here be dragons, here be dragons,
Here be dragons, here be dragons.

Als ich das erste Mal *Hic sunt dracones* von Lambs Eating
Lions höre, weiß ich nicht, was mich mehr berührt: die
Worte, die von Drachen erzählen und Ländern ohne Grenzen, oder die Melodie, die nur dafür geschaffen wurde. Die
Stimme der Frontfrau – Nirwana heißt sie – lässt beides
verschmelzen und schafft etwas daraus, das größer als Text
mit Tönen ist und überallhin dringt: in mein Bewusstsein,
in mein Herz. Jetzt begreife ich, warum man sagt, dass dort
die Gefühle sitzen. Das Organ spüre ich nicht, es klopft
nicht schneller, setzt nicht aus, und trotzdem passiert
da etwas an der Stelle in der Brust, etwas Schönes. Nomi
hat mir die CD mit Lambs Eating Lions' größten Hits mitgegeben, dazu einen Discman mit Schaumstoffkopfhörern,

die die Welt draußen aussperren. Wieder hat Nomis Vater die Sachen aus dem Westen mitgebracht. Der Mann muss wirklich ein außergewöhnlich guter Plattenleger sein, so wie ihn seine Arbeitgeber verhätscheln.

Noch lieber hätte ich die Musik gemeinsam mit Nomi gehört. Und am allerliebsten mit Balthazaar. Aber auf keinen Fall mit «Zaar», und anscheinend ist ja nur noch der verfügbar. Man sollte meinen, dass Nomi und ich jetzt, wo wir beide die Schule sausen lassen, ganze Tage zusammen verbringen können. Aber jedes Mal wenn ich sie frage, ob wir nicht schon früher miteinander abhängen, lehnt sie ab. Vielleicht schläft sie einfach gerne lange, und das ist ihr peinlich.

Also sitze ich auch heute wieder alleine auf dem Dachboden der Christ Church. Mittlerweile ist das mein Lieblingsort. Die Kirche ist immer offen und immer leer, die Tür zum Dachgeschoss nie verschlossen. Meistens verbringe ich meine «Schulzeit» hier – vielleicht wegen der Nähe zu Spitalfields, vielleicht weil Balthazaar, der als Baby an der Kirchenpforte abgegeben wurde, hier eine zweite Chance bekam. Warum nicht auch ich? Der Dachboden ist meine eigene Version des Bauchs. Nomi hat ihre Decken hiergelassen. Außerdem habe ich zwei Kissen, ein paar Kerzen und eine Taschenlampe hinter einem Balken deponiert. Manchmal verirrt sich eine Taube hierher und leistet mir Gesellschaft. Ich werfe ihr dann im Takt der Musik Krümel meines Käse-mit-Brot zu und denke an Dannys Vögel.

Aber eigentlich sind Lambs Eating Lions Gesellschaft genug. Der Song von den Drachen ist mein Lieblingslied. (Ich habe ein Lieblingslied!!!) Mein Herz schlägt jetzt doch schneller, und zwar im Takt von *Hic sunt dracones* – den ganzen Heimweg lang. Als ich in unsere Straße abbiege, erstarrt es jedoch. Vor unserem Haus steht Mrs. Smithers in Begleitung zweier stadtbekannter Häscher. Schnell ziehe ich mich in den Eingang zum Souterrain des Nachbarhauses zurück. Einer der Häscher klingelt, einmal, zweimal, dann Sturm. Ich hoffe, dass mein Vater das Geräusch für einen Wecker oder ein Telefon hält. Aber es kommt, wie es kommen muss: Mein Vater tritt vor die Tür, Gummischlangenzopf in der Hand.

«Mr. Webber», sagt der kleinere der Häscher. «Wir wurden von der Schule informiert, dass Ihre Tochter Pear bereits mehrere Tage fehlt. Und Ihre Nachbarin Mrs. ...»

«Smithers!», sagt Mrs. Smithers.

«Mrs. Smithers hat bestätigt, dass ihre Tochter jeden Tag in Schuluniform das Haus verlässt. Wissen sie, wo Pear sich momentan aufhält?»

Diese blöde naseweise Mrs. Smithers, immer muss sie sich einmischen. Aber als mein Vater auf die Frage des Häschers antwortet, bin ich so perplex, dass ich meinen Ärger auf Mrs. Smithers komplett vergesse.

«Natürlich weiß ich, wo meine Tochter sich aufhält», sagt er.

«Ah ja?» Der Häscher reibt sich das Kinn.

«Sie ist bei Verwandten. Auf dem Land.»

Ich bin genauso verwirrt wie Mrs. Smithers, die sofort loszetert: «Aber ich habe Pear doch jeden Tag aus dem Haus gehen sehen! Heute auch wieder!»

Mein Vater ignoriert Mrs. Smithers und beugt sich zu dem Häscher hinunter.

«Wissen Sie», sagt er, «ab einem gewissen Alter lässt das Augenlicht bei den meisten nach. Und im morgendlichen Halbdunkel sehen die Kinder in ihren Uniformen doch alle gleich aus. Habe ich recht?»

Der Häscher grinst. Mrs. Smithers nicht.

«Das ist ja wohl die Höhe!», sagt sie. «Ich weiß doch, was ich gesehen habe.»

Ich habe vergessen, dass mein Vater so sein kann: autoritär mit einem Schuss Augenzwinkern. Und ich habe das deswegen vergessen, weil er eigentlich nicht mehr so ist.

«Danke, Mrs. Smithers. Wir brauchen Sie jetzt nicht mehr», sagt der Häscher, aber Mrs. Smithers bewegt sich nicht vom Fleck.

«Warum kommen Sie nicht einen Moment ins Haus, und wir besprechen alles Weitere bei einem Glas Brandy», sagt mein Vater.

Die beiden Häscher folgen meinem Vater ins Haus. In meinem Kopf blitzen katastrophale Bilder auf:

· mit Erde gefüllte Gläser
· oder wie er den Häschern seine angekaute Gummischlange unter die Nase hält und fragt, ob sie mal probieren wollen.

Das ist der Nachteil, wenn man einmal die Scheu vor der eigenen Fantasie abgelegt hat. Sie lässt auch unangenehme Szenen zu.

Die Zeit zieht sich. Mrs. Smithers lungert noch eine Weile vor unserer Haustür herum, unfähig zu akzeptieren, dass sie ausgeschlossen wurde. Dann schlurft sie doch nach Hause. Ich warte und warte und warte. Endlich öffnet sich die Tür. Ich kann kaum hinsehen, bin mir sicher, dass die Häscher meinen Vater gleich in Handschellen abführen. Aber alle Hände sind frei, und sie schütteln sie sich gegenseitig. Sobald die Häscher gegangen sind, eile ich über die Gärten ins Haus.

«Papa?», frage ich, als ich vorsichtig die Gartentür aufdrücke.

Er sitzt am Tisch. Vor ihm stehen drei Gläser und eine Flasche Billig-Brandy, von der ich keine Ahnung habe, wo er sie herhat.

«Du solltest künftig darauf achten, dass dich Mrs. Smithers nicht mehr sieht, wenn du kommst und gehst», sagt er. «Schließlich kannst du nicht gleichzeitig hier sein und auf dem Land deiner kranken Tante Gesellschaft leisten.»

Sprachlos setze ich mich zu ihm. Ein, zwei Minuten bleiben wir so. Dann isst er den Gummischlangenzopf, den er immer noch in der Hand hält. Das süße Zeug hinterlässt rote Flecken auf seiner Haut. Als mein Vater fertig ist, steht er auf und geht zur Küchenzeile. Er kommt mit zwei Schalen zurück.

«Hast du Hunger, Liebes?»

Mein Vater stellt eine Schale vor mir auf den Tisch. Sie ist mit Erde gefüllt.

ZAAR

Am Abend nach dem See-Desaster gehe ich noch mürrischer als sonst zu Aloisius. Jede Stufe erscheint mir höher als die davor. Oben angekommen, muss ich mich zum Anklopfen zwingen. Wie immer geht die Tür von allein auf. Ich stoße sie mit einem Fußtritt nach innen und freue mich, als sie gegen ein Hindernis schlägt.

Aloisius dreht den Kopf nicht nach dem Geräusch um. Er sitzt an seinem Tisch und lässt Fliegen in Formation schwirren. So viel zu den Gerüchten, dass Aloisius nicht shapen kann. Die Leichtigkeit, mit der er die Insekten Muster fliegen lässt, macht mich noch wütender auf diese Kräfte, die anscheinend jeder außer mir beherrscht, selbst ein alter Mann, dessen einzige Besonderheit eine Vorliebe für überkandidelte Knopflochdekos ist – heute in Form einer Spielzeugschlange aus Plastik.

«Hier!», sage ich und lasse das Tablett von großer Höhe vor Aloisius auf den Tisch plumpsen.

Soll der große Shaper sich doch selbst darum kümmern, dass sein Mittagessen das unbeschadet übersteht. Doch kein Shape bremst den Fall, und Soßenspritzer landen auf Aloisius' Anzug, als das Tablett auf den Tisch prallt. Aloisius lässt die Flecken, wie sie sind, hebt nur eine gezupfte Augenbraue und sagt: «Sind wir heute Abend nicht gut drauf? Beziehungsweise: Noch schlechter drauf als sonst?»

«Nein! Nein, ich bin nicht gut drauf heute Abend. Wenn Sie es genau wissen wollen, hatte ich heute einen beschissenen Tag.» Aloisius sieht mich bestürzt an. Mist, bin ich zu weit gegangen? Ich schiebe ein «Herr Aloisius» hinterher, um ihm Respekt zu zollen. Das Letzte, was ich gebrauchen kann, ist ein weiterer Shaper, der gegen mich ist.

«Du bist wirklich ganz und gar kein Shaper!», sagt Aloisius. «Von denen würde keiner auf die Idee kommen, mich ‹Herr Aloisius› zu nennen.»

«Müssen Sie das immer wieder betonen?», frage ich mehr erschöpft als verärgert. «Ich weiß selbst, dass ich hier der Außenseiter bin.»

«Außenseiter sind nicht unbedingt was Schlechtes. Von außen behält man besser den Überblick als von drinnen. Und wir können ruhig beim ‹Herr Aloisius› bleiben. Gefällt mir.»

«Okay, Herr Aloisius», sage ich und setze mich auf den Stuhl neben ihm.

«Und warum war dein Tag so ... ‹beschissen›?», fragt er.

«Weil ich versagt habe. Wieder mal habe ich versagt. Wir hatten heute die erste Unterrichtsstunde, in der es um etwas ging. Wir sollten Show-Shapes erschaffen. Am See. Und ich habe nichts hingekriegt. Nichts!»

«Ich sagte dir doch, dass du nicht shapen kannst.»

«Sie wissen, dass ich nicht shapen kann, ich weiß, dass ich nicht shapen kann, fucking Topher weiß, dass ich nicht shapen kann, alle wissen, dass ich nicht shapen kann, das Einzige, was keiner weiß, ist, wie verdammt noch mal ich dann in Ost-Lundenburgh brennende Autos durch die Straße fliegen lassen konnte.»

«Wie gesagt, du kannst nicht shapen …»

«Wie oft wollen Sie mir das denn noch reindrücken, Herr Aloisius? Außerdem, noch mal: brennende Autos!»

«… aber das heißt nicht, dass du es nicht lernen kannst.»

«Und wie? Ich nehme doch schon Unterricht. Und ich bemühe mich, bemühe mich wirklich. Nicht so wie früher in der Non-Schule. Aber es klappt einfach nicht!» Ausgesprochen ist das Ganze noch hoffnungsloser als in meinem Kopf. Ich stütze ihn in die Hände.

«Der Unterricht in der Burgh ist auf Shaper-Kinder ausgelegt, die von klein auf mit der Gabe und dem festen Glauben an ihr eigenes Potenzial aufgewachsen sind», sagt Aloisius und berührt mich am Arm. Ich blicke auf. «Jahrelang haben sie den Generationen vor ihnen dabei zugeschaut, wie sie zu mächtigen Shapern wurden, immer in dem Bewusstsein, dass das auch ihr Schicksal ist.»

Ich erinnere mich an eines von Cressidas Mantras zur Vorstellungskraft, dem zweiten Funken: *Du musst es gesehen haben, um daran zu glauben, und daran glauben, um es zu shapen.* Vorbilder haben mir stets gefehlt. Vielleicht ist mein Shape deswegen erst so spät aus mir herausgebrochen.

«Du brauchst eine andere Art von Training, Balthazaar», fährt Aloisius fort. «Eine, die dein bisheriges Leben nicht ausklammert und so tut, als wärst du über Nacht ein anderer geworden. Ein Training, das deine Vergangenheit nutzt, um deine Kräfte zu stärken. Um dich zu stärken.»

Ich denke an mein Treffen mit Pear. So ganz will mir Aloisius' Strategie nicht einleuchten.

«Aber wie soll mir denn mein bisheriges Leben dabei helfen, ein Shaper zu werden? Es war doch das Gegenteil von dem in der Burgh.»

«Und deswegen willst du es am liebsten vergessen. Doch du kannst es nicht einfach löschen. Es bleibt ein Teil von dir. Und wenn du einen Teil von dir ablehnst, lehnt die Gabe *dich* ab.»

«Sie sprechen von der Gabe, als hätte sie ein Bewusstsein.»

«In gewisser Weise hat sie das auch. Oder vielmehr: Sie ist eine Verlängerung deines eigenen Bewusstseins, macht es sichtbar in der Welt.»

«In meinem Fall: Unfähigkeit.»

«Zu shapen ist ein Tanz.» Aloisius streicht über die Spielzeugschlange an seinem Jackett, und plötzlich bewegen sich die Soßenspritzer. «Ihr seid Partner, du und die Gabe. Sie spiegelt, was in dir vorgeht.» Die braunen Tropfen verbinden sich jetzt, werden zu einer zweiten Schlange: ein perfektes Abbild ihres Plastikzwillings.

«Deine Klassenkameraden haben die Tanzschritte von klein auf gelernt», sagt Aloisius. «Für sie ist es die natürliche Art, sich zu bewegen. Aber du ...»

«Ich kenne zwar die Schritte in der Theorie, habe den Tanz aber selten gesehen, nie geübt und stolpere deswegen über meine eigenen Füße. Oder noch schlimmer: Ich trete auf die der Gabe, sie bekommt davon blaue Zehen und weigert sich, noch einmal mit mir zu tanzen.»

«So ähnlich.» Aloisius lacht in sich hinein. «Stell dir dazu noch Bleischuhe an den Füßen vor – dann verstehst du deine Situation. Deswegen musst du deine Vergangenheit annehmen, erst dann kannst du sie überwinden. Du musst dir den Tanz mit der Gabe erarbeiten.»

«Und wie soll ich das anpacken?»

«Ich kann dir dabei helfen.»

«Warum wollen Sie mir helfen? Was hätten Sie davon?», frage ich misstrauisch. Treibenden-Weisheit: Niemand tut etwas für dich, ohne eine Gegenleistung zu erwarten. «Und überhaupt: Warum denken Sie, dass ausgerechnet Sie das können, Herr Aloisius?»

«Ich habe für beides meine Gründe. Bleib morgen ein wenig länger, nachdem du mir das Essen gebracht hast! Was hast du zu verlieren?»

«Den letzten Rest Hoffnung, falls es wieder nicht klappt.»

«Hoffnung, die dem Versuch, sie zu erfüllen, nicht standhalten kann, ist falsche Hoffnung.»

Dass Aloisius plötzlich einen weisen Spruch nach dem anderen raushaut, so wie es sich für einen ordentlichen Mentor gehört, macht mir Mut. Er ist nicht grün, trägt keinen Bart, er shapt. Vielleicht ist es doch keine so schlechte Idee, auf den Mann mit der Plastikschlange im Knopfloch zu setzen.

«Okay! Wir versuchen es morgen.» Ich stehe auf und schlage mit der Hand auf den Tisch, um meiner Entschlossenheit Nachdruck zu verleihen. Wieder spritzt Soße auf Aloisius' Jackett und malt Sprenkel auf die beiden Schlangen. «Sorry», sage ich. «Kann ich mich vorbereiten? Show-Shapes sind wahrscheinlich zu fortgeschritten, obwohl ich wirklich gerne mal einen von mir sehen würde. Mit was fangen wir denn an? Vielleicht damit, wie man der Gabe am besten einen Push gibt? Oder einen empfängt?»

208

«Als Erstes ziehen wir dir deine Bleischuhe aus», antwortet Aloisius und tupft die Spritzer von seinem Jackett.

PEAR

Die Jalousien des Golden Heart krachen runter, und ich bin drinnen, nicht draußen. Nie habe ich mich besonderer gefühlt. Die Uhr der Christ Church hat gerade erst halb sieben geschlagen. Nomi hat angedeutet, dass das Treffen heute einen besonderen Anlass hat. Deswegen schließen sie sich – *schließen wir uns* – früher ein als sonst. Es hat Nomi einige Mühe gekostet, mich in den Pub zu schleusen. An den Leuten, die wie bei meinem letzten Besuch mit ihren Gläsern draußen auf dem Gehweg standen, konnten wir uns wie durch ein Wunder vorbeischlängeln, aber als wir den Pub betreten, stellt sich uns Xandra höchstpersönlich in den Weg.

«Willst du, dass ich meine Lizenz verliere, Nomi? Zwei Minderjährige gemeinsam unterwegs – das ist selbst für dich ein bisschen dreist.»

«Ach komm, Xandra, seit wann kümmerst du dich denn um so was? Dir kann doch keiner was, oder?»

«Mir kann keiner was, weil ich die Regeln umgehe, nicht weil ich sie breche. Auch ich habe mich an das zu halten, was die Mehrheit hier im Viertel für richtig hält. Wenn mich die Häscher erwischen ...»

«Als ob die sich hierhertrauen würden! Die haben doch mehr Angst vor dir und deiner scharfen Zunge als du vor ihnen. Wann war denn das letzte Mal einer da? 1980?»

Xandras Ausdruck verändert sich, die Augen blitzen auf. Nomis Schmeichelei zeigt Wirkung.

«Pear ist wirklich in Ordnung, Xandra. Sie wohnt hier um die Ecke und teilt unsere Einstellung gegenüber den Shapern. Erst kürzlich hat sie beschlossen, nicht mehr zur Schule zu gehen. Du musst dir keine Sorgen machen, dass sie uns verrät. Stimmt doch, Pear?!»

«Natürlich», sage ich. Dabei weiß ich nicht, ob ich ihre Einstellung gegenüber den Shapern teile – nur, dass ich unbedingt herausfinden will, ob meine Mutter es tat. Mein schlechtes Gewissen sehen mir Nomi und Xandra aber nicht an. Jahrelanges Training, wie man seine Gefühle nicht zeigt, hat auch Vorteile.

«Na gut», antwortet Xandra. «Aber nicht, dass du das nächste Mal noch mehr Leute anschleppst. Wir wollen klein bleiben, beweglich, damit wir plötzlich» – Xandra packt mein Handgelenk so unvermittelt, dass ich beinahe vor Überraschung geschrien hätte – «zuschlagen können und genauso schnell wieder verschwinden.» Xandra lässt mich los und verabschiedet sich mit einem unfreundlichen Lächeln. Ich reibe an den roten Abdrücken, die die Wirtin des Golden Heart hinterlassen hat.

«Hürde eins geschafft», flüstert Nomi mir zu und zieht mich in die hinterste Ecke des Gastraums.

Als meine Mutter noch lebte, war ich ein einziges Mal mit meinen Eltern in einem Pub. Der Tag war so heiß, dass wir im Ten Bells einkehrten, obwohl es nicht gern gesehen wird, wenn Eltern ihre Kinder dorthin mitnehmen. Ich bekam eine Limonade. Aber bald hielten wir es nicht mehr aus, wie uns die anderen Gäste drangsalierten – mit Blicken, mit Gesten und mit Worten. Ein alter Mann zischte uns zu: «Wie können Sie nur ...?!»

Schließlich wurde es meiner Mutter zu viel. Sie zog mich nach draußen und ich musste mein Limonadenglas halb voll zurücklassen.

Ich proste Nomi zu und bewundere die gold-braun gestreifte Tapete mit den Schwarz-Weiß-Bildern, die das Golden Heart in verschiedenen Jahrzehnten zeigen. Mit jemandem in meinem Alter – mit einer *Freundin* – einfach nur dazusitzen, zu reden, Leute zu beobachten und ein Shandy zu trinken ... das ist aufregend und fühlt sich großartig an. Um zwanzig vor sieben will der Bärtige mich trotzdem rausschmeißen.

«Sie gehört zu mir», sagt Nomi und hebt die Hand zum High-Five. Als der Bärtige einschlägt, hoffe ich, dass er mich doch bleiben lässt.

«Mag ja sein, dass sie zu dir gehört», sagt er. «Aber du gehörst zu uns, und beides gleichzeitig geht nicht. Du musst dich schon entscheiden, Nomi. Bei dir haben wir eine Ausnahme gemacht. Aber die können wir jederzeit zurücknehmen.»

«Xandra hat das aber abgesegnet!»

«Xandra kann bestimmen, wen sie in ihren Pub lässt, aber nicht, wer bei unserem Treffen dabei ist. Sie ist nur eines von vielen Mitgliedern.»

Ich schlucke: Mitglieder! Mitglieder von was? War meine Mutter eines davon? Ich bin so nah dran zu erfahren, was es damit auf sich hat! Ich starre auf die geschlossenen Jalousien. Drin, ich bin drin, denke ich noch mal, aber der Bärtige sieht das anders.

«Nimm's nicht persönlich.»

Ich erschrecke, als er mich am Ellenbogen packt. Halb zieht mich der Bärtige, halb trägt er mich zur Tür, nimmt dabei alle paar Schritte einen Schluck aus seinem Bierglas. Panisch sehe ich zurück zu Nomi, aber die bleibt sitzen, zuckt nur mit den Schultern und sagt tonlos: «Sorry!»

Die Bleiglastür ist bereits verschlossen. Der Bärtige brummt unzufrieden. Umständlich fischt er den Schlüssel aus seiner Hosentasche und lässt mich los, um aufzuschließen. Die zweite Hand braucht er für sein Bier, von dem er immer noch alle paar Sekunden trinkt – das ist anscheinend wichtiger, als mich festzuhalten. Einen Moment lang will ich weglaufen, aber dann lasse ich es sein. Wohin auch? Im Gedränge hätte der Bärtige mich nach zwei Sekunden eingeholt. Als er mich durch die offene Tür schieben will, nehme ich noch einmal meinen Mut zusammen und halte mich am Türrahmen fest. Ich weiß, dass ich das Golden Heart nie wieder betreten kann, wenn ich den Pub jetzt unverrichteter Dinge verlasse. Der Gedanke, dass ein Teil meiner Mutter für immer vor mir verborgen bleiben wird, lässt mich meine Muskeln so sehr anspannen, dass es wehtut. Also riskiere ich alles.

«Warten Sie! Kennen Sie vielleicht meine Mutter?»

«Ich bezweifle es. Und wenn schon, das hilft dir jetzt auch nicht weiter, Kleine.»

Der Bärtige löst meine Hand vom Türrahmen, nicht grob, aber bestimmt.

«Laila Webber?», sage ich verzweifelt.

«Du bist die Tochter von Laila?», fragt der Bärtige und lässt mich los. Erleichtert trete ich zurück in den Gastraum.

«Ja!» Ich deute auf meine Haare. «Deswegen bin ich hier.»

«Laila hat dir vor ihrem Tod von unseren Treffen erzählt?»

«So ähnlich. Sie ... sie hat mir eine Nachricht hinterlassen.»

«Laila war eine wundervolle Frau», murmelt der Bärtige ergriffen. Es hätte nicht viel gefehlt, und er hätte in sein Bier geweint. Dann sagt er schlicht: «Du kannst bleiben, Lailas Tochter.» Der Bärtige schließt die Tür hinter mir zu.

«Erst mal.»

ZAAR

Die Küchenhilfe sieht mich verwundert an. Ich stehe Viertel vor sieben in ihrem Reich, um Aloisius' Abendessen in Empfang zu nehmen. Nachdem ich die letzten Tage immer eine Viertelstunde zu spät kam, ist das eine halbe Stunde früher als sonst. Aloisius' Essen – heute Shepherd's Pie – kam gerade erst in den Backofen.

«Könnt ihr nicht was Schnelleres zubereiten?», frage ich und beobachte durch das Ofenfenster, wie sich die Kartoffelkruste viel zu langsam braun färbt.

«Mach keinen Stress! Warum hast du es denn so eilig? Hast du dich etwa mit dem alten Spinner angefreundet? Da haben sich ja zwei gefunden», sagt die Küchenhilfe. Der Typ ist ein Shaper. Woanders ist Küchenhilfe ein Non-Beruf, aber in der Burgh vergleichbar mit einem Sternekoch. Das Ego des Typen ist entsprechend aufgeblasen. Seine Gehässigkeit prallt jedoch an meiner guten Laune ab. Ich! Werde! Endlich! Shapen!

«Ich komme jetzt immer pünktlich», antworte ich. «Gewöhne dich dran!»

Aloisius läuft unruhig auf und ab, als ich zwanzig nach sieben bei ihm auftauche.

«Da bist du ja endlich!», begrüßt er mich.

Hat er genauso auf unsere erste Trainingsstunde hingefiebert wie ich? Wenn ich es nicht besser wüsste, würde ich sagen, dass er nervös ist. Hoffentlich nicht, denn ein nervöser Mentor kann kein guter sein. Und das macht *mich* nervös. Den Shepherd's Pie schlingt Aloisius herunter, die Hälfte bleibt auf dem Teller, den er von sich schiebt.

«Bereit?», fragt er – genau wie Sinclair, als er mich an meinem ersten Tag in der Burgh abholte. Passend, irgendwie. Meine zweite Chance beginnt mit demselben Wort wie die erste. Aber dieses Mal muss ich nicht fragen, *wofür* ich bereit sein soll.

«Absolut!», antworte ich.

«Gut», sagt Aloisius. «Komm mit!»

Er geht voran, von einem Schachtelraum zum nächsten, Leiter hoch, Absatz runter, Absatz hoch, Treppe runter, so lange, dass ich irgendwann feststelle: Ich würde nicht mehr alleine zurückfinden. Schließlich kommen wir in einen Raum, nach dem es nicht mehr weitergeht. Er ist rund und komplett aus Holz gemacht. Wie ein Eichhörnchennest sieht er aus. Selbst der Fußboden wölbt sich nach unten.

«Leg dich hin!», sagt Aloisius und deutet auf ein gewelltes Brett, das sich am anderen Ende des Zimmers aus der Wand stülpt. Ich brauche ein paar Versuche, um über den gebogenen Fußboden dorthin zu kommen. Die Liege erinnert mich an mein Bett im Bauch, weil sie genauso aus Holz gemacht ist und weil eine Matratze fehlt. Aber als ich mich drauflege, ist es kein Vergleich. Die Wellen stützen meinen Nacken und meine Knie, und ich fühle mich, als würde mich ein höheres Wesen durch einen Traum tragen, der sich nur in Pastellfarben abspielt.

«Schließe die Augen», sagt Aloisius, und durch meine Lider spüre ich, wie er etwas Schweres, Kühles auf sie legt.

Auf einem meiner Ausflüge nach West-Lundenburgh habe ich einmal ein Seidentuch gefunden und im Osten teuer verkauft. So fühlt sich das an: wie Seide, die mit kleinen Kugeln oder Körnern gefüllt wurde. Das Kissen riecht nach Lavendel und etwas Scharfem, das mich an die Salbe erinnert, die Joanne in Spitalfields eintauscht und erkälteten Treibenden auf die Brust schmiert. Plötzlich höre ich Töne! Es ist keine angenehme Melodie, eine Abfolge von krächzenden Beats, denen Liebliches abgeht. Aber sie vibrieren in mich hinein und dort weiter. Dann verbindet sich Aloisius' Stimme mit ihnen: «Richte deine Aufmerksamkeit auf den Raum, in dem du dich befindest: den Kobel.»

«Würde ich ja – ich sehe aber nix!», spaße ich, weil ich auf einmal Panik kriege. Kann ich Aloisius wirklich vertrauen?

Er ignoriert mich und spricht weiter: «Alles am Kobel ist rund. Werde genauso. Passe dich ihm an, biege dich. Du spürst, wie du weich wirst, immer weicher, bis du so rund bist wie er. Alles Harte an dir ist weg. Jegliche Spannung. Nichts hält dich in deiner jetzigen Form, du kannst jede annehmen, die du willst.»

Ich will wieder einen Witz machen, etwa: «Ich bin doch sowieso schon rückgratlos genug», aber Widerstand ist zwecklos. In das Reich, in das mich die klebrigen Töne ziehen, in dem sie mich halten, hat nur eine Stimme das Sagen: die, die ich höre. Und die hat längst ihre Verbindung zu Aloisius, überhaupt zu der anderen, der realen Welt verloren. Ich bin ihr ausgeliefert und freue mich darüber, weil ich endlich loslassen kann.

«Werde noch weicher, so weich, dass du dich auflöst. Ich zähle nun von zehn rückwärts, und mit jeder Zahl fließt du eine Ebene weiter nach unten, bis tief ins Erdreich hinein. Zehn ... neun ...»

Ich werde flüssig und tropfe durch die Spalten im Holz, erst der Liege, dann des Kobels.

«Acht ... sieben ... sechs ...»

Ich rinne weiter an der Burgh entlang, passiere die zweite Etage, die erste, das Erdgeschoss ...

«Fünf ...»

... den Keller ...

«Vier ... drei ... zwei ...»

... dringe in die Erde ein ... presse mich durch eine Schicht aus Dreck ... eine aus Schotter ...

Bei «eins» lande ich in einer Höhle. Wie beim Kobel ist alles in und an ihr braun, aber dunkler, als wäre ich in einen der tiefen Töne gefallen. Die Höhle ist trocken, und doch riecht sie nach frischer, saftiger Erde. Wurzelenden piksen durch ihre Decke. Ich bin mir sicher, dass die Stimme mich immer noch leitet, aber ich höre sie nicht mehr. Obwohl ich keine Quelle dafür ausmachen kann, ist die Höhle von warmem Licht erfüllt. An ihrem Ende sehe ich eine schmale Öffnung. Ich gehe hindurch.

Höhe und Weite liegen mir mehr, aber ich folge trotzdem dem Tunnel, der sich in die Erde bohrt. Keine Gabelungen, keine Kreuzungen, keine Entscheidungen. Nach ein paar Minuten bekomme ich Angst, dass ich ewig diesen Tunnel entlangwandern muss. Je länger ich unterwegs bin, desto größer wird sie. Ich hätte mich nie auf das hier einlassen sollen. Das Licht ist jetzt fast verschwunden, und ich muss mich an den Wänden vorwärtstasten. Manchmal fasse ich in etwas, das lebt. Jedenfalls rennt es vor meinen Fingern davon. Ich hätte es besser wissen sollen, als die Kontrolle einem alten Mann zu überlassen, bei dem sich die eine Hälfte der Shaper-Gemeinschaft nicht ganz sicher ist, ob er noch bei Verstand ist, und die andere, inwieweit er überhaupt shapen kann. Aber gerade als ich abbrechen will und überlege, wie ich hier wieder rauskomme und ob das überhaupt in meiner Macht liegt, sehe ich in der Ferne ein Licht.

Wieder komme ich in eine Erdhöhle. Dieses Mal gehen drei Öffnungen von ihr ab. Zwei Türen und ein Loch in der Wand, das in die Schwärze führt. Zuerst gehe ich zu der Öffnung ohne Tür. *Easy win!* Aber als ich hindurchtreten will, schlage ich meinen Kopf an etwas an und mache vor Schreck ein paar Schritte rückwärts. Vorsichtig taste ich die Öffnung mit den Händen ab. Das ist gar kein Loch, es ist eine dritte Tür, nur ohne Knauf oder Griff. Sie ist eine optische Täuschung. Vielleicht gut so – noch mal Tunnel, das hätte ich nicht gepackt. Ich gehe zu den anderen beiden Türen, rüttle an ihnen. Auch sie sind verschlossen. Die Tür ganz links ist aus silbernem Stein, in den Fratzen und Knochen gemeißelt wurden. Die Zwischenräume sind mit schwarzem Glas gefüllt, das mich an die toten Augen der ausgestopften Tiere im großen Saal erinnert. Der Knauf ist aus dem gleichen Material. Die mittlere Tür sieht einladender aus. Sie ist gestreift. Ihre Holzlatten sind abwechselnd rot und grün lackiert. Auf Augenhöhe ist ein rundes

Fenster eingelassen. Sein Rand und die Türklinke sind aus Messing. Ein Teil der Tür ist mit Efeu bewachsen, und ich frage mich, wie hier unten Pflanzen überleben können. Ein Gedanke regt sich in mir ... an andere Pflanzen in anderen Gewölben. Ich will ihn festhalten. Das Grün sieht so verlockend aus, da sind Palmen und andere exotische Gewächse. Ich folge der Palme, die sich auf einmal bewegt. Wird sie von jemandem getragen? Billy wahrscheinlich! Jedenfalls geht es nach oben, immer weiter nach oben, dem Sonnenlicht entgegen. Doch plötzlich ist die Stimme wieder da.

«Welche Tür?», sagt sie. Ich bin zurück unter der Erde.

«Die in der Mitte!» Ich weiß nicht, ob ich das ausgesprochen oder gedacht habe.

Die gestreifte Tür jedenfalls muss es sein! Sie sieht freundlich aus. Vielleicht erwartet mich dahinter das Sonnenlicht, von dem mich die Stimme weggelockt hat. Aber als ich durch das Bullauge sehe, klappt es mit einem Mal auf und haut mir seine Scheibe auf die Stirn. Danach verschließt es sich wieder.

«Zweimal auf dieselbe Stelle? Wirklich», fluche ich und reibe mir die Beule.

Dann verstehe ich. Natürlich! Die mittlere und rechte Tür haben etwas gemeinsam. Beide haben mehr als klargemacht, dass ich unerwünscht bin. So gruselig sie aussieht – vielleicht ist die linke Tür die, durch die ich gehen sollte. Ich sehe sie mir genauer an. Jetzt, wo ich mehr Zeit habe, finde ich den Türknauf eklig. Glitschig sieht er aus. Ich zögere, als müsste ich wieder in etwas fassen, das davonrennt. Aber ich reiße mich zusammen und drehe ihn trotzdem. Er ist so glatt und kühl wie beim ersten Mal. Und auch die Tür gibt wieder nicht nach.

Mist! Habe ich in der ersten Höhle etwas übersehen? Vielleicht sollte ich den Tunnel wieder zurückgehen ... auch wenn mir davor graut. Ich drehe mich um, unschlüssig, und plötzlich steht etwas mitten im Raum. Drei Steine wurden zu einer Art Tisch oder Altar errichtet. Zwei Seitenteile tragen eine enorme Platte. Ich gehe hin. Auf dem Altar liegt ein Dolch, reich verziert, aber irgendwie trotzdem unspektakulär.

«Kitschig auszusehen trotz dreier Rubine und Goldziselierung ... alles bestimmt echt ... das musst du erst einmal hinkriegen», sage ich zum Dolch und kann nicht anders, als zu schätzen, wie viel Geld er mir in Spitalfields einbringen würde.

Ich beuge mich über ihn, um ihn genauer zu betrachten, doch ich werde abgelenkt. Denn ich sehe mich – und auch nicht. Der quer liegende Stein ist so blank poliert, dass ich mich darin spiegle. Aber das Bild im Stein ist anders, so anders, dass ich entsetzt zurückweiche. Es ist mir peinlich, wie viel Mut ich zusammennehmen muss, um noch mal in den Stein zu schauen. Ich stelle mich dem Abbild erneut. Die Kreatur im Stein ist so widerwärtig und doch so vertraut, dass ich es kaum aushalte.

«Stell dich nicht so an!», sage ich zu mir selbst. «Das ist doch nur eine Spiegelung.»

Als hätte sie mich gehört, ragt plötzlich eine knochige Hand aus der Spiegelfläche.

«Woah!» Ich weiche wieder zurück.

Die Kreatur klettert aus dem Stein und bleibt auf ihm

hocken. Ein paar Minuten lang lasse ich sie nicht aus den Augen, immer bereit, ihren Angriff abzuwehren. Hätte ich doch nur den Dolch an mich genommen, als ich die Gelegenheit dazu hatte! Er liegt neben dem Fuß der Kreatur. Doch sie beachtet ihn nicht, kauert weiter auf dem Altar und spielt mit einem der Fetzen, die sie bekleiden.

Als ich sicher sein kann, dass die Kreatur keine Anstalten macht, sich in meine Richtung zu bewegen, betrachte ich sie genauer: Sie sieht aus wie ich, nur ohne das, was ich der Welt von mir zeigen möchte. Alles, was ich an mir mag, ist weg. Übrig bleibt ein graues, hohläugiges Wesen, das meine Fehler in sich vereint. Der kleine Bauch, der manchmal erscheint, wenn ich zu viel Käse gegessen habe ... Käse ... Moment! ... Pear bringt mir immer was mit ... Wie nennen wir das noch mal? ... Käse-mit-Brot! ... Ich habe den cremigen Geschmack von Cheddar über Butter im Mund ...

«Die Kreatur!», herrscht mich die Stimme an, und ich konzentriere mich wieder auf mein Abbild.

Der kleine Bauch jedenfalls ist eine dicke Wampe. Das Kinn, das ich bei mir zu lang finde, reicht bis zur Mitte des Halses. Die Arme, bei denen ich schon immer Muskeln vermisst habe, sind Haut und Knochen. Schlimmer als das Äußere ist jedoch die Seele der Kreatur, in die ich blicken kann. Stolz und Überheblichkeit sind da, mein Glaube an sozialen Status, den ich – falls gefragt – nie zugeben würde. Am meisten trifft mich, dass Charaktereigenschaften, auf die ich stolz bin, in der Kreatur ins Negative verkehrt sind. Mein Hang, mich für andere einzusetzen, erscheint als Kontrollversuch ihrer Liebe zu mir. Die Kreatur fängt jetzt an, still zu weinen, und reibt mit einem Zipfel ihrer Kutte

222

an den Augen herum. Kein Wunder. An ihrer Stelle würde ich auch heulen.

Die Aufgabe ist klar. Um über mich hinauszuwachsen, um ein Shaper zu werden, muss ich die abstoßenden Teile an mir, alle Mängel, loswerden. Ich muss die Kreatur töten. Vorsichtig trete ich an den Altar und strecke meine Hand nach dem Dolch aus. Die Kreatur heult noch ausgiebiger, falls das überhaupt möglich ist, hält mich aber nicht davon ab, die Waffe an mich zu nehmen.

Der Dolch ist viel zu leicht in meiner Hand. Ihn zu führen, wird kein Problem sein. Und doch ist es eines. Denn als ich ihn hebe und der Kreatur in die Augen schaue – kann ich die Sache nicht zu Ende bringen. Es sind trotz allem meine Augen! Aber wenn ich schon wieder versage, dann werde ich meine Gabe nie beherrschen. Erneut hebe ich den Dolch. Er sinkt noch schneller nieder als beim ersten Mal. Ich kann das nicht.

«Fuck that!», sage ich und werfe den Dolch auf den Boden.

Die Kreatur sieht mich erleichtert an, und plötzlich verstehe ich, warum sie so traurig ist. Nicht ihr hässliches Äußeres und Inneres machen ihr zu schaffen, sondern dass sie deswegen niemand mag. Sie tut mir auf einmal furchtbar leid. Ich kann nicht anders ... ich nehme sie in die Arme.

Es ist, als wäre ich schwerelos. Das Gefühl ist unbeschreiblich, aber es hält nur einen Moment lang an. Plötzlich treffen meine Arme nicht mehr auf Widerstand, klappen ein, und ich umarme mich selbst. Die Kreatur ist verschwunden. Der Altar, der Dolch, alles hat sich in Luft aufgelöst. Nicht einmal die schweren Steine haben Abdrücke auf dem Boden hinterlassen. Verdutzt starre ich in die Leere vor mir, als ich hinter mir ein Klicken höre. Ich drehe mich um.

Die linke Tür steht einen Spalt weit offen.

PEAR

Ich bleibe vor Schreck stehen, als ich mit dem Bärtigen in den Gastraum zurückkehre. Da ist eine riesige rote Hand auf schwarzem Grund. Die gestreifte Tapete und die Schwarz-Weiß-Bilder sind komplett dahinter verschwunden. Jemand rempelt mich an und schüttet Bier über meinen Arm, während ich auf das Leintuch mit dem Symbol starre.

«'tschuldigung!», ruft der Typ. Ich bemerke es kaum.

Auf was für eine Veranstaltung bin ich nur geraten? Sind das etwa radikale Anhänger der Rollo'schen Erziehungsmethoden? Unwillkürlich fasse ich mir an die Schulter.

«Vorsicht, das Bier!» Der Bärtige deutet auf meinen Kragen, der jetzt genauso nass ist wie mein Ärmel, aber ich glaube, das Bedauern in seiner Stimme gilt dem verschwendeten Alkohol, nicht mir. Ich folge dem Bärtigen zu Nomi. Er hält mich zwar nicht mehr fest, aber mir ist klar, dass ich nur probeweise und unter seiner Beobachtung hier bin. Wortlos deutet er auf den Stuhl, den Nomi mir – ganz schön optimistisch – freigehalten hat, und ich setze mich. Der Bärtige wirft uns einen letzten strengen Blick zu, bevor er auf den Tisch klettert, der vor dem Plakat zur Bühne umfunktioniert wurde.

«Hürde zwei ohne mich genommen, würde ich sagen.» Nomi nickt mir zu. Mein Lächeln darauf ist leer. Zu sehr

schmerzt es, dass Nomi mich einfach dem Bärtigen überlassen hat.

«Ruhe, bitte», sagt der in das Zischen und Wispern der
Versammelten hinein und dann noch mal tiefer, lauter:
«Ruhe!» Die Handflächen, die er dem Publikum zeigt, spie-
geln das rote Symbol hinter ihm. Der Bärtige muss der Vor-
sitzende der Versammlung sein, denke ich. Aber ich täu-
sche mich.

«Heute ist ein besonderer Tag», sagt er. «Bitte begrüßt
mit mir unsere furchtlose Anführerin: Nirwana!»

Ich drehe den Kopf wie alle anderen in die Richtung, in
die der Bärtige zeigt. Nons halten keine Haustiere. Und
doch: Das Erste, was ich sehe, ist ein Windhund. Er tritt
hinter einem Vorhang neben der Bar hervor, der wohl
eine Kammer oder ein Treppenhaus abtrennt. Ein zweiter
Windhund folgt. Ich hätte mir denken können, dass die
Anzahl der Menschen, die Nirwana heißen, begrenzt ist.
Trotzdem kann ich nicht fassen, dass *die* Nirwana hinter
den beiden Hunden den Raum betritt: die Leadsängerin
von Lambs Eating Lions. Die Frau auf dem Konzertticket,
das mich hierhergeführt hat, sieht genauso aus wie auf
dem Foto: blonder Bob, schwarzer, enger Rollkragenpul-
li, schwarze Hose. Balthazaars Lieblingsmusikerin. Die
Schöpferin von *Hic sunt dracones*, dem Lied, das ich in
der Christ Church in Endlosschleife gehört habe. Und das
die Welt für mich bedeutet. Der Applaus kommt plötzlich
und heftig. Ich wäre von meinem Hocker gefallen, wenn
Nomi mich nicht festgehalten hätte.

«Easy», sagte Nomi. «Bisschen starstruck?»

Ich schüttle den Kopf, klatsche dabei aber so eifrig mit,

dass Nomi in sich hineinlacht. Nirwana schlingt die Leder-
leinen um die Lehne des Stuhls, der als Trittbrett auf die
Bühne dient, und tätschelt jedem ihrer Hunde den Kopf.
Der Bärtige reicht ihr die Hand, doch Nirwana schlägt sie
aus und klettert ohne seine Hilfe auf den Tisch.

«Danke, Curtis», sagt sie zum Bärtigen, dem sie nicht
einmal bis zum Hals reicht. Sie lächelt ihm so lange von
schräg unten ins Gesicht, bis er kleiner erscheint als sie
und versteht: Curtis wird auf der Bühne nicht gebraucht.
Er will auf den Stuhl steigen, aber einer der Windhunde
hat seinen Kopf dort abgelegt. Umständlich klettert Curtis
ohne Trittfläche vom Tisch und überlässt Nirwana Bühne
und Raum.

Zunächst nutzt sie beides nicht. Sie setzt sich auf den
Tisch und lässt die Beine baumeln, ohne etwas zu sagen.
Lange bleibt sie so, krault einem ihrer Hunde, der gähnend
zu ihr tapst, die Ohren, hat aber den Blick fest nach vorne gerichtet, als präge sie sich jedes einzelne Gesicht ein.
Es ist still im Saal, bis sie ihren Hund mit einem Klaps an
den Hals entlässt und sich aufrichtet. Ihre Stimme ist klar
und voll. Sofort sehne ich mich danach, Nirwana singen zu
hören.

«In den Konzerthallen kann ich meine Zuhörer nicht sehen», sagt Nirwana. «Je nach Beleuchtung singe und spreche ich zu einem dunklen Abgrund oder zu Gesichtern, die
so weit weg sind, dass sie alle einzigartigen Züge verlieren
und austauschbar werden. Sie sind ein Schwarm, dessen
Mitglieder nur gemeinsam Sinn machen. Ich liebe meine
Fans. Aber ihr seid keine anonyme Masse. Ihr seid nicht
hier, um mir zuzujubeln und mir zu folgen. Was ich sage,

ist nicht Gesetz. Jeder Einzelne von euch ist genauso wichtig wie ich. Ich will euch sagen: Ich sehe euch!»

Wieder streift Nirwanas Blick durchs Publikum. Dann beginnt sie, auf dem Tisch hin- und herzugehen. Dabei dreht sie jeweils so knapp vor der Kante wieder um, dass ich mehrmals denke, die Sängerin würde gleich herunterfallen. Die Köpfe der Windhunde folgen den Bewegungen ihrer Herrin.

«Und ich sehe neue Gesichter heute, in die Mut geschrieben steht und der Wille zur Veränderung.» Ich könnte schwören, dass Nirwana mich dabei an- und direkt in meine Seele blickt. «Ihr seid mir, ihr seid *uns* herzlich willkommen!»

«Hört, hört!», sagen einige im Publikum und heben ihre Gläser.

Nomi nimmt ihr Pint und stößt es gegen mein Glas auf dem Tisch. Der helle Ton klingt versöhnlich.

«Viele von euch kennen unsere Mission, haben sie mitgeschrieben. Dennoch werde ich für unsere neuen Freundinnen und Freunde noch einmal die Grundpfeiler unserer Bewegung darlegen. Es ist wichtig, dass wir alle in die gleiche Richtung marschieren. Und wenn ich einen Fehler mache oder was Falsches sage: Zögert nicht, mich zu unterbrechen, ja? Hier ist für jede Meinung Platz.»

Ich stelle mir vor, wie meine Mutter vor einigen Jahren bei einer ähnlichen Ansprache auf meinem Platz gesessen hat. Hat sie Nirwana gekannt?

«Die ganze Welt, dieses Land ist zweigeteilt in Shaper und Nons, aber nirgends ist die Kluft so groß wie in unserer Stadt. Warum das so ist? Ich weiß es nicht. Vielleicht weil

Lundenburgh viel zu bieten hat, das die Leute an sich raffen wollen.»

Jetzt zischen einige im Publikum.

«Viele von euch wissen, dass ich in Ost-Lundenburgh geboren wurde, nicht weit von hier», sagt Nirwana weiter.

«Meine Eltern gingen schon ins Golden Heart, als der einzige Ton, den ich zustande brachte, Gebrüll war – immer dann, wenn meine Windeln gewechselt werden mussten oder ich Hunger hatte.»

Der Saal lacht, und die Ruten der Windhunde klopfen im Takt dazu gegen die Tischbeine.

«Wahrscheinlich habe ich damals schon gelernt, dass ich mit meiner Stimme die Leute bewegen kann. Meine Eltern jedenfalls waren immer zur Stelle, wenn ich mich meldete. Viele Jahre später ging ich selbst wie sie ins Golden Heart. Hier nahm unsere Karriere ihren Anfang. Wir waren jung, wir waren naiv, und uns ging es nur um die Musik. So besessen waren wir davon, dass wir nach der Schule die Regeln missachteten und im Keller des Golden Heart probten. Xandra gab unserer Kunst ein Zuhause.»

Nirwana nickt Xandra zu, die hinter dem Tresen steht und ein sauberes Bierglas putzt. Xandra fixiert das Glas in ihren Händen, damit niemand ihr Lächeln sieht.

«Für einen Non, der sich seine ganze Jugend hindurch an die Regeln hält, ist es fast unmöglich, als Erwachsener gute Musik zu machen», sagt Nirwana. «Hätten wir nicht schon in jungen Jahren angefangen, im Team zu musizieren und uns aufeinander einzustellen, hätten wir nicht schon da gelernt, unsere Herzen und Seelen zu erforschen und was wir dort finden, in Songtexte und Melodien zu gießen – Lambs Eating Lions würden heute nicht existieren. So aber hatten wir der Welt etwas zu zeigen, als wir achtzehn wurden. Denn uns Nons sagt ja niemand: Ihr dürft nicht auf die große Politik-, Kunst-, Konzern-, Konzert- oder sonst eine Bühne. Keine Strafe, keine Verbote, kein Zwang. Der Ruhm kam trotzdem überraschend, vor allem der im Westen. Denn Nons werden keine Künstler, zumindest nicht solche, die von ihrer Kunst leben können. Und erst recht keine Stars! Trotzdem haben wir es geschafft. Das Problem dabei: Lambs Eating Lions sind die absolute Ausnahme.»

Nirwana setzt sich wie zu Beginn ihres Auftritts an die Tischkante und lässt die Beine baumeln.

«Und das gilt nicht nur für die Kunst. In der Politik, in den Chefetagen der großen Firmen sitzen ausschließlich Shaper – überall dort, wo es Geld und Macht und Prestige zu holen gibt. Und wir nehmen das einfach hin. Warum?»

«Weil die Shaper uns mit einem ihrer Shapes vom Erdboden wischen könnten», sagt ein Mann mit Glatze in der ersten Reihe, nachdem er die Hand hob.

«Das würden sie nie tun», antwortet Nomi neben mir mit lauter Stimme.

«Warum nicht?», fragt der Glatzkopf und dreht sich zu Nomi um. «Wer sollte sie aufhalten?»

«Sie halten sich gegenseitig in Schach. Mit unserer Angst geben wir ihnen mehr Macht als nötig.»

«Und du bist Expertin in Sachen Shaper-Ethik, weil ...???»

«Weil ich mich damit beschäftigt habe», sagt Nomi. «Und weil mein Vater ständig im Westen arbeitet. Ich weiß mehr über die Shaper als die meisten von euch – außer vielleicht Nirwana.»

«Und ich kann bestätigen, was du sagst.» Nirwana nickt Nomi zu. «Es ist doch so: Wir Nons beugen uns den Regeln freiwillig, weil wir wollen, dass wenigstens einer von uns die Chance hat, auch Shaper werden. Aber wer sagt denn, dass das Leben besser ist, wenn man die Gabe besitzt? Der entscheidende Grund, warum es angenehmer ist, ein Shaper zu sein als ein Non, ist doch, weil die sich nicht an dieses ganze Regelwerk halten. Da beißt sich die Katze in den Schwanz.»

Unwillkürlich muss ich an Harry denken, der tatsächlich manchmal versucht, sich selbst zu fangen. Winden wir uns genauso im Kreis wie er – hoffnungslos auf der Jagd nach einem Ziel, das wir nie erreichen können? Wie absurd! Wie unendlich traurig!

«Die Einschränkungen mögen einzelnen Auserwählten helfen, ihr Potenzial zu verwirklichen», sagt Nirwana, und ich erinnere mich an Cecily und ihre Zöpfe. «Aber dafür nehmen sie allen anderen die Chance auf erfülltes, selbstbestimmtes Leben, die auch nicht viel schlechter sind als das eines Shapers: Leben wie meines!»

Nirwanas Rede gibt mir Gänsehaut. Endlich sagt mir jemand, dass es okay ist, wie ich lebe, wie Nomi lebt, wie die Treibenden leben. Eine Erwachsene sagt das, und zwar nicht *irgendeine* Erwachsene, sondern die einzige Erwachsene, die es ohne Gabe im Westen geschafft hat. Trotzdem: Ich komme nicht darüber hinweg, dass sie die Rede vor diesem Plakat hält. Die rote Hand schwebt über Nirwanas Kopf, als könne sie jeden Moment herunterklatschen und sie zerdrücken wie eine Fliege. Ich melde mich.

«Ja?» Nirwana lächelt, und das gibt mir Mut.

«Was hat die rote Hand da hinter dir an der Wand zu suchen? Das Symbol wurde doch eingeführt, um uns zu demütigen ... von einem Shaper!»

«Gut, dass du fragst. Das ist der Grund, warum ich heute hier bin. Wir können den Status quo nicht rückgängig machen. Wir können nichts dagegen tun, dass die Shaper magische Kräfte haben und wir nicht. Aber wir können entscheiden, wie wir damit umgehen. Darum geht es bei unserer Bewegung. Deswegen nehmen wir uns das Symbol, das sie uns aufdrücken wollen, und kehren es um.»

«Es ist nicht nur ein Symbol», sage ich.

«Wie meinst du das?»

«Sie brennen! Die roten Hände brennen auf der Haut.»

«Woher weißt du das ...?»

«Pear.»

«Woher weißt du das, Pear?»

«Weil ich eine der ersten Nons war, die eine rote Hand tragen musste.»

Ein Raunen geht durch die Menge. Mitleid, glaube ich, mit Empörung vermischt.

«Das tut mir sehr leid, Pear.» Nirwana schüttelt besorgt den Kopf. «Aber um genau das künftig zu verhindern, engagieren wir uns. Dazu machen wir uns das Symbol zu eigen und geben ihm eine neue Bedeutung, eine positive, als Zeichen dafür, dass wir selbst über unsere Leben bestimmen.»

Nirwana beugt sich so weit in meine Richtung, dass sie eigentlich vornüberkippen müsste. Der forschere der beiden Windhunde versucht, ihr das Gesicht zu lecken.

«Deswegen, Pear, nennen wir uns fortan die Roten Hände.»

Ich weiß nicht, was ich davon halten soll. Die rote Hand hinter Nirwana finde ich immer noch ... gruselig irgendwie – vielleicht weil ich die Einzige hier bin, die weiß, was sie wirklich bedeutet. Nirwana richtet sich auf. Sie boxt nach oben in die Luft, aber ohne Faust, die Hand offen.

«Die Roten Hände!», ruft sie dazu, und es klingt, als würde sie ihren größten Hit ansagen.

«Die Roten Hände!», schallt es aus dem Publikum zurück, wieder und wieder, wie ein Refrain, der mitgesungen werden will. Das ist

ein regelmäßig wiederkehrender Teil in einem Gedicht oder Lied.

Das rhythmische Hin und Her zwischen Nirwana und ihren Anhängern zieht mich auf ihre Seite. Je öfter ich «Die Roten Hände!» höre, desto kleiner wird meine Abneigung gegen den Namen. Die Roten Hände recken jetzt ihre hautfarbenen wie Nirwana in die Luft, die Finger ausgestreckt.

«Die Roten Hände!», ruft Nomi und tut es ihnen nach.

Ihre Finger leuchten rötlich – oder bilde ich mir das nur ein? So der so, etwas klickt in mir. Meine Schulter brennt, aber dieses Mal ist mir der Schmerz willkommen. Meine Narbe erfüllt mich mit Stolz. Ja, verdammt, wir holen uns die Deutungshoheit über unser Leben zurück! Ich reiße meine Hand nach oben, dort findet sie Nomis. Einen Moment berühren sich unsere Finger nur, bleiben nebeneinander. Dann drücke ich Nomis Hand und sie meine. Ich falle in den Chor mit ein.

«Die Roten Hände!»

ZAAR

Kälte kommt mir entgegen, als ich durch die steinerne Tür trete. Ich bleibe stehen. Am liebsten würde ich umkehren. Ich kann nichts sehen und traue mich nicht, einfach so in die Dunkelheit zu marschieren. Aber sobald ich meinen Kopf nach dem schmalen Lichtspalt umdrehe, fällt die Tür hinter mir ins Schloss. Ich drücke dagegen. Sie bewegt sich nicht. Mir bleibt nur eine Richtung: nach vorne. Wenigstens höre ich etwas. Eine Stimme, aber nicht die, die mich durch die Reise leitet. Sie ist tiefer.

«Glaubst du, dass sie ihn rechtzeitig entdecken?», sagt die tiefe Stimme.

Eine Frauenstimme kommt dazu.

«Was meinst du mit ‹rechtzeitig›?», fragt sie.

«Na, bevor er erfriert!»

Ich konzentriere mich auf die Stimmen, die weiter über das Wetter und ihren Zeitplan diskutieren, und je mehr ich mich auf sie einlasse, desto heller wird es um mich herum. Langsam kann ich Schemen erkennen, vertraute Umrisse von Gebäuden. Ich befinde mich in Ost-Lundenburgh, am Fuß der Treppe, die zur Christ Church führt. Am Eingang zur Kirche stehen ein Mann und eine Frau neben einem Bündel, das auf dem Boden liegt. Schon bevor Wimmern in die Luft zittert, weiß ich, was sich unter der karierten Decke zu ihren Füßen verbirgt: Ich.

«Wir müssen jetzt gehen», sagt die Frau. «Jede Minute, die er auf dem kalten Boden liegt, verringert seine Chance durchzukommen.» Ich versuche, näher ranzugehen, damit ich die Gesichter der beiden erkennen kann, bin aber wie festgewachsen. Die Frau zieht am Ärmel des Mannes, und ich will «Halt!» rufen. «Ihr könnt nicht gehen, ohne mir zu zeigen, wie ihr ausseht!» Aber sprechen kann ich genauso wenig wie mich bewegen. Stumm und unfähig, mich zu rühren, muss ich zusehen, wie die beiden die Stufen hinuntergehen, den Blick auf den Boden gerichtet, die Gesichter von Kapuzen verhüllt.

«Warte!», sagt der Mann plötzlich und bleibt stehen. Die Frau lässt ihn los. Er geht zurück zum Bündel, reißt ein Stück Papier von einem Poster ab, das an die Kirchentür geschlagen ist, und kramt einen Kugelschreiber aus seiner Manteltasche. *BALTHAZAAR* schreibt er in Großbuchstaben auf den Zettel und steckt ihn in eine Deckenfalte. Er gibt mir einen Shaper-Namen. Aber ich glaube, dass er das mit dem Zettel auch gemacht hat, damit er seinen Sohn ein letztes Mal berühren kann. Seine Hand bleibt etwas länger auf der Decke, als sie müsste. Vielleicht hoffe ich das auch nur. Die beiden Erwachsenen gehen und lassen das Baby ... mich ... allein.

Es ist seltsam, aber meine Perspektive ist doppelt. Ich sehe auf das Baby hinab. Gleichzeitig fühle ich, wie hart die Stufen sind, auf denen es liegt, spüre die Kälte, die durch die Decke kriecht, bin auf seine Bedürfnisse zurückgeworfen, Nahrung, Wärme, menschlichen Kontakt. Das Baby hat keine Vorstellung von dem, was war und kommen wird. Ich dagegen weiß genau, was jetzt passieren wird. Ein Priester namens Reverend Pope, der mich danach ein paarmal im Whitechapel-Waisenhaus besucht hat, wird gleich erscheinen und das Baby vor dem Kältetod bewahren. Ich warte. Es fängt an zu schneien.

Nicht mehr lange, denke ich, als der Schneefall dichter wird. Reverend Pope muss jeden Moment auftauchen, und dann kann ich gehen. Ein kleiner Schneehaufen formt sich auf der Decke und begräbt den Zettel unter sich. *BALTHA-ZAAR* ist nicht mehr zu lesen. Mit jedem Atemzug hebt und senkt sich der Schnee. Ich will ihn wegwischen, aber mein Körper gehorcht mir nicht. Der Schnee bedeckt jetzt auch das kleine Gesicht. Ich merke, wie es schwerer geht, das Atmen. Schreien, ich muss schreien. Dann muss mich doch jemand hören, der Reverend, irgendwer in der Kirche! Das Baby weint, gut so, dann brüllt es. Aber niemand erscheint, und der Schnee rutscht unerbittlich in die Nase und den offenen Mund. Immer schlechter bekomme ich Luft, als würde der Schnee auch mir im Hals stecken. Ich weiß nicht, welche Panik schlimmer ist – die des Babys, das nicht weiß, wie ihm geschieht, oder meine. Ich fühle sie beide.

Du bist allein!

Der Satz ist plötzlich in meinem Kopf, und ich kann nicht sagen, ob er von der Stimme kommt oder von mir. Obwohl er kalt und klar durch meine Hoffnung schneidet, wehre ich mich dagegen. Nein, denke ich verzweifelt, so war das damals nicht, ich werde gerettet. Ich bin doch noch da! Mit aller Macht versuche ich wieder, zu dem Baby zu gehen. Ich will es in die Arme nehmen wie vorhin die Kreatur. Vielleicht bin ich deswegen hier: um mich selbst zu retten.

Und tatsächlich – ich komme ein kleines Stück vorwärts. Die Spuren im Schnee halten jeden Zentimeter fest. Ich schaffe die erste Stufe, kämpfe gegen unsichtbare Gummibänder an und gleichzeitig um jeden Atemzug. Doch als ich den Fuß erneut hebe, zieht mich ein Sog unerbittlich nach hinten, nach oben. Ich werde aus der Szene hinausgesogen. Meine Arme rudern in der Luft, durch die ich fliege. Ich will bleiben, auch wenn ich weiß, dass das nicht geht. Sobald ich raus bin aus dem Bild, das jetzt vor mir liegt, als wäre ich im Kino, kriege ich wieder Luft. Und das Baby? Bei dem Gedanken, dass ich das nie erfahren werde, bleibt mir gleich wieder der Atem weg.

Die roten und blauen Karos der Decke sind kaum noch zu sehen, der Turm der Christ Church ist ein Strich. Das Bild wird kleiner, und um mich nimmt die Dunkelheit wieder zu. Als würde man Wasserfarben zu einem bunten Strudel rühren, vermengen sich das Schneeweiß, das Baumbraun, das Mauergrau. Die Farben ordnen sich neu, holen andere dazu. Sie formen sich wieder zu einer Szene, die sich immer weiter aufbläst, bis sie alles um mich herum einnimmt.

Ich bin älter und befinde mich auf dem Dachboden des Whitechapel-Waisenhauses. Neben mir sitzen Joanne und Theo. Wir sehen durch ein Loch im Fußboden in das Arbeitszimmer von Mrs. Reuel, der Leiterin des Heims. Theo lehnt sich an mich, um besser sehen zu können. Wehmütig denke ich daran, wie unsere Freundschaft einige Jahre später zerbrechen wird.

«Können wir Whitechapel wirklich nicht halten?», fragt Mrs. Reuel.

«Es tut mir leid», antwortet der glatzköpfige Mann, der

sich mit ihr im Raum befindet. Ihr Anwalt, erinnere ich mich. «Wir müssen das Waisenhaus schließen. Die letzte Mieterhöhung können wir nicht mehr stemmen.»

«Kann man mit dem Vermieter nicht reden? An sein Gewissen appellieren? Vielleicht lässt er sich umstimmen. Für einen guten Zweck.»

«Mrs. Reuel, das habe ich bereits versucht. Aber ihm geht es nur ums Geld. Für elternlose Non-Kinder hat er nichts übrig. Er ist ein ...»

«Shaper!» Es klingt wie ein Fauchen, als Mrs. Reuel das sagt.

Der Mann nickt wohl, aber von hier aus ist das schwer zu erkennen.

«Das wird den Kindern das Herz brechen.» Mrs. Reuel läuft jetzt auf und ab.

«Und Ihnen. Ich weiß. Aber Kopf hoch! In Devonshire ist es auch schön. Es wird ihnen dort gefallen.»

Joanne nimmt meine Hand, falls ich ihr aufmunterndes Lächeln im Dämmerlicht nicht sehe.

«Ich kann aber nicht alle Kinder mitnehmen», sagt Mrs. Reuel. Joanne lässt meine Hand los. «Das wurde mir bereits gesagt. Manche kommen woanders unter, weit weg, sogar ganz oben im Norden. Dabei sind die Kinder wie Geschwister füreinander.»

«Es geht nicht anders», sagt der Anwalt. Schulterzucken sieht von oben noch hilfloser aus, als wenn man der Person gegenübersteht.

«Kann ich wenigstens mitentscheiden, wer wohin kommt?», fragt Mrs. Reuel. «Dann kann ich dafür sorgen, dass die engen Freunde zusammenbleiben.»

«Leider nicht. Die Leute in Devonshire wollen ihre Neuzugänge selbst auswählen. Sie wollen jüngere Kinder, vor allem Mädchen, weil die die besten Chancen auf eine Adoption haben.»

Während Mrs. Reuel und ihr Anwalt weiter über die Schließung des Waisenhauses beraten, wird alles in mir zu Stein. Teilnahmslos beobachte ich, wie Harry um Joannes Arme streicht. Er ist hier oben eingesperrt, um die Mäusepopulation in Schach zu halten. Anfangs hat er uns mit Fauchen und Kratzen begrüßt, wenn wir zum Dachboden schlichen, um Mrs. Reuel zu belauschen. Er war nicht an Menschen gewöhnt. Der einzige Kontakt, den er mit ihnen hatte, war die Wasserschüssel, die alle paar Tage durch den Türspalt geschoben wurde. Aber Harry – Joanne hat ihn so getauft – mag uns mittlerweile, nicht zuletzt, weil sie dem abgemagerten Tier immer wieder Essensreste mitbringt und seine Feindseligkeit einfach wegstreichelt.

«Was machen wir jetzt?» Joanne krault Harrys Bauch.

Ich habe keine Antwort für sie. Ich kann nicht anders, als mir vorzustellen, wie auch ich gegen meinen Willen eingesperrt bin ... irgendwo im Norden. Aber zu mir kommt keine Joanne. Mit meinen sieben Jahren gehöre ich zu den Ältesten hier. Und ich bin ein Junge. Die werden mich in Devonshire nicht haben wollen.

«Ich will nicht weg von hier», sagt Theo und spricht mir damit aus der Seele.

«Schhhh, nicht so laut.» Ich sehe Theo streng an, aber die Angst in seinem Blick lässt alles Versteinerte in mir wieder weich werden. Er ist erst fünf. Ich streiche Theo über die Haare. «Keine Angst, ich lasse mir was einfallen.»

Du musst die Kontrolle übernehmen!
Wieder erscheint der Satz einfach in meinem Kopf. Ich werde mir Theo und Joanne nicht wegnehmen lassen. Kaum habe ich das gedacht, werde ich wie beim letzten Mal aus der Szene rauskatapultiert. Ich sehe das Bild plötzlich von außen, es schrumpft, die Farben verschmelzen, formieren sich neu, und plötzlich sitze ich in Mrs. Reuels Arbeitszimmer vor ihrem Schreibtisch. Hinter Mrs. Reuel hängt das Schwarz-Weiß-Foto, das sie in meinem Alter zeigt. Sie ist darauf mit einem Mann – ihrem Vater? – beim Picknick auf dem Primrose Hill zu sehen und hält ihr Lieblingsbuch in der Hand, aus dem sie uns Waisenkindern allen Regeln zum Trotz immer wieder vorgelesen hat: *Der Hobbit*.

«Ich nehme an, du weißt bereits, dass wir Whitechapel verloren haben und nach Devonshire umsiedeln müssen», sagt Mrs. Reuel. Ihr Blick schießt über die Halbmondbrille hinweg. Dass er nicht durch die stets verschmierten Gläser gefiltert wird, macht ihn durchdringender.

«Waaaas? Nein! Woher sollte ich das wissen?» Meine Unschuldslamm-Performance ist gut, aber Mrs. Reuel hat sie schon immer durchschaut.

«Weil du immer alles weißt, was in unserem Zuhause vor sich geht, Balthazaar.» Mrs. Reuel meidet die Worte «Heim» und «Waisenhaus». Mit allem, was sie sagt und tut, macht sie klar, dass wir eine Familie sind – zusammengewürfelter als andere, aber einander deshalb nicht weniger verbunden.

«Und es ist gut, dass du den Überblick behältst», fährt sie fort. «Du übernimmst Verantwortung – auch für deine Freunde. Die anderen sehen zu dir auf. In Zeiten wie diesen

braucht unsere Gemeinschaft Menschen wie dich besonders. Verstehst du, was ich meine?»

«Ich denke schon», sage ich, aber meine Antwort wird
von einem neuen ungesagten Satz in meinem Kopf übertönt.

Du hast die Verantwortung!

Und schon zieht sich die Szene wieder in sich zusammen,
wieder wechseln Zeit und Ort. Ich befinde mich im Hof des
Waisenhauses. Alle Kinder sind dort versammelt. Ein Bus
parkt in der Einfahrt. Er ist groß, aber trotzdem sieht man
mit einem Blick, dass nicht für alle von uns Platz ist. Ich
weiß sofort, welcher Tag es ist. Heute ist die Geburtsstun-
de der Treibenden. Drei Männer in blauen Uniformen mit
Mützen sind da. Mrs. Reuel redet mit einem von ihnen, ein
anderer liest alphabetisch Namen vor. Er ist bei ...

«Henley, Anthony!»

... und Tony stellt sich brav zu der Gruppe beim Bus.

Ich bin nervös, frage mich entgegen jeglicher Vernunft,
ob mein Name genannt werden wird. Joanne steht neben
mir. Wie ich hat sie einen Seemannssack mit ihren wenigen Habseligkeiten in der Hand. In meinem befindet sich
Mrs. Reuels Ausgabe des *Hobbit*, die sie mir vor wenigen
Stunden geschenkt hat. Was in Joannes Sack ist, weiß ich
nicht, nur dass er sich plötzlich bewegt.

«Joanne! Bitte sag mir, dass das da drin nicht Harry ist!»,
höre ich mich den Satz noch einmal sagen, mit dem ich
mich schon vor zehn Jahren abgelenkt habe. «Du hast mir
versprochen, ihn nicht mitzunehmen.»

«Ich weiß, sorry, aber ich konnte Harry einfach nicht
zurücklassen. Wer soll ihn denn dann füttern?»

«Wir sollten uns eher Gedanken machen, wer *uns* in Zukunft füttert, wenn mein Name nicht gleich fällt», murmle ich.

«Lambeth, Nikki!», sagt der Mützenmann.

«Wir packen das schon! So oder so!» Joanne blickt mir fest in die Augen. Dann sehen wir beide zu Theo, der bereits bei den Kindern am Bus steht. Wir haben uns ein Versprechen gegeben, Joanne, Theo und ich. Sollte einer von uns nicht mit nach Devonshire dürfen, würden wir davonlaufen und unser Glück auf den Straßen Ost-Lundenburghs suchen. Theo hat es geschafft. *Nur noch zwei Namen, nur noch zwei...*

«Marlowe, Percy!», ruft der Mützenmann.

Und dann folgt Joannes Name. Sie erstarrt. Der Name zwischen Marlowe und ihrem – mein Name – fehlt. «Pope, Balthazaar!» darf nicht mit nach Devonshire.

«Joanne!», sagt der Mützenmann ungeduldig. «Tritt vor!»

Joanne bewegt sich nicht. Der Mützenmann fragt Mrs. Reuel, wer Joanne ist. Erst nach einigem Hin und Her zeigt Mrs. Reuel auf Joanne, und der Mann geht zu uns. Die Frühlingssonne steht so, dass sein Schatten uns vor ihm erreicht.

«Komm jetzt!», sagt er zu Joanne.

«Ich gehe nicht ohne Balthazaar!», entgegnet sie und nimmt meine Hand.

Mein Jetzt-Ich grinst bei dem Gedanken, was gleich geschehen wird. Der siebenjährige Balthazaar dagegen hat furchtbare Angst. Theo macht sich schon auf den Weg zu uns, unbeachtet von den Mützenmännern, die gebannt die Auseinandersetzung zwischen ihrem Kollegen und Joanne verfolgen. Theo wird nicht der Einzige bleiben, der in weniger als zehn Minuten mit Joanne und mir kommt. Fast die Hälfte der Whitechapel-Waisen wird mit uns davonrennen, in verlassenen U-Bahn-Stationen und unter Brücken Unterschlupf finden, bis wir schließlich Spitalfields zu unserem Zuhause machen.

Der Mützenmann packt Joanne an der Schulter. Obwohl ich weiß, dass alles gut ausgeht, will ich ihm in den Arm fallen, doch jemand anders kommt mir zuvor. Joannes Griff um den Seemannssack lockert sich. Harry springt heraus und dem Mützenmann mit einem Fauchen ins Gesicht. Der Mann stolpert rückwärts, weg von Joanne und mir. Schritt für Schritt schleichen wir in Richtung des Tores, das für die Busse offen gelassen wurde. Die Mützenmänner sind abgelenkt. Sie eilen ihrem Kollegen zu Hilfe, aber der zieht bereits sein Messer.

«Nein», ruft Joanne.

Ich nehme ihre Hand und ziehe sie weiter. Der Mann wird den Kater kaum verletzen. Nur die zackige Narbe zwischen den Ohren, auf der kein Fell mehr wächst, wird bleiben. Trotzdem: Auf einmal ist da ganz schön viel Blut. Das habe ich anders in Erinnerung. Wahrscheinlich habe ich das Bild verdrängt. Ich suche den kleinen Schnitt auf Harrys Stirn, aber die ist unversehrt. Dann sehe ich, dass ihn das Messer woanders getroffen hat. Ein dunkler Fleck breitet sich auf Harrys Bauch aus, dort, wo Joanne ihn am liebsten krault. Der Kater wird schwächer, kann sich kaum noch an der Uniform des Mannes halten, die Krallen rutschen ab. Schließlich fällt er und bleibt regungslos auf dem Pflaster liegen.

Joanne schreit und reißt ihre Hand los. Sie rennt zu Harry, sinkt neben ihm zu Boden und drückt ihn schluchzend an sich. Theo, jetzt auf halber Strecke zwischen Joanne und mir, bleibt unschlüssig stehen. Er will sich nicht entscheiden. Und damit bricht die Gemeinschaft der Treibenden auseinander, bevor sie überhaupt zusammenfand. Die Kinder, die erst Theo gefolgt sind, gehen jetzt doch zurück zum Bus. Als ich ihnen nachsehe, trifft mich Mrs. Reuels Blick. Enttäuschung steht darin geschrieben, und ich kann nicht einmal sagen, warum. Weil ich versagt habe oder weil ich es versucht habe? Sie wollte doch, dass ich die Whitechapel-Waisen zusammenhalte! Um jeden Preis. Oder etwa nicht?

Ich sehe zu Theo. Dann hauen wir eben zu zweit ab! Aber als ich ihn holen will, zeigt Mrs. Reuel plötzlich auf mich. Der Mützenmann, der Harry getötet hat, taucht auf und hält mich an den Schultern fest. Die Kratzer in seinem Gesicht sind schon verkrustet. Harrys Spuren verschwinden – genau wie er. Der Mann schüttelt mich. Ich fange an zu schreien, nicht weil er mir wehtut, sondern weil alles falsch ist in dieser verkorksten Welt hinter der Knochentür. Das Baby sollte gerettet werden! Harry leben! Mrs. Reuel auf meiner Seite sein! Und die Treibenden ... die Treibenden ...

«Hör auf zu schreien, verdammt noch mal!», sagt der Typ mit der Mütze, aber ich kann nicht.

Irgendwas fällt von meinen Augen und plumpst neben mich ... kurz riecht es nach Lavendel, nicht mehr nach Blut ... aber immer noch sind zwei Hände an meinen Schultern, schütteln und schütteln und schütteln mich ...

«Wach auf, Balthazaar, wach auf!» Das ist nicht mehr der Mann mit der Mütze. Es ist die Stimme. Als ich die Augen öffne, sehe ich in ein besorgtes Gesicht. Aloisius hält mich fest. Dann höre ich mich selbst schreien.

PEAR

Nomi dreht sich um sich selbst, mit ausgebreiteten Armen wirbelt sie die Commercial Street entlang. Die Straße ist leer, trotzdem macht es mich nervös.

«Nomi, hör auf damit … wenn dich jemand sieht!» Ich flüsterschreie das, und mir fällt auf, dass ich das so ziemlich mein ganzes Leben gemacht habe: Ich habe meine Stimme gedämpft, wenn ich eigentlich gehört werden wollte. Und heraus kam nicht eine normale Lautstärke, sondern etwas Verstümmeltes ohne Funktion, das zwischen den beiden Extremen verloren ging.

«Hast du denn eben nicht zugehört, Pear?» Nomi macht eine Dreifachdrehung und verliert beinahe das Gleichgewicht. «Wir sollen unser Leben *leben*. Wie es uns gefällt! Reizt dich das denn gar nicht?»

«Doch, schon.» Mein Magen bestraft mich sofort mit einem Gefühl, als hätte er einen Schlag abbekommen, obwohl weit und breit keine Faust zu sehen ist. «Ich weiß nur nicht recht, wie ich das machen soll.»

«Denk nicht so viel darüber nach! Fang einfach an! Irgendwie. Mit irgendwas», antwortet Nomi und hängt noch mal ein paar Drehungen dran, als wir am Eingang zu Spitalfields vorbei in die Brushfield Street abbiegen.

«Schon, aber wo soll ich anfangen? Kannst du mir nicht helfen? Mich in die richtige Richtung lenken?»

«Pear, das ist doch genau der Punkt: Es gibt keine ‹richtige› Richtung. Du sollst dein Ding machen, ohne dass es vorgegeben ist. Probiere dich aus! Finde heraus, was du magst, und dann, was du noch lieber magst. Du hast dich doch auch gegen die Schule entschieden.»

«Ja, aber es ist einfacher, sich *gegen* etwas zu wenden! Das ist ja schon da, und man muss nur noch reagieren», sage ich.

Wir sind jetzt am Seiteneingang der Markthalle. Nomi will sich wieder drehen, aber ich halte sie an den Schultern fest. Seltsam, dass etwas, das ich bis vor Kurzem nicht konnte, schon so normal ist. Ich lasse die Hände auf Nomis Schultern, um zu sehen, wie lange ich es aushalte. «Etwas aus den unendlich vielen Möglichkeiten rauszupicken, die man hat, wenn man sich nicht an die Regeln hält ... Ich glaube, daran bin ich einfach nicht gewöhnt. Ich weiß gar nicht, wie das geht: sich was zu suchen, das man mag.»

«Dann fang bei etwas an, bei dem du schon weißt, dass du es gerne tust», antwortet Nomi. «Etwas, das auch unter den Regeln erlaubt ist oder das du trotzdem getan hast, weil du einfach nicht anders konntest. Dann gehst du einen Schritt weiter, noch einen weiter, immer weiter. Und wenn du irgendwann die Grenze zum Neuen überschreitest, merkst du es gar nicht mehr.»

Meine Hände liegen immer noch auf Nomis Schultern. *Du merkst es gar nicht mehr.* Ich lasse Nomi los, und plötzlich weiß ich, was ich tun muss.

«Nomi, ich komme nicht mit zur Liverpool Street Station», sage ich. «Ich muss noch was erledigen.»

«Was denn?»

Etwas in mir will losplappern und Nomis Meinung zu meinem Plan einholen – aber ich halte es davon ab.

«Hast du nicht gesagt, ich soll mich nicht beeinflussen lassen? Das, was ich jetzt mache, soll nur meins sein. Erst mal. Ich erzähle dir später davon.»

«Also gut.» Jetzt, wo ihre Neugier nicht gestillt wird, scheint Nomi nicht mehr ganz so überzeugt davon, dass ich nicht über alles mit ihr reden soll. Trotzdem sagt sie: «Dann viel Erfolg bei was auch immer. Und vor allem viel Spaß! Wir sehen uns!»

«Wir sehen uns!»

Erst als Nomi ins Bishopsgate abgebogen und außer Sichtweite ist, gehe ich in den Hinterhof, in dem der Eingang zum Bauch liegt. Auf die prophetische Pappe wurde ein neuer Spruch geschmiert: *Be yourself, everyone else is taken!* Ich schiebe sie zur Seite, so wie ich es schon oft getan habe. Trotzdem ist heute alles anders: Es ist das erste Mal, dass ich hierherkomme, ohne Balthazaar zu treffen oder nach ihm zu suchen. Ich weiß, dass er meilenweit entfernt in der Burgh ist. Wahrscheinlich schläft er gerade friedlich in einem Federhimmelbett oder feiert mit seinen Shaper-Freunden eine Macaron-und-Champagner-Party und dabei vor allem sich selbst. Es fühlt sich seltsam an, durch das Fenster in den Bauch zu klettern und zu wissen, dass ich nur wegen mir hier bin. Aber dieses Gefühl ist es nicht, was ich ausprobieren will. Ich suche etwas anderes. Ich bin hier, um mir etwas zu holen.

Vorsichtig schiebe ich mich über die Holzplanken. Dass Balthazaar nicht hier ist, macht mich jetzt doch nervös, so als wäre der Bauch mit ihm ein sichererer Ort. Hier oben ist es fast dunkel, und das macht das Ganze nicht besser. Die meisten Treibenden schlafen schon, nur ab und an blitzt irgendwo eine Taschenlampe auf. Als ich endlich in Balthazaars Nische ankomme, halte ich mich an dem Sitzbrett fest, das er für mich angebracht hat. Meine Muskeln erinnern sich an die Sicherheit, die ihnen das feste Brett bot, und ziehen mich dorthin. Am liebsten würde ich mich setzen und keinen Millimeter mehr bewegen. Aber ich denke an Nomi und ihre Drehungen und sinke stattdessen auf die Knie. Ich robbe vorwärts. Was jetzt kommt, ist besonders schwer. Um an das ranzukommen, für was ich hier bin, muss ich in Balthazaars Hängesessel kriechen.

Was, wenn die Treibenden doch die Fallen geändert haben? Was, wenn der Sessel jetzt nur noch eine Attrappe ist und das Tuch unter meinem Gewicht nachgibt? Ich will mit der Hand testen, ob es hält, als plötzlich ein Schatten an mir vorbeispringt. Ich schrecke zurück, verliere beinahe die Balance und greife mir das Seil, an dem der Sessel hängt. Ich höre ihn, bevor ich ihn im Dunkel erkennen kann. Harry sitzt in Balthazaars Sessel und miaut kläglich – weil ungestreichelt – vor sich hin. Sanft wippt der Sessel unter Harrys Bewegungen hin und her. Er hält. Lautlos lasse ich mich neben den Kater gleiten.

ZAAR

Der Kobel ist immer noch so einladend wie eine Umarmung, also eine Umarmung von jemandem, von dem man auch umarmt werden will. Trotzdem graut mir mittlerweile davor, ihn zu betreten. Das kantenlose Holz macht sich über mich lustig. Denn was in dem Raum passiert, hat nichts mit Behaglichkeit zu tun. Dreimal war ich schon hinter der Knochentür. Jeder Besuch in der verkorksten Welt war schlimmer als der davor. Gestern war es kaum auszuhalten. Das Baby wurde nicht nur unter Schnee begraben, nein. Ratten kamen! Und die fingen an, an der Karodecke zu nagen. In der realen Welt würden sie sich nie und nimmer bei solchem Wetter aus ihren Verstecken trauen. Aber es nützt nichts, dass ich das weiß und es die Bilder fest in meiner Fantasie verankert. Es war trotzdem die Hölle, dabei zuzusehen, ohne etwas dagegen tun zu können.

«Wollen wir?» Aloisius zeigt in den eiförmigen Raum. Als ich nicht vorwärtsgehe, schiebt er mich, Hand an meinem Rücken, in den Kobel.

«Nein.» Ich trete zur Seite, und er lässt von mir ab. «Sorry. Ich will nicht mehr.»

«So schnell gibst du auf?» Aloisius klingt überrascht, nicht verärgert.

«Ich weiß einfach nicht, was es bringen soll, wenn ich

mich ständig durch diese abgefuckte Parallelwelt quäle. Wie soll mir das dabei helfen, ein Shaper zu werden?»

Aloisius sieht mich so lange an, bis ich den Kopf senke.

«Du hast Angst davor, in die Knochenwelt hinabzusteigen?»

«Ja! Ich weiß, dass sie nicht real ist, aber ich will das nicht noch einmal durchmachen, diese Hilflosigkeit, diese Enttäuschung, diese Angst.»

«Das ist der Punkt, Balthazaar. Du bist nicht wirklich in Gefahr. Das sind nur Gefühle, vor denen du dich fürchtest. Und die kann man beeinflussen.»

«Kann sein, aber dazu habe ich keine Kraft mehr.»

«Gib der Knochentür noch eine Chance! Bitte!»

«Das bringt doch nichts.» Alles in mir sträubt sich dagegen, Aloisius weiter zu vertrauen. Das einzige Ergebnis seiner Mühe ist bislang, dass ich noch traumatisierter bin, als ich es sowieso schon war. Danke auch!

«Nur einmal noch! Nur heute!» Aloisius sagt das so flehentlich, als würde er um eine Chance für sich bitten, nicht für mich. Und in dem Moment weiß ich, dass ich sie ihm geben muss. Auch wenn er an meiner Unfähigkeit genauso scheitert wie die anderen Lehrer – und das auch noch mit ziemlich unangenehmen Trainingsmethoden –, er war ... ist ... der Einzige, der an mich glaubt.

«Okay», sage ich.

Trotzdem muss ich mich zwingen, über den gebogenen Boden zur Pritsche zu rutschen und mich hinzulegen.

«Denk daran!» Aloisius platziert das Lavendelkissen auf meinen Augen. «Die Medizin ist immer das Gegenteil!»

«Das Gegenteil von was?», frage ich, aber Aloisius hat bereits die Musik ohne Melodie eingeschaltet.

Mein Körper hat sich inzwischen so darauf eingestellt, dass ich sofort in Trance falle und mich von der Stimme in die Höhle mit den drei Türen leiten lasse. Hinter der Knochentür beginnt das Drama von Neuem. Das Baby, die Decke, der Schnee, die Ratten. Alles da. Auch der Satz:

Du bist allein!

Wie immer friert alles in mir zu, als er in mir nachhallt. Ich verfluche Aloisius, weil er mich dazu gebracht hat, nachzugeben und mich wieder auf das hier einzulassen. Und ich verfluche mich selbst, weil ich so bereitwillig nach dem bisschen Hoffnung gegriffen habe, das Aloisius mir vor die Nase hielt. So ein manipulativer ... Manipulator! Als hätte er meine Gedanken gehört und würde darauf antworten, habe ich plötzlich Aloisius' Stimme in den Ohren. Wieder sagt sie:

Das sind nur Gefühle!

Ja, Herr Aloisius, und im Moment sind diese Gefühle überaus negativ Ihnen gegenüber. Ich schüttle den Kopf und sehe einer Ratte dabei zu, wie sie sich durch den Schnee kämpft. Am liebsten würde ich sie an ihrem Schwanz packen und über die Kirchenmauer werfen, aber wie immer komme ich in der Knochenwelt nicht vom Fleck. Das Baby ist allein.

Du bist allein!

Bin ich das? Dieser Satz stimmt doch gar nicht. Das Baby ist ja nicht allein. Ich bin doch da! Auch wenn das Baby mich nicht sehen und nicht hören kann, auch wenn ich nicht zu ihm kann. Und plötzlich verstehe ich. Ich *fühle mich* nur allein. Und das ist nicht so schlimm. Denn vielleicht *bin* ich gar nicht allein.

Die Medizin ist das Gegenteil!
Ich rufe mir Bilder der Menschen vor Augen, die mir
wichtig sind. Ich werde nicht immer auf mich gestellt sein.
Reverend Pope ist der Erste von vielen. Er wird mich ins
Whitechapel-Waisenhaus bringen. Dort lerne ich Mrs. Reu-
el kennen, Joanne und Theo, die Treibenden. Und als ich
Theo verliere, tritt Pear in mein Leben. Dann Emme, Dan-
ny. Irgendwie auch Grace. Und schließlich Aloisius.
Die Bilder zeigen ihre Wirkung. Fast gleichzeitig lassen
die Ratten von der Decke ab und verschwinden im Schnee.
Das Baby hört auf zu weinen. Dafür kommen meinem äl-
teren Ich die Tränen, als ich einen schmalen Lichtspalt im
Schneegestöber ausmache, der sich weitet. Die Tür der
Christ Church öffnet sich, und Reverend Pope schiebt sei-
nen massigen Körper nach draußen.
«Wen haben wir denn da?», sagt er und beugt sich zu dem
karierten Bündel hinunter.
Er nimmt das Baby hoch und drückt es an sich. Während
er zurück ins Warme geht, verlasse ich das Bild, dieses
Mal, ohne mich dagegen zu sträuben, und es fängt an zu
schrumpfen. Mit dem Zuschnappen der Kirchentür werde
ich in die nächste Szene geworfen. Die kühle Stickigkeit des
Dachbodens in Whitechapel. Joannes Hand in Harrys Fell.
Theo. Mrs. Reuels Dutt und die Glatze ihres Anwalts, die
abwechselnd in dem kleinen Ausschnitt, den wir von oben
sehen können, auftauchen und wieder verschwinden. Was
war noch mal der Satz, der mir hier eingepflanzt wurde?
Kaum habe ich die Frage gestellt, höre ich die Stimme in
meinem Kopf:
Du musst die Kontrolle übernehmen!

«Ich will nicht weg von hier», sagt Theo, und ich streiche ihm über die Haare.

Aber dieses Mal antworte ich nicht, dass ich mir schon was einfallen lasse, sondern nur: «Ich weiß.»

Theo sieht mich erwartungsvoll an, als wüsste er, dass eigentlich was anderes kommen sollte. Aber ich schweige. Schließlich lehnt er sich an mich, und ich wuschle ihm weiter durchs Haar. Jetzt geht alles superschnell: Mrs. Reuels Büro ersetzt den Dachboden so abrupt, dass mir ganz schwindlig wird. Aber ihr hypnotischer Blick über die Halbmondbrille hinweg zieht mich in die Szene.

Du hast die Verantwortung!

Das war der Satz dazu.

«Ja», sage ich zu Mrs. Reuel, als sie fragt, ob ich verstehe, dass in Zeiten wie diesen unsere Gemeinschaft Menschen wie mich besonders braucht. «Aber es ist nicht meine Aufgabe, für andere zu sorgen. Ich helfe gerne, wo ich kann. Doch letztendlich trägt jeder für sich selbst die Verantwortung.»

Ich weiß, dass ich den Test bestanden habe, als sich die letzte Szene vor mir öffnet: der Geburtstag der Treibenden. Hierzu gibt es keinen Satz, der mich leiten könnte. Ich bin mir nicht sicher, was ich tun soll. Harry bewegt sich in dem Sack zwischen mir und Joanne, aber ich bin so nervös, dass ich vergesse, sie dafür zu tadeln.

Der Mützenmann liest seine Liste vor, sagt: «Marlowe, Percy!» Und dann: «Pope, Balthazaar!»

Pope, Balthazaar? Ich darf mit nach Devonshire? So war das damals aber nicht. Ich spüre Joannes Hand an meinem Rücken. Sie schiebt mich nach vorne, Richtung Bus. Wie in

Trance gehe ich zu Theo, der mich überglücklich umarmt. Ich kann es nicht glauben. Aber dann schlägt die Knochenwelt doch zu.

«Stone, Sharmini», sagt der Mützenmann.

Joanne wurde nicht aufgerufen. Ich weiche ihrem Blick aus. Es wäre so einfach, in den Bus zu steigen, so sicher, so ... Einen Moment lang zögere ich. Aber dann denke ich daran, was Joanne für mich getan hat – in der Realität, dann, wenn es darauf ankommt.

«Bereit, Theo?», flüstere ich. Theo nimmt meine Hand. Ich nicke Joanne zu und will losrennen, als mich jemand festhält. Nikki.

«Hey, wo wollt ihr hin?», fragt sie.

Ich suche nach einer Ausrede, aber Theo kommt mir mit der Wahrheit zuvor.

«Wir hauen ab», sagt er.

«Echt jetzt? Dann komme ich mit euch.» Nikki lässt mich los und legt ihre Hand auf Theos Schulter.

«Das geht nicht!», flüstere ich, aber mein Protest geht unter.

«Wir wollen auch mit!», kommt aus allen Richtungen.

«Und ich!», sagt Sharmini, die mittlerweile zu uns gestoßen ist.

Alle, die künftig zu den Treibenden gehören werden, wollen mit uns kommen. Aber wie soll das ohne das Ablenkungsmanöver durch Joanne und Harry funktionieren? Zwei der drei Mützenmänner stehen immer noch in der Nähe des Tores. Wenn wir einfach so auf die zurennen, machen die dicht. Ich bin gleichzeitig in der Situation, Theos schwitzige Hand in meiner, und blicke darauf herab. Was will die Knochenwelt von mir? Fieberhaft überlege ich, wie ich hier rauskomme. In dem Moment geht Mrs. Reuel zu Joanne. Sie legt ihr die Hand auf die Wange, und Joanne sieht aus, als würde sie gleich anfangen zu weinen.

«Was hast du denn da drin, Joanne?»

Mrs. Reuel öffnet den zappelnden Sack. Harry schrammt knapp an ihrem so gar nicht erstaunten Gesicht vorbei, als er rausspringt. Im Zickzack rennt der Kater über den Hof.

«Fangen Sie ihn ein!», ruft Mrs. Reuel. «Der kommt mit nach Devonshire!»

«Dort gibt es doch genügend Katzen», sagt der Mützenmann mit der Liste.

«Das ist der beste Mäusefänger, den ich je hatte. Der kommt mit aufs Land!» Mrs. Reuel sieht den Mützenmann über ihre Halbmonde hinweg an, und wie Generationen an Waisenkindern vor ihm ist er machtlos dagegen.

«Ja, Ma'am», sagt er und winkt seine Kollegen zu sich.

Die Mützenmänner verlassen ihre Posten am Tor. Zu dritt versuchen sie, Harry einzufangen. Joanne nickt mir zu. Ich nicke zurück. Jetzt oder nie! Wir rennen zum Tor, nach draußen. Die Treibenden folgen uns. Als ich ein letztes Mal zurückblicke, sehe ich, wie Mrs. Reuel entspannt an der Haustür lehnt und zufrieden das Chaos belächelt, das sie geschaffen hat. Ich verabschiede mich stumm von dem verwaschen braunen Gebäude, das mir die letzten sieben Jahre ein Zuhause war, seinem Bogenfenster, den vier zierlichen Aufsätzen, die aussehen, als trauten sie sich nicht, richtige Türme zu sein. Harry rennt uns durch das offene Tor des Whitechapel-Waisenhauses hinterher. Die Mützenmänner bleiben außer Atem zurück. Ich drehe mich um. Ost-Lundenburgh glitzert uns im Sonnenlicht entgegen. Alles ist so, wie es sein soll. Nein. Besser!

PEAR

Du bist wahrscheinlich die einzige Person auf der Welt, die Bücher liebt, ohne jemals einen Roman gelesen zu haben. Irgendwie habe ich Angst davor, was passiert, wenn du in deine erste Geschichte eintauchst. Balthazaar hat immer «wenn» gesagt, nie «falls». *Wenn du in deine erste Geschichte eintauchst.* Er hat nie daran gezweifelt, dass es eines Tages so weit kommen würde. Was er wohl denken würde, wenn er mich jetzt sehen könnte, wie ich auf dem Dachboden der Christ Church sitze, einen Roman in der Hand? *Seinen* Roman.

Als ich mich im Bauch dazu überwand, auf Balthazaars Hängesessel zu kriechen, konnte ich den Seemannssack erreichen, in dem er seinen größten Schatz aufbewahrt: seine Geschichten. Zerfledderte Comics, schokoladenverschmierte Schmöker, fantastische Abenteuer. Ich will mir Balthazaars Lieblingsbuch holen: *Der Hobbit.* Oft habe ich es auf Balthazaars Pritsche liegen sehen. Etwa zweimal im Jahr taucht er in die Fantasiewelt ein. Aber als ich nach dem Buch taste – ich habe es groß in Erinnerung, dick –, höre ich eine Stimme hinter mir. Vor Schreck ziehe ich das erstbeste Buch aus dem Beutel und presse es an mich.

«Was machst du da?» Joanne stützt die Hände in die Hüften und sieht auf mich herab. Harry springt zu ihr und streicht durch ihre Beine.

«Verräter!», würde ich ihm am liebsten zuzischen, aber ich bezweifle, dass das in meiner Situation hilfreich wäre. Stattdessen sage ich: «Ich leihe mir ein Buch aus.»

«Weiß Balthazaar davon?», fragt Joanne.

Das Tuch, auf dem ich sitze, kommt mir auf einmal dünn vor. Ich halte mich daran fest, aber dass meine Hände nicht viel zu greifen haben, macht mich noch nervöser.

«Für Balthazaar ist das okay!», sage ich.

«Das beantwortet nicht meine Frage!» Ich erwarte, dass Joanne mir jeden Moment das Buch aus der Hand reißt oder es gleich mit mir in die Tiefe stürzen lässt. Aber dann nimmt sie Harry auf den Arm und streichelt ihn. «Entspann dich! Ich bin die Letzte, die sich zwischen eine Leserin und ihr Buch stellt.»

Sobald Joanne verschwunden ist, hieve ich mich aus dem Hängesessel und lasse den Bauch so schnell wie möglich hinter mir. Erst daheim merke ich, dass ich nicht den *Hobbit* mitgenommen habe, sondern ein anderes Buch. Es sieht kostbar aus, ist in Leinen eingeschlagen in einer Farbe zwischen Blau und Grün. Goldene Ranken und Symbole überziehen den Einband, manche kenne ich aus den Mathe- und Biostunden, Rauten und Efeu. Andere habe ich noch nie gesehen. Links oben über dem Titel ist ein großes goldenes Herz. Zufall? Schicksal?

Das Herz glänzt im staubigen Licht des Kirchendachbodens. Ich zeichne es nach, so wie damals das auf der Bling-Schachtel meiner Mutter. Ein paar Tage brauchte ich, um mich an meinen ersten Roman zu wagen. Aber jetzt ist es so weit. Ich schlage das Buch auf und fange an zu lesen:

Alice langweilte sich allmählich. Sie saß jetzt schon eine ganze Zeit lang neben ihrer Schwester am Ufer und hatte nichts zu tun. Ab und zu warf sie einen Blick in das Buch, das ihre Schwester las, aber sie konnte keine Bilder darin entdecken und auch keine Gespräche. «Und was soll man mit einem Buch anfangen», fragte sich Alice, «in dem weder Bilder noch Gespräche vorkommen?»

Ich lege das Buch zur Seite. Obwohl der Dachboden ein Dachboden wie jeder andere ist, wird mir plötzlich sehr bewusst, dass ich mich in einer Kirche befinde. Und das ist richtig so. Denn was hier gerade passiert, hat etwas Überirdisches. Ich verwandle mich, werde zu einer anderen. Wie kann das sein? Das sind doch nur Worte, schwarz gedruckte Buchstaben auf Papier, wie ich sie tausendfach schon gelesen habe: als mathematische Gleichung und als Abhandlung über die Geschichte Spitalfields' und als Beschreibung des Lebensraums der verdammten südamerikanischen Harpyie. Und doch ist das hier ganz anders. Diese Worte sind magisch. Sie ziehen Bilder nach sich und Gefühle und holen mich in eine andere, in *ihre* Welt.

Ich lese weiter, sitze am Ufer, wundere mich, dass es sprechende Kaninchen mit Uhren in Westentaschen gibt, und zweifle doch keine Sekunde daran, dass das so ist. Und dann springe ich, springt Pear mit Alice in den Kaninchenbau, *ohne sich auch nur eine Sekunde den Kopf darüber zu zerbrechen, wie sie da je wieder herauskommen sollte.*

ZAAR

Die Luft riecht nach Frühsommer, schmeckt nach Frühsommer und fühlt sich auch so an: heiß, wo sie auf Sonne trifft, aber drum herum noch so kühl, dass man die warmen Strahlen umso mehr zu schätzen weiß. Ich sitze in unserem – *unserem!* – Garten auf einer Picknickdecke. Sie sieht aus wie die, die ich für Pear auf dem Dach von Spitalfields ausgebreitet habe. Der Garten ist gepflegt und trotzdem ungezähmt. Bunte Blumen überall, aber keine reinen Zierblumen, sondern solche, die Insekten anlocken. Schmetterlinge und Hummeln tummeln sich zwischen den Blüten. Der Garten gehört zu einem Haus, das mit Leben und Liebe gefüllt ist. Unserem Haus. Denn noch fantastischer als der Ort sind die Personen, denen er gehört: meine Eltern.

Sie sitzen neben mir auf der Decke. Größe, Statur und Stimmen decken sich mit denen der Leute, die mich als Baby vor der Christ Church ausgesetzt haben. Doch sonst haben meine Eltern nichts mit jenen aus der Knochenwelt gemein. Dieses Mal kann ich ihre Gesichter sehen. Sie lächeln.

«Hier, mein Sohn. Die Marmelade habe ich selbst gemacht. Mit Zitronenschale drin – so, wie du sie am liebsten magst.»

Meine Mutter reicht mir einen Scone, den sie üppig mit

clotted cream und Erdbeermarmelade beschmiert hat. Unsere Hände berühren sich kurz, als sie ihn mir gibt. Ihre Haut ist weich und von der Sonne gewärmt.

«Gut?», fragt meine Mutter, und ich nicke mit vollem Mund. Aber dann mischt sich eine andere Stimme ein, eine, die stört.

Komm zurück, wenn du so weit bist!

Zum Glück kann nur ich sie hören. Meine Mutter schmiert den nächsten Scone und lacht, als mein Vater davon abbeißt, obwohl sie noch nicht fertig ist.

«Ich bleibe lieber hier!», murmle ich in mich hinein. Eine Weile lässt mich die Stimme daraufhin in Ruhe. Dann nervt sie wieder.

Komm zurück!

Dieses Mal ignoriere ich die Stimme komplett, aber die lässt sich das nicht gefallen, sondern beginnt, kanonenschlaglaut zu zählen.

«Zehn ... neun ...»

Und plötzlich stört eine Wespe meine Idylle. Sie setzt sich auf meinen Scone, gerade als ich wieder abbeißen will.

«Lass mich!», sage ich, schlage nach der Wespe und meine die Stimme. Aber beide machen unerbittlich weiter, und das Insekt attackiert mich im Takt der Zahlen.

«Acht ... sieben ... sechs ...»

Ich nehme mir eine Serviette und will die Wespe damit wegwedeln, aber das macht sie nur noch angriffslustiger. Jetzt geht sie sogar auf meine Eltern los.

«Fünf ... vier ...»

Meine Eltern versuchen, die Wespe zu vertreiben, stehen auf, entfernen sich dabei immer weiter von mir. Ich will ihnen hinterhergehen, bin aber wie festgeklebt auf der Picknickdecke, so, als wäre ich plötzlich wieder in der Knochenwelt.

«Nein, bleibt hier!», rufe ich meinen Eltern nach.

«Drei ... zwei ...»

Meine Eltern verschwinden im Haus, schließen Fenster und Türen, sperren mich aus. Sehen sie nicht, dass ich noch hier draußen bin? Die Wespe – wohl zufrieden mit ihrer Arbeit und auf der Suche nach einem neuen Ziel – schießt jetzt auf mein Gesicht zu. Sie wird mich gleich stechen ... sie sticht ... Nein!

«Eins!»

Die Musik ohne Harmonie verstummt, und Aloisius nimmt das Kissen von meinen Augen. Ich blinzle in das Licht, das mir die Holzkurven des Kobels entgegenwerfen. Wie ein Heiligenschein legt es sich um Aloisius' Gesicht.

«Wieso haben Sie mich da rausgeholt, Herr Aloisius? Ich war noch nicht bereit!»

Seit ich dem Horror der Knochenwelt entkommen bin, verbringe ich meine Sitzungen bei Aloisius hinter der Streifentür. Und ich liebe es! Nur zwei Türen gehen noch von der Erdhöhle ab, wenn ich hinuntersteige: die gestreifte Tür und das schwarze Loch. Auch die Kreatur ist nirgends zu sehen. Kein Altar, kein Dolch. Als ich das erste Mal die Klinke der Streifentür herunterdrückte, duckte ich mich vorsichtshalber, aber das Bullauge benimmt sich mittlerweile. Wenn Knarzen süß klingen kann, dann tut es das der gestreiften Tür – jedes Mal wenn ich sie öffne. Doch Aloisius will davon nichts wissen.

«Zu viel von der Streifenwelt tut dir nicht gut», sagt er.

«Und warum hast du mich dann hingeschickt?»

«Die Welt hinter der Streifentür kann helfen, tiefe Wunden zu heilen. Aber sie birgt die Gefahr, dass du dich in ihr verlierst.» Aloisius klopft mir das Lavendelkissen sanft gegen die Stirn.

«Und wenn schon. Vielleicht will ich mich an dem einen Ort verlieren, an dem ich endlich mit meinen Eltern zusammen sein kann.»

«Es sind nicht deine Eltern – es sind Spiegel deiner Wünsche und Hoffnungen. Du darfst sie nicht mit der Realität verwechseln.»

«In meiner Realität gibt es aber keine Alternative dazu. Ich habe keine Informationen über meine Eltern, gar keine. Wissen Sie, wie das ist? Wenn man nicht weiß, wo man herkommt? Wie soll ich da jemals wissen, wie ich hinkomme, wo ich hinwill? Wie soll ich herausfinden, wo ich überhaupt hinwill?»

Aloisius – sonst nicht der emotionalste Mensch – legt das Kissen weg und drückt meine Hand so kurz, dass ich mich danach frage, ob ich mir das eingebildet habe.

«Nun, es gäbe da eine Möglichkeit, mehr über deine Abstammung herauszufinden ...», sagt er und wiegt seinen Kopf hin und her, als müsse er selbst noch abschätzen, ob das eine gute oder schlechte Idee ist.

«Wirklich?» Ich setze mich so gerade hin, wie es die geschwungene Liege zulässt.

«Hast du vom Archiv der Shaper gehört?», fragt Aloisius.

«Das alte Herrenhaus am Waldrand? Danny hat es mir gezeigt.»

«Falls – und ich sage nicht, dass es dafür eine Garantie gibt –, aber falls du wirklich von Shapern abstammst, könnte es im Archiv Aufzeichnungen zu deinem Stammbaum geben.»

«Wirklich? Dann weiß ich, was ich heute Nachmittag mache.»

Aloisius lacht.

«Du kannst da nicht einfach so reinspazieren», sagt er. «Das Archiv steht jungen Shapern nicht offen.»

«Warum nicht?»

«Weil es Dinge gibt, die niemand wissen soll und die trotzdem nicht verloren gehen dürfen.» Wieder klopft Aloisius mir das Lavendelkissen auf den Kopf.

«Können Sie nicht dort hingehen und nach meinem Stammbaum suchen?» Ich nehme Aloisius das Kissen weg und knete es, weil ich meine Hände beschäftigen muss, so nervös bin ich auf einmal. «Bitte, Herr Aloisius!»

«Ich habe meine Wolkenzimmer seit hundert Jahren nicht mehr verlassen. Selbst dir zuliebe werde ich nicht damit anfangen, Balthazaar.»

«Ich heiße Zaar», antworte ich. Nie habe ich mehr gefühlt, dass dieser Name zu mir gehört. Meine Besuche in der Streifenwelt haben mich gestärkt. Sie zeigen mir, wie es ist, wenn man seine Herkunft kennt. Und wenn ich erst im Archiv war, kann ich auch allen anderen beweisen, dass ich dazugehöre. In ein altes Haus einsteigen und ein paar Bücher finden – wie schwer kann das schon sein?

PEAR

Die Autowracks sind längst verschwunden, aber die Mauer, die sie aufhielt, ist immer noch schwarz. Es ist das erste Mal seit der Karambolage, dass ich die Sackgasse betrete, und überall sehe ich Balthazaar. Ich lasse meine Hand über den Putz gleiten, an den wir uns gepresst haben, als die brennenden Autos vorbeikrachten. Den hellen Staub, der an meinen Fingern hängen bleibt, schnippe ich auf den Boden, und denke daran, was sich seitdem alles verändert hat. Vor allem Balthazaar. Gestern hat er mich angerufen.

«Was hast du im Bauch gemacht?», fragte er.

«Woher weißt ...?»

«Joanne hat mich angerufen.»

Natürlich! Joanne mag sich nicht zwischen Bücher und ihre Leser stellen, aber genauso wenig lässt sie zu, dass irgendetwas zwischen sie und Balthazaar kommt, selbst wenn dieses Etwas ein harmloser nächtlicher Besuch einer alten Freundin ist.

«Joanne hat dich *in der Burgh* angerufen?», frage ich, um abzulenken.

«Ja, sie hat in West-Lundenburgh immer ... ähm ... *geschäftlich* zu tun, und ich habe sie vor einiger Zeit abgepasst. Um Nummern und Neuigkeiten auszutauschen – vor allem die, dass ich ein Shaper bin.»

«Wie hat sie reagiert?»

«Gar nicht», sagt Balthazaar knapp. «Aber noch mal: Was hast du im Bauch gemacht, Pear?»

«Ich habe mir ein Buch geliehen», antworte ich.

«Einfach so? Ohne mich zu fragen?»

«Nachdem du mir jahrelang deine Romane aufgedrängt hast, dachte ich nicht, dass du was dagegen hast, wenn ich endlich nachgebe.»

«Stimmt!» Balthazaar lacht. «Welches Buch?»

«*Alice im Wunderland.*»

«Interessante Wahl!», sagt Balthazaar, weil er nicht weiß, dass es gar keine war. «Und? Wie fandst du es?»

Zuerst will ich cool bleiben und meine Begeisterung herunterspielen, aber dann bricht es doch aus mir heraus: «Ich wusste ja nicht, was mir entgeht, Balthazaar! Die ganzen Jahre über, in denen du von deinen Geschichten geschwärmt hast, dachte ich, du übertreibst. Aber ich habe mich getäuscht. Geschichten zu lesen ... das ist, als ob die Worte Zauberkräfte haben. Sie verwandeln dich in eine andere, auf einmal ist man Alice und gleichzeitig näher bei sich selbst, weil das Staunen, der Schreck, die Freude, diese ganzen Gefühle trotzdem die eigenen sind. Das ist Magie!»

Wieder lacht Balthazaar. Er ist gelöst. Der Alte? Am Telefon ist das schwer einzuschätzen. Ich müsste sehen, ob das Lachen seine Augen erreicht, ob er sie zusammenkneift, so wie er das immer tut, wenn er sich richtig freut. Noch traue ich dem Ganzen nicht.

«Morgen bringe ich das Buch zurück zum Bauch», sage ich. «Darf ich mir dann ein anderes ausleihen?»

«Jederzeit, Pear. Ich sage Joanne Bescheid, falls sie sich wieder meldet. Aber *Alice* bringst du nicht zurück. Deinen ersten Roman behältst du! Ich schenke ihn dir.»

«Danke!» Balthazaars Geste lässt mich aufrechter stehen, größer werden. Ich weiß, wie viel ihm seine Bücher bedeuten. «Geht es dir gut, Balthazaar? Du klingst, als ob es dir gut ginge.»

Balthazaar antwortet nicht sofort. Es macht mir nichts aus. Vielleicht weil ich mich ihm in den letzten paar Minuten näher fühlte, als in der gesamten Zeit, seit er Ost-Lundenburgh verließ.

«Ich habe dir doch erzählt, dass meine Eltern Shaper sein könnten», sagt Balthazaar schließlich. «Erinnerst du dich?»

Ich erinnere mich, aber nicht gerne, weil ich dann an den Abend auf dem Dach der Markthalle denken muss. Und der war grauenhaft.

«Mmmmh», antworte ich und versuche, jegliche Gedanken an «Zaar» zu verdrängen.

«Auf dem Gelände der Burgh gibt es ein Archiv mit Aufzeichnungen über die Shaper-Dynastien Lundenburghs. Und dort werde ich nach meinem Stammbaum suchen.»

Hoffnung. Ich merke, wie sie sich in mir breitmacht, will sie davon abhalten, schaffe es aber nicht. Wenn Balthazaar in diesem Archiv Hinweise auf seine Shaper-Eltern findet, würde das alles verändern. Alles besser machen. Es ist albern, aber so wäre er außer Konkurrenz. Wäre er ein Non, der die Gabe entwickelt hat, müsste ich jedes Mal daran denken, dass ich das für ihn aufgegeben habe. Schlimmer noch, es würde alles, was Nirwana gesagt hat, alles, für das die Roten Hände stehen, infrage stellen. Aber so hat unsere Freundschaft vielleicht doch noch eine Chance. «Ich wünsche dir Glück dabei, Balthazaar!», sage ich. «Lass mich wissen, wie es läuft. Bis bald!» «Danke! Und *wirklich* bis bald, Pear, ja?»

Wirklich!, denke ich, als ich in den Weg zum Truman abbiege, den mir beim letzten Mal die Horrible Harpies verstellt haben. Nach Balthazaars Anruf bereue ich es ein bisschen, dass ich nicht mit ihm hier bin. Das erste Mal ins ¨Truman gehen – das hätte unser Ding sein sollen. Aber es ist, wie es ist. Vielleicht kann ich Balthazaar das nächste Mal hier treffen. Heute begleitet mich Nomi. Nachdem ich *Alice* fertig gelesen hatte, brauchte ich nicht nur ein neues Buch, ich brauchte eine Steigerung. Was immer ich mit der Geschichte geweckt habe, will nicht mehr einschlafen. Also habe ich Nomi zu ihrer Freude gefragt, ob sie mit mir ins Truman geht. Sie war schon zwei-, dreimal dort.

«Da ist es!», sagt sie und zeigt auf ein Backsteingebäude, aus dem ein ewig langer Schornstein ragt. Weiße Groß-buchstaben schreiben

T

R

U

M

A

N

über seine gesamte Länge.

Wir gehen weiter, der Türsteher winkt uns durch. Dabei hätte es ihn und seine Tür nicht gebraucht, um mir klar-zumachen, dass dahinter eine neue Welt anfängt, in der

Topfpflanzen zum Dschungel werden, Rauchschwaden zu unergründlichem Nebel und künstliches Licht zum Sonnenuntergang, so schön, dass er einen ganz und gar gefangen nimmt. Vielleicht ist das der Inbegriff der Freiheit, von der Nomi und die Roten Hände sprachen: andere Welten erkunden, wie es mir gefällt, jetzt schon das zweite Wunderland.

«Und? Sagst du mir nun, zu was dich die Roten Hände inspiriert haben?», fragt Nomi, nachdem wir uns auf eine Eckbank gesetzt haben, vor der ein kleiner runder Tisch steht.

«Ich habe einen Roman gelesen», antworte ich.

«Einen Roman? Wow! Da hast du mir was voraus. Wo hast du denn ein Buch aufgetrieben?»

«Ich leihe dir das Buch gerne aus», sage ich und wünschte, ich hätte es nicht getan. *Alice im Wunderland* ist mein wertvollster Besitz, und ich will ... ich werde ... ihn nie mehr hergeben. «Ich habe den Roman von meinem Freund. Balthazaar. Du erinnerst dich?»

«Klar! Der Non, der die Gabe hat.»

Nomi will weiter über Balthazaar reden, das merke ich. Für die Nons, die von ihm wissen, ist er eine Berühmtheit. Und plötzlich stutze ich: Warum wissen eigentlich so wenige, dass Balthazaar die Gabe hat? Geben die Shaper das nicht raus, weil auch sie vermuten, dass er nie ein Non war?

«Also dieser Balthazaar...», versucht Nomi es erneut, aber sie hat meine Aufmerksamkeit verloren.

Denn der Raum verändert sich plötzlich. Als würde sie unsichtbaren Regeln folgen, macht die Menge in ihrer Mitte Platz. Die Musik wird lauter. Einzelne Gäste, zwei, fünf, dann immer mehr, beginnen, sich dazu zu bewegen. Sie nutzen den freien Raum, manche wiegen sich sanft, andere zappeln, alle sind bei sich. Sofort will ich mitmachen. Mein Fuß ist schon weiter: Er tappt unter dem Tisch im Takt – mal wieder. Aber aufstehen und vor allen zu tanzen ... das traue ich mich dann doch nicht. Ich weiß ja gar nicht, wie das geht. Was, wenn ich komisch dabei aussehe? Muss man das nicht vorher üben? Obwohl ich mich noch keinen Zentimeter vom Fleck gerührt habe, schäme ich mich allein bei dem Gedanken daran, dass ich mich vielleicht ... eventuell ... für alle gut sichtbar zur Musik bewegen könnte.

Der erste Song ist vorüber, und einige Tänzer gehen zu ihren Tischen zurück, um etwas zu trinken. Aber die meisten stehen still da, einige mit geschlossenen Augen und warten. Sie scheinen nicht nervös, weil sie nicht wissen, welcher Song als nächster kommt. Ich verstehe. Die Ungewissheit ist nicht furchteinflößend. Sie ist der Reiz daran. Du lässt das geschehen, was die Musik mit dir macht. Und dann macht sie was mit mir:

A map without countries,
Where shall I go?

Als die ersten Takte von *Hic sunt dracones* erklingen, übernimmt jemand ... etwas meinen Körper. Das bin immer noch ich, aber leichter, als hätte ich einen Teil von mir zurückgelassen – den, der bremst. Ich gehe zu den anderen. Zuerst stehe ich nur da, dann mache ich einen Schritt vor und zurück, vor und zurück. Als meine Mittänzer lächeln, nicht lachen, werde ich mutiger. Arme kommen hinzu, Hände. Zunächst schaue ich noch auf die anderen, kopiere sie. Doch dann schwenke ich meinen Kopf im Rhythmus, und die anderen verschwimmen. Irgendwann weiß ich gar nicht mehr, welche Bewegungen ich mache, sie geschehen automatisch, kommen einfach so aus mir raus, und ich ... ja, doch ... ich tanze!

Erst als die Musik wieder leise gedreht wird, gehe ich zurück zu Nomi. Das Shandy, das sie für mich bestellt hat, trinke ich in einem Zug leer.

«Langsam, sonst verschluckst du dich!» Nomi klopft mir auf den Rücken, und ich muss tatsächlich husten. «Dieses Buch hatte ja eine krasse Wirkung auf dich. So ausgelassen habe ich dich noch nie erlebt.»

«Es ist nicht nur das Buch, Nomi. Ich habe heute eine gute Nachricht erhalten.»

«Ah ja?»

«Balthazaar wird bald herausfinden, wer seine Eltern sind. Verstehst du, was das bedeutet?»

«Dass er dann weiß, woher er seine weißblonden Haare und eingewachsenen Zehennägel hat?» Nomi grinst mich an.

«Haha, sehr lustig. Balthazaar ist nicht blond, und von eingewachsenen Zehennägeln weiß ich auch nichts, aber egal. Es bedeutet: Er hat bald den Beweis dafür, dass er von Shapern abstammt. Der erste Non seit Generationen, der einzige Non seit hundert Jahren, der die Gabe entwickelt hat, ist gar keiner!»

«Ah, okay. Das könnte in der Tat interessant werden. Auch für die Roten Hände. Er wäre der perfekte Fürsprecher für unsere Sache.» Nomi sieht auf einmal anders aus als sonst, tougher. Aber die Härte in ihrem Gesicht ist so schnell wieder verschwunden, wie sie gekommen ist. «Und wie will dein Freund herausfinden, wer seine Eltern sind?»

«Es gibt wohl eine Art Archiv in der Burgh. Dort müsste es Aufzeichnungen über Balthazaars Eltern geben.»

Mit Nomis nächster Reaktion habe ich nicht gerechnet: Sie lacht laut und hemmungslos, beinahe, als wäre sie so verrückt wie der Hutmacher in meinem Buch.

«Nomi?»

«Entschuldige, aber das ist zu komisch», japst Nomi. «Du erinnerst dich, dass mein Vater oft im Westen arbeitet?»

«Wie könnte ich meine Macaron-Quelle jemals vergessen.»

«Mein Vater hat auch den großen Platz vor der Burgh neu gestaltet. Das Kopfsteinpflaster dort musste ersetzt werden. Und als er die Pläne des Burgh-Geländes studiert hat ... Warte ...!»

Nomi sieht sich um. Wo die Bank, auf der wir sitzen, auf die Wand trifft, ist ein Absatz, nicht breit, etwa fünfzehn Zentimeter. Aber im Gegensatz zum Tisch und zur Sitzfläche ist er mit einer Staubschicht bedeckt. Nomi zeichnet mit dem Finger eine Karte hinein.

«Weil ich – wie viele Nons – als kleines Mädchen davon geträumt habe, irgendwann in der Burgh zur Schule zu gehen, hat mir mein Vater alles genau erklärt. Hier ist die Burgh, hier der Platz davor, hier der Wald und hier der See. Als mein Vater seine Entwürfe präsentierte, hat er dem Hausmeister, der ihn beauftragte, vorgeschlagen, ob er nicht eine Straße zu dem kleinen Herrenhaus am Waldrand bauen soll.» Nomi macht ein Kreuz in den Staub, wo sich das Haus befindet.

«Und?», frage ich.

«Der Hausmeister hat wohl das Gleiche wie ich getan: schallend gelacht.»

«Warum das denn?»

«Im Herrenhaus ist das Archiv der Shaper untergebracht. Das hat der Hausmeister meinem Vater erklärt. Den Studenten ist es verboten, es zu betreten, und erwachsene Shaper halten sich davon fern. Eine Straße ist sinnlos. Keiner will dahin. Das letzte Mal war jemand vor ...» – Nomi zählt leise – «... vor hundert Jahren dadrin.»

«Weil die Museumsstücke keinen interessieren?»

«Im Gegenteil. Aber das Archiv wurde vor ewigen Zeiten angelegt, von den Erbauern der Burgh. Niemand weiß mehr, wie man damit umgeht. Seltsame Legenden ranken sich um das alte Herrenhaus, zum Beispiel, dass es selbst für mächtige Shaper so gut wie unmöglich ist, dort an das ranzukommen, was sie wollen. Und dass man nie weiß, wie das Haus auf Besucher reagiert.»

«Du sprichst von dem Archiv, als hätte es eine Seele.»

«Vielleicht hat es das. Am besten tut man, was die Shaper seit Generationen getan haben: Man lässt das Archiv in Ruhe.»

«Unterschätze Balthazaar nicht, Nomi. Der kommt überall rein, wo er reinwill.»

«Weil er ein Shaper ist? Ich glaube nicht ...»

«Nein. Weil er ein Non ist.»

Nomi will den Kopf schütteln, aber bevor sie ihn von der

einen zur anderen Seite drehen kann, hält sie inne und fixiert mich.

«Ein Treibender, um genau zu sein», lege ich nach und könnte mir auf die Zunge beißen. Jetzt habe ich beinahe den Bauch verraten!

«Ein was?»

«Ach nichts. Balthazaar wird es jedenfalls schaffen, in dieses Archiv zu kommen. Davon bin ich überzeugt.» Ich nehme mir Nomis halb volles Pint, trinke davon und setze das Glas so heftig auf, dass Bier auf den Tisch schwappt.

Nomi sieht mich amüsiert an und sagt: «Nach dem, was mein Vater mir erzählt hat, glaube ich nicht, dass *Reinkommen* das Problem ist.»

«Sondern?»

Sie wischt das Bier vom Tisch.

«Das Problem ist, lebend wieder rauszukommen.»

ZAAR

Ich winke meinen Eltern wehmütig zu, als ich die Streifenwelt verlasse. Es ist immer noch wunderschön hier. Trotzdem habe ich heute freiwillig abgebrochen. Die Stimme musste mich nicht einmal daran erinnern. Das Problem an der Streifenwelt ist nämlich, dass sie mich nicht weiterbringt. Bislang habe ich absolut keine Fortschritte mit meinen Shapes gemacht. Die kleinen Verletzungen haben wieder angefangen. Und seit gestern ist Logans Flusswasser aufgebraucht. Nach neuem Wasser will ich Danny nicht fragen, weil ich mir dann eingestehen müsste: Ich bin immer noch kein richtiger Shaper. Um mich selber anzutreiben, habe ich heute sogar die dritte Tür probiert. Vielleicht ist das der Test, dachte ich: dass ich den Schritt ins Ungewisse wage, obwohl die Streifentür noch da ist. Aber die dunkle Tür war fest verschlossen. Ich nehme die Lavendelmaske von meinen Augen und setze mich auf. Am liebsten würde ich sie in eine Ecke pfeffern. Nachdem es die hier nicht gibt, werfe ich sie neben mir auf die Liege. Schlaff rutscht das Kissen zu Boden. Selbst mein Ausraster ist lahm.

«Wann kann ich endlich durch die dritte Tür gehen, Herr Aloisius? Wann klappt es endlich mit dem Shapen?»

«Du solltest dich nicht mit solchen Belanglosigkeiten aufhalten. Die Gabe hat immer das richtige Timing», sagt Aloisius und hebt das Kissen vom Boden auf.

«Ich kann aber nicht mehr, Herr Aloisius. Haben Sie nicht gesagt, dass es ein Tanz ist? Ich stehe jetzt schon viel zu lange alleine auf der Tanzfläche und warte auf meinen Partner. Sogar auf die Musik. Langsam komme ich mir blöd vor. Ich brauche jetzt irgendein Erfolgserlebnis, etwas, das mich motiviert. Sonst packe ich das alles nicht mehr.»

«Fein. Immerhin bist du heute freiwillig aus der Streifenwelt ausgestiegen. Vielleicht bist du so weit. Lass es uns probieren!» Aloisius klopft Staub aus dem Lavendelkissen und legt es zurück auf die Liege. «Komm!»

Ich folge Aloisius in einen Raum, von dem ich nicht wusste, dass es ihn hier gibt: eine Küche. Wie in den meisten Wolkenzimmern ist alles aus hellem Holz: Boden, Decken, Wände und die Möbel. Auch die Küchenzeile besteht aus Holzschränken, die aber durch Geräte in Bonbonfarben unterbrochen werden. Ich stelle mir vor, wie Aloisius morgens Brotscheiben aus dem blauen Toaster entgegenhüpfen, und muss grinsen.

«Setz dich!», sagt Aloisius und geht zum Waschbecken.

Viel zu lange dauert es, bis er mit einem Glas Wasser zurückkommt – Pochen, Schlurfen, Pochen, Schlurfen –, aber ich habe gelernt, meinem Lehrer nur auf dessen Bitte hin Aufgaben abzunehmen. Was er noch kann, will er selbst erledigen.

Pochen, Schlurfen, Pochen, Schlurfen. Geduldig warte ich, bis Aloisius sich auf den Stuhl neben mir sinken lässt. Das Glas stellt er vor mir auf den Tisch.

«Wir wiederholen euer Experiment vom See», sagt er. «In einem bestimmten Zeitfenster zu shapen, ist etwas für

Fortgeschrittene. Es kann gut sein, dass jetzt nichts passiert und dir dafür nachher beim Zähneputzen ein Wassertropfen entgegenschwebt. Aber ich schätze mal, einen Versuch ist es wert.»

Ich nicke.

«Also: Gib der Gabe einen Push!», verlangt Aloisius.

Ich schnipse gegen das Glas. Ringe vibrieren übers Wasser. Wir warten, bis es sich wieder beruhigt hat, und warten und warten weiter und …

«Mist, ich kann das nicht!», sage ich, als nach einigen Minuten immer noch nichts passiert ist. Halb absichtlich, halb unabsichtlich stoße ich das Glas um.

Aloisius reagiert ungewöhnlich schnell. Er stellt das Glas wieder auf. Etwa zur Hälfte ist es noch voll.

«Verlier nicht den Mut, Balthazaar! Wenn du daran glaubst, ohne jeden Zweifel, dass du es kannst, dann kannst du es auch. Lass los! Denn am Ergebnis festhalten heißt, du zweifelst daran, dass es geschehen wird.» Er tupft die Lache auf dem Tisch mit einem Stofftaschentuch weg und schiebt mir das Wasserglas zu. «Und jetzt: Trink!»

«Wie, trink? Dann kann ich den Shape vergessen!»

«Trink das Wasserglas aus! Du hast die Gabe gepusht. Wenn sie dir entgegenkommen möchte, wird sie einen Weg finden, das zu tun. Trinkst du das Wasser, so signalisierst du der Gabe, dass du ihr vertraust. Dass du dir sicher bist: Sie hat ihre Gründe, den Shape an einem anderen Ort zu einem anderen Zeitpunkt zu realisieren. Und dass du weißt, dass dich das nicht zu einem schlechten Shaper macht.»

Mal wieder frage ich mich, ob Aloisius das alles noch im

Griff hat, also mein Training, das Shapen, sein Leben, alles eben. Trotzdem trinke ich das Glas anstandslos aus. Was bleibt mir auch anderes übrig? Kurz darauf verlasse ich die Wolkenzimmer. Es ist schon spät. Ein schüchterner Mond hangelt sich von Wolke zu Wolke. Aber an Schlaf ist nicht zu denken. Ich beschließe, einen Spaziergang zu machen, merke erst nach zehn Minuten, dass ich Richtung See gehe. In der Hoffnung, dass die Gabe mir doch noch den Shape erfüllt? Dass sie die Niederlage, die ich dort hatte, wiedergutmachen will? Ich weiß es nicht, hoffe es aber. *Es kann sein, dass jetzt nichts passiert und dir dafür nachher ein Wassertropfen entgegenschwebt.* Aloisius hat mich darauf vorbereitet. Als die Bäume, die ihn umringen, den Blick auf den See freigeben, bin ich trotzdem hin und weg.

Das Wasser leuchtet. Eine Kuppel aus Tausenden Tropfen, höher noch als Dannys Wassermonster, erstreckt sich über den gesamten See. War ich das etwa? Einen Moment lang glaube ich das tatsächlich. Vielleicht bin ich ein so krasser Über-Shaper, dass ich mich mit kleinen Shapes nicht abgebe und nur Spektakuläres schaffe: brennende Autos und glitzernde Kuppeln. Feuer und Wasser. Doch dann sehe ich sie. Sie steht am Ufer. Die Haare leuchten genauso im Mondlicht wie die Tropfen.

Ist das ihr Shape? Nein, das ist unmöglich! Sparkles können nicht shapen, nur die Shapes anderer verstärken. Unschlüssig, was ich jetzt tun soll, starre ich auf die Tropfenkuppel, starre auf Grace. Ich mache kehrt und gehe den Weg zurück, den ich gekommen bin, aber meine Schritte werden schnell langsamer, kürzer. Schließlich bleibe ich stehen. Ich will wissen, was am See vor sich geht. Außerdem habe ich seit Wochen versucht, mit Grace alleine zu reden. Jetzt bietet sich endlich die Gelegenheit dazu, und ich renne weg? Balthazaar war nie ein Feigling, und Zaar ist erst recht keiner. Mit energischen Schritten laufe ich zurück zum See. Erst kurz davor werde ich langsamer und leiser, damit Grace mich nicht kommen hört. Ich beobachte, wie sie das Kunstwerk zu sich ans Ufer treiben lässt. Das ist definitiv ihr Shape! Die Tropfen lassen sich auf Grace nieder, ihren Händen, ihrem Haar, bis sie über und über in Diamanten gekleidet ist. Sie dreht sich um sich selbst, lacht dabei. Dann schwebt das Wasser zurück zum See. Zunächst formt es sich wieder zu einer Kuppel, die sich dann aber immer mehr zusammenzieht, schmaler wird, bis nur noch ein Tropfen auf dem anderen steht und sie einen Pfad zu den Sternen bilden, die mit ihnen um die Wette funkeln.

Ich kann mich kaum von dem Anblick losreißen, trete aber schließlich doch aus dem Schatten der Bäume und rufe: «Grace!»

Sie dreht sich zu mir um, und im selben Moment pflatscht das Wasser, aus dem sie ihr Kunstwerk geschaffen hat, zurück in den See.

«Was war das?», frage ich.

«Was denn?» Grace sieht mich so übertrieben unschuldig an, dass ich beinahe laut losgelacht hätte.

«Na, das Wasserspiel!», sage ich.

«Welches Wasserspiel?»

«Verarsch mich nicht, Grace. Du kannst shapen!»

«So ein Quatsch! Hast du nicht zugehört im Unterricht? Ich bin ein Sparkle. Und Sparkles können nicht shapen.»

«Ich habe gesehen, wie du eben ein Kunstwerk aus Tropfen geschaffen hast. Das habe ich mir doch nicht eingebildet!»

«Ach so, ja, das habe ich auch kurz gesehen. Vielleicht war das ein anderer Shaper, und wir haben ihn einfach nicht entdeckt.»

«So ein Quatsch! Dass du es mit der Wahrheit nicht genau nimmst, weiß ich, seit du behauptet hast, du wärst nie in Ost-Lundenburgh gewesen. Ich habe ein Jahrzehnt auf den Straßen dort überlebt, und wenn du eine Täuschung nicht sofort erkennst, machst du es keinen Tag. Du, liebe Grace, lügst!»

«Mein Wort gegen deines.»

«Kann sein. Aber wenn ich Zweifel säe, werden die Shaper genauer hinsehen. Und die haben andere Methoden als ich, dich zu prüfen. Früher oder später wird die Wahrheit ans Licht kommen. Emme, zum Beispiel, wird nicht begeistert sein, wenn sie herausfindet, dass du dich als eine der Ihren ausgibst. Und ich bluffe nicht, nicht mein Stil. Ich *werde* zu Emme gehen. Es sei denn, du erklärst mir jetzt, was hier los ist.»

Um meiner Forderung Nachdruck zu verleihen, drehe ich mich um und stapfe einige Schritte Richtung Bäume. Weit komme ich nicht. Eine Wurzel, von der ich schwören könnte, dass sie eben noch nicht da war, verhakt sich in meinen Fuß. Noch eine. Ein paar Sekunden später sind meine Füße so in das Geflecht verheddert, dass mir nichts anderes übrig bleibt, als mich auf den Boden zu setzen. Grace kommt zu mir und blickt auf mich herab. Groß sieht sie aus und schön und – ich schlucke – furchterregend.

«Emme wird kein Problem damit haben, dass ich kein Sparkle bin...»

«Das glaube ich nicht!», rufe ich dazwischen, mehr aus Verzweiflung als aus Gewissheit.

«... weil sie weiß, dass ich gar kein Sparkle sein kann.»

«Wie meinst du das?» Ich reibe an meinem Knöchel, um den sich eine Wurzel geschlungen hat. Ganz schön eng.

«Es gibt keine Sparkles», sagt Grace.

Ich lasse mein Bein in Ruhe und starre Grace an.

«Was? Aber Emme hat uns doch lang und breit erklärt, wie die Sparkles entstanden sind.»

«Propaganda.»

«Propa... Ach komm! Wofür denn? Und warum?»

«Um die anderen Shaper heimlich zu kontrollieren.»

«Wie? Und niemand weiß davon?»

«Nur die Sparkles. Und jetzt du!»

Ich fasse es nicht. In der Burgh ist nichts, wie es scheint.

«Aber ist das nicht wahnsinnig unfair?», frage ich. «Irgendwie hinterhältig?»

«Das wäre es, wenn die Sparkles ihre Macht missbrauchen würden. Aber wir haben einen strengen Ehrenkodex. Ehrlich gesagt sind wir die einzigen Shaper mit einem Ehrenkodex. Wenn die anderen nicht denken würden, dass sie damit alle Sparkles gegen sich hätten und somit auf verlorenem Posten stünden, würden sie ihre Macht viel mehr ausnutzen. Wir sind das Gewissen der Shaper. Es ist kein Zufall, dass Emme sich für Gemeinnütziges einsetzt. Vor allem für Nons.» Beim letzten Satz sieht mir Grace tief in die Augen, und ich frage mich, für wie leicht manipulierbar sie mich eigentlich hält.

«Du meinst also, der Zweck heiligt die Mittel? Viele
Nons bekommen die Überlegenheit der Shaper trotzdem
zu spüren.» Ich denke an Mrs. Reuel und das Whitechapel-
Waisenhaus.

«Deine Freunde?»

«Zum Beispiel. Die Kluft ist da – selbst wenn man keine
Berührung mit den Shapern hat. Ich habe eine Freundin,
deren Mutter starb, als sie acht war. Vor Kurzem fand sie
heraus, dass ihre Mutter ein Doppelleben führte. Die Regeln machen seltsame Sachen mit uns. Mit den Nons, meine ich. Sie führen dazu, dass sie die anlügen, die ihnen am
nächsten sind, dass sie sich komplett verbiegen.»

«Und das mit ihrer Mutter belastet deine Freundin?» Ich
bin überrascht, dass Grace darauf eingeht. Ihre Sympathie
für die Nons scheint nicht gespielt zu sein.

«Es belastet sie sehr», antworte ich. «Wir haben uns kurz
vor dem Tod der Mutter kennengelernt. Plötzlicher Herztod. Das Ganze hat meine Freundin so sehr mitgenommen,
dass sie damals monatelang Albträume hatte, in denen jemand ihre Mutter ermordete. Anders war es für ein kleines
Mädchen einfach nicht zu verstehen, dass der wichtigste
Mensch in ihrem Leben eben noch gesund und dann plötzlich nicht mehr da war.»

Einen Moment lang schäme ich mich, dass ich eine Geschichte erzähle, die nicht meine ist. Aber Grace kennt Pear
nicht. Und ich habe ja nicht einmal Pears Namen erwähnt.

«Das tut mir leid», sagt Grace. «Ich kann verstehen, dass
es Misstrauen gegenüber den Shapern gibt.»

«Gegenüber *euch*!»

«Aber wie gesagt: Angesichts ihrer übergroßen Macht –

unserer übergroßen Macht – könnte es viel schlimmer sein. Bist du nicht froh, dass ich jemanden wie Topher kontrolliere?»

«Und wie genau machst du das?»

«Ich überlagere seine Shapes mit meinen.»

Grace geht zurück zum Ufer, setzt sich ins Gras und starrt auf den See. Im gleichen Moment geben mich die Wurzeln frei. Ich folge Grace, stehe eine Weile hinter ihr und frage mich, ob sie in der Dunkelheit nach ihren funkelnden Tropfen sucht, Boten des Talents, das sie nicht zeigen darf.

«Das muss schwer für dich sein, deine Fähigkeiten zu verleugnen und tagaus, tagein vorzugeben, jemand zu sein, der du gar nicht bist», sage ich.

Ich überlege, ob ich ihr die Hand auf die Schulter legen soll, entscheide mich aber dagegen. Zu früh. Zu nah. Grace reißt kleine Stücke von den Schilfblättern neben ihr ab und formt sie zu Kugeln.

«Wenn das Billy sehen würde ...», sage ich.

«Yep. Sorry.» Sie lässt vom Schilf ab. Ich setze mich neben Grace.

«Warum hast du nicht zugegeben, dass wir uns vom Truman kennen?», frage ich sie.

«Die anderen sollen nicht wissen, dass ich in Ost-Lundenburgh ausgehe.»

«Weil sie dann mitkommen wollen?»

«Eher nicht!» Grace lacht. «Oder kannst du dir Topher im Truman vorstellen?»

Ich sehe Topher vor mir, wie er von Billy abgewiesen wird, weil seine Art von Coolness in Ost-Lundenburgh nicht zieht, bis mir wieder einfällt, dass er als mächti-

ger Shaper überall reinkommt, wo er reinwill … es sei
denn …

«Tophers Kräfte … ist er ohne dich auch ein großer Shaper?»

«Ich bin mir nicht sicher. Seine Show-Shapes überlagere
ich mit meinen. Und deswegen hat er sich daran gewöhnt,
dass ‹seine› Shapes anderen überlegen sind … Das könnte
rückkoppeln und seinen ersten Funken so boosten, dass er
wirklich mächtiger als andere ist.»

Nicht die Antwort, die ich hören will.

«Und was würde passieren, wenn jemand dein Geheimnis lüften und Topher sagen würde, dass er die ganze Zeit
über eine Lüge gelebt hat? Würde dann nicht sein Glaube
an sich und damit seine Fähigkeiten verschwinden?»

«Balthazaar!» Grace packt mich am Arm und sieht mich
an. «Versprich mir, dass du mein Geheimnis für dich behältst!»

«Oder was?»

Als Antwort schnellt eine Schlange aus dem Schilf und
beißt mir in die Hand.

«Autsch! Jaja, schon gut. Ich schwöre!»

Die Natter ist so schnell im Schilf verschwunden, wie sie
gekommen ist. Ich reibe die Stelle, in die sie ihre Zähne gehauen hat, und verschmiere dabei etwas, das im Mondlicht
dunkler aussieht als Blut. Super! Die Gabe hat eben einen
wunderbaren Weg gefunden, Cressidas und Grace' Shapes
zu verweben. Grace zieht eine Augenbraue hoch und sagt:
«Ich hätte dich zu Emme gehen und ins offene Messer laufen lassen können. Sie hätte die Identität der Sparkles mit
allen Mitteln geschützt. Mit allen.» Ihr schroffer Ton ver-

wandelt sich völlig bei ihrem nächsten Satz, so, als hätte sie zwischenzeitlich Kreide gegessen: «Aber genug jetzt von mir und den Sparkles und alledem. Sag mal, was machst *du* eigentlich hier?»

Ich habe sofort mehrere Geschichten parat, doch zwischen Schlaflosigkeitsspaziergang und Nach-was-Verlorenem-suchen-was-genau-wird-mir-schon-noch-Einfallen habe ich keine Lust mehr auf Ausreden. Ich denke an mein Versprechen an Aloisius, nichts von unseren Trainingsstunden zu erzählen, und entscheide mich für einen Mittelweg: «Ich habe heimlich trainiert und wollte das mit dem Wasserkunstwerk noch einmal probieren. Deswegen bin ich hier.»

«Na dann los!» Grace lächelt mich aufmunternd an.

«Ohne Publikum!» Vor Grace noch einmal das Experiment zu wagen, ist das Letzte, was ich will.

«Hey, ich habe eben das zweitgrößte Geheimnis meines Lebens vor dir ausgebreitet – du schuldest mir was!»

«Wenn die Enthüllung deiner falschen Identität nur dein zweitgrößtes Geheimnis war, wie groß ist dann das größte? Du existierst nicht nur in meiner Fantasie, oder?»

«Nein, aber vor mir musst du dich trotzdem nicht verstecken. Das Schlimmste, was passieren könnte, ist, dass es wieder nicht klappt. Und dabei ist beim letzten Mal auch nicht die Welt untergegangen, oder?»

Für dich vielleicht nicht, denke ich, für mich schon. Aber ich halte die Klappe.

«Was meinst du? No risk, no fun?» Grace zwinkert mir zu.

«Fein. No risk, no fun!»

Nervös trete ich ans Seeufer und konzentriere mich auf meinen Shape. Ich entscheide mich, den Push nachzumachen, den Grace und Topher am Show-Shape-Tag wählten. Aber als ich Wasser aus dem See schöpfen will, hält Grace meine Hand fest.

«Was machst du denn, Balthazaar?»

«Ich pushe die Gabe.»

«Das hast du doch schon.»

«Wie meinst du das?»

«Na, als wir damals am See standen. Du hast Gras ins Wasser geworfen, richtig?»

«Ja, aber das ist schon so lange her. Muss ich die Gabe nicht noch mal pushen?»

«Nein. Du darfst ihr nicht hinterherrennen, Balthazaar.»

«Aber die Gabe erinnert sich bestimmt nicht mehr daran, dass ich einen Wasser-Show-Shape machen will.»

Dass ich die Gabe vor wenigen Stunden erneut gepusht habe, sage ich Grace lieber nicht. Dann wäre es ja noch peinlicher, wenn es wieder nicht klappt.

«Die Gabe erinnert sich an das, an was du dich erinnerst», antwortet Grace. «Du weißt doch: Sie passt sich den Funken an. Und was sagt es wohl über dein Selbstwertgefühl aus, wenn du sie ständig pushst, obwohl sie nicht darauf reagiert? Dann bist du der Boyfriend, der seiner Ex-Freundin jeden Tag ein Mixtape macht, obwohl sie es nie anhört. Die Chancen, dass aus denen wieder ein Paar wird, schätze ich auf ... lass mich überlegen ... ich würde sagen null Prozent.»

«Du vergleichst das Shapen mit einer Beziehung?»

«Ja klar. Das Prinzip ist immer das gleiche, egal, was oder wen du anziehen willst.»

Grace lässt einen einzelnen Tropfen aus dem See aufsteigen. Er kommt zu mir und lässt sich kurz auf meiner Handfläche nieder, als wolle er sagen: *Ich könnte deiner sein!* Dann schwirrt er wieder über den See wie ein Kolibri auf Nektarsuche. *Wenn du daran glaubst, ohne jeden Zweifel, dass du es kannst, dann kannst du es auch!*, höre ich Aloisius' Stimme. Ich schließe die Augen, lasse alles von mir abfallen, alle Erwartungen, meine eigenen, Grace', die der Welt, komme zu dem Punkt, an dem es mir egal ist, was auf dem See passiert, weil ich Vertrauen habe, dass es, was immer passieren wird oder auch nicht, zum Besten ist. Als ich meine Augen wieder öffne, zittert sich ein zweiter Tropfen auf die Höhe von Grace'. Meiner.

PEAR

Eiswind pfeift durch die Ritzen zwischen Dielen, Mauern, Scheiben. Meine Decke hält die Kälte kaum noch ab. Es ist eine Vorschau auf den Winter. Wir haben November, und in den nächsten Monaten wird es auf dem Dachboden der Christ Church immer ungemütlicher werden. Ich muss mir was einfallen lassen. Im Winter kann ich hier ohne Heizung nicht bleiben. Und den ganzen Tag im Haus eingesperrt sein ... das halte ich nicht aus. Wenigstens leistet mir Nomi heute Gesellschaft. Ich beobachte, wie sie sich in die Felldecke kuschelt, die sie mitgebracht hat. Sie lässt Nomi wie einen bauschigen Bären aussehen, einen Bären, der nicht friert. Ich ziehe mein Wolldeckchen enger um mich. Es dauert nicht lange, bis der Bär sein Lieblingsthema anspricht: «Und? Hast du von Balthazaar gehört? Hat er seine Eltern gefunden?»

«Nein.»

«Du hast nicht von ihm gehört, oder er hat nichts herausgefunden?»

«Er hat sich nicht gemeldet», sage ich und verschweige, dass ich *ihn* kontaktiert habe. Zumindest habe ich es versucht. Das Sekretariat in der Burgh gab mir Balthazaars Nummer. Aber meine Anrufe gingen ins Leere, und irgendwann war ich der festen Überzeugung, dass sie in der Burgh durch einen Zauber erkennen können, wer am anderen Ende der Leitung ist, und Balthazaar mich mit Absicht ignoriert. Dass Nomi mich daran erinnert, nehme ich ihr übel.

«Schade», sagt sie, und ich könnte ihr nicht mehr zustimmen, ihrem nächsten Satz dagegen nicht weniger. «Pear, ich finde, wir sollten Balthazaar für unsere Sache gewinnen. Und mit ‹wir› meine ich ‹du›.»

«Unsere Sache?»

«Die der Roten Hände.»

«Meine Beziehung zu Balthazaar hat sich gerade wieder einigermaßen von seinem Umzug in die Burgh erholt. Ich werde sie jetzt nicht mit was Neuem belasten.»

Mittlerweile bereue ich es, Nomi von Balthazaar erzählt zu haben – überhaupt, dass ich ihn kenne –, und dann noch mal im Truman die Sache mit seinen Eltern. Ich schiebe meine Redseligkeit auf die Musik, das Tanzen, den Alkohol und ... also vor allem auf den Alkohol.

«Wieso denn belasten?», fragt Nomi. «Es könnte doch auch euer gemeinsames Projekt werden. Eine Verbindung!»

«Nomi, du weißt doch gar nicht, wie Balthazaar zu den Roten Händen steht. Vielleicht will er nichts mit ihnen zu tun haben, würde sie sogar verraten.»

«Das glaube ich nicht. Er hängt an den Nons, an dir, Pear. Da bin ich mir sicher.»

«Kann schon sein. Aber davon abgesehen weiß ich gar nicht, wie *ich* zu den Roten Händen stehe. Ich finde ihr Engagement schon gut. Aber ich bin jetzt kein Mitglied oder so. Ich war nur wegen meiner Mutter im Golden Heart.»

«Das ist es ja! Ich hätte gedacht, dass dir das Thema mehr am Herzen liegt, nachdem deine Mutter ...»

«Nachdem meine Mutter was?»

«Na ja, findest du es nicht auch komisch, dass sie Teil einer revolutionären Gruppe war und auf einmal in jungen Jahren ... zu Tode kommt?»

«Meine Mutter starb an plötzlichem Herztod», antworte ich. «Sie ... sie ist einfach umgefallen.»

Schon wieder erinnert mich Nomi an etwas, das ich lieber vergessen würde – dieses Mal an den schlimmsten Tag meines Lebens. Ich war acht, als meine Mutter einfach so in der Wohnung zusammenbrach. Ich kann mich nicht an vieles aus der Zeit erinnern, aber das Bild meiner Mutter, die regungslos auf dem Küchenfußboden liegt, hat sich für immer in mein Gedächtnis gebrannt. Genauso wie das Geräusch des Wasserhahns, der weiter Wasser in das Becken spuckt, an dem sie sich eben noch die Hände gewaschen hat. Das Wasser abzustellen, hat sie nicht mehr geschafft. Der Tod kam ihr zuvor.

«Keine Fremdeinwirkung, also?», fragt Nomi.

«Keine Fremdeinwirkung!», antworte ich.

«Oder sie war unsichtbar.»

«Wie soll das denn gehen?»

«Na ja, zum Beispiel mit Gift.»

«Gift?»

«Langsam wirkendes Gift, das sich in ihr angesammelt hat und irgendwann ... Denk nach! Hat deine Mutter kurz vor ihrem Tod ihre Essgewohnheiten geändert?»

«Was? Nein, nicht dass ich wüsste! Nomi, können wir das Thema nicht lassen? Bitte ...»

«Vielleicht warst du zu klein, um etwas zu merken», fährt Nomi ungerührt fort.

«Das ist doch Quatsch! Warum sollte jemand meine Mutter vergiften wollen?» Langsam macht Nomi mich wütend. Sie holt Ängste zurück, die ich von früher kenne und eigentlich längst überwunden habe.

«Du weißt ja nicht, welche Rolle sie bei den Roten Händen gespielt hat. Vielleicht war sie so wichtig für die Bewegung, dass sie irgendwer loswerden wollte.»

«Ich glaube, du überschätzt die Roten Hände, Nomi. Bislang haben die außer reden nicht viel zustande gebracht, oder?»

«Ich glaube, du unterschätzt die Roten Hände, Pear. Und die Shaper. Du weißt doch gar nicht, was im Hintergrund alles abläuft. Welche Pläne die Roten Hände schmieden, welche schon am Laufen sind, wie die Shaper darauf reagieren. Aber ich will dich da nicht unnötig mit reinziehen. Du hast recht. Manchmal muss man die Vergangenheit ruhen lassen, um in die Zukunft gehen zu können. Vom Rätselraten wird deine Mutter auch nicht wieder lebendig.»

Damit kriegt mich Nomi. Ihre Sätze erinnern mich an Balthazaars Reaktion auf dem Dach Spitalfields'. Und genau wie damals fühlt es sich an, als ob meine Mutter noch einmal stirbt, wenn ich ihre Geschichte nicht ergründe.

«Es geht nicht darum, dass ich die Vergangenheit Vergangenheit sein lassen will. Wenn da noch etwas ist, will ich das natürlich herausfinden. Ich glaube nur nicht, dass es noch etwas herauszufinden gibt. Wie dem auch sei, ich komme nächsten Dienstag einfach mit ins Golden Heart und spreche mit den Leuten, die meine Mutter gekannt haben. Dann werde ich dir beweisen, dass du Gespenster siehst, Nomi.»

«Ich habe sowieso schon darauf gewartet, dass du mich mal wieder begleitest», sagt Nomi und gibt mir ein Stück ihrer Decke ab.

Der Rest des Nachmittags verläuft friedlich. Trotzdem bin ich erleichtert, als wir die Christ Church verlassen. Meine Laune ist immer noch angeknackst, als ich nach Hause gehe, und noch angeknackster, als ich zu Hause ankomme. Mein Vater hatte einen Schub. Die Wohnung sieht aus, als hätte er wahllos Sachen umgeworfen und kaputt gemacht – und ich befürchte, er hat auch genau das getan. Kleider auf dem Boden, umgestoßene Möbel, eine zerbrochene Vase. Die Schalen fürs Abendessen stehen auf dem Tisch, aber die Erde liegt dieses Mal daneben. Mein Vater sitzt davor und flicht Gummischnüre, isst sie aber nicht, sondern pfriemelt die einzelnen Stränge wieder auseinander, nur um dann erneut einen Zopf daraus zu machen.

Eine Weile sehe ich ihm bei seiner sinnlosen Arbeit zu, einfach weil ich zu erschöpft bin, um das, was mich jetzt erwartet, anzugehen. Dann stelle ich einen umgestoßenen Stuhl wieder hin, setze mich zu ihm. «Hallo, Papa!», sage ich und nehme ihm die Gummischnüre weg. Er will sich wehren, ist aber zu unkoordiniert. Schließlich überlässt er mir seine Süßigkeiten, verzieht sich in die Ecke neben der Tür, hockt sich auf den Boden und vergräbt seinen Kopf zwischen Armen und Knien. Er wimmert leise vor sich hin, und ich will ihn beruhigen, aber zuerst muss ich das klebrige Zeug loswerden.

Ich gehe zur Küchenzeile und werfe die Gummischlangen in den Abfall. Na super, die haben abgefärbt. Schon wieder rote Farbe auf meiner Haut ... Meine Finger sehen aus, als könnte ich selbst rote Hände verpassen. Ich gehe zum Waschbecken und drehe den Hahn auf. Aber als ich meine Hände unter das fließende Wasser halten will, stutze ich. Rote Flecken! Kann es sein ...? Nein, das ist zu weit hergeholt. Obwohl: Mein Vater hat nach dem Tod meiner Mutter mit den Gummischnüren angefangen. Trotzdem ... unmöglich!

Hin- und hergerissen zwischen meinen Gedanken, lasse ich das Wasser laufen, meine Hände, wie sie sind, und knie mich neben meinen Vater.

«Papa!»

Er sieht mich an – das ist schon mal gut. Aber ich weiß nicht recht, wie ich es angehen soll. Ich will meinen Vater nicht an den Tod meiner Mutter erinnern. Noch ein Schub heute wäre für uns beide zu viel.

«Papa, warum magst du die Gummischnüre eigentlich so gerne?», fange ich vorsichtig an, aber er runzelt nur die Stirn.

Ich gehe zum Schrank, hole drei Schnüre aus der Packung und gebe sie meinem Vater. Vielleicht hilft ihm das, sich zu erinnern. Er fängt sofort an, einen Zopf zu flechten.

«Warum flichtst du die immer, Papa?», versuche ich es noch einmal. Diesmal bekomme ich eine Antwort.

«Hat Laila immer gemacht.»

«Das stimmt, Mama hat sich nachts immer die Haare geflochten, bevor sie ins Bett ging. Ich mache das auch.»

Ich drücke die Hand meines Vaters und weiß nicht, wer wem mehr rote Farbe abgibt. Ist auch egal. Nomi hat mich ganz kirre gemacht. Mein Vater isst das süße Zeug zwar, weil es ihn an meine Mutter erinnert, nicht jedoch an ihre

Essgewohnheiten, sondern an ihre Haare. Das Wasser läuft immer noch ins Becken, ich muss es abdrehen. Aber als ich aufstehen will, hält mein Vater mich fest.

«Nein, nicht flechten. Flechten tue ich sie», sagt er und hält mir den Zopf unter die Nase. «Laila hat sie gegessen.»

Der Wasserstrahl ist plötzlich ohrenbetäubend laut.

ZAAR

Lunch zusammen?»

Grace stützt sich auf Dannys und meinen Tisch. Ich bin richtig erschrocken, als sie nach dem Unterricht – zwei Stunden mit Sinclair zum Thema *Vorbilder: Wie ihr sie sucht und wie ihr sie findet* – plötzlich vor uns stand. Seit der Nacht am See ist Grace freundlich zu mir, so freundlich, dass Topher das ausgleicht, indem er noch gehässiger ist als üblich. Aber etwas gemeinsam unternehmen? Das ist neu.

«Lunch? Gerne!», sagt Danny und wirft seine Sachen etwas schneller in seine Tasche als sonst.

«Sorry, Danny», antwortet Grace. «Nächstes Mal. Heute will ich mit Balthazaar alleine Mittag essen.»

«Ich nenne mich jetzt Zaar», sage ich.

«... mit Zaar alleine Mittag essen», korrigiert Grace sich ohne viel Aufhebens. Danny ist meine Namensänderung nicht einmal einen Kommentar wert. In der Shaper-Welt wird alles, was deine Individualität stützt, angenommen, ohne es zu hinterfragen. Ich denke an Pear, die am längsten von Zaar weiß, aber weiter meinen alten Namen benutzt.

«Weißt du, Zaar und ich haben was Wichtiges zu besprechen», sagt Grace zu Danny.

«Ach so? Okay, bis dann, Zaar, Grace», antwortet er.

«Haben wir?», frage ich Grace und winke Danny nach,

der seine Enttäuschung kaum verbergen kann. Aber er ist zu gutmütig, um Grace darauf hinzuweisen, dass sie nicht so einfach seinen Tischnachbarn klauen kann.

Grace' «Ja!» ist so bestimmt, dass ich nicht weiter nachhake und ihr zum Speisesaal folge. Dort wählt sie nicht einen der beliebten Plätze mit dem Ausblick bis zum See, sondern einen Tisch in einer dunklen Ecke, den wir für uns alleine haben. Ich finde das schade, ich hätte gerne, dass wir besser zu sehen wären. Aber Topher kann uns beobachten, stelle ich zufrieden fest. Er tauscht sogar mit Edwin den Platz, damit er uns im Blick hat.

Kaum haben wir uns gesetzt, kommt jemand aus der Küche, um uns zu fragen, was wir heute essen wollen. Normalerweise werden wir von Kellnern bedient. Doch heute ist es der Typ, der Aloisius' Shepherd's Pie zubereitet hat. Und sein Ego ist immer noch so groß wie damals.

«Hallo, Grace!», sagt er mit einem breiten Grinsen. Ich wundere mich nicht, dass die beiden sich kennen, schließlich hat Grace fast ihr gesamtes Leben in der Burgh verbracht. Aber ich wundere mich, dass er sie anspricht. Auch bei den Shapern gibt es Hierarchien. Grace nickt ihm kühl zu.

«Du, wegen deiner Frage habe ich noch mal nachgehakt ...», sagt die Küchenhilfe.

«Nicht jetzt!», herrscht Grace ihn an, und er wird irgendwie kleiner dadurch.

«Sorry», sagt er leise. Es ist das erste Mal, dass ich höre, wie ein Shaper sich entschuldigt. «Was kann ich euch bringen?»

In der Burgh gibt es keine Speisekarte und erst recht kein

gesetztes Essen. Jeder kann das bestellen, auf was er Lust hat. Und natürlich sind exakt die Zutaten, die gebraucht werden, gerade im Haus. Mir fehlt meistens die Fantasie für kulinarische Experimente. Ich bestelle zum dritten Mal in der Woche Pizza. Nachdem Grace Ramen – «in Miso, ohne Frühlingszwiebeln, mit extraviel Shiitake und etwas Nori, so im Verhältnis 2:1, dazu ein gekochtes Ei, wachsweich» – bestellt hat, sieht sie mich ernst an.

«Erinnerst du dich an Emmes Geschichte über die Entstehung der Sparkles?», fragt sie mich.

«Die Herzschmerzstory?», sage ich mit offensichtlicher Ironie und verdränge dabei erfolgreich, dass ich mich während Emmes Vortrag in der Hauptrolle dieser Story gesehen habe, und das gänzlich unironisch mit einer Herzschmerzpartnerin, die verdächtig große Ähnlichkeit mit Grace hatte.

«Die Legende von Ambrose und Ligeia, ja.» Grace lächelt.

«Es gibt einen alternativen Entstehungsmythos, einen, den sich Sparkles untereinander erzählen. Einen, der nicht erfunden sein soll.»

«Oh, wow! Ein Mythos von *der* vertrauenswürdigen Quelle, deren letzter Mythos sich als komplett verlogen herausgestellt hat?»

«Haha, sehr witzig.» Grace drückt kurz meine Hand, die auf dem Tisch liegt, und sieht mich vorwurfsvoll, aber amüsiert an. Ich versuche, aus den Augenwinkeln zu erkennen, ob Topher das beobachtet hat.

«Man erzählt sich jedenfalls, dass es tatsächlich eine Methode gab, das Shapen zu verstärken – die eigenen Fähigkeiten, nicht die der anderen», sagt Grace. «Die ersten beiden Funken, Selbstwert und Vorstellungskraft, sind notwendig, um shapen zu können. Aber es gibt noch eine Art Booster der Gabe. Einen dritten Funken.»

«Echt? Und was soll dieser dritte Funke sein?» Fantastisch, noch so ein Shaper-Ding, das es zu meistern gilt. Seit ich am See meinen ersten bewussten Shape hingekriegt habe, hat es immer mal wieder geklappt. Als wir in Chelsea unterwegs waren und ein unvorsichtiger Dachdecker einen Ziegel fallen ließ, musste Danny mich nicht zur Seite ziehen. Ich habe gleichzeitig mit Danny den Push bekommen auszuweichen. Und bei meinem letzten Besuch in Aloisius' Wolkenzimmern konnte ich eine Mücke zwar keine liegende Acht, aber immerhin einen verbeulten Kreis in die Luft fliegen lassen. Ich verletze mich auch nicht mehr. Ein großer Shaper zu sein ... das ist trotzdem was anderes.

«Keiner weiß, was der dritte Funke ist. Das ist das Problem.» Grace legt ihren Zeigefinger an die Lippen und nimmt dem Kellner, der wie aus dem Nichts auftaucht, mit einem «Danke!» ihre Ramen und meine Pizza ab. Erst als er durch die Tür zur Küche verschwunden ist, spricht sie weiter.

«Das Wissen über den dritten Funken ging verloren. Eine Gruppe Shaper hat ihn vor Hunderten von Jahren entdeckt und beschlossen, ihn für sich zu behalten.»

«Wie haben sie ihn entdeckt? An sich selbst?», frage ich abwesend. Ich bin hungrig, und meine Pizza – in sechs symmetrische Stücke geschnitten, als wüsste irgendwer, dass ich sie gern mit der Hand esse – riecht verlockend. Aber Grace hat noch nicht einmal den Deckel von dem

kleinen Keramiktopf genommen, der ihre Ramen enthält.
Ist es unhöflich, wenn ich mitten in ihrem Vortrag über das
«Wichtige», das sie mit mir besprechen will und das ich gar
nicht so wichtig finde, einfach zu essen anfange? Zaghaft
nehme ich ein Stück Pizza in die Hand.

«Ein Non-Mädchen, Erin, kam in die Burgh. Sie hatte
Kräfte, wie sie nie zuvor jemand gesehen hatte. Das Mädchen hat davor die Hölle durchgemacht – wahrscheinlich
hat das die Mutation getriggert. Aber die beiden ersten
Funken waren derart unterentwickelt in ihr, dass es ein
Wunder war, was für Shapes sie zustande bekam. Ihre Betreuer begannen, Erin auszufragen, sie zu beobachten, mit
ihr zu experimentieren, bis sie ihr Geheimnis entschlüs-
selten und den dritten Funken fanden. Erin aber, sowieso
schon traumatisiert, nahm die Prozedur derart mit, dass
sie eines Tages aus dem Fenster des Turmes sprang, in dem
sie untergebracht war.»

Ich lege die Pizza wieder in den Teller, von der ich gerade
abbeißen wollte. Definitiv nicht der Moment, um mit Essen
anzufangen.

«Wie furchtbar!», sage ich. «Hat sie überlebt?»

«Nein. Ihre Betreuer haben sich große Vorwürfe gemacht, zu was die Suche nach dem dritten Funken geführt
hatte. Sie beschlossen, ihre Entdeckung für sich zu behalten, um zu verhindern, dass die Gier nach dem dritten Funken und seiner Macht noch Schlimmeres anrichtet. Dazu
haben sie einen Geheimbund gegründet: die Sparkles. So
nannten sie sich, weil sie einen Funken mehr besaßen als
alle anderen Shaper, aber auch weil sie, um das zu rechtfer-
tigen und Erin zu ehren, Licht in das Dasein jener bringen

wollten, die ohne Hoffnung im Dunkeln leben; vor allem Nons.»

«Und wie kam es dazu, dass ihnen der dritte Funke wieder abhandenkam? Das ist ja wohl kein Schlüssel oder Geldbeutel oder so, den man einfach verlegt.»

«Durch einen Shape. Die Sparkles wurden zu mächtig, und mit der Macht kam der Missbrauch, den sie eigentlich verhindern wollten. Ihre ursprünglich hehren Absichten gerieten mit jeder Generation weiter in Vergessenheit. Sie brachten andere dazu, ihnen zu dienen – weniger mächtige Shaper, Nons. Irgendwann beschloss die mächtigste der Sparkles, eine Shaperin namens Sophinette, dem Spuk ein Ende zu setzen. Sie konnte einfach nicht mehr mitansehen, wie die Sparkles ihren Glanz verloren und nur noch Dunkelheit in die Leben anderer brachten.»

«Und wie hat sie das gemacht?»

«Sophinette hat den dritten Funken weggeshapt.»

«Das geht? Einfach so? Warum hielten die anderen sie nicht auf?»

«Niemand wusste, was sie vorhatte. Und da kein Sparkle auch nur im Traum daran dachte, dass einer von ihnen das Wissen über den dritten Funken ausrotten wollte, tat auch keiner was dafür, um es zu erhalten. Es gab praktisch keine Shapes, gegen die sich Sophinette durchsetzen musste.»

«Wow! Ganz schön clever, diese Sophinette.»

Meine Pizza ist nur noch lauwarm, als ich endlich hineinbeiße, und wenn Grace so weitermacht, ist das hier vieles, aber nicht der versprochene Lunch. Ihre Ramen bleiben unberührt.

«Sophinette war meine Urururururururgroßmut... ach

302

ganz ehrlich, ich weiß nicht, wie viele Urs zwischen ihr und mir liegen. Jedenfalls war sie meine direkte Vorfahrin.» Grace nimmt die Stäbchen, die statt Besteck neben dem Topf liegen, und dreht sie wie Kreisel auf dem Tisch, immer wieder. Keine Ahnung, wie sie damit Suppe essen will. «Was ist dann passiert?», frage ich. «Wer kam auf die Herzschmerzstory? Und warum?»

«Na ja, das Gemeine an Sophinettes Shape war, dass sie zwar das Wissen um den dritten Funken löschte, nicht aber die Erinnerung daran, dass er existiert. Ein Rest des dritten Funkens blieb den Sparkles erhalten. Sie konnten ihn nur nicht mehr bewusst nutzen. Trotzdem waren sie mächtiger als die meisten anderen Shaper.»

«Warum erzählst du mir das alles?»

«Ich weiß es nicht.»

«Ein Push?», frage ich und gebe Grace einen sanften Stoß, meine Knöchel auf ihrer Schulter.

«Vielleicht», sie knufft mich zurück. Und dieses Mal hat Topher es definitiv gesehen. Er bearbeitet seinen Crêpe mit der Gabel, als hätte der ihm was angetan. Ich grinse.

«Als Emme mir von dem Non erzählte, der ohne Training Autos durch die Straßen krachen ließ, dachte ich ehrlich gesagt, dass du eine neue Erin sein könntest, der Schlüssel zum dritten Funken. Aber ...»

«Ja, ich weiß, ich bin eine Enttäuschung.» Schlagartig verfliegt meine gute Laune. Ich schiebe die Pizza zur Seite. War Emme deswegen so freundlich zu mir? Weil auch sie hoffte, dass ich ihr den Weg zum dritten Funken weisen könnte?

«Nein, du bist keine Enttäuschung», sagt Grace. «Vielleicht wirst du mir auf andere Weise helfen, den dritten Funken zu entdecken. Und dazu solltest du wissen, dass es ihn gibt, nicht wahr? Die Realität ist ein Stück Stoff, und manchmal verflechten sich Shapes. Was passiert, dient dann zwei Shapern gleichzeitig.»

«Auch die Gabe macht es sich also so einfach wie möglich. Faules Stück!»

Grace lacht, aber die Idee vom Teamwork lässt mich nicht mehr los.

«Ich will auch etwas mit dir teilen, Grace. Ich habe vor, ins Archiv einzusteigen, um nach meiner Abstammung zu forschen. Vielleicht gib es dort Informationen zum dritten Funken. Kannst du mir vielleicht helfen? Gibt es Tricks, wie man da am besten rein- und wieder rauskommt? Einen Plan, wo man was findet? Oder» – ich werde ganz aufgeregt bei dem Gedanken – «willst du vielleicht mitkommen?»

«Man kann nur alleine rein», antwortet Grace. «Zu meinen Lebzeiten hat niemand das Herrenhaus betreten. Ich selbst habe es nie probiert. Ich habe zu viele große Shaper scheitern sehen – wenn es darum geht, ins Archiv reinzukommen, sind meine Funken nicht die stärksten.»

Mist! Wie soll ich denn ins Herrenhaus kommen, wenn es sogar große Shaper nicht schaffen? Wenn Grace es noch nicht einmal versucht? Grace merkt, dass ich die Hoffnung verliere.

«Kopf hoch, Zaar!», sagt sie. «Man kann dort nur finden, was einem wirklich am Herzen liegt. So sagt man. Deine Chancen stehen also nicht schlecht. Und jetzt ist es auch mein Shape, dass du Erfolg hast, denn vielleicht zeigt sich dir dort der dritte Funke. Wir haben uns gegenseitig unsere Geheimnisse erzählt. Unser Gespräch war ein Push an die Gabe.»

Sehr gut, Zaar! Gleich mal die beste Shaperin der Schule als Verbündete gewonnen. Wenn das kein gutes Omen ist! Grace nimmt den Deckel vom Keramiktopf, und eine Weile essen wir stumm nebeneinander. Sie klemmt die Nudeln zwischen die Stäbchen, als hätte sie in ihrem Leben nichts anderes gemacht. Und dann lüftet sie das Geheimnis, wie sie ohne Löffel an die Suppe rankommt – sie nimmt den Topf in beide Hände und trinkt ihn aus.

«Wozu brauchst du eigentlich den dritten Funken», frage ich, als wir fertig sind ... wenn ich ehrlich bin, nur um den Lunch noch etwas in die Länge zu ziehen. «Du bist die mächtigste Shaperin, die ich kenne.»

«Wer sagt, dass ich ihn für mich behalten möchte?», antwortet Grace.

«Aber wenn der dritte Funke so große Macht verleiht, ist es dann nicht besser, wenn er verschollen bleibt? Was, wenn das Wissen in die falschen Hände gerät?»

Grace zieht eine Augenbraue hoch und sieht mich halb belustigt, halb beleidigt an.

«Nicht dass ich finde, deine Hände sind die falschen, natürlich nicht», beeile ich mich zu sagen. «Ich meine nur ... deine Wie-immer-viele-Urs-Großmutter hatte durchaus gute Gründe, den Funken verschwinden zu lassen. Warum willst du das rückgängig machen?»

«Weil ich denke, dass es einen besseren Weg gibt, nämlich den dritten Funken für Gutes zu nutzen! Dafür, die Welt zu einem besseren Ort zu machen.»

305

«Aber wäre das nicht ganz schön schwer zu kontrollieren? Wenn ich eines mittlerweile über das Shapen gelernt habe, dann, dass es weniger geradlinig ist, als ich immer dachte.»

«Das lass mal meine Sorge sein», sagt Grace, ihr Ton eisig. Sie legt die Stäbchen zur Seite und setzt den Deckel mit schrillem Klirren zurück auf den Topf. «Wie du schon richtig sagtest: Ich bin die mächtigste Shaperin, die du kennst.»

«Natürlich, und ich vertraue dir, Grace. Trotzdem würde ich gerne verstehen, warum dir die Sache so wichtig ist.»

Ich kann nicht glauben, was Grace, deren Ei wachsweich und deren Shiitake-Nori-Verhältnis 2:1 sein muss, mir zur Antwort gibt, die Grace, die ihr ganzes Leben die Selbstbestimmung genossen hat, nach der ich und alle Nons uns sehnen: «Weil ich glaube, dass es mein Schicksal ist.»

PEAR

Kurz vor sieben überqueren Nomi und ich die Hanbury Street.

«Weißt du, du hättest auch ohne mich herkommen können. Curtis würde dich sicherlich reinlassen.»

«Mir ist es lieber, wenn du dabei bist, Nomi. Wer weiß, was ich heute herausfinde. Vielleicht brauche ich deine Unterstützung.»

«Jederzeit!» Nomi lacht, als sie in Curtis' Hand einschlägt. Wie immer hält er an der Tür Wache. Ich will es Nomi nachmachen und hebe meine Hand zum High-Five, aber Curtis sieht mich nur verstimmt an.

«Dann halt nicht ...», murmle ich und schiebe mich hinter Nomi in den Pub. Wie beim letzten Mal stehen die Roten Hände dicht gedrängt zusammen. Ich wäre weiter hinten geblieben, aber Nomi zieht mich nach vorne zum Ende der Bar. Wir setzen uns auf den Tresen. Xandra reibt das Glas bei unserem Anblick etwas fahriger trocken, als zuvor, sagt aber nichts. Wieder bin ich froh, dass ich mit Nomi zusammen hier bin. Wir haben freien Blick auf die Tischbühne, auf die Curtis Punkt sieben klettert. Der Vorhang neben der Bar bewegt sich nicht.

«Nomi!», flüstere ich. «Meinst du, Nirwana ist heute auch hier?»

«Nein, sicher nicht. Nirwana kommt selten zu den Treffen. Ich habe sie das erste Mal gesehen, als ich mit dir hier war, und ich bin schon eine Weile bei den Roten Händen.» Ich will sie fragen, wie lange «eine Weile» ist, aber Curtis, sichtlich erfreut, dass die Bühne heute ihm allein gehört, beginnt seine Rede: «Willkommen, liebe Freunde und Freundinnen!»

Es folgen Ausführungen über die große Bedeutung der Roten Hände. Curtis hört sich gerne reden und die anderen ihn auch. Ich bin enttäuscht, dass Nirwana heute nicht kommt, aber sie hat wahrscheinlich Besseres zu tun: Stadien füllen, Hits schreiben, Auszeichnungen zählen.

«Wir haben viel erreicht mit unseren Aufklärungskampagnen. Wir können stolz auf uns sein», sagt Curtis und beklatscht sich selbst.

Sein Publikum fällt mit ein. Aufklärungskampagnen? Undercover sind die Roten Hände offenbar umtriebiger, als ich dachte.

«Nons in ganz Lundenburgh haben sich von den Regeln verabschiedet und leben ein freieres Leben. Aber sie tun es heimlich. Die Revolution – *unsere* Revolution – ist nicht sichtbar. Sie ist ein weiterer Bling-Schrein, versteckt, etwas, für das sie sich schämen. Und unsere Kinder und Jugendlichen, unsere Zukunft, erreicht die Revolution so nicht. Oder kaum», sagt Curtis mit Blick auf Nomi und mich. Das erste Mal habe ich das Gefühl, dass in seiner offenen Ablehnung so etwas wie Respekt mitschwingt.

«Deswegen müssen wir raus aus den Schatten! Sie müssen uns sehen! Die Zeit des Redens ist vorbei!»

Ich grinse, weil Curtis das, was er anprangert, gerade selbst tut und sich dabei ziemlich wohlfühlt.

«Die Zeit des Handelns ist gekommen», sagt er und reckt seine Hand nach oben, Finger ausgestreckt. Einer nach dem anderen tut es ihm nach. «Deswegen schlage ich vor ...» Bevor Curtis seinen Vorschlag unterbreiten kann, geht ein Murmeln durch die Menge. Die erhobenen Hände sinken nach unten. Das Raunen beginnt in den hinteren Reihen, wird lauter und lauter, bis Curtis irritiert innehält. «Was ist dahinten los?», fragt er.

Niemand antwortet. Aber in der Nähe des Eingangs wird ein schmaler Gang zwischen den Zuhörern frei, der immer länger wird. Trotz meines VIP-Platzes auf dem Tresen kann ich nicht sehen, warum sich die Menge teilt. Wie ein Reißverschluss, der sich langsam öffnet, sieht es aus. Wer immer nach vorne zur Bühne kommt, muss sehr klein sein und ist durch die Roten Hände verdeckt. Erst als der Reißverschluss sich ganz öffnet, kann ich eine schlanke Schnauze erkennen, die sich zwischen den Beinen nach vorne schiebt. Nirwanas Windhund.

ZAAR

Türflüsterer. So haben mich die Treibenden genannt, weil in ganz Lundenburgh kein Schloss vor mir sicher war. Das des Archivs zu knacken, ist easy. Lockeres Stochern und ein paar Umdrehungen mit dem Dietrich aus dem Einbrecher-Kit, das Joanne mir aus dem Bauch mitgebracht hat, und schon ruckelt die Eichentür nach außen. Drinnen ist es dämmrig. Als ich die Tür weiter öffne, wetteifert ein Lichtspalt mit dem Vollmond. Einen Sieger gibt es nicht.

Fast zu reibungslos, das Ganze! Sobald ich das Herrenhaus betrete, weiß ich, warum. Es ist keine Herausforderung, an die Schätze des Archivs ranzukommen, sondern an das, was man sucht. Das Haus hat keine Stockwerke, keine Zimmer, keine Möbel. Der gesamte Raum, Breite wie Länge wie schwindelerregende Höhe, ist über und über und über mit Büchern und Museumsstücken vollgestopft. Sie stapeln sich, balancieren aufeinander, reihen sich aneinander, teilen sich enge Ecken und schaffen neue. Ein Shaper, schätze ich, würde einfach genau über das stolpern, was er braucht, ohne überhaupt zu begreifen, was das ist. Für mich heißt das: I'm fucked!

Weil ich mir nicht anders zu helfen weiß, beginne ich, die Titel der Bücher im Stapel vor mir zu lesen. Vielleicht habe ich Glück. Vielleicht bin ich ein besserer Shaper, als ich denke, und der dritte Funke bricht unerwartet aus mir heraus.

West-Lundenburgh – eine architektonische Reise ist eher nichts, die Glasglocke mit dem ausgestopften, zweiköpfigen Leguan, die darauf thront, erst recht nicht, genauso wenig *Legendäre Shaper des 18. Jahrhunderts*, aber eventuell *Shaper-Dynastien: Ein Who Is Who der bedeutendsten Familien*?! Das Problem ist nur, dass *Shaper-Dynastien* das drittunterste Buch in einem Stapel ist, der sich so weit in die Höhe reckt, dass sein Ende in den Schatten des Dachstuhls verschwindet.

Aber ich muss es zumindest probieren, jetzt, wo ich schon einmal hier bin. Kein Shape ohne Push. Beherzt greife ich nach dem ausgestopften Leguan und rolle ihn gegen das Buch, das ich von den anderen befreien will. Aber es passiert wieder einmal – nichts. Ich nehme die Glasglocke und stelle sie zurück auf ihren Platz.

«Also sehr hilfreich warst du nicht», sage ich zum Leguan, der mich mit seinen vier Glasaugen so ratlos anglotzt, wie ich mich fühle.

Ich könnte noch mal zurückkommen, mir eine Strategie überlegen, Aloisius' Rat einholen. Aber selbst der Türflüsterer kann seine Arbeit nicht spurlos verrichten, und die Shaper werden es mir das nächste Mal nicht so leicht machen. Die werden neue, schärfere Sicherheitsvorkehrungen treffen, wenn sie meinen Einbruch bemerken, mir vielleicht sogar eine Falle stellen. Nicht dass sie das müssten – ihre So-nah-und-doch-so-fern-Strategie ist besser als sämtliche Indiana-Jones-Fallen und Todeszonen, die sie sich hätten ausdenken können. Nur Shaper können die

Schätze des Archivs einsehen, und ich – das hat mir die Gabe mal wieder so richtig reingedrückt – bin keiner, zumindest kein richtiger. Ich schnippe gegen die Leguan-Glocke und drehe mich um, enttäuscht, aber bereit, das Archiv unverrichteter Dinge zu verlassen.

Dann: Surren! Ich sehe zum Leguan-Glas. Es vibriert immer noch von meinem Stoß. Die zarte Erschütterung läuft über die Wölbung des Glases weiter, wird größer, von kaum da zu sichtbar zu *Holy shit!*, und eine Dominokette aus Büchern und Heftchen, Kisten und Kästchen, Phiolen und Kristallfläschchen setzt sich in Bewegung. Erst als aus dem Surren ein Rumpeln und aus dem Rumpeln ein Grollen geworden ist, verstehe ich, was passiert. Aber da ist es schon zu spät. Denn der Lärm kommt jetzt von den Tausenden Wälzern, die auf mich zukippen.

Und dann Dunkelheit.

PEAR

Es gibt wahrscheinlich keinen schlechteren Zeitpunkt, um Curtis anzusprechen, als jetzt. Nachdem dem ersten ein zweiter Windhund nachfolgte und schließlich – wie immer ganz in Schwarz – Nirwana selbst, musste Curtis den Bühnentisch räumen. In einer knappen, doch eindrucksvollen Rede erinnerte Nirwana die Roten Hände an ihre Mission: «Wir haben unsere Organisation gegründet, um Nons eine Alternative zu ihrem üblichen Leben zu bieten. Im Wissen, dass sie sich ihre Regeln selbst auferlegt haben, appellieren wir an ihren Verstand. Jeder soll die Freiheit haben, sein Leben so zu leben, wie er oder sie es möchte. Aber zu dieser Freiheit gehört auch, das Leben nach den Vorgaben der Häscher zu leben, wenn man sich bewusst dafür entscheidet. Wir Roten Hände gehen mit gutem Beispiel voran. Wir reden mit unseren Mit-Nons, verteilen Briefe an die Haushalte. Aber wir bleiben im Hintergrund. Wir ersetzen die Regeln nicht mit neuen, das System nicht mit unserem eigenen. Wir stilisieren die Shaper nicht zu Gegnern und spalten nicht die Gemeinschaft der Nons. Aufklärer, nicht Revolutionäre, das sind die Roten Hände. Das sind wir!»

Wie jeder ihrer Auftritte verzaubert auch dieser Nirwanas Publikum. Curtis hat dem nichts entgegenzusetzen. Jetzt steht er mit seinem Bierglas vor dem Tisch, von dem ihn Nirwana vertrieben hat, und starrt das Plakat mit der roten Hand an. Er ist sichtlich schlecht gelaunt, aber es hilft nichts: Curtis ist die einzige Rote Hand, von der ich weiß, dass sie meine Mutter kannte.

«Ich probiere es jetzt», sage ich zu Nomi.

«Viel Glück!» Nomi drückt meine Hand und mischt sich unter die anderen.

Ich rutsche vom Tresen, gehe zu Curtis und tippe ihm auf die Schulter. «Curtis?»

«Du schon wieder! Was willst du?»

«Kann ich mit dir reden?»

«Hör mal, ich habe gerade Wichtigeres zu tun.»

«Die Wand anstarren?», will ich nachfragen, verkneife es mir aber.

«Selbst du hast ja sicherlich mitbekommen, dass Nirwana ... unsere ... unsere Anführerin, heute hier ist. Ohne Ankündigung!», fügt Curtis hinzu und trinkt sein Bierglas in großen Schlucken leer.

«Es dauert nicht lange. Bitte, Curtis! Ich will dich nur kurz was fragen.»

Curtis ignoriert mich, geht zur Bar. Ich folge ihm. Er bestellt wortlos ein neues Pint, ich ein Shandy.

«Wegen meiner Mutter», sage ich und schiebe einen Bierdeckel unter sein Glas. «Wegen Laila!»

Wie bei meinem letzten Besuch im Golden Heart hat der Name meiner Mutter eine seltsame Wirkung auf Curtis. Aus irgendeinem Grund hängt er an ihr.

«Also gut», sagt er. «Aber mach's kurz!»

«Ich wollte nur wissen, welche Rolle sie bei den Roten Händen gespielt hat.»

«Gar keine. War's das?»

«Wie meinst du das?»

«Nun ja, sie hat sich nie sonderlich eingebracht. Laila saß in der Ecke, trank ein Pint vom billigsten Bier, das Xandra ausschenkt, und ging wieder. Manchmal hat sie das Golden Heart sogar verlassen, bevor die Sitzung zu Ende war. Wir mussten dann extra für sie die Tür aufschließen. Laila hat sich nie auf unsere Sache eingelassen. Wegen dir!»

Endlich verstehe ich, warum Curtis sich mir gegenüber so seltsam benimmt. Einerseits nimmt er mir übel, dass meine Mutter sich meinetwegen nicht von den Regeln abwandte. Andererseits bin ich das Einzige, was ihm von ihr blieb.

«Aber wenn meine Mutter gar kein Interesse an den Roten Händen und ihrer Mission hatte ... warum war sie dann jeden Sonntag hier?», frage ich.

Curtis zuckt mit den Schultern.

«Keine Ahnung. Und jetzt lass mich in Ruhe, ich habe ... Sachen zu erledigen.»

Er nimmt sein Bier in die Hand und geht zu dem Vorhang, hinter dem Nirwana bei meinem ersten Besuch im Golden Heart gewartet hat. Curtis schiebt ihn zur Seite, dann dreht er sich noch einmal zu mir um.

«Am besten sprichst du mit Nirwana», sagt er.

«Wieso Nirwana? Kennt sie meine Mutter?»

«Na klar! Sie war es, die deine Mutter vor Jahren hierhergebracht hat.»

Meine Mutter und Nirwana? Bevor ich noch einmal nachhaken kann, verschwindet Curtis hinter dem Vorhang neben der Bar. Ich sehe mich um, kann die Sängerin aber nirgends entdecken. Hastig schiebe ich mich durch die Menge.

«Hast du Nirwana gesehen?», frage ich wahllos Leute, aber keiner kann mir helfen.

Erst als ich wieder an meinem Platz an der Bar bin und mich – ohne Nomis Rückendeckung – unter Xandras strengem Blick auf den Tresen setze, sehe ich Nirwana. Sie kommt aus der Toilette. Bevor ich mich darüber wundern kann, dass die beiden Hunde sie selbst dorthin begleiten, geht sie zielstrebig die wenigen Schritte zum Ausgang. Jemand schließt für sie auf, und einfach so verschwindet Nirwana samt Hunden hinter der Bleiglastür.

ZAAR

Ich bekomme keine Luft. Bin ich begraben, lebendig begraben? Ich huste, atme, huste, atme. Sauerstoff ist noch da, nur mit Staub vermengt. Erleichtert wedle ich mit der Hand vor meinem Gesicht rum, bevor ich noch einmal tief Atem hole. Dieses Mal muss ich nicht husten. So weit, so gut. Auf zum nächsten Problem, von denen habe ich ja gerade nicht eben wenige.

Sind die Shaper durch den Lärm alarmiert worden? Einige Minuten warte ich in der Dunkelheit. Nichts. Ich fange an, meine Umgebung zu erkunden. Sehen kann ich nicht viel, also taste ich stattdessen und komme zu dem Schluss, dass die Bücher sich wie durch ein Wunder – oder wie durch einen Shape – über mir zu einem Dach gefächert haben, das gegen die Türe lehnt. Vorsichtig und in ständiger Angst, dass die Konstruktion doch noch über mir zusammenstürzt, teste ich, wie stabil sie ist. Geht einigermaßen. Wenn ich nicht eines der Bücher aus Versehen wegtrete, müsste es halten. Ich brauche eine Weile, bis ich in der Dunkelheit mein Kit gefunden habe, das neben einem Seil, einem Messer und dem Dietrich, mit dem ich die Tür aufgebrochen habe, eine Taschenlampe enthält.

Im Schein der Lampe bestätigt sich, was ich ertastet habe. Ich befinde mich in einer Art Höhle, zu niedrig, um aufzustehen, gerade weit genug, damit ich ausgestreckt darin Platz habe. Kurz denke ich, dass das Dach aus Büchern mein eigener Shape war. Aber ich würde mich doch nicht selbst in so eine Situation bringen – da gäbe es Besseres, was ich aus herunterstürzenden Büchern shapen könnte. Nein, das hier muss Teil des Shaper-Zaubers sein, der das Archiv schützt und Eindringlinge festsetzt. Wahrscheinlich ist nur noch niemand gekommen, weil die sich getrost bis zum Morgen Zeit lassen können. Ich kann hier nicht weg. Ich bin eingesperrt.

Nur ein Buch ist nicht in der Kuppel verbaut, die mich gerettet hat und gleichzeitig gefangen hält. Zu meinen Füßen liegt der dickste Wälzer, den ich jemals gesehen habe. Sein Einband ist aus nachtlila Leder, das von einem exotischen Tier stammen muss – jedenfalls kann ich die Prägung, deren Form an breit getretene fünfzackige Kronen erinnert, nicht zuordnen. Die Chronik steht in schwarzen Lackbuchstaben auf dem Cover, sonst nichts. Es ist ein Werk ohne Autor.

Mehr aus Langeweile als aus Neugier – Chronik klingt nach Geschichtsunterricht – sehe ich mir das Buch genauer an. Andere stehen ja schließlich nicht zur Auswahl, wenn ich nicht riskieren will, unter einer Papierlawine begraben zu werden. Und falls die Shaper sich tatsächlich bis zum Morgen Zeit lassen, muss ich mich so lange mit irgendwas beschäftigen. Aber als ich in der Chronik blättern will, rutsche ich ab. Ich versuche es noch einmal. Keine Chance! Die Seiten kleben fest aneinander, das ganze Buch ist wie aus einem Guss.

Auch den Wälzer hochzuheben, schaffe ich nicht. Entweder ist er zu schwer oder ich zu schwach. Verschieben geht genauso wenig. Die Chronik bewegt sich keinen Millimeter. Alles in und an diesem Archiv macht klar, dass ich immer noch ein miserabler Shaper bin. Es würde gar nichts bringen herauszufinden, von welchen Vorfahren ich abstamme, denn egal, wer es ist, ich wäre eine Riesenenttäuschung für sie. Die Selbstzweifel, die seit der Nacht mit Grace am See Dämmerschlaf gehalten haben, werden so heftig, dass mir Tränen in die Augen schießen. Wieder etwas, das einem Shaper nie passieren würde.

Ich wische mir die Tränen von den Wangen, aber eine hat sich bereits bis zu meinem Kinn geschlängelt. Kurz baumelt sie dort, bevor sie sich löst und auf die Chronik fällt. Shit! Neben dem Einbruch will ich mich nicht auch noch für Flecken auf einem uralten, bestimmt wertvollen Buch verantworten müssen, wenn sie mich finden. Schnell wische ich den Tropfen auf dem Einband weg. Doch er ist nicht das Einzige, das sich bewegt. Ist das lila Buch eben zur Seite geruckelt? Argwöhnisch starre ich es an und versuche, im Schein der Taschenlampe zu erkennen, ob es seine Position geändert hat. Ich setze an dem massigen Buchrücken an und presse mit ganzer Kraft dagegen. Die Chronik lässt sich so leicht verschieben, als sei sie aus Luft gemacht.

PEAR

Nirwana!» Obwohl sie mich nicht mehr hören kann, rufe ich ihren Namen, als ich mich durch die Menge Richtung Ausgang dränge. Die Roten Hände nehmen das gutmütig bis genervt zur Kenntnis. Als ich die Tür öffne, ist der Gehweg leer. Ich gehe nach draußen, um die Ecke. Und dann sehe ich sie. Gegenüber Spitalfields' lehnt Nirwana an der Hauswand und dreht sich eine Zigarette. Ich renne zu ihr.

«Nirwana!», rufe ich noch einmal.

«Ja?» Sie dreht sich zu mir. Ihre beiden Hunde schnüffeln an meinen Händen, als ich sie erreiche.

«Kann ich mit dir sprechen?», frage ich.

«Tut mir leid ... Pear, nicht wahr?»

Ich nicke.

«Mein Flieger wartet», sagt Nirwana. «Ich muss gehen.»

Die Hunde scheinen Mitleid mit mir zu haben. Einer beginnt, meine Hand zu lecken, der andere stellt sich auf, legt mir die Pfoten auf die Schultern und ... fährt mir mit der Zunge einmal quer übers Gesicht. Brrr.

«Loki! Thor! Aus!» Nirwana zieht die Hunde von mir weg. Aber dass Loki und Thor mich mögen, scheint sie trotzdem milde zu stimmen. «Mein Fahrer ist noch nicht da. Bis er kommt, können wir uns unterhalten.»

Es ist windig hier. Nirwana braucht vier Versuche, bis sie ihre Zigarette zum Brennen bringt.

«Ich wollte mit dir über meine Mutter sprechen. Laila.»
Ich fange eine Haarsträhne, mit der der Wind sein Spiel treibt, und halte sie hoch. «Sie hat ...»

«... die gleichen Haare wie du. Ich habe mich gleich gefragt, ob du mit ihr verwandt sein könntest, als ich dich das erste Mal sah. Weißt du, du hast nicht nur ihre Haare. Auch ihre Augen.»

«Du hast meine Mutter damals hierhergebracht, oder? Ins Golden Heart?»

«Ja.» Nirwana nimmt einen tiefen Zug von ihrer Zigarette. «Ich habe deine Mutter auf einem meiner Konzerte kennengelernt. In der Pause, in der sich unser Publikum – und wir – mit Getränken versorgen können, kommt oftmals der Türsteher zu uns in den Backstage-Bereich, um mit uns anzustoßen. Die Brixton Academy ist unsere Hausbühne, und Rudy arbeitet dort, seit wir das erste Mal auftraten. An jenem Abend hat er von einer jungen Frau erzählt, die ihn bat, ihr Konzertticket nicht einzureißen.

‹Wieso das denn, Rudy›, fragte ich. ‹Das hast du ihr hoffentlich nicht durchgehen lassen.›

Rudy antwortete: ‹Sie hat monatelang auf das Ticket gespart und keinen Platz in ihrer Wohnung für einen richtigen Bling-Schrein, in dem sie Musik hören könnte. Einen Discman oder CDs rumliegen zu lassen, traut sie sich nicht, weil sie eine kleine Tochter hat – nicht dass sie das Geld dafür aufbringen könnte. Aber sie hat eine Bling-Schachtel, in der sie das Ticket aufbewahren will, und deswegen soll ich es nicht zerreißen.›

Rudy ist ein dürrer Mann, groß mit einem noch größeren Herzen. Er hat das Ticket ganz gelassen. Ich weiß nicht, ob ich an dem Abend zu viel Bier trank: Jedenfalls hat mich die Geschichte berührt. Also habe ich die junge Frau mit dem unversehrten Ticket beim letzten Song zu mir auf die Bühne gerufen.»

«Meine Mutter stand mit dir auf der Bühne der Brixton Academy?»

Das Bild, das ich mir von der Brixton Academy machte, ist noch da, als ich es zu mir rufe. Ich ergänze es, stelle mir meine Mutter auf der Bühne vor, während Nirwana daneben *Hic sunt dracones* singt. Es fällt mir leicht, so leicht, Fantasie und Realität zu vermischen, und ich frage mich, wie ich diesen Teil von mir jemals wegschließen konnte.

«Ja, deine Mutter stand mit mir auf der Bühne», antwortet Nirwana. «Und sie war komplett überwältigt. Sie hat gelacht, geweint, gezittert. Es ist eine krasse Erfahrung, so nah an den Boxen und den Instrumenten zu sein. Der Klang ist anders da oben: voller, du spürst ihn mehr, als dass du ihn hörst. Du wirst ein Teil der Musik. Nach dem Konzert habe ich Laila mit ins Golden Heart genommen. Sie war so aufgelöst, dass ich sie nicht einfach nach Hause schicken konnte. Vielleicht hatte ich auch das Bedürfnis, ihr zu zeigen, dass es anders geht – selbst wenn man nicht berühmt ist.»

«Und im Golden Heart hat meine Mutter Curtis getroffen?»

«Ja. Es waren die Anfänge der Roten Hände, die damals noch nicht so hießen. Wir hatten überhaupt keinen Namen.»

«Dann ist meine Mutter ein Gründungsmitglied der Roten Hände?»

«Nein, nein. Seitdem habe ich deine Mutter nicht mehr gesehen.»

«Aber sie war doch jeden Sonntagabend hier!»

«Ja, aber ich nicht. Dass du mich schon zum zweiten Mal hier triffst, ist absoluter Zufall. Die meiste Zeit bin ich mit Lambs Eating Lions unterwegs auf Tour und bespreche die Aktionen der Roten Hände mit Curtis am Telefon. Ein paarmal hat er erzählt, dass Laila da war. Das war's.»

«Dann hatte ich ja Glück, dass du genau bei den beiden Treffen dabei warst, die ich auch besuchte. Und wieso bist du gerade öfter hier?»

«Sagen wir mal so, im Moment habe ich das Gefühl, dass ich ein Auge auf die Roten Hände haben muss. Es gibt ein paar Mitglieder, auch in der Führung, die sich extremere Maßnahmen wünschen. Selbst vor Gewalt würden sie nicht zurückschrecken. Aber ich denke, die Gefahr, dass sich die Roten Hände radikalisieren, ist erst einmal gebannt. Deswegen werden wir uns heute wahrscheinlich für lange Zeit zum letzten Mal sehen, Pear. Ah, da ist er ja!»

Ein grüner Mini fährt vor.

«*Das* ist dein Auto?»

«Ost-Lundenburgh ist nicht auf große Autos eingestellt. Hast du mal versucht, mit einer Limousine hier irgendwo zu parken? Außerdem liebe ich meinen Mini. Sie heißt Freya.»

Nirwana breitet die Arme aus und nach einem kurzen Moment des Zögerns bekomme ich die zweite Umarmung meines Lebens. Nicht schlecht für eine siebzehnjährige Non aus Ost-Lundenburgh: eine Umarmung von einem Shaper, die andere von einem internationalen Rockstar. Nirwanas

Umarmung ist anders als Balthazaars, riecht fremd und fühlt sich auch so an. Aber sie ist trotzdem angenehm, der Tabakgeruch ist frisch, nicht abgestanden wie beim Schulleiter. Ich könnte mich daran gewöhnen, an dieses Umarmen. Nirwana, ihre Hunde und der Fahrer passen kaum in das Auto. Loki und Thor müssen die Köpfe einziehen, sonst würden sie ans Dach stoßen. Bevor der Chauffeur losfährt, kurbelt Nirwana das Fenster herunter.

«Es tut mir leid, dass ich dir nicht weiterhelfen konnte, Pear. Aber eines weiß ich sicher über deine Mutter. Hätte sie die Chance dazu gehabt, wäre ihr Leben voll Musik gewesen. Deine Mutter hatte eine Musikerseele. Und die sind selten.»

Nirwana hat recht. Meine Mutter war keine Revolutionärin. Sie war ein Fan! Ich bin mir nicht sicher, ob mich das enttäuscht oder beruhigt. Meine Mutter hat im Golden Heart nicht nach Umsturz, nach Gleichgesinnten gesucht. Sie wollte einfach die Erinnerung an den besten Abend ihres Lebens festhalten. Nur aus einem Grund kam sie Sonntagabend für Sonntagabend zu den Treffen der Roten Hände: weil sie hoffte, Nirwana wiederzusehen.

ZAAR

Wie konnte ich nur denken, dass die Chronik langweiliges Geschichtszeug ist? Das Ding ist spannender als jeder Fantasy-Roman, und ich liebe Fantasy-Romane. Als die Chronik mich blättern lässt, verliere ich mich komplett in ihr. Zwar beschäftigt sie sich mit Historischem, von Daten, Zahlen und Fakten ist ihr Inhalt jedoch weit entfernt. Die Chronik wagt Größeres: Sie enthüllt die Geheimnisse der Shaper. Seit Jahrhunderten haben verschiedene Autoren Legenden und Mythen über die Welt der Shaper gesammelt und geprüft. Ihre Namen stehen nicht unter den Artikeln, aber ich kann an den unterschiedlichen Schreibstilen und Schriften ablesen, dass es ein Sammelsurium von Texten aus den unterschiedlichsten Epochen ist.

Was Grace mir am See als das geheimste Geheimnis aller Geheimnisse verkaufte – dass Sparkles Shaper sind –, ist im Buch ausführlich über fünf Seiten dargelegt. Ich erfahre, dass die Burgh gar keine Burg ist, sondern ein Schloss. Die Burgh ist zwar im Stil einer Festung erbaut, aber so wehrhaft wie ein frisch geschlüpftes Küken. Jeder nur halbwegs beherzt geführte Rammbock würde die Mauern im Belagerungsfall eindrücken, als wären sie aus Karton. Gierig sauge ich Geschichte für Geschichte in mich auf. Endlich habe ich einen Zugang zu jener Welt gefunden, zu der ich unbedingt gehören will.

Das Kapitel mit der Überschrift *Das Geheimnis der Nons* will ich überblättern – schließlich habe ich jahrelang unter ihnen gelebt. Wahrscheinlich habe ich mehr Insiderwissen über die Nons als sämtliche Shaper-Chroniken dieser Welt. Trotzdem halte ich kurz inne. Denn außer der Überschrift ist auf den beiden Seiten nichts zu sehen.

«Seltsam», murmle ich, finde es dann aber doch nicht seltsam genug, um mein Interesse zu wecken. Ich schlage die letzte Seite des Kapitels um, gespannt, welche Wunder das Buch noch für mich bereithält, aber das hat seinen eigenen Kopf. Die Seite geht zurück. Lufthauch? Aber hier gibt es keine offenen Fenster oder Türen. Ich blättere noch mal weiter. Dasselbe Spiel: Wieder geht das Buch zurück zur Stelle mit den leeren Seiten. Immer wenn ich *Das Geheimnis der Nons* hinter mir lassen will, blättert die Chronik zurück. Egal, wie sehr ich die Seiten festhalte, sie entziehen sich jedes Mal meinen Fingern. Als ich mich mit beiden Händen auf das nächste Kapitel stütze, hüpft, schlängelt, glitscht sich das ganze Buch aus meiner Kontrolle, als hätte das Tier von ihm Besitz ergriffen, aus dessen Haut sein Einband gemacht ist. Irgendwann geht gar nichts mehr, die Chronik verfällt in ihre alte Starre, und ich fluche.

«Ach komm, nicht schon wieder!»

Wieder ein Lufthauch ohne Herkunft … er zieht zwei unbeschriebene Blätter hoch und lässt sie wieder sinken: Schulterzucken. Schnell versuche ich, dieselben Seiten anzuheben, doch sie kleben wieder so fest an den anderen, als wären sie alle aus einem Stück.

«Wie soll ich denn etwas lesen, das gar nicht da ist?» Dieses Mal werde ich mit meiner Frage alleine gelassen.

Ich seufze, stütze meinen Kopf in die Hände und starre auf die leeren Seiten, als könne ich sie sichtbar hypnotisieren. Unbestritten: Das Buch will, dass ich das Geheimnis der Nons lüfte und dazu erst einmal das der unbeschriebenen Seiten. Nur wie? Wie immer, wenn ich an Rätsel gerate, denke ich an Pear. Falls ich hier rauskomme und mich die Shaper lassen, muss ich ihr unbedingt einen von Joannes Krimis geben, nachdem sie jetzt Romane liest. Joannes Krimis ... Ich versuche, mich an Fälle zu erinnern, von denen Joanne mir erzählte, wenn sie eine Geschichte so richtig gepackt hat. Es war nicht ungewöhnlich, dass die ermittelnde Person nicht weiterkam. Wie würde ich mich als Romanfigur verhalten? Was könnte in meiner Situation des Rätsels Lösung sein? Geheimtinte? Die muss man sichtbar machen. Mit Licht? Ich leuchte aus allen möglichen Winkeln mit der Taschenlampe auf die Seiten. Nichts. Ist Wasser des Rätsels Lösung? Sobald ich daran denke, werde ich durstig. Ich ärgere mich, dass ich nichts zu trinken dabeihabe – aber ich habe nicht damit gerechnet, dass ich so lange im Archiv festsitzen würde. Ersatzweise befeuchte ich einen Finger und tupfe vorsichtig auf den Seitenrand. Wieder nichts. Ich sehe dem Fleck, den ich hinterlassen habe, dabei zu, wie er verblasst und mit ihm meine Ideen.

Wenn Licht das Dunkel besiegt, gilt das als gutes Zeichen. Nicht so in meinem Fall. Ich fürchte mich vor dem Moment, in dem die aufgehende Sonne ins Archiv bricht. Die Zeit verrinnt viel zu schnell und zieht sich gleichzeitig unerträglich in die Länge. Einmal nicke ich ein und wache erst auf, als ich im Schlaf stolpere. Mein Fuß macht in der Realität mit und stößt gegen einen der Bücherstapel, der aber – nachdem er mir ein paar Schrecksekunden beschert hat – hält. Wieder wach und zu ängstlich, um noch mal einzuschlafen, versuche ich halbherzig, in der Chronik zu blättern, aber sie bleibt so unbeweglich wie zuvor. Immer wieder denke ich an Pear. Hier im Halbdunkel, das sich langsam zum Drittel- und Vierteldunkel verschieben wird, bin ich das erste Mal seit Wochen nicht abgelenkt. Danny und Grace könnten mich wahrscheinlich mit einem Shape aus meiner misslichen Lage befreien. Trotzdem ist es Pear, die ich mir neben mir vorstelle, obwohl der Platz kaum für mich selbst reicht. Die Situation retten könnte sie nicht, aber das wäre auch gar nicht nötig. Wenn sie hier wäre, wäre alles so viel besser, wäre alles irgendwie okay. Ich lasse mich in die Fantasie fallen, dass Pear bei mir ist, spüre die Wärme ihrer Haut, ihren Atem im Gesicht. Plötzlich scheint Pear vor meinen Augen etwas zu sagen. Ich konzentriere mich, bis die Worte zu mir dringen. Es sind meine Worte! Pear wiederholt, was ich einmal zu ihr gesagt habe: *Oftmals bringt nicht ihre Intelligenz den Detektiven den Erfolg, sondern ihr Bauchgefühl, ihre Intuition, das Denken jenseits ausgetretener Pfade.* Ein Flüstern nur, aber die Botschaft ist klar. *Think outside the box!* Das machen gute Ermittelnde, wenn sie nicht mehr weiterwissen: *Think outside the box!*

Ich beginne noch einmal von vorne, und zwar damit, meine Annahmen infrage zu stellen. Annahme Nummer eins: Das Geheimnis der Nons ist die Überschrift zu einem neuen Kapitel. Aber was, wenn es keine Überschrift ist, sondern eine Anleitung – oder beides gleichzeitig? Vielleicht ist es eine Art Austausch, und ich muss ein Geheimnis der Nons liefern, um das der Chronik zu erfahren. So ist das doch in Shaper-Land: Alles ist ein Geben und Nehmen, alles ein Tanz! Annahme Nummer zwei: Ein versierter Shaper würde sich in meiner Situation besser schlagen. Falsch! Bislang hat mich hier im Archiv das weitergebracht, was kein Shaper tun würde. Ich habe an mir gezweifelt, an der Macht meines eigenen Pushs, und damit die Bücherlawine in Gang gesetzt, die die Chronik freigab. Ich habe meinen Mangel an Selbstwert betrauert, und die Träne hat das Buch geöffnet. Der Schlüssel muss ein Geheimnis sein, das so Non-typisch ist, dass es Shaper nicht kennen, und selbst wenn sie es kennen, es ihnen so unwichtig erscheint, dass sie nie auf die Idee kämen, es zu nutzen. Ich schließe die Augen, um mich besser konzentrieren zu können. Was ist das Geheimnis der Nons?

«Das Geheimnis der Nons ist ...», murmle ich, breche aber ab, weil mir nicht einfällt, wie der Satz weitergehen könnte und es mir auf einmal albern vorkommt, mit einem Buch zu sprechen. Ich schüttle über mich selbst den Kopf. Kurz nur. Denn die Chronik reagiert. Sie gibt mir ein weiteres Wort.

Das Geheimnis der Nons IST steht da plötzlich! Ich bin auf dem richtigen Weg. Was weiß ich über die Nons, das kein Shaper wissen kann? Ich denke an meine heimlichen Treffen mit Pear, die verbotenen Kleider aus dem inoffiziellen Schrank, von dem sie so oft erzählte.

«Das Geheimnis der Nons ist, dass sie manchmal die Regeln missachten», sage ich. Nichts passiert. Verdammt! Was noch ist in der Welt der Nons geheim? Die Truman Brewery? Davon wissen die Shaper, zumindest manche, nicht aber, dass Billy ihnen das Fünffache für alles abknöpft.

«Das Geheimnis der Nons ist, dass sie den Shapern manchmal überlegen sind», sage ich, und noch während ich es ausspreche, fühlt es sich falsch an. Als ob einem Shaper die paar Pfund mehr, die er zahlt, etwas ausmachen. Die Chronik scheint meine dreiste Aussage persönlich zu nehmen. Dieses Mal tut sich was, aber das Gegenteil von dem, was ich will. Das «Ist», das ich herbeigeredet habe, beginnt zu verschwinden. Ich habe nicht mehr viel Zeit.

«Das Geheimnis der Nons ist, dass nicht alle gleich sind.» Ich weiß selber nicht, was ich damit sagen will. Aber mit irgendetwas muss ich gegen das anreden, was sich auf den Seiten der Chronik abspielt. Nicht mehr nur das «Ist» wird immer blasser, der gesamte Satz ist am Verschwinden. Und auch mein Hinweis auf die Vielschichtigkeit der Nons hält es nicht auf. Ich schiebe Panik. Automatisch führen mich meine Gedanken an den Ort, an dem ich mich am sichersten fühle: den Bauch. Ich denke an das Netz aus Stricken, Tuch und Brettern, das sich tagein, tagaus in der Luft entfaltet, dort schwebt, geschützt durch die finstere Decke, die wirkt wie ein Unsichtbarkeitszauber. Billys Pflanzen kommen mir in den Sinn, ein wandelnder Dschungel, dessen Essenzen und Substanzen Zugang in andere Dimensionen gewähren, und schließlich Pear mit ihrem Schrank im Schrank, ihrer märchenhaften Schatzkammer, mit deren Hilfe sie sich ständig neu verwandelt. Vor allem aber fällt mir mein erster Eindruck ein, als ich das Burgh-Gelände betreten habe: Die Welt der Nons ist ein zauberhafter Ort.

«Das Geheimnis der Nons ist, dass sie ihre eigene Magie haben», sage ich, und prompt wechselt *Das Geheimnis der*

Nons ist auf dem Papier zu tiefstem Schwarz. Dann taucht mein restlicher Satz auf der Seite auf. Buchstaben, Wörter, weitere Sätze folgen. Mein Herz klopft mit jedem erscheinenden Zeichen, bis dicht gedrängter Text die vormals leeren Seiten einnimmt. Ich beginne zu lesen.

PEAR

Als ich ins Golden Heart zurückgehe, weiß ich, dass ich nicht mehr oft hierherkommen werde, zumindest nicht sonntagabends um sieben. Ich bin dankbar, dass mir die Roten Hände – vor allem Nirwana – die Augen geöffnet haben. Ihre Arbeit ist wichtig, aber sie wird unter Nirwanas Führung weitergehen. Wie gehabt. Ohne mich. Ich werde mich auf meinen eigenen Weg konzentrieren, das tun, wozu meine Mutter keinen Mut hatte und irgendwann keine Zeit mehr. Ich will nicht wie sie hängen bleiben und anderer Leute Träume jagen. Noch ein paar Monate, dann bin ich achtzehn, dann bin ich frei, so frei, wie man in Ost-Lundenburgh sein kann. Vieles wird leichter werden. Ich kann noch mehr ausprobieren, muss mich nicht mehr so oft verstecken.

In meinem Bauch wirbelt alles durcheinander beim Gedanken an die Möglichkeiten, die mich bald erwarten. Als ich den Eingang des Golden Heart erreiche, ist die Bleiglastür immer noch unverschlossen. Sie lässt sich lächerlich leicht aufstoßen. Ich kann mir gar nicht mehr vorstellen, dass diese Tür einmal ein unüberwindbares Hindernis war. Dass ich dachte, ich werde nie ins Golden Heart reinkommen. Vieles, das mir einmal im Weg stand, tut das nicht mehr. Vor allem ich selbst. Das Golden Heart ist immer noch so voll, dass ich ewig brauche, bis ich Nomi gefunden habe. Mit Curtis sitzt sie neben der Theke und trinkt Bier. Kurz nur will ich mich verabschieden ... danach schnell nach Hause.

«Wir müssen etwas unternehmen. Immer nur dieses Blabla bringt uns doch nicht weiter», höre ich Curtis sagen, als ich näher komme.

Instinktiv bleibe ich stehen.

«Ich bin da an was dran», antwortet Nomi. «Aber meinst du nicht, wir sollten Nirwana ins Vertrauen ziehen?»

«Nirwana!» Curtis schnaubt in sein Bier und verteilt Schaum auf dem Tisch. «Nirwana ist zu viel im Westen unterwegs. Die weiß doch gar nicht mehr, wie sich das anfühlt, von diesen ganzen unsinnigen Regeln gegängelt zu werden.»

Hat sich Nirwana getäuscht? Das hört sich ganz und gar nicht danach an, als ob die Roten Hände auf ihrer Linie wären. Ich will Nomi und Curtis weiter belauschen, aber wo ich stehe, so ganz ohne Sichtschutz, können sie mich jeden Moment entdecken. Ich schaue mich um, und mein Blick fällt auf die Bar. Xandra ist nirgends zu sehen. Ich gehe zum anderen Ende der Theke und ducke mich dahinter. Auf allen vieren krabble ich auf die Höhe von Nomi und Curtis. Ich kriege noch das Ende seiner Tirade gegen Nirwana mit.

«... Heuchlerin», sagt er. «Nirwana ist doch selbst eine halbe Shaperin.»

«Nicht alle Shaper sind schlecht», entgegnet Nomi. «Manche setzen sich für die Nons ein.»

«Ah ja? Die habe ich aber noch nicht kennengelernt.»

«Kennst du überhaupt einen Shaper?», fragt Nomi.

Curtis grummelt zur Antwort vor sich hin, und ich stelle mir vor, wie er aus Versehen wieder in sein Bier pustet.

«Alles, was ich sage, ist, dass wir vorsichtig sein müssen, wen wir ins Vertrauen ziehen.» Er senkt seine Stimme. «Selbst hier bei den Roten Händen.»

«Schon. Aber du musst auch offen sein, Curtis. Es kommt nicht darauf an, *wer* auf unserer Seite ist, sondern dass er oder sie der Sache verpflichtet ist. Wir können jede Hilfe gebrauchen, die wir kriegen können.»

«Klar!», sagt Curtis wenig überzeugt.

«Wie gesagt, ich bin da an was dran. Und das geht weit übers Blabla hinaus. Du hast recht, wir können nicht länger im Hintergrund bleiben. Wir müssen sichtbar werden mit unserer Vision. Und wir können nicht davon ausgehen, dass uns alle mit offenen Armen empfangen werden. Es wird Widerstand geben – aus allen Ecken. Vielleicht sogar am meisten von denen, die wir befreien wollen. Auch manche Shaper werden am Status quo festhalten wollen und gegen uns sein. Und dafür müssen wir uns rüsten.»

«Rüsten?» Curtis sagt das, und gleichzeitig flüstere ich es vor mich hin.

Das klingt nach Aggression ... nach Gewalt. Ich frage mich, ob Nomis Vater involviert ist. Hat er seine Zeit im Westen nicht nur mit Macarons- und CDs-Erschmeicheln verbracht, sondern insgeheim die Schwachstellen der Shaper ausgekundschaftet? Oder dort Verbündete für die Mission seiner Tochter gesucht?

«Wir werden ...», fährt Nomi fort, doch dann übertönt sie eine andere Stimme. Eine in meinem Rücken.

«WAS MACHST DU HIER, MÄDCHEN?»

Erschrocken drehe ich mich um. Xandra steht über mir und sieht aus, als würde sie innerlich genauso schäumen, wie die Pints die sie ausschenkt.

«Nun?», fragt Xandra und stützt die Hände in die Hüften.

«Ich ... ich habe etwas gesucht ...», sage ich, um Zeit zu gewinnen.

«Gesucht? Hier unten? Und was?»

Ich stelle mir die gleiche Frage wie Xandra, als die sich – ungeduldig – bewegt und für einen Moment Licht in die Spalte zwischen Tresen und Fußboden fällt. Etwas glitzert. Ich schiebe meine Hand in den Spalt und ertaste etwas Rundes, Kühles, Hartes.

«Münzen!», sage ich triumphierend und ziehe sie aus dem Spalt. «Hier! Ich wollte bezahlen, aber du warst nicht da, Xandra. Also habe ich gewartet, bis du zurückkommst, und mit dem Geld auf dem Tresen gespielt. Dabei ist es hinuntergefallen. So ungeschickt von mir!»

Xandras Blick ist immer noch misstrauisch, aber sie streckt schließlich die offene Hand aus, und ich lege das Geld hinein. Dass ich es im richtigen Moment gefunden habe, ist ein glücklicher Zufall, aber es liegen sicher noch mehr Münzen hier unten. Dass es genau die drei Pfund sind, die mein Shandy kostet, finde ich dann aber doch ... verwunderlich.

Ich stehe auf und streiche meine Tunika glatt. Aus den Augenwinkeln beobachte ich Nomi und Curtis. Sie haben Xandras Ausraster nicht mitbekommen, sind wahrscheinlich daran gewöhnt und zu sehr in ihr Gespräch vertieft. Ich will einen günstigen Moment abpassen, um zu verschwinden, ohne dass sie mich sehen. Xandra macht jedoch mit einer knappen Kopfbewegung klar, dass der Platz hinter der Bar ihr Reich ist und sie dort niemanden haben will. Mir bleibt nichts anderes übrig, als mich an Nomi und Curtis vorbeizuschleichen. Nomi sieht mich sofort.

«Pear! Hey!»

Ich bleibe stehen.

«Curtis hat erzählt, dass du mit Nirwana sprechen wolltest. Hast du sie erwischt?»

«Ja, hat geklappt. Aber ich muss das jetzt erst mal alles verdauen. Ich gehe nach Hause. Wir sehen uns!»

Ich winke den beiden zu, aber Nomi steht auf.

«Warte!», ruft sie. «Ich komme mit!»

ZAAR

lle sind eins. Der letzte Satz des Kapitels brennt mir
noch in den Augen, obwohl die Buchstaben längst mit
all den anderen wieder erloschen sind. *Das Geheimnis der
Nons* hat mich kalt erwischt, so was von kalt. *Alle sind eins.*
Immer weiter bohrt sich der Satz in mich hinein, von den
Augen ins Gedächtnis, ein Parasit, den ich nie, nie, nie wieder loswerde. Wie konnte ich je denken, dass ich alles weiß
über die Nons?! Nichts weiß ich, gar nichts! Und was ich
eben Unglaubliches gelesen habe, kann ich auch gar nicht
wissen. Das hat einen einfachen Grund: Die Nons haben
selbst keine Ahnung von ihrem Geheimnis!

Ich klappe das Buch zu, weil ich irgendwas tun muss,
um das Erdbeben, das gerade meine Welt durcheinanderpoltern lässt, sichtbar zu machen ... und plötzlich fängt
der Boden an zu vibrieren, die Bücher über mir, das ganze
Gebäude. Shit! Nichts dazugelernt, Zaar! Kleine Gesten
können eine große Wirkung haben in diesem verzauberten
Haus. Ich denke an mein unbedachtes Schnippen gegen
das Leguan-Glas und ärgere mich über mich selbst. Die Bücherdecke über mir wackelt, lange hält sie nicht mehr. Jetzt
verdrängt Panik alle anderen Gefühle.

«Nicht schon wieder!», flehe ich wen auch immer an ...
das Haus, die Gabe, jeden, der mir zuhört.

Ich rolle mich zusammen, erwarte das Schlimmste. Aber

die Bücherdecke fällt nicht auf mich, sondern zur Seite. Buch für Buch bricht mein Gefängnis in sich zusammen, seine Bausteine schichten sich zu niedrigen Haufen um mich herum. Frei! Ich bin frei! Mein Kiefer schmerzt, als er sich entspannt, so fest habe ich die Zähne aufeinandergebissen. Und jetzt? Soll ich die Chronik mitnehmen? Wird sie mir das erlauben? Und wird es mir das Archiv erlauben, das genauso ein Eigenleben zu führen scheint wie das Buch?

Als ich die Chronik nach einem Zeichen absuche, ob sie mit mir kommen möchte, merke ich, dass es noch nicht vorbei ist. Ich höre ein Zischen ... Pause ... dann noch mal. Ich stehe auf und sehe in die Richtung, aus der die Geräusche kommen. Eine steinerne Amphore, die einige Meter über mir auf einem Bücherstapel thront, hat sich nicht mit den restlichen Gegenständen im Archiv beruhigt. Stur schwankt sie hin und her. Dampf steigt auf, wo die Flüssigkeit, mit der die Amphore gefüllt ist, herausschwappt und auf lederne Einbände trifft, auf Papier. Immer häufiger, immer schneller zischt und frisst sich das Zeug durch die Schätze des Archivs. Vor nichts macht es halt. Ein Klecks ätzt ein Loch in die Glasglocke des Leguans und löst seinen überflüssigen Kopf auf, ein weiterer wäre auf meinem Schuh gelandet, wenn ich nicht rechtzeitig zur Seite gesprungen wäre.

Ich muss das Gefäß zum Stillstand zu bringen! Nur wie? Es ist zu weit oben, zu weit weg, und spritzt seinen Inhalt wilder und wilder durch die Gegend. Ich versuche, den Stapel hochzuklettern, auf dem die Amphore steht, doch als würde sie merken, was ich vorhabe, sprüht sie etwas von ihrer Säure auf meinen Arm. Ich schreie und rutsche rücklings wieder auf den Boden. Mein Arm blutet nicht, wo Hemd und Haut weggebrannt wurden, die Säure hat die Wunden versiegelt. Aber die rohe Stelle tut höllisch weh. Hilflos beobachte ich die Amphore. Immer aggressiver schaukelt sie im Kreis, bis sie schließlich vornüberkippt – direkt auf mich zu.

Ich denke nicht nach, denn wenn ich nachgedacht hätte, hätte ich das, was ich jetzt tue, nie tun dürfen. Entschlossen werfe ich mich über die Chronik. Ich umarme den einzigen Beweis für eine Wahrheit, die wichtiger ist, als intakte Haut und unversehrtes Fleisch, *meine* Haut, *mein* Fleisch, weil andere Menschenleben daran hängen, Millionen davon, in Lundenburgh, auf der ganzen Welt: *Alle sind eins.* Es gibt keine Nons. Jeder hat die Gabe zu shapen.

Das ist das Geheimnis der Nons, eines, für das es sich zu sterben lohnt. Trotzdem habe ich mich noch nie so sehr vor etwas gefürchtet wie vor dem, was gleich auf mich zukommt. Ich denke an Pears vernarbte Haut und schaudere. Was wird mit meinem Rücken passieren? Wird es sehr wehtun? Ich drücke die Chronik fester an mich, *nicht* bereit für alles, was da kommen möge, überhaupt nicht, aber trotzdem entschlossen, das Buch und sein Geheimnis um jeden Preis zu schützen. Doch der Schmerz bleibt aus. Vorsichtig gucke ich unter meiner Armbeuge hervor zur Amphore. Sie scheint sich entgegen aller Logik wieder gefangen zu haben. Noch wackelt sie, aber immer weniger wild. Dann hört die Amphore ganz auf, sich zu bewegen. Ein paar Minuten verharre ich, bis ich der Sache traue. War das der letzte Test? Der, der mir erlaubt, die Chronik mitzunehmen?

Ich rapple mich auf, will die schmerzenden Arme und

Beine strecken und mit der Chronik das Archiv verlassen. Aber sobald ich den Wälzer freigebe, flitzt er davon, als würde er von einem Magneten angezogen. Die Chronik verschwindet in der Dunkelheit. Die restlichen Bücher und Artefakte bewegen sich ebenso von Geisterhand und stapeln sich übereinander. Ich drehe mich um mich selbst und beobachte staunend das Schauspiel. Als es fertig ist, sieht das Archiv wieder exakt so aus, wie ich es betreten habe. Mir bleibt nichts anderes übrig, als das Herrenhaus zu verlassen.

PEAR

War interessant heute, oder?», fragt Nomi. «Kommst du nächsten Sonntag wieder mit?»

Sie hat mich dazu überredet, sie zur Liverpool Street Station zu begleiten. Irgendwann habe ich zugestimmt, einfach weil alles andere zu auffällig gewesen wäre. Und sie soll nicht merken, dass ich sie und Curtis belauscht habe. Zuerst muss ich mir in Ruhe überlegen, was das alles zu bedeuten hat.

«Alles, was ich im Golden Heart zu erledigen hatte, habe ich erledigt», antworte ich und strecke meine flache Hand aus. Es tröpfelt. «Ich denke nicht, dass ich in nächster Zeit zurückkommen werde.»

«Nirwana hat dir etwas über deine Mutter erzählt?»

«Ja!», sage ich. «Aber der Regen wird stärker, Nomi. Lass uns ein andermal darüber reden. Ich will nach Hause.»

Kaum habe ich es ausgesprochen, holt Nomi einen Schirm aus ihrer Tasche. Wieso ist sie nur immer auf alles vorbereitet?

«Interessante Farbe», sage ich und deute auf den Schirm.

«Lila. Mix aus Rot und Blau. Der Schirm ist aus dem Westen.» Nomi zieht mich in einen Hof und unter ihren Schirm, damit ich ihr «alles in Ruhe erzählen kann». Was sie nicht weiß, ist, dass dieser Hof ein besonderer ist, den ich sehr, sehr gut kenne.

Es verlangt sehr viel Tapferkeit, sich seinen Feinden in den Weg zu stellen, aber wesentlich mehr noch, sich seinen Freunden in den Weg zu stellen, steht heute in Joannes Schrift auf der prophetischen Pappe. Wieder einmal weiß die Pappe genau, welche Weisheit sie mir servieren muss. Ich hoffe, dass bei dem Regen keine Treibenden heimkommen und uns überraschen. Die würden denken, dass ich Nomi in den Hof geführt habe, um ihr das Geheimnis des Bauchs zu verraten. Ich muss hier weg, und am schnellsten kann ich das, wenn ich Nomi gebe, was sie will.

«Also?», fragt Nomi. Ich seufze ergeben.

«Meine Mutter war kein richtiges Mitglied der Roten Hände. Sie war dort, weil sie hoffte, Nirwana zu sehen. Sie liebte einfach Lambs Eating Lions. Eine Revolutionärin war sie nicht, und – sind wir ehrlich – ich bin es auch nicht. Ich bin froh, so froh, dass ich lerne, eine Regel nach der anderen zu ignorieren. Dass ich tue, was meine Mutter nicht konnte. Ich will mich jetzt nicht einer Gruppe anschließen und wieder bei Sachen mitmachen müssen, die andere vorgeben.»

«Ich verstehe. Du warst dabei, solange es dir nützte und dir nicht zu viel abverlangt hat. Aber jetzt, wo es nicht mehr nur um dich geht, jetzt, wo du anderen helfen könntest, hast du kein Interesse mehr, eine von uns zu sein.»

Dass Nomi mir so plötzlich ihr Wohlwollen entzieht, macht sie mir unheimlich. Sollte sie als gute Freundin nicht verständnisvoller sein?

«Ich habe nie gesagt, dass ich mich den Roten Händen anschließen will. Ich bin dir und der Bewegung dankbar. Ihr habt mir bei vielem die Augen geöffnet, aber ...»

«... aber du willst diesen Dienst, der *dein* Leben verbessert hat, niemandem erweisen?»

«Ihr braucht doch keine neuen Mitglieder», sage ich. «Das Golden Heart ist jeden Sonntagabend voll. Es würde gar nichts bringen, wenn ich da auch noch abhänge. Ihr habt genügend Leute, um Flugblätter in Briefkästen zu werfen. Was könnte ich schon ausrichten?»

«Du weißt sehr genau, dass du etwas für uns tun könntest, das keine andere kann.»

«Balthazaar», sage ich, und mein Herz bleibt stehen, weil in dem Moment die prophetische Pappe ruckelt. Aber es war nur der Wind.

«Genau. Balthazaar. Ich nehme an, das heißt, dass du nicht versuchen wirst, ihn für unsere Sache zu gewinnen?»

«Ich ...»

«Sei wenigstens ehrlich, Pear, wenn du schon nicht loyal bist.»

«Nein. Erst mal werde ich nicht mit Balthazaar über die Roten Hände sprechen.»

«Dann habe ich dir nichts mehr zu sagen.»

Nomi kehrt mir ihren Rücken zu und geht mit dem Schirm Richtung Straße. Der Regen, der auf mich niederprasselt, ist unerwartet heftig. Mit ihm kommt die Panik. Nomi ist die einzige Freundin, die ich in Ost-Lundenburgh habe. Auf Balthazaar kann ich nicht wirklich zählen, das haben meine Anrufe ins Nichts bestätigt. Ich stelle mir meine nächsten Tage vor – ich habe Bücher, ich habe Musik, kann aber nur daran denken, dass es auf dem Dachboden der Christ Church ohne Nomi noch kälter sein wird.

«Nomi ... warte!», rufe ich ihr hinterher. «Wir können doch trotzdem weiter befreundet sein.»

Sie dreht sich ein letztes Mal zu mir um und sagt: «Nein, Pear, können wir nicht. Das sind deine Leute, verstehst du. *Deine Leute.* Und sie leiden, jeden Tag, jede Stunde, jede verdammte Sekunde jeder Minute. Und du lässt es einfach so geschehen. Es interessiert dich nicht, weil du selbst den Regeln schon entkommen bist. Aber weitergeben willst du das nicht. Weil du dich dann nicht mehr besonders fühlst? Das ist egoistisch. Das ist gemein. Das ist heuchlerisch. Und mit Heuchlerinnen bin ich nicht befreundet.» Damit lässt Nomi mich stehen.

Ratlos sehe ich zur prophetischen Pappe, auch wenn sie sicherlich nichts Neues zu sagen hat. Der Regen hat sie durchweicht, die Schrift ist verschmiert. *Feinde* tropfen in *Freunde* hinein.

ZAAR

utsch! Grace knufft mich ausgerechnet an der Stelle am Arm, wo mich im Archiv gestern etwas Säure erwischt hat.

«Und? Von welcher illustren Shaper-Linie stammst du ab?» Wieder knufft mich Grace, aber ihre Frage ist schmerzhafter als der Stoß. Um die nicht beantworten zu müssen, bin ich ihr den ganzen Morgen aus dem Weg gegangen, habe das auch von «Selbstfürsorge, Level 3» bis «Hypnotisiere dich frei!» geschafft, aber jetzt, nach «Push oder nicht? Wie du ihn von Ängsten unterscheidest», der letzten Unterrichtsstunde vor der Mittagspause, hat sie mich auf dem Weg zum Speisesaal doch eingeholt.

Danny ist heute nicht zum Unterricht erschienen – Familienausflug nach Brighton. Er hat mich eingeladen, mitzukommen und seine Eltern kennenzulernen, aber ich kann das gerade nicht. Denn die größte Frage in der Lawine an Fragen, die die Enthüllung der Chronik in meinem Kopf losgetreten hat, ist die: Wissen die Shaper wirklich nicht, dass Nons die Gabe haben? Dass es den Unterschied zwischen Shapern und Nons gar nicht gibt? Weiß Danny das vielleicht? Grace? Emme? Ich war noch nie in Brighton, ich habe überhaupt noch nie das Meer gesehen. Trotzdem kann ich nicht einen Tag lang mit fremden Shapern am Strand hocken, wenn auch nur die geringste Chance besteht, dass sie den Nons bewusst jegliche Selbstbestimmung genommen haben. Die Chronik hütet die geheimsten Geheimnisse der Shaper, aber zumindest eines davon – dass es Sparkles nicht gibt – war einigen von ihnen bekannt.

Mehr noch als die Fragen rütteln meine Gefühle seit der Nacht im Archiv an mir. Ich bin ein Shaper. Das ist gut. Aber ich bin nur ein Shaper, weil alle Shaper sind. Das macht die Sache weniger gut, weil das heißt, dass ich nichts Besonderes mehr bin. Solange ich meinen Mund halte, wird sich nichts ändern. Dabei macht die Wahrheit so viel Sinn, wenn man sie einmal kennt. Alles fügt sich: Die Regeln, denen sich die Nons unterordnen, triggern nicht die Gabe – sie verhindern, dass sie überhaupt ausbricht. Die Nons müssen erfahren, wie sie hintergangen werden! Aber wie? Und was hätte das für Folgen? Würde dann nicht Chaos ausbrechen? Vielleicht sogar so was wie Bürgerkrieg? Ich wäre daran schuld! Und was, wenn die Shaper nichts von alldem wissen. Was, wenn es vor langer Zeit von ihren Urahnen, von Leuten wie Sophinette beschlossen wurde und die, die heute noch leben, unschuldig sind? Ich muss, muss, muss mich jemandem anvertrauen. Mit jemandem beschließen, was zu tun ist. Diese ganze Verantwortung, die mich unter sich begräbt, mit jemandem teilen. Das ist zu groß für mich, viel zu groß! Meine Gedanken und Gefühle rasen hin und her und ineinander und ...

... ein dritter Knuff reißt mich da raus.

«Hey, mach's nicht so spannend, Zaar!» Wir sind mittlerweile im Speisesaal angekommen, und Grace zieht mich zum gleichen Tisch, an dem sie mir vor einer Woche vom dritten Funken erzählt hat. «Also, sag schon! Hast du etwas über deine Familie herausgefunden?»

«Nicht direkt», antworte ich.

«Aber indirekt, was immer das heißt?»

«Nun ja, ich habe ein Buch gefunden. *Die Chronik* heißt es ...»

«Was?» Grace ist so laut, dass der Kellner, der auf dem Weg zu uns ist, unsicher wartet.

Ich winke ihn zu uns, bestelle Ramen, Grace daraufhin Pizza.

«Die *Chronik* hat sich dir gezeigt?», fragt Grace, jetzt leiser, als der Kellner in der Küche verschwunden ist. «Lila Ledereinband, Buchstaben wie aus schwarzem Glas?»

Ich nicke.

«Zaar, das ist ja fantastisch!»

«Du kennst das Buch?»

«Ich habe davon gehört. Die Chronik ist legendär! Sie soll die größten Geheimnisse der Shaper enthalten. Aber niemand hat sie je gesehen, zumindest niemand, der noch lebt.»

«Außer mir.»

«Außer dir!» Grace beugt sich vor. «Es ist sehr selten, dass sich die Chronik zeigt, und wenn, dann nur auserwählten Menschen.»

«Wirklich?» Grace' Worte hallen in mir wider, bis sie mich ganz ausfüllen, warm und ruhig. Anscheinend bin ich doch besonders, nur anders als gedacht.

Der Kellner bringt unser Essen. Ich nehme den Deckel vom Ramentopf und beobachte misstrauisch, wie Dotter aus dem Ei in meine Suppe rinnt. Hilft nichts, ich muss da durch. Beherzt nehme ich die beiden Stäbchen so in die Hand, wie Grace es getan hat, und greife mit der Zange in den Topf. Die glitschigen Nudeln, die ich zwischen die Stäbchen klemme, fallen sofort wieder in die Brühe. Gelbmeliertes spritzt auf mein Hemd, aber Grace lacht mich nicht aus.

«Ist mir auch schon passiert. Ich zeige dir, wie es geht», sagt sie ruhig.

Grace' Hände berühren meine, als sie mir beibringt, wie ich die Stäbchen benutze. Unsere Finger verflechten sich, und ich frage mich, ob das ein Zeichen ist. Soll ich das große Geheimnis mit Grace teilen? Vielleicht kann sie mir helfen. Sie ist klug. Sie mag die Nons und kennt die Shaper. Sie wüsste, was zu tun ist. Was für alle am besten ist.

«Konntest du denn in der Chronik lesen?» Grace lässt meine Hand los.

«Ja», antworte ich.

«Und? Hast du was gefunden? Über den dritten Funken?»

«Nein, über den dritten Funken habe ich nichts gefunden, aber ...» Ich erwische eine Nudel mit den Stäbchen und bin einen Moment lang abgelenkt.

«Da stand wirklich nichts drin?» Enttäuscht legt Grace das Stück Pizza zurück, von dem sie abbeißen wollte.

«Das kann ich so nicht sagen, weil ...»

«... du das Geheimnis des dritten Funken für dich behalten willst?» Grace' Ton ist eisig. Meine Nudel rutscht zurück in den Topf.

«Was? Nein, natürlich nicht! Wie kommst du darauf?»

«Du wärst nicht der Erste, der die Macht an sich reißen

will, wenn er unerwartet dazu Zugang hat.» Grace zuckt mit den Schultern.

«Ich weiß nicht, was der dritte Funke ist, Grace! Aber ich weiß etwas anderes!», beeile ich mich zu sagen. «Etwas noch viel Aufregenderes – Revolutionäreres! Etwas Unglaublicheres!»

«Ich bezweifle, dass etwas existiert, das aufregender, revolutionärer, unglaublicher ist als der dritte Funke», entgegnet Grace steif.

Und obwohl ich mir eben noch sicher gewesen war, dass ich mich Grace anvertrauen will, weiß ich jetzt, dass ich es nicht tun kann. Es ist eine Ahnung. Wieder ein Push? Auf einmal stört mich, dass Grace ihr Essen kaum angerührt hat. Ob sie überhaupt weiß, dass Pizza auch kalt schmeckt? Der Käse ist mittlerweile hart und dunkel. Er erinnert mich an Cheddar. An Käse-mit-Brot. Und dann wird mir klar, dass es nur eine Person gibt, mit der ich mein Geheimnis teilen will. Die eine Person, die versteht, was es für die Nons bedeutet. Oder vielmehr für die, die als Nons aufgewachsen sind. Pear!

«Hey, Zaar?! Jemand zu Hause?» Grace schnippt ungeduldig mit ihren Fingern vor meinem Gesicht herum.

«Entschuldige. Was hast du gesagt?»

«Ich habe dich gefragt, ob du denkst, dass in der Chronik der dritte Funke erwähnt ist und du die Stelle nur nicht gefunden hast, weil du auf deine Familie fokussiert warst.»

«Das kann schon sein ... Nachdem ich meinen Teil gelesen habe, hat sich die Chronik mir wieder entzogen. Ich kenne nur einen Bruchteil ihres Inhalts. Und es standen viele Geheimnisse drin, auch das der Sparkles.»

«Aha …», sagt Grace und starrt für einen Moment ins
Leere. Dann verändert sich ihr Gesicht komplett, es wird
weicher, Augen und Zähne strahlen, als sie sich mir zuwendet. «Und was ist nun das Aufregende, Revolutionäre, Un-
glaubliche, das du herausgefunden hast?»

«Ach, nur, dass ich tatsächlich von Shapern abstamme.»
Wie alle, denke ich.

«Und von wem stammst du ab? Vielleicht kenne ich die
Leute.»

«Glaube ich nicht. Eine unbedeutende Familie. Keine
Sparkles. Aus … aus Devonshire.»

«Und darüber stand etwas in der Chronik?» Grace sieht
mich auf einmal wieder misstrauisch an. Ich denke an Joannes Kniff, wenn sie Geschichten erfindet: das Publikum
immer bei den Emotionen packen!

«Ja, als Beispiel für Shaper, die trotz der Gabe am Leben
scheitern.» Ich senke den Kopf und seufze – wie ich finde –
herzerweichend. «Aber immerhin kamen sie nach Ost-
Lundenburgh, um mich dort in der Kirche abzugeben, weil
sie wussten, dass das Whitechapel-Waisenhaus einen guten
Ruf hat. Das sage ich mir zumindest.»

Ich probiere es noch mal mit den Ramen, und dieses
Mal schaffe ich es! Die Nudeln sind zwar nicht zwischen
die Stäbchen geklemmt, sondern drumrumgewickelt, aber
was soll's. Schmeckt besser als gedacht.

«Das ist doch tröstlich», sagt Grace und schiebt ihren
Teller zur Seite. «Deine Eltern haben dich genug geliebt,
um die weite Reise auf sich zu nehmen. In Devonshire gibt
es bestimmt auch Waisenhäuser.»

«Bestimmt», sage ich und denke an Mrs. Reuel. «Aber ich

hatte gehofft, dass meine Herkunft aufregender ist. Ich bin eben doch nichts Besonderes.»

«Mach dir nichts draus», antwortet Grace gönnerhaft. «Nicht jeder kann besonders sein. Sonst wären die Besonderen ja nicht mehr besonders.»

«Sicher.» Ich nehme mir ein Stück Pizza von Grace' Teller und beiße mit großem Appetit hinein.

PEAR

Der Regen, unter dem mir Nomi die Freundschaft gekündigt hat, hat seitdem nicht mehr aufgehört. Ich bin schon den zweiten Tag zu Hause, weil das Dach der Christ Church dem Wasser nicht standhält. Es gibt etwas Unangenehmeres als kalt, musste ich feststellen: nasskalt. Ich vermisse Nomi mehr, als ich hätte ahnen können: ihren Witz, ihre Wärme ... selbst ihre blöden Macarons. Alleine frei zu sein, macht keinen Spaß. Bei den Roten Händen ist die Gemeinschaft genauso wichtig wie ihre Mission. Das habe ich jetzt verstanden. Ein bisschen zu spät.

Daheim eingesperrt zu sein, macht meine Situation nicht besser. Morgens gehe ich aus dem Haus, nur um mich kurz danach wieder in mein Zimmer zu schleichen. Manchmal öffne ich die Tür einen Spalt und beobachte meinen Vater. Zu sehen, wie er seine traurigen Tage verbringt, zermürbt mich langsam. Trotzdem: Heute war es gut, dass ich zu Hause war. So spät, wie ich mittlerweile von der Christ Church heimkomme, hätte ich sonst Balthazaars Anruf verpasst. Er klingelte in meine schlechte Laune hinein und will mich heute Abend treffen. Obwohl ich mich danach sehne, hier rauszukommen, weiß ich nicht, ob ich im Moment Balthazaars sicherlich großartige Neuigkeiten über seine erlauchte Herkunft verkraften kann.

«Ehrlich gesagt fühle ich mich nicht so gut», sage ich in den Hörer. «Vielleicht nächste Woche.»

«Es ist aber wichtig, Pear», kommt zurück. «Bitte! Ich muss dich sehen. Heute noch! Es gibt Neuigkeiten!»

Wusste ich es doch. Besser, er erzählt sie mir am Telefon. Wenn ich nur meine Stimme verstellen muss, kann ich vielleicht so tun, als würde ich mich für Balthazaar freuen.

«Dann leg los!»

«Nicht am Telefon!», entgegnet er jedoch.

Ich sehe aus dem Fenster. Der Regen ist so heftig, dass er keine Tropfen und Rinnsale hinterlässt. Sturzbäche schießen die Scheibe hinab. Schlimmer kann es nicht werden. Ich muss hier raus.

«Von mir aus», sage ich. «Wo wollen wir uns treffen? Spitalfields?»

«Geht nicht. Das Wetter.»

«Dann eben nicht auf dem Dach, sondern im Bauch.»

«Nein, das ist auch schlecht.»

«Bist du dort etwa nicht mehr willkommen, Balthazaar?»

«Doch, doch», antwortet er ein bisschen zu unbekümmert. «Ich habe die Treibenden nicht vergessen. Ich schicke ihnen Essen, Cider, CDs – sogar die neue von Lambs Eating Lions. Aber im Bauch wären wir nicht ungestört. Zu viele Ohren, die darauf gepolt sind, das zu hören, was sie nichts angeht. Vielleicht könnte ich mich über die Gärten zu dir schleichen? Ich wollte schon immer mal den doppelten Schrank sehen.»

«Keine gute Idee», sage ich so schnell, dass ich mich verhasple.

«Wieso? Hast du Angst, dass ich Dreck reinbringe?»

«Nein, den müsstest du eben wieder wegputzen. Aber du könntest erwischt werden.»

«Du weißt doch, ich bin jetzt ein Shaper. Erwischt werden – so was passiert mir nicht, wenn ich es nicht will.» Balthazaars nervöses Lachen will so gar nicht zu seinen selbstbewussten Sätzen passen.

«Nichts gegen deine Shaper-Künste», sage ich, «aber Papa hat gerade eine schlechte Phase. Ich würde mich nicht wohl dabei fühlen, wenn du hier vorbeikommst. Sorry.»

Ich kann nicht sagen, warum ich Balthazaar nicht hierhaben will. Klar, meinem Vater geht es seit seinem Schub schlechter, aber er würde gar nicht mitbekommen, dass jemand zu Besuch ist. Ich glaube, ich will einfach nicht, dass Balthazaar unsere Wohnung sieht. Als er noch im Bauch wohnte, habe ich öfter gefragt, ob er vorbeikommen möchte. Er hat immer abgelehnt. Jetzt bin ich es, die sich vor dem Burgh-Bewohner für den abgewetzten Teppichboden und die verblassten Tapeten schämt.

«Kein Problem», sagt Balthazaar, aber selbst ohne ihn zu sehen, merke ich, dass das nicht stimmt.

Er ist es nicht gewohnt, dass ich nicht nachgebe oder ihm zumindest eine Erklärung dafür liefere, warum ich es nicht tue – dass ich mich nicht mal entschuldige. *Ich würde mich nicht wohl dabei fühlen, wenn du hier vorbeikommst* – das muss sich ja stachelig für ihn anfühlen.

«Wo treffen wir uns dann?», fragt Balthazaar. «Hast du eine Idee?»

«Wie wäre es mit dem Truman?»

«Du würdest ins Truman kommen?»

Die Überraschung in Balthazaars Stimme erinnert mich daran, dass es eine Zeit gab, in der ich mich das nicht traute. Noch gar nicht so lange her. Trotzdem war es in einem anderen Leben.

«Ja», antworte ich. «Das ist doch wie dafür geschaffen.» Soll ich Balthazaar sagen, dass ich schon im Truman war? Nein, die Zeiten, in denen ich ihn beeindrucken wollte, sind vorbei. Und er hat mir so oft vom Truman erzählt, dass er denken wird, ich wüsste alles darüber von ihm.

«Super, wo sollen wir uns treffen?», fragt Balthazaar. «In der Gasse, in der der Unfall ... also dort, wo ich meinen ersten Shape ...»

«Du meinst, wo wir beide beinahe von brennenden Autos erschlagen wurden? Nein, wir treffen uns einfach im Club. Und wer immer zuerst dort ist, sucht eine Nische für uns, die möglichst diskret ist.»

«Ähm, okay, bist du dir sicher, dass ich dich nicht abholen soll?»

«Ja. Heute Abend um neun im Truman. Bis dahin!» Ich lege auf und kappe aus Versehen Balthazaars letzten Satz. Sein «Ich freu...» hängt noch eine Weile in der Luft.

Zurück in meinem Zimmer, merke ich, dass ich mich auch freue. Mein Vorschlag, ins Truman zu gehen, hat mich daran erinnert, wie weit ich gekommen bin – und zwar ohne von Shapern verhätschelt zu werden. Und ja, da ist Vorfreude, meine alte Bekannte. Ich öffne den inoffiziellen Schrank und gehe durch meine Kleider. Endlich habe ich etwas zu tun! Aber je länger ich mich durch die Sachen wühle, desto unruhiger werde ich. So viele Kleider, nichts anzuziehen! Irgendwann setze ich mich auf den Boden und schiebe den Kleiderhaufen frustriert zur Seite. Zwischen Tops und Hosen blitzt die Bling-Schachtel meiner Mutter auf. Ich ziehe sie in meinen Schoß, streiche über das Glitzerherz und öffne sie. Ganz oben liegt das Lambs-Eating-Lions-Konzertticket. Ich lächle, weil ich weiß, warum es unversehrt ist, und weil ich die weltberühmte schwarz gekleidete Sängerin, die darauf abgebildet ist, nicht einmal, sondern zweimal getroffen habe. Wieder etwas, das bis vor Kurzem unmöglich schien.

Und genau das ist der Punkt. Ich bin nicht mehr die, die ich war. Und die, die ich jetzt bin, braucht das Bunte, das Schreiende nicht mehr. Behutsam setze ich die Bling-Schachtel im inoffiziellen Schrank ab. Dann tue ich etwas, das ich sonst vermeide, wenn ich kann: Ich gehe in das Schlafzimmer meiner Eltern. Der Schrank meiner Mutter, auf dem ich die Schachtel mit dem goldenen Herzen fand, will wie immer geöffnet werden. Mein Ritual ... als wäre jemals mehr darin zu finden als Trauer, Wut und Leere. Heute gehe ich daran vorbei. Mein Ziel ist ein anderes. Aus der Kommode meines Vaters hole ich, was ich brauche. Dann mache ich mich ans Werk.

ZAAR

Auf dem Weg zum Truman pulsieren mir schon von Weitem Bass und Licht und Menschen entgegen wie eh und je. Pear hatte recht: die ideale Location, um das größte Geheimnis aller Zeiten jemanden anzuvertrauen. Woher sie das weiß, ist mir allerdings ein Rätsel. Als ich Billys Reich betrete, nickt er mir von der Bar freundlich, aber auch etwas kühler als sonst zu. Oder bilde ich mir das nur ein? Mal sehen, ob ich heute Shaper-Preise zahlen muss. Ich gehe an der Bar vorbei. An ihrem Ende streift mich eine Pflanze, als hätte sie die fünfzackigen Blätter nach mir ausgestreckt. Hier habe ich Grace das erste Mal getroffen. Im Unterricht hat sie die letzten Tage gefehlt, und auch sonst habe ich sie kaum gesehen. Ich werfe der Pflanze einen wehmütigen Blick zu, wünsche mich zurück in jene Nacht, die mich glauben machte, ich sei für eine glänzende Zukunft bestimmt. Auserwählt. Ich seufze. Dann lasse ich den Raum mit der Bar hinter mir.

Im düsterbunten Licht halte ich Ausschau nach Pear und gleichzeitig nach einem Platz, an dem wir ungestört sind. Von denen gibt es viele, aber die meisten sind besetzt. Mit jeder Sitzecke, in der Gelächter und Bierschaum zwischen den Gästen hin und her fliegen, werde ich wütender auf die unsinnigen Regeln, die Pear verbieten, mich draußen zu treffen, und junge Nons zu etwas machen sollen, das sie längst sind. Immer genervter gehe ich von Sitzgruppe zu Sitzgruppe, bis ich an eine Nische komme, die so zugewachsen ist, dass ich sie beinahe übersehen hätte. Dahinter sitzen zwei Männer in Mänteln vor leeren Biergläsern. Aufbruchstimmung. «Entschuldigt, wollt ihr gerade gehen?», frage ich die beiden. «Dann würde ich den Tisch hier gleich mit meiner Freundin übernehmen. Ist ja wahnsinnig viel los heute!» «Fuck off!», sagt der Typ, der mir den Rücken zuwendet, ohne sich umzudrehen. Der andere ignoriert mich gänzlich und starrt einfach weiter in sein leeres Glas.

Wieder ein Beweis, dass ich der schlechteste Shaper Lundenburghs bin. Sogar die beiden bierseligen Brüder da shapen unbewusst besser als ich, und das ohne jegliches Training. Immerhin haben die Sitzplätze und ich nicht. Es läuft einfach nicht bei mir! Vielleicht sollte ich mich endlich damit abfinden. Ich drehe mich um, will weitergehen. Doch da taucht Pears Lockenkopf über einer Kakteenwand auf. Ich winke ihr zu, als der Rest von ihr zum Vorschein kommt, sie winkt zurück. Ihre Haare, das flächige Gesicht, die elegante Haltung, all das ist mir vertraut, und doch ist Pear ganz anders. Sonst gab es vor jedem Schritt einen Punkt des Zögerns, als müsse Pear sich noch einmal vergewissern, ob vor ihr sicheres Terrain liegt – oder als wäre sie in einen Kaugummi getreten, der ihren Fuß für einen Moment am Boden hält, bevor er nachgibt. Jetzt ist der Kaugummi weg. Und dann sind da noch Pears Kleider. Statt der bunten Outfits, mit denen sie sich immer für den Bauch zurechtmachte, hat sie einen engen Rollkragenpullover an über einer geraden Hose und Schnürschuhen – alle in der gleichen Farbe: Schwarz. Obwohl der Look genauso schlicht ist wie die graue Uniform, die sie normalerweise tragen muss, ist es ein größeres Statement dagegen, als alle Rüschen, Pythonmuster, Neonfarben, Perlen und Pailletten dieser Welt es je sein könnten. Pears neue Klamotten sagen: Ich muss mich nicht offensichtlich gegen die Unterdrückung auflehnen, ist sowieso klar, dass ich da auf keinen Fall mitmache. Sie strahlt pure Selbstsicherheit aus.

Die beiden in der Sitzecke lassen Pear genauso wenig aus den Augen wie ich. Als Pear bei uns ankommt, sagt sie mit Blick auf die leeren Gläser: «Ah, super! Wir haben einen Tisch!»

«Leider nicht», will ich antworten, aber die beiden Typen legen plötzlich ein paar Geldscheine hin und beeilen sich aufzustehen. Pear klemmt die Scheine unter eines der Gläser und setzt sich. Erst jetzt sagt sie: «Hallo, Balthazaar.»

«Hallo, Pear!» Heute macht es mir nichts aus, dass sie meinen alten Namen benutzt. Aus ihrem Mund klingt er richtig. Immer wieder fällt mein Blick auf ihren Rollkragen. Seine Aufgabe ist es, Haut zu verdecken, aber die, die er frei lässt, bringt er zum Strahlen. Warum ist mir nie zuvor aufgefallen, wie schön die Stelle ist, an der Gesicht und Hals aufeinandertreffen?

«Du wolltest mich sprechen?», fragt Pear und faltet ihre Hände auf dem Tisch.

«Dringend!», antworte ich. «Du wirst nicht glauben, was ich dir zu erzählen habe. Ein großes Geheimnis. Das größte Geheimnis überhaupt!»

«Ich bin gespannt!» Einer von Pears Mundwinkeln geht nach oben. Die Mimik ist mir fremd, und ich frage mich, von wem Pear sie angenommen hat. Oder kommt das einfach so aus ihr raus?

«Ich war tatsächlich im Archiv der Shaper!», sage ich und lege noch mal nach: «Heimlich, Pear!»

«Okay», antwortet sie schlicht.

«Du hättest es geliebt! Bücher über Bücher über Bücher, die die Schlüssel zu den größten Rätseln unserer Welt sind.»

«Interessant. War es das, was du mir so dringend erzählen wolltest? Das große Geheimnis?»

«Nein, nein ... von dem großen Geheimnis habe ich im Archiv erfahren. Es stand in einem der Bücher.»

«Aha!»

«In der Chronik! Sie zeigt sich nur wenigen Auserwählten. Ein Buch, so alt und so» – Pear streicht sich über den Rollkragen, dann stützt sie ihr Kinn in die Hand, und das bringt mich komplett aus dem Konzept – «so ... so ... lila!»

«Lila?» Pear grinst mich an.

«Ja, lila. Das war die Farbe vom Einband. Zwischen Blau und ...»

«... Rot. Ich weiß.» Dass Pear die Farbe kennt, obwohl ich ihr die nie gezeigt habe, macht mich noch nervöser. Pears Leben ist bunter geworden, auch ohne mich. Mir fällt ein, dass Pear beim Picknick auf dem Dach wusste, was Macarons sind. Woher? Damals war ich so in meiner Shaper-Überlegenheit gefangen, dass ich es kaum wahrnahm. Ich wusste noch nicht, dass ich Pear nichts voraushabe, gar nichts. Aber nun ist mir klar, dass ich nicht auserwählt bin, und ich frage mich, was ich ihr überhaupt noch bieten kann.

«Und was hast du in diesem alten lila Buch gelesen?»,
fragt Pear.

«In der Chronik stand …»

Noch während ich das sage, weiß ich, dass ich Pear nicht
vom Geheimnis der Nons erzählen werde. Denn wenn ich
das tue, werde ich sie verlieren. Pear ist so … so … bei sich.
Ein Shaper zu sein, ist das Einzige, mit dem ich dagegenhalten kann, das Einzige, was mich irgendwie interessant macht. Und ich bin nicht bereit, das aufzugeben. Ich
kenne Pear gut genug, um zu wissen, dass ihre Sehnsucht
nach der Shaper-Welt nie ganz verschwand. Wie alle Nons
möchte sie immer noch Teil davon sein. Das wurde ihr von
klein auf eingetrichtert, und solche alten, tiefen Träume
gehen nicht weg, auch wenn sie sie aus Selbstschutz unter-
drückt hat. Ich kann Pears Sehnsucht wieder wecken. Und
sie muss glauben, dass nur ich sie erfüllen kann. Dass sie
mich braucht.

Also sage ich Pear nicht, dass sie genauso shapen kann
wie ich, stelle meine falsche Identität über ihre wahre, obwohl sich mein schlechtes Gewissen durch meine Brust
frisst. Stattdessen werfe ich Pear einen Brocken Wahrheit
hin, den sie falsch verstehen muss, was mich verschlagener
macht als jeden Lügner: «Meine Eltern waren tatsächlich
Shaper.»

PEAR

Nachdem Balthazaar mir seine große Neuigkeit präsentiert hat, die ich ja schon erwartet hatte, konzentriert er sich ganz auf mich. Alles will er wissen – warum ich lese, wann und wo ich lese, was ich lese, was ich außer dem Lesen noch so mache. Ich erzähle es ihm gerne: wie ich die Schule geschmissen habe, von meiner Version des Bauchs in der Christ Church. Und Balthazaars Arroganz, seine nervige Selbstbezogenheit ist verschwunden.

«Ich weiß, dass ich nicht für dich da war die letzten Wochen. Das tut mir furchtbar leid», sagt er. «Aber das wird sich wieder ändern.» Ich glaube ihm.

Wir mussten wohl einmal auseinanderdriften, beide unser Ding machen, um dann wieder zusammenzukommen, besser als vorher. Balthazaar erzählt mir von der Burgh, davon, wie es ist, ein Shaper zu sein. Die seltsamen Unterrichtsstunden, die sie dort haben, bringen mich zum Lachen.

«‹Dein authentisches Selbst – wie du es findest›. So was lernt ihr?» Den Kurs hätte ich in den letzten Wochen, in denen ich rausfinden wollte, wer ich denn bin, so ganz ohne Regeln, gut gebrauchen können. «Echt jetzt?»

«Echt!»

Nur als Balthazaar seine Freunde erwähnt, ziehe ich mich in mich zurück. Er merkt es und erzählt mir statt-

dessen, was er nach der Burgh machen will. Wie er zurückkommt nach Ost-Lundenburgh und das grüne Haus an den
Lundenburgh Fields kauft. Dieses Mal kann ich mich in
Balthazaars Bildern sehen – nicht nur, weil *er* anders drauf
ist. *Ich* habe mich geändert. Ich kenne das freie Leben, das
er beschreibt. Meine Fantasie, die jetzt weiß, wie das geht,
nimmt Balthazaars Bilder auf und spinnt sie weiter.

Wir bleiben im Truman, bis Billy den Laden dichtmacht,
und helfen ihm, seine Pflanzen in den Hof zu tragen. Heute Nacht soll es Plusgrade geben, das halten sie aus. In
den Gewölben der Brauerei geht der Duft der Blüten und
Blätter in Rauch und Alkohol und Schweiß unter, aber hier
oben kann er sich frei entfalten. Er ist unbeschreiblich. Im
ersten Morgenlicht arbeiten Balthazaar und ich unter ra-
schelnden Blättern stumm vor uns hin. Zwischen Stängeln
und Stämmen finden und verlieren wir uns wieder – ein
Symbol für das, was in den letzten Wochen passiert ist. Ein
Versteckspiel, bei dem jeder jeden sucht. Wann immer ein
bisschen Balthazaar aufblitzt, seine Hand an einem Übertopf, sein Gesicht neben Palmwedeln, macht etwas in meiner Brust das Gleiche: Es pulsiert hoch, um dann wieder
zu verschwinden. Ob es Balthazaar genauso geht? Als wir
fertig sind, begleitet er mich nach Hause. Noch nie hat er
das gemacht.

«Das nächste Mal besuchst du mich, ja? In der Burgh»,
sagt er zum Abschied.

Zur Antwort gebe ich ihm einen Kuss auf die Wange und
verstehe endlich, warum die Treibenden so viel Aufhebens
darum machen. Ich dachte immer, beim Umarmen habt ihr
doch viel mehr Kontakt! Aber jetzt weiß ich: Sobald Lippen

ins Spiel kommen, verändert sich alles. Was man fühlt, hat auf den wenigen Zentimetern Haut kaum Platz und ist gerade deshalb so … so allumfassend. Wie heftig es wohl ist, wenn Lippen auf Lippen treffen?

Balthazaar ist genauso überrascht wie ich. Schnell renne ich die Treppen zum Eingang unserer Wohnung hinunter. Als ich mich umdrehe, steht Balthazaar immer noch am Geländer.

«Danke!», sagt er und grinst.

«Bitte!», antworte ich und gehe, nachdem wir uns schüchtern zugewinkt haben, ins Haus.

In der Wohnung lehne ich mich mit dem Rücken an die Tür, schließe die Augen und atme tief ein und aus. Balthazaar und ich sind nicht mehr Balthazaar und ich. Balthazaar und ich sind jetzt etwas, das über uns hinausgeht. Das Gefühl ist mir noch ein bisschen zu groß. Trotzdem will ich, dass es nie mehr weggeht, dass ich reinwachse. Ich will … ja, ich will mit Balthazaar zusammen sein. Vielleicht wollte ich das schon immer irgendwie, aber jetzt hängt noch viel mehr daran. Denn ich will das gemeinsame Leben, das wir haben können. Das ist *meine* Art, gegen das System aufzubegehren: eine Non, die mit einem Shaper zusammen ist. Was könnte revolutionärer sein?

Den nächsten Tag kann ich wieder auf meinem Dachboden verbringen. Das Wetter hat sich mit meiner Laune gebessert. Kein Regen mehr. Hinter einem Balken neben der Tür entdecke ich eine Steckdose. Ich gehe nach Hause und hole den kleinen Elektro-Ofen, der in der Abstellkammer bereitsteht, falls in unserer Wohnung wieder einmal die Heizung ausfällt. Eifrig bläst er heiße Luft in die Ecke des Dachbodens, die ich mit Tüchern und Decken abgetrennt habe. Alles fügt sich. Die Kälte weicht aus meinem Leben. Es ist spät, als ich von der Christ Church nach Hause gehe, den *Hobbit* unter meinem Mantel verborgen, in dem ich heute die markierten Stellen – Balthazaars Lieblingspassagen – gelesen habe.

Meine Stimmung ist so gut, dass ich mir überlege, Curtis noch mal zum High-Five zu nötigen, als ich ihn vor dem Golden Heart stehen sehe – einfach nur so zum Spaß. Er spricht mit Xandra, die sich gegen den Rahmen der Eingangstür lehnt. Doch dann fällt mir seine Diskussion mit Nomi wieder ein, und ich entscheide mich um. Ein paar Meter vor dem Eingang zum Pub parkt ein Auto am Straßenrand – glücklicherweise nicht Nirwanas Mini, sondern ein längeres Modell. Ich ducke mich dahinter.

«Bist du dir sicher, Curtis? Wenn das Nirwana erfährt...», höre ich Xandra sagen.

Ich lehne mich mit dem Rücken an die Autotür und atme schwer. Curtis und Xandra können mich nicht sehen, jemand, der von der Commercial in die Hanbury Street abbiegt, schon. Ewig kann ich hier nicht bleiben. Aber dass ich hier ausgerechnet auf Curtis und Xandra treffe, ist, als gäbe mir jemand ... etwas ... die Gelegenheit, dort weiterzumachen, wo ich hinter dem Tresen unterbrochen wurde.

«Irgendwer muss doch mal was tun! Wir können nicht immer nur rumstehen und reden», sagt Curtis gerade.

Sein Mantra langweilt mich langsam. Aber Xandras Antwort lässt mich aufhorchen: «Ist es nicht gefährlich, in die Burgh einzudringen?»

In die Burgh?! Was will Curtis in der Burgh?

«Wir haben jemanden, der uns hilft. Jemanden, der uns Nons wohlgesonnen ist. Jemanden drinnen.»

«Im Internat?», fragt Xandra.

«Ja!»

«Doch nicht dieser Non, der angeblich die Gabe entwickelt hat, oder? Habt ihr den etwa als Spion dort eingeschleust?»

Woher weiß Xandra von Balthazaar? Hat Nomi ihr davon erzählt? Und damit indirekt ich? Mein schlechtes Gewissen trifft mich wie ein Schlag.

«Nein», antwortet Curtis. «Wir haben versucht, ihn einzuspannen, es hat aber nicht geklappt.»

Ja, habt ihr! Und zwar über mich! Wut kommt hoch, auf Nomi, auf Curtis, darauf, wie sie mich benutzen wollten. Was haben die beiden hinter meinem Rücken geplant?

«Tja, er hatte seine Chance. Es wird sich zeigen, was mit ihm passiert, wenn es losgeht.»

Was mit ihm passiert? Die Richtung, die Curtis einschlägt, gefällt mir gar nicht.

«Und wer ist nun euer Insider?», fragt Xandra.

«Das erzähle ich dir, wenn alles gelaufen ist. Je weniger du bis dahin weißt, desto besser. Aber keine Sorge, alles ist minutiös geplant. Wenn jemand zu Schaden kommt, dann keiner von uns.»

Aber Balthazaar? Mir fällt Nomis Satz im Golden Heart wieder ein: *Und dafür müssen wir uns rüsten.*

«Wann müsst ihr denn los?», fragt Xandra.

«So gegen zehn Uhr abends.»

Ich sehe auf meine Uhr. Noch zweieinhalb Stunden.

«Na dann komm rein, Curtis», sagt Xandra. «Für ein Bier hast du noch Zeit.»

Durch die Autoscheibe beobachte ich, wie Curtis und Xandra im Golden Heart verschwinden.

«Hey, was machst du an meinem Auto, Mädchen?» Ich drehe mich um. Der Besitzer des Wagens sieht verärgert aus. Es ist mir völlig egal.

«Bin schon weg», sage ich nur und laufe Richtung Liverpool Street Station.

Für Entschuldigen und Rechtfertigungen und Geschichten über verlorene Münzen bleibt keine Zeit. Ich muss Balthazaar warnen.

ZAAR

Zaar!» Die Elbin mit dem untypischen Lockenkopf streicht mir über die Wange, ihre Berührung so daunenleicht wie ihre Stimme. Sie öffnet erneut den Mund, doch statt Informationen zu der geheimen Mission, die ich – und nur ich – zu erfüllen imstande bin, kommt etwas anderes raus: «Wach auf, Zaar! Wach auf!»

Die Elbin wird immer durchsichtiger, bis sie im Hintergrund der Traumlandschaft verschwindet – Elbinnen rütteln einen eben nicht unsanft aus dem Schlaf. Ich öffne die Augen, reibe sie, und als sie sich ans Dämmerlicht gewöhnt haben, sehe ich in Grace' Gesicht.

«Endlich! Ich war drauf und dran, dir Wasser ins Gesicht zu kippen», sagt sie. «Du musst sofort mitkommen! Jemand will ins Archiv einbrechen, und wir wissen beide, dass sich dort vor allem eins zu stehlen lohnt!»

Mit einem Schlag bin ich hellwach. Es ist eine Sache, dass ich mir überlege, was ich mit dem Wissen aus der Chronik anfangen werde. Aber mir den Vorteil und die Entscheidung abnehmen zu lassen, kommt überhaupt nicht infrage. Ich bin der Hüter des Geheimnisses der Chronik, sonst keiner. Und ich will verdammt sein, wenn ich es in andere Hände fallen lasse.

«Okay, ich komme», sage ich. «Ähm, kannst du dich umdrehen?»

Sie verdreht die Augen.

«Zieh einfach einen Mantel über. Und beeil dich! Ich warte vor der Tür», sagt sie und geht aus dem Zimmer. Ich spritze mir kurz Wasser ins Gesicht und ziehe Dannys alten Dufflecoat an. Irgendwie ist mein Traum Wirklichkeit geworden. Auch wenn sie keinerlei Ähnlichkeit mit der Elbin hat ... Grace ist zu mir gekommen – *mir* –, um mir eine Mission anzuvertrauen: den Schutz der Chronik. Zu allem bereit, reiße ich die Tür auf, aber vor meinem Zimmer erwartet mich eine unangenehme Überraschung. Topher steht neben Grace, die beiden diskutieren.

«... außerdem sollten wir meinen Vater verständigen», sagt Topher – und als er mich sieht: «Non, was machst du denn hier?»

«Ähm ... das ist mein Zimmer!»

«Ah ja? Ich muss mal eben dein Telefon benutzen.»

Ich lasse mich widerstandslos von Topher zur Seite schieben, aber Grace stellt sich stattdessen in den Türrahmen.

«Nein, das wirst du nicht tun!», faucht sie Topher an und versperrt ihm den Weg.

Topher bleibt irritiert stehen.

«Ist das ein Spiel, Gracie?», fragt er. «Gibt es gar keine Einbrecher, und du willst nur etwas Aufregung reinbringen? Dafür könnte ich mich erwärmen.» Topher will Grace an sich ziehen, um sie zu küssen, aber sie stößt ihn von sich.

«Topher! Nein!», sagt sie. «Das ist kein Spiel. Ich muss mit Zaar zum Archiv. Und wir haben's eilig. Tu einfach so, als hättest du uns nie gesehen. Okay?»

«Zaar? Der Non nennt sich jetzt Zaar?» Topher lacht. «Ich kann ja verstehen, dass er wie ich sein will, aber das geht ein bisschen zu weit.» Zu mir gewandt sagt er: «Passt auch gar nicht zu dir, Non.»

«Und du denkst, dass ich auf deine Meinung Wert lege, weil …?» Mein Satz ist ein Schlag gegen Topher, den ich selber nicht kommen sah.

«Vorsicht, Non, ich kann dich mit einem einzigen läppischen Shape außer Gefecht setzen, wenn ich will», entgegnet er.

«Da wäre ich mir nicht so sicher», antworte ich und erschrecke gleich noch mal über meinen eigenen Mut. Topher macht sich bereit – und nach seinen blitzenden Augen zu urteilen, wird es gleich unangenehm für mich. Glücklicherweise reißt Grace vorher der Geduldsfaden.

«STOPP!», ruft sie, aber Topher hält erst inne, als sie ihn am Arm packt. «Im Ernst jetzt! Stopp, Topher! Hört auf, alle beide!»

«Er hat angefangen!», sage ich und merke sofort, dass das nach Kindergarten klang. Shit. Grace sieht mich tadelnd an.

«Wir haben hier ernste Probleme zu lösen», sagt sie, «und ihr haltet euch mit albernen Machtkämpfchen auf. Die könnt ihr gerne morgen weiterführen, aber Zaar und ich müssen jetzt zum Archiv.»

Topher sieht das anders. Er breitet Hände und Beine aus, wird zu einer lebenden Schranke, an der wir nicht vorbeikommen.

«Lass uns durch, Topher!», sagt Grace, und halb wünsche ich mir, dass sie hier und jetzt ihre ganze Macht demonstriert und Topher auf seinen Platz verweist. Aber Topher hat anderes im Sinn.

«Nur unter der Bedingung, dass ich mitkomme», sagt er.

«Auf gar keinen Fall», bricht es aus mir heraus.

«Das hast du ganz sicher nicht zu bestimmen, Non. Oder willst du mich davon abhalten? An der Stelle waren wir vor ein paar Minuten doch schon mal.» Ich hätte mich wohler gefühlt, wenn Topher wieder zu einem Shape ausgeholt oder mich sonst irgendwie ernst genommen hätte, aber er zieht nur eine Augenbraue hoch.

«Außerdem», verkündet Topher, «seid ihr ohne mich doch verloren!»

«Fein, dann kommst du eben mit», sagt Grace ergeben.

Ich will protestieren, aber Grace pocht mit dem Finger auf ihre nicht vorhandene Armbanduhr, und mir bleibt nichts anderes übrig, als nachzugeben.

Grace, ich und Topher – eine Reihenfolge, die schnell zu Topher, Grace und ich wird – brauchen nicht lange, um den Wald zu erreichen. Wir sind nur noch wenige Meter von seinem Rand entfernt, als wir sehen, wie sich etwas – jemand – zwischen den Bäumen bewegt.

«Wahrscheinlich ein Späher der Einbrechertruppe», flüstert Topher. «Stellt euch hinter mich, dann kann euch nichts geschehen.»

Er lässt einen Erdhügel aufsteigen, der die Person zum Stolpern hätte bringen sollen, aber der andere geht einfach drum herum, ohne auch nur auf den Boden zu blicken. Ein Shaper, definitiv!

«Halt!», ruft Grace, und der nächtliche Wanderer dreht sich um, langsam, ganz langsam. Kennt er ihre Stimme?

Grace lässt eine Wolkenformation das Mondlicht bündeln, gleichzeitig zieht eine Bö meine Arme nach oben, sodass es aussieht, als ob ich dafür verantwortlich wäre.

«Du hast dazugelernt, Non», sagt Topher.

Doch ich höre ihn nicht, schüttle nur ungläubig den Kopf darüber, wer da im Mondscheinwerferlicht steht.

«Danny?»

PEAR

MIND THE GAP!»
Die Stimme aus dem Lautsprecher sagt das jedes Mal,
wenn die U-Bahn stoppt. Und jedes Mal wünsche ich mir,
dass um mich herum wirklich eine Lücke wäre, auf die ich
achten müsste. Aber die Leute stehen hier dicht an dicht
und nehmen mir jedes bisschen Platz und den Willen, bis
zur Burgh durchzuhalten. Als ich vom Golden Heart zur
Liverpool Street Station rannte, weil die *tube* der schnellste
Weg in den Westen ist, der schnellste zu Balthazaar, wusste
ich nicht, auf was ich mich einlasse.

In der Bahnhofshalle war es noch in Ordnung. Sie war
weit und hoch. Die Frau, die ich nach dem richtigen Bahnsteig fragte, weil mich der Plan mit den bunten Linien
verwirrte, hielt Abstand. Aber bei den Gleisen wurde mir
mulmiger zumute. Die Luft war anders, als würde sie es den
Menschen übel nehmen, dass man sie dort unten einsperrt,
und ihnen deswegen jeden Atemzug so unangenehm wie
möglich machen. Und im Zug drinnen plustert sich die
beleidigte Luft noch mehr auf. Man kann sie sehen, schme-
cken, fühlen. Eine Mischung aus Benzin, Schweiß, Alkohol,
frittiertem Essen und der Abwesenheit jeglicher Frische
brennt in meiner Nase. Ich atme flach ein und schnell wieder aus, werde ganz benommen davon.

Wenigstens sitze ich, auch wenn das Polster schmutzig

ist. Ich hoffe, dass der Kaugummi auf dem Nickistoff so eingetrocknet ist, dass er daran hängen bleibt und nicht an meiner Hose. Mittlerweile weiß ich, was für ein großes Glück es war, dass ich überhaupt einen Platz bekommen habe. An jeder Station drängen mehr Leute in unseren Waggon. Immer wenn ich denke, dass jetzt aber wirklich keiner mehr reinpasst, verschieben sich Arme, Beine, Körper wie Puzzlestücke ohne feste Form und setzen sich zu neuen Gebilden zusammen, die Raum für ein paar Menschen mehr machen. Ständig stößt jemand an mich, und ich zucke zusammen. Es ist eine Sache, dass es mittlerweile okay für mich ist, Balthazaar zu berühren, Nomi und Nirwana. Aber Hautkontakt mit völlig fremden Leuten? Brrr!

Ich bin erleichtert, als wir den Kern passieren und kaum noch Leute zusteigen. Je weiter ich in den Westen komme, desto leerer werden die Waggons. Viele steigen aus, keiner mehr zu. Shaper nehmen nicht die U-Bahn, die bald keine mehr ist. Der Zug fährt nun über der Erde. Schließlich bin ich allein im Waggon. Es atmet sich leichter. Es denkt sich leichter. In meiner Erinnerung gehe ich die Karte durch, die Nomi im Truman in den Staub gezeichnet hat. Der Eingang zur Burgh wird bestimmt überwacht. Ich habe beschlossen, dass es zwar umständlich, aber sicherer ist, es über den riesigen Park, an den die Burgh grenzt, zu versuchen. Immerhin habe ich Erfahrungen damit, über Gärten zu gehen – gute.

«*Die Burgh*», sagt die Stimme aus dem Lautsprecher. «*Mind the Gap!*»

Ich habe die Warnung so oft gehört, dass ich sie ernst nehme und vorsichtshalber mit Anlauf über den Spalt zwischen Zug und Bahnsteig springe. Es ist die Schwelle zu einer anderen Welt. Nur zweimal in meinem Leben habe ich Blumen gerochen, mit Balthazaar im Hof des Truman und vor Jahren, als eine Händlerin in Spitalfields noch nicht mit dem Aufladen der übrig gebliebenen Ware fertig war.

«Flieder!», hat sie gesagt, als ich auf dem Weg in den Bauch vor ihrem Bus stehen blieb.

Sie drückte mir einen holzigen Stängel in die Hand, um den sich winzige weiße Blüten rankten. Ich wunderte mich, dass sie so freundlich zu einer jugendlichen Non war, die sich abends allein in Spitalfields rumdrückte. Vielleicht wird man so, wenn man seine Tage damit verbringt, den Menschen Freude zu verkaufen.

Wo ich jetzt gehe, unter Alleebäumen, riecht es auch nach Flieder. Und dann sehe ich ihn. Keine schwindenden Schönheiten, wie die der Blumenhändlerin, die schon bald nach dem Verkauf tot sind. Nein, saftige Blüten klettern die Fassaden hoch. Obwohl inzwischen Nacht ist, scheint alles heller als im Osten, klarer. Das Licht der Straßenlaternen trifft ungehindert von Smog und Schmutz auf weiße Häuser, lässt sie aufstrahlen. Der kurze Weg zur Burgh ist gut ausgeschildert, er führt direkt auf das Tor mit dem Funken-Emblem zu. Soll ich nicht doch einfach klingeln und nach Balthazaar fragen? Immerhin hat er mich eingeladen. Hier ist doch alles so einfach, so mühelos. Nein, um diese Uhrzeit kann ich das nicht. Die würden mich wieder wegschicken.

Ich zwinge mich, an meinem Plan festzuhalten und vor dem Tor rechts abzubiegen. Die Mauer, die das Burgh-Gelände umgibt, ist hoch, Metallspitzen reihen sich auf ihr wie die Stacheln eines wehrhaften Tiers. Etwa fünfundzwanzig Minuten gehe ich an der Mauer entlang, bis ich ein kleines Seitentor entdecke, vor dem mehrere Tonnen stehen. Müll gibt es auch im Westen. Durch die eisernen Stäbe kann ich in der Ferne Bäume erkennen. Das muss der Wald sein, hinter dem die Burgh liegt. Am Torgitter finde ich im Gegensatz zur Steinmauer Halt. Bevor ich mich über die Spitzen schiebe, die auch auf dem Tor sitzen, hole ich tief Luft, ein Bein auf der Straßenseite, eines auf dem Gelände der Burgh. Dann mache ich den Fehler, nach unten zu sehen. Sofort sind meine Hände nass. Ich merke, wie ich abrutsche. Jetzt oder nie! Schnell ziehe ich den zweiten Fuß auf die Seite der Burgh und springe vom Tor auf den Boden. Unverletzt! Die Stacheln haben mich nicht erwischt.

Nur wenige Hundert Meter muss ich über freies Feld, dann komme ich am Waldrand an. Ich frage mich, ob ich ihn wirklich durchqueren muss, allein, ohne Führung, als ich dumpfe Schläge höre. In immer kürzeren Abständen folgen sie aufeinander, und nach dem ersten Schreck erwacht mal wieder meine Neugier. *Lass den Krach Krach sein, du hast keine Zeit für so was!*, sage ich mir. Trotzdem bin ich hin- und hergerissen. Wald oder Geräusch, Wald oder Geräusch ... Das Geräusch scheint näher als die andere Seite des Waldes, und im Zweifelsfall ist es immer besser, ich weiß, mit was ich es zu tun habe. Ich folge dem Lärm, bis ich zu einem modernen Bungalow komme, an dem drei Sachen ungewöhnlich sind:

1. Er ist in eine Felsformation hineingebaut, die vierte Wand ist aus Stein.
2. Alles an dem Bungalow ist viel zu groß geraten.

3. Ein blond gelocktes, riesiges Wesen steht da, wehklagt mit erstaunlich hoher Stimme – mal ist es mehr Jammern, mal mehr Gesang – und haut den eigenen Schädel wieder und wieder gegen die Hausmauer, an der es sich mit zwei Pranken festhält.

Keine Ahnung, wie lange ich hinter dem Busch kauere, der mir Deckung bietet, und die absurde Szene beobachte. Wenn das Balthazaar sehen könnte! Dann fällt mir ein, dass er hier zu Hause ist und wahrscheinlich tagtäglich auf noch exotischere Fabelwesen trifft. Als das Wesen beginnt, im Rhythmus der Schläge seine Krallen über den Stein zu ziehen – ein schauriges Geräusch! –, beschließe ich zu gehen. Das Wesen tut mir leid. Offensichtlich hat es Schmerzen, und ich würde ihm gerne helfen. Aber ich weiß nicht, ob es mir freundlich gesonnen ist, und kann kein Risiko eingehen. Vielleicht soll die Mauer, über die ich kletterte, nicht nur mich draußen, sondern ... das da ... drinnen halten. Ich wage mich aus der Deckung und will mich zurück zum Wald schleichen, als ich auf einen dürren Zweig trete. Das Knacksen ist nicht laut, aber laut genug. Das Wesen stoppt. Ich sehe ein Rinnsal Blut von der Stirn zu den Lefzen rinnen, als es seinen Kopf in meine Richtung dreht. Es sieht mich, legt den Schädel schief und schnaubt. Dann rennt es auf mich zu.

ZAAR

Logan hatte Migräne, und ich musste ihn mit dem Heilwasser des Flusses behandeln», sagt Danny, nachdem er mich umarmt hat. Er winkt Grace zu und nach einer kurzen Pause auch Topher.

«Geht es Logan besser?», frage ich.

«Nicht wirklich. Das Wasser ist für Wunden gemacht, nicht für Schmerzen, die du nicht sehen kannst. Außerdem ist der Fluss Logans Trinkquelle. Ich glaube, er hat ständig so viel davon in sich, dass es bei ihm nicht mehr wirkt. Wenn ich nur was gegen den Stress tun könnte, gegen seine Einsamkeit. Logan braucht einfach Ablenkung.»

«Wer ist Logan?» Topher schiebt mich zur Seite und baut sich vor Danny auf. «Einer der Eindringlinge? Steckst du mit denen unter einer Decke? Ich wusste schon immer, dass du seltsam bist, aber dass du uns so verrätst, hätte ich nicht gedacht!»

«Welche Eindringlinge?» Danny sieht verwirrt zwischen Topher, Grace und mir hin und her. Grace ist es, die antwortet.

«Fremde sind ums Archiv geschlichen, und wir wollen herausfinden, was sie vorhaben.»

«Und woher weißt du ...?»

Grace erstickt Dannys Frage sofort.

«Danny, wirklich, jetzt ist nicht die Zeit für Diskussionen. Wir müssen rausfinden, was am Archiv vor sich geht. Und zwar bevor die tun, zu was immer sie hergekommen sind, und wieder verschwinden.»

«Okay, ich komme mit euch!», sagt Danny.

«Nein danke!» Als seien seine Worte nicht schon abwertend genug, hält Topher seine Hand wenige Zentimeter vor Dannys Gesicht. «Du würdest uns bloß aufhalten. Wir können nicht die ganze Zeit auf dich aufpassen. Schlimm genug, dass wir aus irgendeinem Grund diesen Non mitschleppen müssen. Grace und ich haben das alleine im Griff. Wie immer.»

«Wenn Zaar mitkommt, komme ich auch mit!»

Topher öffnet den Mund, zweifellos um nachzufragen, ob Danny nicht verstanden hat, dass auch ich seiner Meinung nach weder erwünscht noch von Nutzen bin. Doch bevor er etwas sagen kann, nicken Grace und ich uns zu, lassen die anderen stehen und gehen einfach weiter Richtung Archiv.

«Wartet!», ruft Danny und rennt uns hinterher. Topher bleibt nichts anderes übrig, als das Schlusslicht zu machen.

Wir gehen am Waldrand entlang, um unentdeckt bis zum Archiv zu gelangen, dann an der Mauer, die den Garten des Herrenhauses begrenzt. Dunkel ragt es in die Dunkelheit und verschwindet trotzdem nicht. Im Gegenteil. Es strahlt, ohne beleuchtet zu sein, weil sich alles, einfach alles um das dreht, was sich darin befindet. Vor dem Hauseingang diskutiert eine Gruppe Männer – lautstark, als wäre es ihnen egal, ob sie entdeckt werden. Oder als würden sie es darauf anlegen.

«Ihr bleibt am besten hier», sagt Grace zu mir und Danny, als die anderen zu uns stoßen. «Topher und ich machen sie unschädlich. Sobald wir sie festgesetzt haben, kommt ihr nach, und wir befragen sie gemeinsam.»

Topher winkt Danny und mir selbstgefällig zu, als er mit Grace zum Archiv geht.

«Idiot», murmle ich.

«Sieh es ihm nach! Er hat es nicht immer leicht mit seinem Vater», sagt Danny, und ich verkneife mir die Antwort, dass weder Topher noch Danny einschätzen können, wie es denn so ist, wenn man es «nicht immer leicht» hat im Leben. Um das Fass aufzumachen, ist gerade definitiv nicht der richtige Zeitpunkt.

«Sicher!», sage ich und schiebe stachliges Gestrüpp auf der anderen Seite der Mauer weg, um besser sehen zu können.

Grace und Topher gehen direkt auf die Gruppe zu, die sich vor dem Archiv versammelt hat. Ich zähle fünf erwachsene Männer, alles Nons. Es gibt mir einen Stich, dass Grace gleich ihre gesamte Macht auf Leute niederkrachen lassen wird, die – wenn sie denselben Background hätten wie sie – die Gabe genauso gut nutzen könnten, vielleicht sogar besser. Grace und Topher schleichen sich nicht im Schutz der Hausmauer heran, um den Überraschungseffekt zu nutzen, aber so sind die Shaper und ihr Selbstbewusstsein nun einmal: Es ist egal, dass du sie kommen siehst, du kannst dich sowieso nicht gegen sie zur Wehr setzen. Als die Eindringlinge Grace und Topher entdecken, formieren sie sich zu einer Pfeilspitze.

«Das hilft euch jetzt auch nicht weiter», flüstert Danny.

Topher nimmt etwas Erde in die Hand und wirft sie

Richtung Nons. Wieder fängt er mit Hügeln an. Irgendwie scheint das heute Nacht sein Ding zu sein. Aber dieses Mal soll niemand darüber stolpern. Die fünf Erdhügel, die sich vor Topher aus dem Boden schrauben, rasen auf die Nons zu, als wäre ein grantiger Maulwurf unterwegs, werden dabei immer größer. Da ich weiß, dass Grace der eigentliche Motor hinter Tophers Können ist, kann ich den Moment erkennen, in dem sie übernimmt: Aus dem luftigen Dreck, der schnell, aber irgendwie unsouverän seinen Weg geht, wird ein klebriges, schweres Gemisch, das tief aus dem Innern der Erde zu kommen scheint und sich unbarmherzig um die Beine, dann die Körper der Nons legt. Als die Erde immer höher steigt und nur noch wenige Zentimeter vom Hals der Nons entfernt ist, bekomme ich Angst, dass Grace nicht rechtzeitig aufhört und ihre Feinde erstickt. Doch die Nons werden nicht zu Mumien. Alle fünf blasen gleichzeitig auf die feuchte Erde, die sie umschließt, und es ist, als würde ihr auf einen Schlag ihr Wasser entzogen. Selbst im Dunkeln kann ich erkennen, wie die Erde ihre satte Farbe verliert, heller wird, immer heller, bis sie kreidig im Mondlicht schimmert. Die Kokons bröckeln zu Boden.

«Was zum ...?!», sagt Topher. Ich sehe zu Grace, aber sie scheint genauso ratlos zu sein wie er.

Es ist Danny, der ausspricht, was ich denke: «Fuck! Die können shapen!»

PEAR

Ich erstarre, als das Wesen auf mich zurennt. Es trägt zwar Wellenfell statt Schuppenkleid, aber vielleicht übersieht es mich. Blindschlangen beispielsweise

sehen schlechter als Nattern. Sie reagieren bei der Jagd in erster Linie auf Bewegungen.

In steifer Panik stehe ich da. Selbst meine Lider sind wie gefroren, jedenfalls kann ich sie nicht bewegen. Ich muss dem heranrasenden Wesen entgegensehen. Zum Glück. Denn so merke ich, dass es plötzlich langsamer wird. Es walzt mich nicht nieder, sondern läuft an mir vorbei, dann ist es plötzlich zurück und rennt im Kreis um mich herum. Das Wesen senkt den Riesenschädel und kommt mir so nah, dass mir sein Atem die Haare verweht. Er riecht, als hätte das Wesen mehrere Eukalyptusbäume verschlungen. Als es anfängt, an mir zu schnüffeln, halte ich ihm vorsichtig die Hand unter die Nase, so wie ich es bei Loki und Thor gelernt habe. Das Wesen riecht daran und schließt die Augen. Ich nutze den Moment, um es genauer zu begutachten, das Fell, die langen Wimpern und – ziemlich beunruhigend – das Zahngitter, hinter dem die Lippen eingesperrt sind. An seinem Fußgelenk baumelt eine goldene Kette mit einem Anhänger, der wie eine Wolke geformt ist. *LOGAN* ist in

Großbuchstaben eingraviert. Ich habe solchen Schmuck schon einmal gesehen. Aber wo?

«Du heißt also Logan, ja?», frage ich. Das Wesen gurrt zustimmend. Logan scheint mich zu verstehen. Vielleicht kann er mir weiterhelfen.

«Ich suche jemanden in der Burgh, Logan. Balthazaar heißt er. Kennst du ihn vielleicht?» Dieses Mal ignoriert Logan meine Frage. Stattdessen beginnt er, seinen Kopf hin und her zu wiegen. Ich brauche eine Weile, bis ich begreife, dass er einen Vogel beobachtet. Nett, denke ich noch, da fängt Logan den Vogel im Flug und wirft ihn in sein Maul. Ich unterdrücke einen Schrei. Der Blick in Logans Rachen ist furchterregend. Ich wusste nicht, dass jemand so viele Zahnreihen auf einmal haben kann. Der arme Vogel ... Vogel! Plötzlich fällt mir ein, wo ich den Wolkenanhänger schon einmal gesehen habe: beim Presentation Day. Danny hat auch so einen getragen.

«Sag mal, Logan, kennst du Danny?», frage ich.

Logan dreht sich abrupt um, und auf einmal ist sein Kopf direkt neben mir. Im ersten Moment denke ich, dass er auch mich fressen will, aber er starrt mich nur an.

«Danny?», frage ich. «Du kennst Danny?»

Logan nickt.

«Kannst du mich zu ihm bringen?» Einmal in der Burgh, ist es sicher ein Leichtes, Balthazaar ausfindig zu machen.

Logan legt den Kopf schief. Es dauert eine Ewigkeit, bis er zu Ende gedacht hat. Dann geht alles superschnell. Logan rennt zum Wald, bricht durch die Bäume, schiebt sie wie einen Vorhang zur Seite, der sich – einmal geöffnet – nie wieder schließen wird. Er schlägt eine Schneise: meinen Weg. So schnell hätte ich den Wald alleine nicht durchqueren können. Wahrscheinlich hätte ich mich hoffnungslos verlaufen. Als die Bäume lichter werden, halte ich nach Logan Ausschau, aber er ist nirgends zu sehen. Ich bedanke mich stumm bei ihm und trete aus dem Wald … nur um dann sämtliche blond gelockten Wesen dieser Erde zu verfluchen. Die Burgh, mein Ziel, liegt in weiter Ferne. Der Weg dorthin führt über eine offene Rasenfläche, bestimmt ein halber Kilometer, den ich ohne Deckung zurücklegen müsste. Logan hat mich nicht auf dem kürzesten Weg zur Burgh geführt, sondern zu einem anderen Gebäude. Nach Nomis Karte muss das das Archiv sein.

Hat Logan mich in eine Falle gelockt? Da sind Menschen am Haus. Ich kann sie nicht sehen, weil sie sich auf der mir abgewandten Seite befinden, aber ich höre Stimmen, und ab und an steigt Staub oder eine Art Nebel auf, der dann verpufft. Was machen die hier mitten in der Nacht? Ich stutze: *mitten in der Nacht!* Niemand hat einen Grund, um diese Uhrzeit unterwegs zu sein, es sei denn, man will unentdeckt bleiben – wie ich, wie die Roten Hände. Bin ich etwa zu spät?

Ich schleiche mich näher an das Gebäude, das sich als elegantes Herrenhaus entpuppt, als eine bekannte Stimme die anderen übertönt. War das nicht Balthazaar? Angst, Neugier und Sehnsucht treiben mich weiter zu der Gruppe. Ich verstecke mich hinter einer Mauer. Jetzt kann ich sie sehen. Curtis ist da und ein paar andere, die ich vom Golden Heart kenne, Balthazaar und … Nomi! Die langen roten Haare sind ab, aber trotz blondem Stoppelschnitt ist es unverkennbar meine Freundin. Klar, ich habe erwartet, dass sie hier sein würde. Nur eines verstehe ich nicht. Warum ruft Balthazaar Nomi «Vorsicht, Grace!» zu?

ZAAR

Grace hat mich gehört. Sie duckt sich, ich mich auch, und der Shape der Angreifer – Tannenzapfen, die ein Windstoß zu Wurfgeschossen macht – geht ins Leere. Sobald klar war, dass Grace und Topher keine hilflosen Nons gegen sich haben, haben Danny und ich uns dem Kampf gegen die Eindringlinge angeschlossen. Wer sind die nur? Sie tragen den Abdruck einer roten Hand, aber nicht auf der Schulter wie Pear, sondern auf der Brust.

Danny schlägt sich sehr viel besser als ich. Ich habe das Gefühl, dass er Jahre fiebriger Tag- und Albträume auf seine Feinde loslässt. Büsche werden lebendig und hauen an Dannys Stelle mit Wurzeln und Ästen auf die Typen ein, handtellergroße Ameisen überrennen sie. Doch ohne Grace wären wir trotzdem verloren.

Grace bekämpft unsere Feinde mit unglaublicher Kraft. Aber nur ich weiß das. Alle anderen denken, es ist Topher – auch er selbst. Danny schreit auf, als die Eindringlinge den Büschen und Ameisen mit Feuer zu Leibe rücken, aber Grace hält die Luft an und erschafft so ein Vakuum, mit dem sie die Flammen erstickt. Die Angreifer können kaum noch atmen, einer wird sogar ohnmächtig, und so sind sie für einen Moment außer Gefecht gesetzt.

«Ich verstehe das nicht», sagt Topher und setzt sich erschöpft ins Gras.

«Was denn?», fragt Danny.

«Das sind doch keine Shaper», antwortet Topher. «Zumindest habe ich die hier noch nie gesehen. Und die kommen mir auch nicht so vor, als wären sie welche von uns. Wieso haben die dann die Gabe?»

Ich weiß nicht, was es ist. Die Ausnahmesituation? Dass wir hier Seite an Seite kämpfen? Dass ich mich endlich jemandem anvertrauen muss? Weil die Verantwortung für mich alleine einfach zu groß ist? Einen Moment lang zögere ich noch. Aber dann gebe ich das Geheimnis, das ich so lange mit so großer Sorgfalt gehütet habe, preis: «Jeder kann shapen», sage ich. «Auch Nons.»

«Spinnst du?» Topher lacht. «Also ich verstehe ja, dass du als Non das gerne hättest, aber das ist das Lächerlichste, was ich je gehört habe.»

«Ach komm, Zaar! Das kann nicht dein Ernst sein», sagt Danny und fängt auch an zu lachen.

Selbst Grace lacht mit, wenn auch etwas leiser als die anderen. Hätte ich mir denken können – wenn es hart auf hart kommt, halten die Shaper zusammen. Tophers Reaktion war abzusehen, aber von Danny und Grace hätte ich mehr erwartet. Enttäuscht sehe ich, wie Topher sich auf Danny stützt und der nur noch mehr lacht. Die sollen endlich aufhören!

«Moment», sagt Grace plötzlich. «Woher weißt du das, Zaar?»

«Das stand in der Chronik.»

«Die Chronik hat sich dir gezeigt? Wann? Wie? Wo?» Danny schüttelt Topher ab und packt mich an den Schultern.

«Lange Geschichte. Aber, ja, Danny, ich habe in der Chronik gelesen. Und wir glauben, dass die Typen dort das Buch stehlen wollen.»

«Ist das das Aufregendere, Revolutionärere, Unglaublichere, von dem du gesprochen hast?», fragt Grace. «Dass Nons shapen können?»

«Ja. Tut mir leid, Grace. Ich hätte es dir gleich sagen sollen. Das hier ist alles meine Schuld.»

«Shaper entschuldigen sich nicht», entgegnet sie mit blecherner Stimme, als wäre das gerade unser größtes Problem. «Das machen nur Nons.» Ich hätte nie gedacht, dass es etwas gibt, das Grace schockieren könnte. Aber ihr Blick ist leer, und sie schüttelt immer wieder den Kopf, als könne das meine lästige Behauptung verscheuchen.

«Es gibt keine Nons», sage ich mit Nachdruck.

«Du musst da was falsch verstanden haben, Zaar», sagt Danny. «Magische Bücher sind manchmal schwer zu entschlüsseln. Die können knifflig sein.»

«Ich bin doch nicht blöd, Danny. Die Botschaft war klar: Alle können shapen. Siehst du ja!» Ich zeige auf die vier Männer. Zwei kümmern sich um ihren ausgeknockten Freund, die anderen halten Wache, falls einer von uns einen Shape versuchen sollte.

«Aber das würde ja bedeuten ... das kann doch nicht sein ...» Danny lässt mich los und plumpst auf den Boden.

Topher dagegen schnellt plötzlich in die Höhe und tut das, was er schon den ganzen Abend tun wollte. Er wirft sich auf mich.

«Hör sofort auf, so einen Mist zu erzählen! Nons sind keine Shaper. Shaper sind keine Nons. Nons ...», brüllt er.

Bei jedem «Nons» und jedem «Shaper» schlägt Topher mit

der Faust direkt neben meiner Wange auf den Boden. Die Erwartung, dass der nächste Schlag in meinem Gesicht landet, ist genauso schlimm, als wenn es so kommen würde. Zum Glück überwindet Grace ihre Schockstarre und zieht Topher von mir weg.

«Verdammt, Topher, reiß dich zusammen!», sagt sie.

Ich bleibe benommen liegen. Doch dann sehe ich, wie sich die Typen mit den roten Händen auf der Brust wieder zum Kampf formieren. Topher schreibe ich ab, aber ich muss zumindest Danny wieder einsatzfähig machen. Ich rapple mich auf und gehe zu meinem Freund. Er sitzt immer noch auf dem Boden, starrt in die Weite und murmelt: «Aber das kann doch nicht sein ...»

Ich lege ihm die Hand auf die Schulter, und er sieht mir in die Augen.

«Nun ja, es würde erklären, warum die Nons das Buch stehlen wollen», sagt Danny so langsam, als müsste er nach jedem Wort testen, ob es wahr ist.

«Du glaubst dem Non doch nicht etwa, Danny! Also, ich ...» Weiter kommt Topher nicht. Plötzlich fliegen uns Ziegel vom Herrenhaus um die Ohren. Die fünf Männer liefern den Beweis für die Shaper-Künste der Nons und attackieren uns entschlossener denn je.

«Zaar!», ruft Grace und wehrt die Ziegel ab. «Das Archiv hält nicht mehr lange stand!»

Ich sehe zum Haus und weiche Splittern und Mauerbrocken aus.

«Kannst du das Gebäude nicht schützen?», zische ich Grace zu.

«Ich kann nicht gleichzeitig diese Typen mit den roten

Händen bekämpfen und das Gebäude stützen. Ich bin gut, aber nicht so gut. Keiner ist so gut.»

«Was sollen wir machen?», frage ich und verfluche, dass ich nach all den Monaten in der Burgh gerade mal dazu fähig bin, einen Angriff einigermaßen zu überstehen und ab und an einen Glückstreffer zu landen. Ich bin unnütz, so unnütz! Grace reißt mich aus meinen Gedanken und zieht mich zur Seite, damit mich der Blitz, der plötzlich aus dem Himmel zuckt, verfehlt. Ein zweiter Blitz trifft einen Baum, den Danny gerade lebendig machen wollte, und er fängt an zu brennen. Die Flammen kommen dem Archiv gefährlich nahe.

Grace' Hand packt meinen Arm noch fester, als sie sagt: «Du musst die Chronik da rausholen, Zaar!»

PEAR

eder kann shapen. Auch Nons. Alles in mir ist taub, alle
J Fragen, alle Gefühle – weg. Die Angst um Balthazaar, die
Enttäuschung über seinen Verrat, die Wut auf Nomi, alles
ist unter einem Watteberg erstickt, weil das so sein muss,
sonst würde ich auf der Stelle durchdrehen. So verrückt
werden wie mein Vater.

Benommen sehe ich Balthazaar hinterher, wie er zum
halb zerstörten Archiv rennt. Als er im Haus verschwindet,
setze ich mich mit dem Rücken zur Mauer hin. Ich kann
und will nicht weiter zusehen, wie Nomi, der ich so viel an-
vertraut habe, mit Shapes um sich wirft. Gegen Curtis, gegen die Roten Hände, gegen ihre *Freunde!* Und überhaupt:
Warum können die Roten Hände plötzlich shapen? Wenn
Balthazaars ungeheuerliche Behauptung stimmt, können
die Roten Hände zwar theoretisch die Gabe nutzen, aber ir-
gendjemand muss ihnen trotzdem beigebracht haben, wie
es funktioniert. Sonst könnte ich ja auch shapen. Ich starre
meine Hände an und versuche, einen Sinn hinter dem, was
da vor sich geht, zu entdecken, aber es klappt nicht. Erst als
ich höre, dass Balthazaar zurückkommt – er ruft: «Grace!»,
wie er Nomi nennt –, drehe ich mich wieder um und gucke
über die Mauer.

Balthazaar hat ein Buch unter seinen Arm geklemmt.
Das muss die Chronik sein. Riesig ist sie und offensicht-

lich schwer. Doch da ist noch etwas anderes, das Balthazaar das Fortkommen erschwert. Es scheint, als wolle das
Buch nicht mit ihm kommen, als hinge es an dem Haus,
und Balthazaar müsste dagegen ankämpfen. So schnell wie
trotzdem möglich geht Balthazaar damit zu Nomi ... Grace,
verbessere ich mich, sie heißt Grace. Nomi existiert nicht
wirklich, sie ist eine Erfindung. Wie meine Freundschaft
zu Balthazaar – denn wenn die echt gewesen wäre, hätte er
mir im Truman nie, nie, nie ins Gesicht lügen können.

Mir wird übel, wenn ich daran denke, wie er vorgegeben
hat, der große Shaper zu sein, und dabei schon wusste: Wir
sind gleich! Und Nomi hat mich ebenso hintergangen: von
wegen Non-Mädchen aus Croydon. Ihr Vater mag vieles
sein, Plattenleger ist er bestimmt nicht. Die Macarons, die
CDs, das alles gehörte ihr. Aber am wütendsten bin ich auf
mich selbst! Denn was haben Balthazaar und Nomi gemeinsam, außer dass sie zur Burgh gehen: mich! *Ich* war so blöd
auf beide reinzufallen.

«Du hast es geschafft!», sagt Grace so laut, dass ich auf-
schrecke.

«Ja, das letzte Mal konnte ich die Chronik nicht mitnehmen ...» Balthazaar steht mit dem Buch vor ihr und drückt
es an sich.

«Vielleicht hat es geklappt, weil ich dich geschickt habe,
das ist ein mächtiger Push. Vielleicht auch, weil du dich
weiterentwickelt hast seit deinem ersten Versuch. Wahrscheinlich beides. Gut gemacht! Gib mir die Chronik, Zaar!
Ich bringe sie zur Burgh», verlangt Grace.

Doch Balthazaar antwortet: «Wenn du uns verlässt, machen die uns doch fertig!»

Grace' Antwort ist simpel: Sie lässt Schlingpflanzen aus dem Boden hervorschnellen, die sich um Knöchel, Beine, Handgelenke der Roten Hände legen und sie an die Erde drücken. Warum hat Grace das nicht schon längst gemacht, wenn es so einfach für sie ist? Balthazaar kommt der Gedanke anscheinend nicht. Sein Griff um das Buch lockert sich.

«Tu's nicht, Balthazaar!», will ich noch rufen, aber ... zu spät. Balthazaar übergibt Grace das Buch, und in dem Moment scheint das unsichtbare Band zwischen der Chronik und dem Archiv zu reißen. Schlaff liegt das Buch in Grace' Händen, als hätte es jeglichen Widerstand aufgegeben. In Grace' Blick ändert sich etwas – er wird nomihafter, hat wieder die Härte und den Eifer, die ich stets bewunderte. Und fürchtete. Ich bin nicht überrascht, als Grace mit einem Kick ihren Shape aufhebt – Erde stäubt auf, Fesseln lösen sich – und sie zu den Roten Händen geht. Balthazaar dagegen schon.

«Grace, was soll das?», ruft er.

Der Junge, den die anderen Topher nennen, sieht seine Hände an, als gehörten sie nicht zu ihm.

«Hey, das wollte ich doch gar nicht», sagt er. «Grace? GRACE!!!»

Danny versteht schneller als die anderen, was vor sich geht.

«Du bist auf deren Seite!», sagt Danny zu Grace und er sagt es leise, so leise, dass es lauter ist, als wenn er geschrien hätte.

Grace gibt keine Antwort, lächelt nur und stellt sich an

die Spitze der Roten Hände, die sich wie die Seiten eines Pfeils hinter ihr aufreihen.

«Grace, komm sofort zurück!» Topher scheint außer sich zu sein. «Du bist ein Sparkle und mir zugeordnet, MIR! Willst du jetzt etwa deren Shapes verstärken? Wie kannst du es wagen? Das widerspricht eurem Ehrenkodex!» Tophers Stimme wird jetzt sanfter, fast flehentlich. «Bitte, lass den Quatsch, Grace. Ich will dir nicht wehtun müssen.»

So ganz verstehe ich sein Gerede von «Sparkles» und «Ehre» nicht, aber irgendwie tut mir dieser Topher leid. Er fühlt sich so richtig von Grace verraten. Tja, tun wir das nicht alle ... Nachdem Grace keine Anstalten macht zurückzukommen, hebt Topher theatralisch die Arme und zieht sie mit einem Ruck nach unten. Ein paar einsame Herbstblätter fallen von den Bäumen neben Grace und den Roten Händen. Topher wiederholt die Geste, aber es bleibt dabei: ein paar Blätter, mehr nicht. Grace grinst, und plötzlich sehe ich wieder Nomi in ihr. Ihr Stimmungswechsel erinnert mich an den damals im Hof vor der prophetischen Pappe, als sie mir das erste Mal unheimlich wurde. Grace führt die gleiche Bewegung aus wie Topher, hebt die Arme und lässt sie sinken. Aber das Ergebnis ist nicht vergleichbar. Blätter, Äste, es sieht aus, als würden ganze Baumkronen auf Topher fallen und ihn niederstrecken. Das Holz verhakt sich ineinander und mit dem Boden, bis Topher durch das Geflecht flach auf den Boden gedrückt wird. Immer mehr Baumteile begraben Topher unter sich, und ich fürchte, dass er bald keine Luft mehr bekommen wird.

«Hör auf, Grace, hör endlich auf!», ruft Balthazaar, aber sie hört nicht auf.

«Grace!», wimmert Topher. «GRACIE!»

Erst der Kosename scheint auf Grace zu wirken. Mit der entgegengesetzten Bewegung – Grace führt die Arme von unten nach oben – fallen die Blätter und Äste zur Seite. Topher rollt sich in die Embryostellung und bleibt ein paar Sekunden so. Dann steht er auf und rennt davon. «Topher, warte!», ruft Balthazaar ihm nach, aber Topher dreht sich nicht einmal mehr um.

Einen Moment lang herrscht Stille. Dann sinkt Danny in die Hocke und stützt sich mit der Hand auf den Boden – wohl um Kontakt mit der Erde zu haben, seiner einzigen Verbündeten im kommenden Kampf. Balthazaar wird ihm keine große Hilfe sein. Dass er nicht so ein Übershaper ist, wie er immer vorgegeben hat, ist mir mittlerweile auch klar. Das ist nur eine der vielen kleinen Lügen, die seinen großen Verrat ausmachen. Danny geht noch tiefer in die Hocke, doch sein Blick ist nur auf Grace gerichtet, als würde er wieder einmal schneller als der Rest von uns kapieren, was hier vor sich geht. Dann verstehe auch ich: Curtis und die Roten Hände können nicht shapen!

Grace muss die ganze Zeit beide Shapes geschaffen haben, ihre eigenen und die ihrer Gegner. Ich schnappe nach Luft, als mir bewusst wird, was es braucht, um ein solch kompliziertes Spiel aus Shapes und Gegenshapes über so lange Zeit aufrechtzuerhalten. Grace ist mächtiger als alle Shaper, die ich bei den Presentation Days gesehen, als alle, von denen ich je gehört habe. Und sie zögert nicht, das unter Beweis zu stellen.

ZAAR

In meine Richtung feuert Grace nur gelegentlich einen Shape ab, der mich trotzdem so beschäftigt, dass ich zu nichts anderem zu gebrauchen bin. Danny bekommt den Rest ihrer Kräfte zu spüren, aber dass sie an zwei Fronten kämpfen muss, lenkt Grace ab. Er kann ihre Shapes gut parieren und ab und an sogar einen Gegenschlag ausführen. Als Danny eine Fensterscheibe des Archivs zerspringen lässt und die Scherben Grace nur knapp verfehlen, hat sie genug.

«Schnappt euch den da!», ruft sie ihren Leuten zu und zeigt auf mich. Die fünf Männer kommen viel zu schnell und viel zu grimmig in meine Richtung.

Den Bärtigen, der vorausstürmt, kann ich noch mit einer Wurzel abwehren. Er stolpert und fällt der Länge nach hin. Lange kann ich mich aber nicht über den gelungenen Shape freuen, denn die anderen Männer treiben mich in die Enge. Es sind einfach zu viele. Der Respekt vor meinem Shape lässt sie nicht direkt angreifen. Sie kreisen mich jedoch ein, und ich weiche zurück, bis ich an einen Baumstamm stoße. Die Situation erinnert mich an die Karambolage, mit der alles angefangen hat, nur dass ich dieses Mal allein mit dem Rücken zur Wand stehe. Nie habe ich Pear mehr vermisst. Und das, obwohl sie mir nicht weiterhelfen könnte ... Brennende Autos, die meine Feinde vertreiben, sind auch nirgends zu sehen. Dabei wäre jetzt der ideale Zeitpunkt, dass die Gabe sich so richtig ins Zeug legt. Verzweifelt blicke ich nach oben in das Geflecht aus Ästen und Zweigen ... und schöpfe plötzlich Hoffnung. Da ist ein Zufluchtsort, ein beschwerlicher zwar, aber er erinnert an einen anderen, einen wohlvertrauten: den Bauch. Ich merke, wie sich meine Muskeln entspannen, sich eine Verschnaufpause gönnen, bevor es gleich richtig losgeht. Meine Angreifer deuten meine sinkenden Schultern falsch, denken, ich gebe auf. Sie rennen auf mich zu, doch bevor sie mich erreichen, entwische ich auf die Rückseite des Baums, springe hoch, packe den niedrigsten Ast und ziehe mich daran nach oben.

Ich klettere so weit nach oben, wie ich nur kann, schrecke dabei ein Eichhörnchen auf. Der Bärtige, der sich immer noch die geschwollene Nase reibt, geht zu den anderen und beobachtet, wie ich mich über einen gefährlich dünnen Ast schiebe. Er geht zum Baum und schlingt die Arme um den Stamm, versucht, ihn zu schütteln. Aber mein Baum bewegt sich keinen Millimeter. Trotzdem hänge ich mich an den nächsthöheren Ast, den ich erreiche. Er bricht ab, bevor ich mich hochziehen kann. Weiter nach oben geht es erst einmal nicht. Meine Angreifer beratschlagen sich, und ich sehe besorgt zu Danny. Gegen Grace' geballte Kraft kann er kaum etwas ausrichten. Aber bei mir ist die Lage auch nicht besser. Die fünf Männer haben ausdiskutiert, und der leichteste und jüngste von ihnen klettert jetzt zu mir hinauf. Shit! Er schafft es bis zum Anfang des Asts, an den ich mich klammere. Langsam zieht er sich vorwärts, kommt mir näher und näher. Das Holz ächzt. Wenn ich nichts unternehme, werde ich entweder runterfallen, oder der Typ erwischt mich. Ich schließe die Augen, wünsche und hoffe, dass ich irgendwie hier rauskomme. Als ich sie öffne, sitzt das Eichhörnchen von vorhin vor meiner Nase. Ich muss an meine erste Unterrichtsstunde in der Burgh denken, in der ich in luftiger Höhe auf ein anderes Tier traf, das mir weniger wohlgesonnen war. Damals habe ich den Fehler gemacht, dass ich mich auf meine alten Fähigkeiten verließ und keinen Kontakt zur Gabe aufnahm. Was, wenn die Lösung dazwischenliegt? Ja, ich habe auf meine Spitalfields-Kletterkünste zurückgegriffen – mal wieder –, aber im Gegensatz zu meinen Anfängen in der Burgh weiß ich jetzt, wie man shapt. Ich muss nicht wünschen, nicht hoffen. Ich bin ein Shaper, zwar kein besonders guter, aber einer mit exzellenter Balance. Es ist kein Entweder-oder. Vielleicht war es das, was mir Aloisius' Training sagen wollte. Vielleicht wartet das hinter der dritten Tür: Ich kann beides gleichzeitig sein, Treibender und Shaper.

Cressida hat eine Feder in die Luft geblasen. Was Eichhörnchen-Relevantes habe ich nicht bei mir, aber ich kann Töne fliegen lassen. Ich pfeife – ein anhaltender klarer Ton –, und meine Atemluft weht durch rotes Fell. Das Eichhörnchen legt den Kopf schief, als würde es mir zuhören. Dann hüpft es über mich drüber zu dem Typen hinter mir. Wer hätte gedacht, dass so ein niedliches Tier dermaßen fies sein kann? Das Eichhörnchen kratzt, beißt, schlägt meinem Verfolger ins Gesicht. Dabei ist es so schnell, dass er es nicht zu fassen kriegt. Als das Eichhörnchen die Hände attackiert, mit denen er sich festhält, verliert er das

398

Gleichgewicht und fällt zu Boden. Die Baumkrone bremst seinen Sturz, und er kommt unverletzt unten an, wenn auch wütend. Das Eichhörnchen setzt sich wieder vor mich und legt den Kopf schief. Puh! Fürs Erste habe ich die Situation unter Kontrolle.

Ich sehe zu Grace und Danny. Es ist immer noch ein unausgeglichener Kampf. Danny ist nur noch damit beschäftigt, Grace' Angriffe abzuwehren, was ihm schlechter gelingt, je erschöpfter er wird. Ich schreie kurz auf, als Grace die Erde unter Danny nachgeben lässt. Danny fällt mehrere Meter tief in ein Loch. Von oben sehe ich, wie er bewusstlos liegen bleibt. Jetzt wendet sich Grace mir zu. Sie kommt zu meinem Baum. Die fünf Männer machen ihr Platz, und sie sieht zu mir hoch.

«Grace, bitte …», sage ich, aber ihre Antwort ist nur ein Pfiff.

Grace' Ton ist düsterer als meiner. Mein Eichhörnchen horcht auf und rennt aufgeregt die Äste hoch und runter, bis sich fünf weitere Tiere vor mir versammelt haben. In perfekter Synchronisation schwenken sie ihre Schweife hin und her. Erst als Grace' Pfiff verebbt, hören sie damit auf. Einen Moment lang sitzen sie still da. Dann gehen sie auf mich los.

PEAR

Ich hätte nicht gedacht, dass meine Nacht noch furchtbarer werden könnte, und doch ist es nun so gekommen. Sosehr mich Nomi, nein, Grace, und Balthazaar enttäuscht haben, ich kann nur noch an eines denken: Zwei der drei wichtigsten Menschen in meinem Leben gehen aufeinander los. Es ist ein ungleicher Kampf. Balthazaar ist Grace hoffnungslos unterlegen. Die ganzen widersinnigen Gefühle in mir reiben sich aneinander, heftiger und heftiger, bis Hitze sich in meinem Bauch ausbreitet, eingegrenzt durch einen Ring aus Eis. Ich trete vor die Mauer, gehe auf die anderen zu, aber niemand sieht mich, so beschäftigt sind sie mit sich selbst und ihren Gegnern.

Ich bin jetzt so nah, dass ich sehen kann, wie eines der fiesen Eichhörnchen mit seinen Krallen fünf blutende Kratzer in Balthazaars Wange ritzt. Der Ring aus Eis in mir beginnt zu zittern. Ich erschrecke, als auch das Archiv anfängt zu beben, als würde es sich angesichts der hässlichen Szenen schütteln, die sich vor seinen Fenstern abspielen. Langsam gehe ich rückwärts zur Mauer. Was geschieht hier? Immer aufgeregter rumpelt das Haus vor sich hin, immer noch unbemerkt von den andern. Schon wandern Risse über das Gemäuer. Erst als die Fensterläden zu klappern beginnen, sieht Balthazaar für einen Moment in Richtung des Gebäudes. In *meine* Richtung. Er entdeckt mich, hört verwirrt auf, nach den Eichhörnchen zu schlagen. Grace glaubt, dass er aufgegeben hat. Wieder pfeift sie, noch tiefer als vorhin, und die Eichhörnchen quieken so bösartig zur Antwort, dass klar ist: Grace will zum vernichtenden Schlag ausholen ... aber da zerbirst mein Eisring und mit ihm das Archiv. Mit einem Knall explodiert das Haus und speit Holz, Stein und Glas in alle Richtungen.

Ich rette mich hinter meine Mauer. Als der Steinregen vorüber ist, ziehe ich mich langsam mit beiden Händen hoch und gucke hinter meinem Schutzwall hervor. Sieben Augenpaare fixieren mich durch Staub und Rauch. Dieses Mal fragt sich niemand, wer der Urheber des Shapes ist, nicht einmal ich selbst.

ZAAR

Pear? PEAR?!! Grace ist genauso abgelenkt wie ich – sie starrt Pear an, als würde sie einen Geist sehen. Die Explosion hat die Eichhörnchen verschreckt. Sie suchen das Weite. Tausend Fragen schnellen durch meinen Kopf. Was macht Pear hier? Wie lange steht sie schon da? Was hat sie gehört? Wenn Pear dazu fähig ist, ein mehrstöckiges solides Haus zusammenstürzen zu lassen, das Jahrhunderte überdauert hat ... heißt das, *sie* hat die brennenden Autos durch Ost-Lundenburgh krachen lassen? Und wenn ja, sind meine größten Shapes bis heute wirklich ein schwebender Wassertropfen und dass ich für ein paar Minuten ein Eichhörnchen auf meine Seite brachte? Die letzten beiden sind keine Fragen. Im Herzen weiß ich die Antwort darauf.

Doch ich habe keine Zeit, mich weiter damit zu beschäftigen. Es poltert und kracht und splittert – der Lärm kommt vom Wald. Diesmal ist Pear scheinbar nicht die Ursache, denn sie sieht genauso verwirrt zu den Bäumen wie Grace, wie die fünf Männer und ich. Aber von oben kann ich in den Krater sehen, den Grace geschlagen hat. Danny steht da und grinst zufrieden. Alle waren abgelenkt, und er hat die Chance genutzt: Mit Dannys Shape bricht Logan durch die Baumreihen. Zunächst wiegt das Monster den Kopf hin und her, als wüsste es nicht so richtig, warum es hier ist.

«Logan, hier!», ruft Danny.

Fast beiläufig holt Logan Danny aus seinem Loch. Danny flüstert seinem Monster etwas ins Ohr. Dann sprintet Logan zu meinem Baum – er braucht drei Schritte, um die dreißig Meter zurückzulegen – und reißt der erstaunten Grace die Chronik aus der Hand. Mit einem Riesensatz zieht sich Logan an den Waldrand zurück. Wir haben die Chronik wieder! Und wir haben ein Monster auf unserer Seite. Grace überlegt noch, wie sie mit der neuen Situation umgehen soll, und Danny lässt sie nicht aus den Augen. Ich will den Moment nutzen, um vom Baum zu klettern und mich zu Danny zu schleichen, als der plötzlich schreit: «Logan! Nein!»

Aber es ist zu spät. Dannys Monster, wohl verärgert über den Mangel an Bildern im Buch und den Überschuss an Zeichen, die es nicht deuten kann, heult einmal auf, wirft die Chronik in die Luft wie eine sehr große blättrige Erdnuss, fängt sie mit dem Maul auf und verschlingt sie samt Rücken, Einband, Seiten und Geheimnissen. Einen Moment lang starren alle, Pear, Grace, Danny, ich und die anderen, Logan an. Ich bin mir sicher, dass so ein wichtiges Buch voller magischer Geheimnisse nicht einfach gegessen werden kann. Bestimmt spuckt Logan es gleich wieder aus, oder es fällt auf wundervolle Weise ein zweites Exemplar vom Himmel. Aber nichts geschieht. Die Chronik der Shaper ist aus Leder, Papier und Tinte gemacht. Logans Magen, gestärkt durch Liter Heilwasser aus seinem Fluss, hat kein Problem damit.

«Was hast du nur getan, Logan?!», ruft Danny. Der Ärger seines Meisters lässt Logan aufheulen. Er sackt in sich zusammen und zieht sich in den Wald zurück.

Ich kann es nicht fassen: Die Chronik ist unwiderruflich

verloren und mit ihr der Beweis für die Gabe der Nons und jeder Hinweis auf den dritten Funken. Grace hat wohl den gleichen Gedanken, denn ich sehe ihr an, dass Wut in ihr aufsteigt, blanke Wut. Sie holt zu einem Shape aus, und wer weiß, was mit ihm auf uns niederbrechen wird. Ich verfluche heftiger denn je, dass ich Grace nichts entgegenzusetzen habe, gar nichts.

«Renn, Pear, renn weg!», will ich rufen, doch mehr als ein Krächzen kommt nicht aus meinem Mund, weil ich nicht weiß, ob ich überhaupt noch das Recht habe, sie anzusprechen.

Nötig ist es sowieso nicht. Bevor Grace' Shape Wirklichkeit werden kann, hält sie inne. Stimmen! Alle laut und eine wohlbekannte am lautesten. Topher kommt mit der gesamten Fakultät und den mächtigsten Schülern, darunter Edwin und Tabitha, angelaufen. Emme und Minister Rollo führen die Truppe an. Danny geht ihnen entgegen. Grace sieht zu Pear, die mit offenen Handflächen dasteht und sich nicht rührt. Doch der geballten Macht der Burgh kann sich selbst Grace nicht entgegenstellen. Sie flüstert ihren Verbündeten etwas zu, das ich nicht verstehe. Nachdem sie Pear einen letzten Blick zugeworfen hat, verschwindet sie mit ihnen Richtung See.

Langsam lasse ich mich an einem Ast zu Boden. Pear kommt zu mir. Ein gutes Zeichen, oder? Als sie wenige Meter von mir entfernt ist, bleibt sie jedoch stehen.

«Du hast mich verraten», sagt Pear. «Und noch viel schlimmer: Du hast auch Billy, meinen Vater, die Treibenden, alle Nons dieser Welt verraten. Wie konntest du für dich behalten, dass wir alle die Gabe haben?»

«Ich wollte es dir sagen, Pear, wirklich, aber dann ...»

«Weißt du, was? Es ist mir egal. Denn nichts, was du sagen könntest, würde es wiedergutmachen. Ich will dich nie mehr wiedersehen, Balthazaar! Nie mehr!»

Damit dreht sich Pear um und rennt zu der Schneise, die Logan in den Wald gehauen hat. Sie verschwindet zwischen den Bäumen.

«Pear!», rufe ich und will hinterher, ihr erklären, warum ich getan, was ich getan, und verschwiegen, was ich verschwiegen habe, aber da packen mich Cressida und ein erwachsener Shaper, den ich nicht kenne, bereits am Arm.

«Du gehst nirgendwohin, bevor wir nicht die Situation geklärt haben und welchen Anteil du daran hast», sagt Cressida.

Ich höre sie kaum, starre nur auf die Stelle am Waldrand, an der eben noch der Mensch war, den ich am meisten liebe.

GRACE

B rauchst du noch was, Nomi?»
«Grace!»

«Entschuldige, *Grace*!» Xandra stellt eine Tasse heiße Schokolade mit Rum ab.

Wir sind in der Kellerkammer des Golden Heart, in der ich nach dem Archivdebakel Unterschlupf fand. Nicht einmal für eine Tür hat es gereicht. Ein Vorhang neben der Bar ist das Einzige, das mich von den Gästen des Pubs trennt – der und die schmale Treppe dahinter, die einen Stock tiefer endet. So ist das nämlich jetzt: Ich bin unter den Nons, deren Geschwätz als fernes, aber konstantes Rauschen zu mir dringt, bis der Pub schließt. In einer Ecke meines neuen Domizils steht ein Sammelsurium an Trommeln und Becken, auch die dazugehörigen Stöcke liegen noch da: das Schlagzeug, hat mir Xandra stolz erklärt, mit dem Lambs Eating Lions hier unten geprobt haben, damals, als sie noch nicht berühmt waren. Ich konnte mit deren Musik nie viel anfangen. Zu aufgeregt, zu bemüht, zu pathetisch. Trotzdem habe ich vorgegeben, ich würde mich darüber freuen, dass mir die blöden Trommeln in dem sowieso schon winzigen Raum noch mehr Platz wegnehmen. Und das allein zeigt, wie durcheinander ich nach dem Desaster mit der Chronik bin. Ich! Grace! Habe etwas getan, dass weder meiner Persönlichkeit noch meiner

Meinung entspricht! Das ist nicht gut für meinen Selbstwert.

Ich muss künftig besser auf meine Funken aufpassen, nicht dass sie mir schwinden. In dieser Umgebung könnte das durchaus passieren. Ich starre den Tisch an, auf dem die Tasse steht, und hoffe, dass seine Hässlichkeit mir nicht allzu sehr zu schaffen macht, dann den Kakao selbst, auf dem sich eine Haut gebildet hat. Ich wusste gar nicht, dass das passieren kann. Wie auch immer ... eine Weile lässt sich das schon aushalten. Ich muss es als selbst gewähltes Spiel sehen, als Ausdruck meines Engagements für die Nons, aber es darf mich nicht zu sehr runterziehen. Um das, was kommen wird, für mich zu nutzen, brauche ich meine ganze Kraft. Die Nacht am Archiv hat alles verändert. Ich weiß nicht, was mich mehr verwirrt: dass mein Plan schiefging oder Zaars ungeheuerliche – *ungeheuerliche!* – Enthüllung, dass Nons shapen können, oder dass Pear plötzlich auftauchte und einen Shape hinlegte, der mir erst in meinem dritten Jahr an der Burgh gelungen wäre. Wahrscheinlich alles zusammen!

Xandra räuspert sich. Sie wartet immer noch auf meine Antwort. Ihr Blick ist eine Mischung aus Fürsorge und Stolz, weil sie die Shaperin beherbergt, die ihre eigenen Leute verraten hat. Was Xandra wohl dazu sagen würde, wenn sie wüsste, dass sie genauso shapen kann wie ich? Noch weiß es nur Zaar. Danny. Pear. Und ... Topher. Genau da liegt das Problem. Topher wird diese Nachricht mit Sicherheit weitertragen, allein weil er vom Verlust seiner Gabe ablenken muss. Einen Moment lang denke ich daran zurück, wie ich Topher im Stich ließ. Es war hart, ihn so zu sehen, die Verletzlichkeit in seinen Augen, in seiner Stimme. *Gracie!*

Ich ahnte, dass Topher nicht gerade der begabteste Shaper aller Zeiten ist und mein Verrat seine Funken schwächt, aber dass er ohne mich gar nichts kann, hat mich doch überrascht. Es tut mir leid für ihn, aber jetzt ist keine Zeit für Sentimentalitäten. Topher jedenfalls wird sein Wissen nutzen, um sich bei seinem Vater einzuschmeicheln, dessen Liebe er ständig und erfolglos hinterherrennt. Mittlerweile weiß Rollo, dass Nons shapen können, davon bin ich überzeugt. Wahrscheinlich auch Emme und ein paar andere mächtige Shaper ... Wieder räuspert sich die Wirtin des Golden Heart. Ich muss sie loswerden, brauche Raum zum Denken, muss das alles ordnen, herausfinden, was es bedeutet – vor allem für mich.

«Danke, Xandra!», sage ich. «Ich brauche nichts.» Denn das, was ich wirklich brauche, kann mir niemand geben, erst recht nicht Xandra: eine Lösung für das ganze Chaos. Den dritten Funken. Die Chronik.

Xandra verlässt die Kammer. Ich setze mich auf das Feldbett mit der weißen Federbettwäsche, von der ich annehme, dass sie Xandras eigene ist. Obwohl mir nicht kalt ist, wärme ich meine Hände an der Tasse, während ich weiter versuche, meine Gedanken zu sortieren. Alle meine Pläne gingen so richtig schief! Vorsichtig tupfe ich mit dem Finger auf die braune Haut. Wo ich sie runterdrücke, rinnt Flüssigkeit drauf, aber die Haut schwimmt weiter tapfer oben. Faszinierend!

Ich dachte, ich hätte die Nons durchschaut, wüsste, wie sie so ticken ... bis ich Pear und Zaar kennenlernte. Die ließen sich einfach nicht manipulieren. Pear konnte ich nicht dazu bringen, Zaar zu beeinflussen und auf die Seite der Roten Hände zu ziehen. Ich konnte ja nicht einmal sie selbst zur Roten Hand machen. Und Zaar ... alle Versuche, über ihn den dritten Funken zu finden, liefen ins Leere. Und das, obwohl er ein bisschen in mich verliebt war! Ich hatte sogar Wissensvorsprünge. Pear erzählte mir von Zaars Plänen, er von ihren Ängsten. Außerdem hatte ich den größten Vorteil von allen: Ich bin die beste Shaperin der Burgh! Und trotzdem – das ist die kalte harte Wahrheit – habe ich versagt. Warum nur?

Ich stelle die Tasse weg, lege mich aufs Bett und verschränke die Arme hinter dem Kopf. Das alles fühlt sich nicht gut an: die kratzige Bettwäsche genauso wenig wie mein Scheitern, das stets mit dem Wissen einhergeht, dass jede Niederlage meine Funken dämpft und künftige Shapes hemmt. Teufelskreise, denke ich und starre auf die runden Blechkacheln, mit denen die Decke gefliest ist. Ich lasse mich in ihr eintöniges Muster fallen, mein Kopf wird leer. Irgendwann schließe ich die Augen, muss eingeschlafen sein, denn als ich sie öffne, ist der Kakao kalt, und der Raum verschwimmt im Dunkel.

Meine Gedanken aber sind scharf und klar. Jetzt weiß ich, warum meine ausgeklügelten Pläne schiefgegangen sind: weil ich sie gemacht habe. Bis ins kleinste Detail habe ich sie ausgearbeitet. Und dabei habe ich den Kontakt zur Gabe verloren. Ich habe mir alles so schön zurechtgelegt, habe meine Schachfiguren – Pear, Zaar, Curtis und die Roten Hände – in Position gebracht und sie dann dorthin geschoben, wo ich sie haben wollte. Statt Pear hätte ich Zaar zu den Roten Händen mitnehmen können, aber ich war so gefangen in meinem Doppelleben als Nomi und Grace, dass ich alles kontrollieren wollte. Pushs geben und empfangen ... das ging irgendwann unter. Normalerweise sollte die Kommunikation mit der Gabe bei einer exzellenten Shaperin wie mir automatisch ablaufen. Und doch habe ich von Shapern gehört, die sich so in einem Projekt verloren haben, dass sie vom kleinsten Detail besessen waren. Und Kontrolle ist der Feind guten Shapens. Sie lässt der Gabe keinen Raum. Das muss jetzt aufhören.

Vielleicht war das bei mir so, weil dermaßen viel auf dem Spiel steht, vielleicht weil der Shape, den ich vorhabe, so groß ist, dass er über mich selbst und mein Leben hinausgeht: die Nons befreien. Zunächst wollte ich einfach Sophinettes Erbe leben, es dabei besser machen als sie. Aber jetzt steht noch mehr auf dem Spiel: Nons sind Shaper! Und niemand soll gezwungen sein, seine Gabe zu verleugnen, so wie ich es als Sparkle tun musste. Zaar hat die Nons verraten. Pear weiß kaum, was sie tut. Die Shaper vertreten ihre eigenen Interessen. Ich allein bin die Hoffnung aller Nons. Deswegen brauche ich meine Kräfte, muss sie beisammenhalten und meine ersten beiden Funken schützen, bis ich den dritten finde.

Anscheinend muss ich mich dazu auf die Grundsätze des Shapens besinnen, muss zurückgehen, um weiterzukommen. Eigentlich ist es kein Problem, dass es die Chronik nicht mehr gibt. Denn ich schere mich nicht um das Buch, ich bin nur an einer einzigen Information interessiert, die es hütet: Was ist der dritte Funke? Ich brauche den dritten Funken. Ohne ihn habe ich mit den Roten Händen keine

Chance gegen die Shaper. Ich habe die Chronik in mein Leben geholt und werde es noch mal schaffen, das Wissen über den dritten Funken auszugraben. Irgendwo da draußen muss die Information sein. *Loslassen, Grace! Die Gabe wird dir zeigen, wie es weitergeht.* Mit einem Mal fällt die Spannung der letzten Monate von mir ab. Ich habe vergessen, wie befreiend es ist, sich der Gabe anzuvertrauen. Ich muss nicht alleine an meinem Shape arbeiten. Die Gabe ist mir eine gute Freundin, die einzige, die ich brauche. Um den Kanal zur Gabe zu öffnen, denke ich mir einen besonderen Push aus. Ich gehe zu den Trommeln und lasse die Stöcke über sie tanzen. Das ist in meiner Situation ziemlich schwachsinnig. Ich könnte entdeckt werden, und dass mir das Schlagzeug einen Hinweis auf den dritten Funken gibt, ist mehr als unwahrscheinlich. Und genau deshalb gibt es keinen besseren Vertrauensbeweis an die Gabe. Er zeigt: Ich lege alles Weitere in ihre Hand und werde für alle Richtungen offen sein. Die Gabe antwortet nicht sofort. Nichts passiert, nichts ist zu sehen, nichts zu hören außer den Stimmen, die vom Gastraum nach unten dringen. Ich muss an Pear denken, unsere Stunden in dem Raum über mir, als wir selbst zum Raunen beitrugen, an ihre Liebe zu Lambs Eating Lions ... wahrscheinlich fände sie dieses blöde Schlagzeug großartig.

Das Becken meldet sich plötzlich mit einem metallenen Laut, obwohl es sich nach meinem Trommelsolo längst wieder beruhigt hat. Wie bei manchen Presentation Days klingt es, wenn jemand einen gelungenen Show-Shape hingelegt hat. Die Gabe? Will sie mich auf etwas aufmerksam machen? An was habe ich eben gedacht? Und in dem

Moment verstehe ich: Pear! Wie konnte ich das nur übersehen? Es muss einen Grund geben, warum sie so mächtig ist! Als Zaar als Urheber des Unfalls in Ost-Lundenburgh galt, hielt seine mysteriöse Abstammung als Erklärung hin. Aber Pears Eltern sind definitiv Nons, und außerdem ist sie ein Mädchen. Es gibt nur eine Lösung: Pear muss den dritten Funken für ihre Shapes nutzen – wahrscheinlich unbewusst, ja, aber das heißt nicht, dass ich nicht herausfinden kann, was er ist. Pear ist die neue Erin!

Ich greife nach der Tasse und trinke die Schokolade, kalt jetzt, aber der Rum wärmt auch so. Die Haut schiebe ich zur Seite. Es besteht kein Zweifel: Pear ist der Schlüssel zum dritten Funken. Doch das heißt, dass ich schnell sein muss, schneller als die anderen. Denn Pear ist auch die einzige Non, die das Geheimnis aus der Chronik kennt. Sobald die in der Burgh von Pear wissen – und falls das nicht schon der Fall ist, ist es nur eine Frage der Zeit –, werden sie nach ihr suchen. Emme wird mit Rollo aneinandergeraten und Zaar mit Topher, aber in einem Punkt werden sich alle einig sein: dass sie es nicht dem Zufall überlassen können, nicht Pear, ob und wie die Nons von ihrem Potenzial erfahren. Freund wie Feind werden hinter ihr her sein. Ich tippe noch mal ans Becken. *Klong!* Die Jagd auf Pear ist eröffnet.